石羊里的西夏

党益民 著

（修订版）

陕西新华出版传媒集团
太 白 文 艺 出 版 社

图书在版编目（CIP）数据

石羊里的西夏／党益民著．—西安：太白文艺出版社，2020.1

ISBN 978－7－5513－1682－8

Ⅰ.①石…　Ⅱ.①党…　Ⅲ.①长篇小说－中国－当代
Ⅳ.①I247.5

中国版本图书馆 CIP 数据核字（2019）第 139913 号

石羊里的西夏

SHIYANG LI DE XIXIA

作　　者　党益民
责任编辑　申亚妮　蒋成龙
整体设计　杨泽江
出版发行　陕西新华出版传媒集团
　　　　　太 白 文 艺 出 版 社
经　　销　新华书店
印　　刷　陕西金德佳印务有限公司
开　　本　787 毫米×1092 毫米　1/16
字　　数　308 千字
印　　张　22.25
版　　次　2020 年 1 月第 1 版
印　　次　2020 年 1 月第 1 次印刷
书　　号　ISBN 978－7－5513－1682－8
定　　价　49.00 元

联系电话：029－81206800
出版社地址：西安市曲江新区登高路 1388 号（邮编：710061）
营销中心电话：029－87277748 029－87217872

石羊里的西夏

目录

人物表

李元昊：西夏第一位帝王
李谅祚：西夏第二位帝王，元昊之子
李秉常：西夏第三位帝王，谅祚之子
李乾顺：西夏第四位帝王，秉常之子
李仁孝：西夏第五位帝王，乾顺之子
李纯祐：西夏第六位帝王，仁孝之子
李安全：西夏第七位帝王，纯祐堂兄弟
李遵顼：西夏第八位帝王，曾任大都督、国相
李德旺：西夏第九位帝王，遵顼之子
李睍（尕娃）：西夏最后一位帝王，德旺之侄、德仁之子
李德仁："西夏战神"，遵顼之子，铁鹞军统军，废太子
阿默尔：厮乩（巫师）
麻骨茂德：国学院师官，遵顼登基后任国相
李承祯：安全之子
沙郎：李睍侍卫、铁鹞军最后一位统军
高良惠：西夏国相
嵬名令公：西夏老将
梁德懿：御史中丞
阿利克：西夏大臣，后辞官隐居贺兰山
李战：德旺车夫，后任铁鹞军统军
佐里：西夏灵州守将

苏思贤：西夏国相
籍辣思义：西夏沙州城守将
曲也怯律：西夏甘州城守将
塔海：西夏大将
夏教授：当代西夏学专家、大学教授
罗太后：纯祐之母、安全婶娘
阿朵：阿默尔孙女、德仁养女
卫慕香：铁鹞军麻魁（女兵）、安全培植的军察（密探）
灵芝：安全王妃
桑禾：西夏公主，安全之女，后为成吉思汗之子察合台王妃
阿兰：金国公主，李晛之妻
野利丹：遵顼之妻
没藏雪：德仁之妻
梁喜儿：德旺之妻
阿春：阿兰公主侍女
阿秋：阿兰公主侍女、沙郎之妻
胭脂：安全妃子

成吉思汗（铁木真）：蒙古大汗
察合台：成吉思汗之子，桑禾之夫
拖雷：成吉思汗之子
木华黎：蒙古大将
孛鲁：蒙古大将，木华黎之子
察罕：蒙古将军，西夏甘州城守将曲也怯律之子
忽都铁穆尔：蒙古大将
阿塔赤：蒙古大将

1. 地铁里的石羊

买下这尊石羊时，我绝对没有想到其中会隐藏着一个天大的秘密。

我家住在元大都公园附近，我经常去那里晨练。对于一个党项后裔来说，元大都是一个让我感慨万千的地方。因为八百多年前，我们党项人的西夏王国被成吉思汗消灭了。

这天早上，我在元大都晨练时遇到了一个男人。那男人说，他是地铁十号线工地的民工，地铁就要通了，他要回老家收麦子了。可是奥运会马上就要开了，现在安全检查可严了，要是带着一件宝贝回家，肯定会在火车站被警察逮住，说不定还得坐牢。我听他说得玄乎，便起了戒心，怀疑他是我们常见的那种骗子。但时间尚早，我又不急着回家，便问他什么宝贝。他神秘兮兮地从怀里掏出一个东西，说是元朝的石羊，一个月前在地下施工时挖出来的。地铁十号线沿元大都遗址绕北三环而行，下个月就要通车了；地铁五号线从元大都遗址穿膛而过，早在去年十月就开通了。男人工服上印着某某集团公司，看上去憨厚老实，不像是骗子。我半信半疑，蹲下来看他手里的石羊。

石羊憨态可掬，睁一只眼闭一只眼，让我惊奇不已。再仔细一看，感觉似曾相识，但一时又想不起来在哪儿见过。尽管上面还沾有泥土，但我一眼就认出是块贺兰石。难道真是元大都地下的文物？如果真是这样，怎么会是一块贺兰石呢？难道这石羊跟遥远的西夏有什么关系？我对与西夏有关的事物一向很敏感，心里想："即便是个假的，摆在屋里欣赏也很不错。”于是，经过一番讨价还价，用八百块钱买下了石羊。

回到家，我迫不及待地把石羊仔细刷洗干净。我嗅到了一股腐朽的羊血的味道，惊奇地发现石羊的肚皮下面有一行字，竟然是西夏文。我的心一阵狂跳，急忙拿起电话打给夏教授，没有人接。看来只有等到晚上下班后再去找教授了。

我一整天都处在极度兴奋之中。如果石羊真是西夏时期的物件，那它跟我就太有缘了。小时候常听老人讲，我们的祖先是党项人。十几年前，我回陕西老家翻修祖屋，在屋梁上发现了我们的《党氏族谱》，那上面清清楚楚地写着我们的祖先是在西夏灭亡后迁徙入陕的党项人。祖先们为了躲避蒙古人的追杀，隐姓埋名，不再使用党项语言，不再穿戴党项服饰，不再留党项发式，不敢承认自己是党项人。久而久之，党项人就这样从人间“蒸发”了。很多年后，为了让后代记住自己是党项后裔，才开始姓党。从此，我对党项祖先和他们建立起来的那个神秘的西夏王国产生了浓厚的兴趣。

西夏王国是一个以党项为主体，包括汉、吐蕃、回鹘在内的多民族地方政权。西夏立国一百九十年，帝王更替了十代，疆域广阔，包括今天的宁夏全部、甘肃大部、陕西北部、青海东部和内蒙古部分地区。西夏“点集不逾岁，征战不虚月”，前期与北宋、辽相抗衡，仅与北宋就进行了长达一百多年的战争，同时又攻灭甘州回鹘、凉州吐蕃；后期与南宋、金三足鼎立，数十年兵连不解，最后被蒙古人所灭。这么一个“以武立国”、雄霸西北的军事强国，最后为何会突然消失在蒙古铁骑之下，使得党项人包括他们的历史、文字几近灭绝？当年元朝人为宋、辽、金三朝修史，为何唯独没有为西夏修专史？尽管党项人的许多风俗文化在他们的后裔羌族人身上得以传承，但是作为一个独特民族，党项早已从历史的长河中消失了，连同他们创制的奇特文字。所以，西夏文在世界上被视为“绝学”“魔鬼文字”。所有这一切，都给这个消失在丝绸古道上的王国蒙上了一层神秘的面纱。

我想撩开这层神秘的面纱。在搜集资料研究这个神秘王国的过程中，我结识了夏教授，并很快与他成了忘年交。夏教授是B大的博士生导师，在研究西夏历史和文字方面很有成就，与当代西夏史学家韩荫晟、李范文、史金波、杜建录、吴峰云、吴天墀、韩小忙等人齐名。我曾经陪同夏教授多次去四川的理县、茂县、丹巴美人谷等地考察古老的羌族文化。

夏教授经常推荐一些西夏史学家的书籍给我看，比如《西夏纪》《宋西事案》《西夏战史》《西夏简史》《西夏文化》《西夏与周边民族关系史》《党项与西夏资料汇编》，等等。其中韩荫晟老先生编撰的《党项与西夏资料汇编》这部书就有四卷九册，而且是竖排版，我都读完了，但我知道这还远远不够。面对神秘的西夏历史，我感到了自己的浅薄，我无法弄清楚这段历史，但我可以用自己的方式去亲近它、抚摸它。许多时候，我对八百年前的西夏所发生的一切有种似曾相识的感觉，好像我曾经就生活在那个时代，那些血腥的场面仿佛就发生在眼前。其中最吸引我的是西夏的最后一个帝王睍。恍惚中，我感觉自己就是那个倒霉的李睍。我时常有一种强烈的叙述欲望。好像我来到这个世界上，就是为了告诉人们八百年前发生的那一切。我想把我所知道的西夏、那个属于我自己的西夏写出来，告诉世人，这是我多年的一个梦想。

晚上，我抱着石羊去找夏教授。

我把早上在元大都发生的事情告诉了教授，并把石羊拿出来给他看。教授带我走进书房，拧开工作台灯，戴上老花镜仔细端详石羊。我提醒他说，石羊肚皮上还有西夏文呢。教授用放大镜一看，惊讶地说："真是西夏文，而且是难得一见的西夏篆书！"

我问教授："那上面写的是什么？"

教授一字一字地念："白——高——大——夏——国——秘——史。"

我知道，西夏是宋代时汉人的叫法，而我们党项先祖把自己的国家叫"白高大夏国"。

我欣喜若狂："这么说，真是西夏的物件？"

教授点了点头："这石羊睁一只眼，闭一只眼，真是可爱！"

教授说着，就用手去摸石羊睁着的那只眼睛。那眼睛突然陷了进去，我呀的一声惊叫。嘎嘎几声怪响之后，石羊的脊背上慢慢裂开了一道缝，转眼间石羊裂成了两瓣，像杀开的西瓜一样摊开在书桌上。我吃惊地发现，石羊肚子里竟然藏着一个羊皮囊。教授用镊子小心翼翼地剥开羊皮囊，剥了一层又一层，一共剥了三层，里面露出六册黄褐色的古书。

教授说："这是一部白高大夏国秘史。"

我激动得双手直哆嗦："真没想到，石羊肚子里藏着一部西夏秘史！"

教授坐在椅子上，显得很累，好像剥三层羊皮耗尽了他的全部力气。

我问教授："蒙古人消灭西夏时，不是烧毁了西夏所有的书籍吗？怎么突然会在元大都遗址下面发现西夏秘史呢？"

教授没有马上回答，仔细翻看着古书，过了一会儿，才说："刚才我怀疑这是《夏国世次》中的一部分，但现在看来不是，这是一部历史上没有任何记载的奇书。"

我说："我以前听您说过，《夏国世次》是罗世昌写的，共有二十卷，在西夏灭亡时被蒙古人烧毁了。可是，这部秘史又是谁写的呢？"

教授说："书上没有撰写者的名字，但是在书页里有一枚西夏文印章，上面刻着'阿默尔'，这个'阿默尔'很可能就是秘史的撰写者。这个人历史上没有任何记载，他也许是西夏的一个无名史官，也许是一个被罢了官的大臣，也许是一个与宫廷有着千丝万缕联系的在野文人。但可以肯定的是，他是一个党项人，因为只有党项人才称自己的国家为'白高大夏国'。我刚才大概看了一下，这部秘史虽然前半部分已经模糊不清，但后半部分却清晰可辨。这后半部分记载的是成吉思汗第一次攻打西夏直到西夏灭亡的这段历史。尽管这段历史在西夏立国的一百九十年中，只占有短短的二十二年，但它的分量很重。这不仅因为成吉思汗消灭了西夏，而且西夏的十位帝王中有五位在这短短的二十二年内先后更替……”

“可是，蒙古人怎么可能将秘史保存在自己的都城里呢?”

“是呀，我也纳闷，这是一个谜。”

我翻看着书页，觉得很是惊奇：“教授您看，这书里有时是楷书，有时是草书，有时又用奇怪的符号代替，有个别地方甚至还使用了汉语，这是为什么呢?”

“这又是一个谜。”教授说，“也许是当初写此书的人怕招来杀身之祸，才采取这种奇怪的记述方法，因为这毕竟是一部不可示人的秘史。”

突然，我看见刚才剥下来的那堆羊皮在轻轻颤动，像一个受伤的人在那里痉挛，又像是干枯的树叶在烈日下沙沙卷曲，羊皮渐渐变干、变硬，最后嘎嘣嘣碎成了粉末。我们都被眼前的一幕惊呆了。

教授说：“不好，秘史很有可能也会变成粉末。”

我着急地说：“那怎么办?我们赶快跟文物局联系，他们有保护经验。”

教授说：“来不及了！现在是晚上，上哪儿去找人?你赶快打开电脑，我口述，你记录。我们要抢在秘史消失前把它全部整理出来，然后再交文物局。”

我急忙打开电脑，教授翻开秘史，开始口述。我坐在电脑前嗒嗒嗒地敲击键盘，记录着我们党项民族最后的那段历史。

恍惚中，我仿佛看见了八百年前的自己，那个叫尕娃的男孩……

2. 羊皮垫子

其实，我最先看见的不是从前的我，而是羊皮垫子上一对正在缠绵的男女。那是一块上好的滩羊皮垫子，在八百年前的西夏，这种滩羊皮可是珍贵的贡品，只有党项贵族才能享用。

我认出来了，那一对男女一个是镇夷郡王安全，一个是罗太后。镇夷郡王怎么敢将尊贵的罗太后按倒在羊皮垫子上？而且奇怪的是，罗太后非但没有生气，反而发出了一阵阵欢快的笑声。

这时，我隐约听到了马蹄声，心里一惊，赶忙将目光投向北方边境。结果我惊奇地发现，成吉思汗的十万铁骑正在悄悄地越过西夏边境。

我看见边境的一座碉楼上，两个士兵正在下棋。他们下的是六子棋，这种棋很简单，横竖四道，双方各执六子，谁先将对方的子吃光谁就赢了。所以也叫“狼吃羊”。他们显然没有听到马蹄声，并不知道真正的狼群已经朝他们袭来。

柔软的春风送来草原的味道，还有牧民粗犷嘹亮的歌声：

白色的帐房温暖如春
成群的牦牛满山遍野
野鹿在山坡上追逐
绵羊在羊圈里产羔
胭脂山上的积雪悄悄融化
稚嫩的草儿葱绿嫩黄

河流无边无际

野雁从南方飞来……

唱歌的牧民一定是喝醉了，否则那歌声不会这样绵长。他们不用看也能猜到，那牧民一定是仰躺在草地上，眯着眼，唱着歌，唱几句喝一口皮囊里的奶酒。野雁从天空无声地飞过，成群的牛羊在周围静静地吃草，青草在牧民身下悄悄地生长。不唱歌的时候，牧民甚至能听见野花开放的声音。

牧民的歌声把士兵的酒瘾勾上来了，他们摸过身边的扁壶，喝上一口，咂巴咂巴嘴，然后继续下棋。不会喝酒就不是党项人。喝醉了，即使牵错了牛羊别人也不会怪罪，钻错了女人的营帐，女人的男人只会抽你几马鞭，便会让你走人。士兵喝醉误了岗，首领也不会重罚，杖责几下也就算了。误岗也没什么，反正边境上五十年没有发生过战事了。士兵的刀剑除了每年秋天狩猎时能派上用场，其他时间都闲着，就像在这空寂无人的边境上，他们裤裆里的那个东西。

年轻的士兵说："你手可真臭啊！是不是昨晚摸了女人的屁股？"

老兵说："我老啦，只能摸摸啦。想当年迎风尿三尺，现如今顺风也滴答鞋。这里连个女人都看不到，想摸也摸不着啊，只能想想啦。"

"再好的刀剑，长时间不用也会生锈。"

"你那可是把没开刃的刀，可别生锈了，实在难受自己磨磨……"

不知道何时歌声停了，或许牧民睡着了，或许赶着牛羊走远了。歌声是草原的灵魂，没了歌声，草原就死了。四周死一样寂静，静得让人憋闷、心慌。这时，年轻的士兵隐约听见了一种声音，像是天际间缓缓滚过的闷雷。他抬头看天，天很蓝，几丝游云浮在那里，没有要下雨的意思。他没有在意，继续下棋。

闷雷似的声音越来越响。

老兵竖起耳朵听了听，说："好像是马蹄声。"

"可能是牧民在转场吧。"

“牛羊的动静没有这么响，会不会是骑兵?”

“瞎说！我们在这里待了这么多年，见过敌人的骑兵越境吗?”

老兵不放心，跑到箭垛豁口往外一看，顿时惊得目瞪口呆：蚂蚁似的蒙古骑兵正在越过边境。老兵张大嘴刚想喊叫，一支箭嗖的一声穿透了他的喉咙，老兵扑通一声仰倒在地。

“你狗日的咋咧?”年轻的士兵看见老兵脖子上的箭镞，吓得跳将起来，跑到箭垛去看，发现蒙古骑兵已经包围了碉楼。他失声惊呼：

“蒙古人来了——”

喊也白喊，没人能听见，最近的碉楼距离这里也有十几里。士兵想给力吉里塞城报信，奔向柴火堆想点燃烽火，可他手抖得厉害，无法从衣袍里掏出火镰。好不容易掏出了火镰，又怎么也点不着。这时他才想起，前几天落过一场雨，柴火被淋湿了，这两天天气不错，但他们懒得晾晒。士兵扔掉火镰，慌忙去寻找自己的剑。剑找到了，可是已经生锈，无法从剑鞘里拔出来。

这时，蒙古骑兵已经冲上了碉楼，一个骑兵抡起马刀，士兵的脑袋立刻飞离了肩膀，画了一条弧线，落在那堆湿柴火上。

蒙古骑兵像一阵呼啸的旋风，刮向力吉里塞城。半个时辰后，他们包围了这座边境城堡。一匹战马从城堡里突围出来，向东南拼命逃去。

蒙古大将喊：“不能放走他!”

嗖，一支箭朝那骑兵飞去，骑兵身子往后一仰，掉下马来，摔倒在草地上。但战马没有停下，继续朝前狂奔。

“干掉那马！小心马耳朵里有密信!”

嗖，又是一箭，奔马被射中，仰起前蹄，嘶鸣一声，倒在了地上。蒙古大将策马跑过去。西夏骑兵还没有死，在草地上抽搐。蒙古大将用弯刀指着地上的西夏骑兵说：“这是党项人的‘急脚子’。”

党项人将传递军情的人叫急脚子，意思是腿脚利索、跑得很快的人。果然，蒙古人从党项骑兵身上搜出了两枚圆形铜牌，一枚上面刻着“敕燃马牌”，是传达紧急军情的信牌；一枚正面刻着西夏文“防御待命”，背面刻着人名，这是所有西夏戍边士兵都有的守御牌。很显然，急脚子是想去都城兴庆府报信。

大将身边的一个步将说：“即使他骑上最快的马，赶到兴庆府至少也得七八天。到那时，力吉里塞城和落思城早就被我们踏平了。党项人做梦也不会想到，我们会突然发起进攻。”

“谁让他们几年前收留过克烈部王罕的儿子赤剌哈·桑昆呢，收留我们的仇人，就是我们的仇人。广阔的西夏大地迟早会变成我们的疆土。”蒙古大将看了一眼已经被自己的兵马包围得严严实实的力吉里塞城：“这只是开始，我们还要占领他们的沙州和瓜州，占领他们的河西走廊，最后攻占他们的都城兴庆府。”

“河西的牛羊又肥又嫩，河套的奶酒又醇又香，我们早就盼着这一天啦。”步将瞅了一眼草地上的急脚子，问大将：“如何处置他?”

“随你便吧。”大将说完，一抖缰绳跑开了。

步将骑马跑出十几步，然后掉头冲向地上的急脚子，马蹄下的急脚子发出一声惨叫。其他骑兵也学着步将的样子，骑马从急脚子身上踩过。急脚子没有了声息，草地上留下一摊血红的肉泥。

留在草地上的，还有蒙古骑兵的马蹄从漠北带来的狼毒花籽。狼毒花是漠北草原上的一种野花，生命力极强，很艳丽，也很霸道。牛羊误食了它，走不了多远就会毙命倒地。

急脚子的血滋润着草原，也滋润着狼毒花籽。夏天来临的时候，那片草地上就长出了一丛丛火红的狼毒花。从此以后，狼毒花开始在西夏大地上肆意蔓延……

蒙古骑兵越过北方边境的时候，那个名叫尕娃的我，正扒在皇宫的一扇窗户上，吃惊地看着羊皮垫子上发生的一切。

眼前的情景，我去年秋天在婶娘梁喜儿的屋里也看见过，当时的婶娘也发出了类似于太后的笑声。我不明白，一个女人被男人按倒在羊皮垫子上，怎么还能笑得出来？但是不管怎么说，眼前的一切还是让我手心冒汗，呼吸困难，心里发慌。我想逃走，可是却挪不开脚。

当时，春天的阳光慵懒地洒在皇宫金碧辉煌的屋顶上，温湿的风从城外草场上徐徐吹来，空气里弥漫着青草和花香的味道。阳光在皇宫屋脊的琉璃鸽、兽头鱼和四足兽上涂抹了一层金黄色，使得这些面目狰狞的殿宇兽看上去温顺多了。

为了躲开承祯的纠缠，我才误入后宫。承祯是镇夷郡王安全的儿子。国学院放学后，我急着往家跑，不小心撞掉了承祯手里的西夏文与汉文的对照字典《蕃汉合时掌中珠》。我从地上捡起书还给他，冲他笑了笑，算是道歉。可这小子是个挖坑下蛆的主儿，不依不饶，跟我纠缠不休。我知道动起手来我不是他的对手，所以转身就跑。我腿长，只要我甩开两条长腿跑起来，他小子就休想追上我。

国学院有道后门直通后宫，我从那里稀里糊涂闯进了后宫。等我来到御花园，看见了湖水里静静的睡莲，这才意识到跑错了地方。但我并不害怕。因为我是大都督遵顼的孙子、铁鹞军统军德仁的儿子，皇宫的侍卫都是铁鹞军的人，他们不会为难我。要是换了别人，麻烦可就大了，弄不好得掉脑袋。

我站在那里，正犹豫是继续待在御花园里还是溜出宫去，突然听到了一个女人的笑声。那笑声很特别，让人心里发麻。我很好奇，无法管束自己的双脚，由着它们把我带到了罗太后的窗下。于是，我就看见了那让人脸热心跳的一幕。

我实在不好意思扒在那里继续偷看，便着急慌忙地离开了窗户，踩着凌乱的夕阳逃出皇宫。我刚从御花园南门溜出去，走进蕃字院与飞龙院之间的小巷，承祯在前面拦住了我。我转身想跑，发现身后的巷口已经被承祯的人给堵住了。

小巷西边是掌管契丹、吐蕃、回鹘等国书信往来的蕃字院，里面寂静无声，大臣们大概已经回家了。东边的飞龙院里还有响动，但那是专管皇城护卫、捕捉盗贼的衙门，根本不管孩子们的事情。夕阳已经退到了飞龙院的墙头，巷道里幽暗而寂静。我没有了退路，只好硬着头皮站在承祯面前。心里说，狗日的，来吧，大不了老子再让你揍一回。

我已经让承祯揍过三回了。第一回他把我的耳朵拽红了，第二回他把我的鼻子打出了血，第三回他把我的脚脖子踢破了。

承祯走到我跟前，撩起紫色夹袍，掏出腰刀，抵在我的胸口上，笑着对我说："你不是能跑吗？现在咋不跑了？"

我没有说话，也没有退缩，尴尬地对他笑着。

承祯的喽啰们哗啦一下围了上来，其中有承祯同父异母的妹妹桑禾。九岁的桑禾瘦小单薄，看着就让人心疼。桑禾拉着承祯的胳膊，怯生生地央求说："阿哥，别打啦，我们回家吧……"

承祯俯身哄着妹妹："别怕，阿哥跟他闹着玩呢。你先回去，阿哥马上就回去。"他一使眼色，身边的一个喽啰拉起桑禾就往巷口走。

桑禾边走边扭头喊："阿哥，快点回家吧……"

等桑禾消失在巷口，承祯用刀尖在地上画了六个圆圈，然后直起腰来说："你往里尿尿吧，每个圈里只能尿一滴，多一滴，扇一个耳光！"

我一挺胸膛说："你杀了我，我也不尿！"

承祯收起腰刀，猛然抡起了胳膊。我闭上眼睛，等着响亮的耳光。但我没有听到啪的一声。我睁开眼，看见承祯的手被另一只手牢牢地抓着，僵在半空中。那是阿朵的手。

承祯嬉皮笑脸地对阿朵说："你咋来了？"

阿朵说："你让他尿尿是不是？你先做个样子给他看看。"

承祯挠着头说："当着你面？"

阿朵从袍子里唰地抽出腰刀，抵在承祯的裆部："你尿不尿？"

阿朵的腰刀可不是吃素的，那可是一把绿松石镶柄的真正的吐蕃腰刀。几年前，回鹘人和吐蕃人为了几张羊皮在集市上打架，阿朵站在围观的人群里。一场混战结束后，人们拖走地上的几具尸体，阿朵不慌不忙地从地上捡起这把腰刀，在鞋底上蹭了蹭上面的污血，别在自己的腰里。

承祯一脸坏笑地说："我尿，我尿。"说着就要撩起袍子。

阿朵一把推开他："给我滚！以后再欺负他，我的腰刀可不饶你!”

承祯领着他的喽啰们跑了。跑到巷口他们又转身齐声高喊:“头发黑得像锅底底,脸子白得像葱皮皮,腰身细得像灯系系,脚脚小得像羊蹄蹄……”

接着又喊:“阿朵阿朵你等着,我要娶你做老婆!”

承祯每次见了阿朵都要这么喊。承祯与阿朵一般大,十四岁。按说承祯不该怕阿朵,但他却偏偏怕她。他怕她,不是因为打不过她,而是因为他喜欢她。也难怪,阿朵越来越招人喜欢了,眼睛黑亮黑亮的,嘴唇红润红润的,胸部圆鼓鼓的很有些样子了。连她生气的时候也很可爱,总是翘着下巴,一脸倔强,看人的眼神从不躲闪。

回家的路上,我才发现今天的阿朵与往常不一样。到底哪儿不一样呢?看来看去,发现穿着打扮与往日不同。往日她总是一身平民女子打扮:高髻,髻上无任何饰物,有时只簪一朵野花;亚麻交领长袍,腰系丝绸捍腰,或者鸭鹅貂鼠皮做成的捍腰。她不喜欢戴各种繁复的首饰,但脖子上的一块晶莹剔透的纯白玉羊是必不可少的。她说这是母亲跟回鹘男人私奔前留给她的唯一念想。可今天她却头戴莲蕾形冠,身穿紫色锦袍,腰佩金步摇,下穿凤尾裙,脚上是一双弯弓兽皮尖头鞋,一身贵族女子的打扮。

我打量着她:“你怎么这身打扮?”

她说:“今天家里有夜宴,阿妈非让我穿上这身。赶快走吧,阿妈见你没回来,特意让我来找你。”

在我们都督府里,只有母亲和阿朵在乎我。刚才要不是她及时赶到,我肯定又要吃亏了。我仰头看着阿朵,脑子里突然浮现出刚才皇宫里羊皮垫子上的那一幕。我很想把刚才看见的事告诉阿朵,但张了几次嘴,都没好意思说出来。

我心里就想:如果我把阿朵按倒在羊皮垫子上,她会不会也像罗太后那样,发出那种奇怪的笑声?

3. 夜　宴

阿朵比我大三岁，我应该叫她阿姐，但我从来不叫，一直都叫她阿朵。她也不生气，由我随意叫。因为她并不是我的亲姐姐。

我们走在一条幽静的小巷里，天色渐渐暗淡下来，大户人家的门楼上已经亮起了羊皮灯，橘黄色的灯光洒在石板路上，让我感到很温暖。我喜欢跟阿朵这样走夜路，因为这个时候我可以名正言顺地牵着她的手。她的手很柔软，很温暖，牵着真舒服。我真想跟她这样一直走下去，哪怕走到天亮也不嫌累。

可是出了小巷，一拐弯，就到了我们都督府。

院子里灯火通明，夜宴已经开始。屋檐上悬挂着一溜羊油灯，院子四周铺着十几块厚厚的牦牛毡毯，上面围坐着许多男女客人。这些穿着华贵衣袍、戴着金银耳环的人，都是党项贵族。几个男侍从院子中央的木架上卸下一具羊骨架，又将新宰的一只羊羔挂了上去，然后一刀刀割下羊羔肉，用铁扦子挑到柴火堆上烤，边烤边往上面撒着佐料。羊羔肉被烤得吱吱冒油，肉香和香木燃烧的香味儿弥漫了整个院子。

羊羔一定是阿拉善酋长派人送来的，那个酋长每隔一段时间都会派人送来十几只羊羔。阿拉善沙葱多，羊羔吃沙葱长大，肉不膻。烤羊的香木是用牛车从几百里外的胭脂山运来的。胭脂山顶终年积雪，但山腰上却生长着茂密的灌木，其中有一种灌木，太阳一出来就会散发出一种奇异的香味，用来烤炙羊肉会使羊肉的味道特别鲜美，所以叫它“香木”。

身穿绿色夹袍的侍女们在毡毯间穿梭，将烤肉放进客人面前的银盘里，再用扁壶给每一位客人的银碗里斟满奶酒。羊肉吱吱地冒油，很嫩，放进嘴里就化了。客人们吃着烤肉，喝着奶酒，说着酒话，唱着酒歌。

这些人都是叔叔德旺请来的。叔叔的朋友很多，他喜欢在家里摆这样的夜宴。叔叔已经喝了不少，头顶渗出密集的汗珠，平时有条不紊垂在耳边的鬓发，现在有些凌乱。他脚步踉跄，从一块毡毯走到另一块毡毯，轮番给客人们敬酒。高脚碗里的奶酒泼洒出来，浸湿了他的袍襟。

爷爷遵项与几位老者坐在正中间的一块毡毯上。这些人里有的我认识，有的不认识，最熟悉的当然是阿默尔。阿默尔是都城有名的厮乱，更重要的是，他是阿朵的爷爷。阿默尔记忆力极强，唱经时能从古唱到今，几天几夜不合眼，并且唱出的厮乱经典一字不差，据说还能踩着烧红的铁铧头给人祛病。那只白鸽依然站在他的肩头，亲昵地啄着他的耳垂。阿默尔喜欢鸽子，但他不养一群，只养一只。这只鸽子是他的伙伴，如影随形。阿默尔是一个神秘而有趣的老人，我像喜欢阿朵一样喜欢他。

阿默尔盘腿坐在爷爷对面，旁边一位六十多岁的男人我不认识，但从他头上的黑漆冠可以看出，他是朝廷里官位并不高的大臣。看样子他和阿默尔很熟，总在跟阿默尔说话。但阿默尔显然情绪不高，只顾闷头喝酒，很少说话，只是偶尔心不在焉地点点头。坐在阿默尔另一边的那个白皙瘦高、和蔼谦逊的人，是我们国学院的师官麻骨茂德。爷爷旁边那个红脸膛、花白胡子的人我也认识，他是朝廷老将嵬名令公。紧挨着的是御史中丞梁德懿，他是爷爷的棋友，隔三岔五都会来跟爷爷下棋。他心直性耿，有时因一枚棋子会跟爷爷翻脸，多数时候都是爷爷笑着把他重新拉回到棋桌前。有时爷爷没拉住，他一甩袍袖真的就走了。但是过几天他又来了，一进门就冲爷爷喊："来来来，杀一盘!"

我在夜宴上没有看见父亲。父亲德仁是个沉默寡言的人，不善交际，很少出现在这种场合。他喜欢在狩猎或操练之余，跟自己的铁鹞军骑兵围坐在一起喝酒。现在，他一定就在他的铁鹞军兵营里。

我和阿朵走过去，坐在阿默尔身后，逗弄他的鸽子。阿默尔看了我们一眼，满腹心事的样子，又低头继续喝他的酒。毡毯上除了烤羊肉，还有炖羊肉，上面浇着葡萄汁，这样尽管使得羊肉有点酸味，但吃起来口感更好。还有苜蓿馅饼、玫瑰花果酱、茴香煎的羊排、杏干羊肉焖饭，饭食相当丰富。这些很对我的口味，肚子也真有些饿了，我顾不了许多，独自吃了起来。但阿朵却没有动任何食物，面前的这些她都不喜欢。她不喜欢吃肉，喜欢吃素食，尤其喜欢吃用蘸了荞面糊油炸出来的玫瑰花朵，有时甚至连刚摘下来的玫瑰花她也偷偷吃。我们后院里的玫瑰花园，就是父亲专门为她种植的。

这时，我听国学院师官麻骨茂德说："镇夷郡王安全最近正在甘州操练兵马，你们知道吗？"

镇夷郡王？不就是跟太后在羊皮垫子上纠缠的那个男人吗？我想说我下午看见了他，他不在甘州，就在太后的寝宫里。但是我想了想，还是没有说。

爷爷说："有所耳闻。"

嵬名令公不解地问："他操练兵马做甚？现在又不打仗。"

爷爷说："骑兵们闲着没事就会无事生非，操练操练也好。"

麻骨茂德说："可是，听说他的一支骑兵已经穿越了河西走廊，快到凉州了。"

爷爷说："难道他另有所图？"

嵬名令公从鼻子里哼了一声，不屑地说："这不是明摆着做给皇上看嘛，意思是告诉皇上，大夏国就他一个人在忧国忧民。"

麻骨茂德摇摇头说："事情恐怕没有这么简单。"

坐在阿默尔身边的那个大臣，这时说："他不会像三十年前的楚王任得敬一样，突然兵临城下，向皇上提出分国吧？"

麻骨茂德说："阿利克大人，这话可不能乱说，镇夷郡王可是太后的红人啊。"

阿利克说："正因为如此，这个人才不可小视。"

梁德懿把酒杯往毡毯上重重一放，粗声大气地说："他敢!"

爷爷赶忙端起酒杯说："来来来，莫谈国事，各位喝酒。"

这时，一直沉默寡言的阿默尔说："大地在抖动呢。"

爷爷笑着说："你是说，要地醒了?"

我们把"地震"叫"地醒"。

阿默尔闭着眼睛说："不是地醒，是马蹄踩得大地在发抖。"

麻骨茂德惊讶地说："难道是安全的骑兵?"

阿默尔耷拉着脑袋，摇摇头。所有人都吃惊地看着阿默尔。

爷爷说："断乱也有喝醉的时候，他已经喝醉了。"

这时，叔叔德旺过来给大家敬酒。临走，叔叔将头俯在麻骨茂德的耳边说："你那点事瞒不过我，要是让安全知道了，你的麻烦可就大了。"

叔叔转身到别处敬酒去了。麻骨茂德僵在那里，半天没说话。

夜宴接近尾声的时候，父亲回来了，显然他已经在兵营里喝醉了。爷爷叫他过来给客人敬酒，父亲给每个客人敬了一杯，越发醉了。这时，我听到了一种声音，像是风吹过了刀刃。阿默尔好像也听见了，猛然抬起头问："甚东西在叫?"

"我的剑在叫。"父亲拍了拍他腰间挂着的龙雀剑，大着舌头说，"我的龙雀剑很久没有喝血了，它渴了，所以它在叫。"

用父亲的话说，龙雀剑是他的另一只手臂。龙雀剑原来是李继迁的爱物，后来李继迁传给了儿子李德明。李德明临死前将王位传给了儿子李元昊，将龙雀剑传给了弟弟、铁鹞军统军嵬名浪遇。嵬名浪遇又传给了下一任统军。就这样，经过一任又一任铁鹞军统军之手，龙雀剑最终传到了父亲的手里。从某种意义上说，龙雀剑就是铁鹞军的令剑。传说龙雀剑曾经在贺兰山上饮过百兽的血。没有鲜血的滋养，龙雀剑就会生锈、变软。所以每一任铁鹞军统军接任时，都要用龙雀剑划破自己的手臂，将鲜红的血滴进盛满米酒的人头骷髅里，然后一饮而尽。

父亲说："我的剑喝不上敌人的血，只能喝自己的血了。"

麻骨茂德说："听说统军的剑术不错，让我们见识见识吧。"

"好吧，我来给各位大人助个酒兴。"

父亲说着拔出剑来，转身走到院子中央，唰唰舞将起来。父亲虽喝了不少酒，但他步伐稳健，一招一式干净利落，毫不含糊。父亲先来了个群莺乱飞，接着是燕过南山、鲤鱼入水、豹子扑食，随后又是鹞子翻身、祥云托月，博得阵阵喝彩。

舞毕，父亲撸起袍袖，将剑刃放在赤裸的手臂上一拉，手臂上立刻冒出了血。人们惊叫起来，接着又是一片更加激烈的喝彩。我哆嗦了一下，好像父亲拉的不是他的手臂，而是我的手臂。父亲又在用自己的血喂养他心爱的龙雀剑。他的手臂上已经刀痕累累。

爷爷不高兴地说："他喝醉了，快把他扶到后院去！"

两个仆人要搀扶父亲，父亲甩开了他们的手，脚步稳健地走了。我知道，父亲并没有喝醉。

夜宴结束后，我和阿朵去后院看父亲，路过玫瑰园时，阿朵停下来。我问她："是不是又想吃玫瑰花了？"她说："是呀，我吃饱了，可她肚子还瘪着呢。"说着就走进花丛，摘了几朵玫瑰花，一边往嘴里塞一边说："走吧，我们去看阿爸。"

可是父亲已经睡着了，鼾声如雷。

我们蹑手蹑脚退出来，去了书房。阿朵一进书房，就踢掉了脚上的鞋。她喜欢光着脚在屋子里跑来跑去，所以她的脚底总是灰黑的。在我们都督府里的女孩子中，只有她会这样不拘礼节。母亲不止一次地提醒她这样不好，不像个大家闺秀，她听了后能好几天，不久又开始打赤脚了。可是父亲看见她光着脚丫却从来不说，反而会用欣赏的目光看她。父亲就是这样偏心。其实我也喜欢阿朵光着脚丫、无拘无束的样子，这样使得她更加可爱。

我也像她一样光了脚丫。当我的光脚踩在书房里的那块柔软的羊皮垫子上时，一下子就想起了下午在后宫里看见的那一幕，耳边传来太后清晰的笑声。是不是一个男人把一个女人按倒在羊皮垫子上，她们都会发出那种笑声呢？

这么想着，我就转身抱住了阿朵。阿朵不知道我要做什么，下意识地想推开我，但我却抱得更紧。她身上散发出一种幼兽的气味，还有清新的玫瑰花的味道，这味道让我的身子抖得很厉害。我将她按倒在羊皮垫子上，手忙脚乱地开始剥她的衣袍。

阿朵说："你要做甚……"

是呀，我要做甚？看着眼前被我剥光的阿朵，我不知道接下来自己该做什么。看见我的傻样，阿朵倒扑哧一声笑了。我学着镇夷郡王安全的样子，趴在了阿朵的身上。阿朵一直在哧哧地笑，脖子上的玉羊一颤一颤的。我忙活了半天，还是不知道自己该干什么……

4. 乌　　阵

早上起来，我嗅到了一股血腥味儿。我以为是羊肉吃多上火了，流鼻血了，可伸手一摸却没有血。血腥味儿越来越浓，熏得我眼睛发酸，禁不住流起了眼泪。

我站在院子里，好让清晨的风驱散奇怪的血腥味儿。可是院子就像一个屠宰场，血腥味儿更浓。

这时婶娘梁喜儿走过来，问我：“大清早的谁欺负你了，一个人站在这儿哭?”

我说：“没人欺负。”

婶娘说：“那你哭甚哩?”

我用衣袖抹去泪水，说：“我没哭，我只是在流泪。”

婶娘笑了，露出细密白亮的牙齿：“哭跟流泪不是一回事呀?”

我说：“不是一回事。”

婶娘说：“你是不是病了?”

说着，就想伸手摸我的头。我把头一偏，躲开了。

我不喜欢婶娘摸我的头。小的时候，她就喜欢摸我的头，可是现在我很反感她这样。去年秋天，叔叔德旺出城狩猎的时候，我跟阿朵捉迷藏，躲进了婶娘的屋子，左等右等不见阿朵来，最后却等来了婶娘和一个男人。我吓得大气不敢出，眼见着他们脱光了衣袍，在厚厚的毡毯上扭作一团。婶娘就像太后那样喘息着、嬉笑着，用手不住地抓挠男人汗津津的脊背。后来一想起婶娘的手，我心里就很不舒服。

婶娘结婚好多年了，但看上去还很年轻，像个没出阁的姑娘。她脸儿白净，身材修长，走起路来无风也摇摆，身上的金银玉佩随之叮当乱响。要是在夏天，她那高耸的胸就会在衣袍里一颤一颤的，让我都不好意思往她身上看。婶娘是一个美丽的女人。可是到了晚上，我经常能听见她深重的叹息声。婶娘的叹息声，有时会压过母亲没藏雪的梦呓。母亲夜里时常会发出“啊呀”的惊叫和模糊不清的骇人的梦呓声，好像整夜都在跟人争吵。

婶娘笑着说：“我们尕娃长大了，都不让婶娘碰了。”

婶娘刚走，我就听到马厩里传来凄厉的马鸣。一定是父亲的白鬃马，只有它声音才会如此嘹亮。父亲正在院子里练剑，听到白鬃马的嘶鸣，提剑奔向马厩。我也急忙跟了过去。白鬃马躁动不安，鬃毛直立，四蹄刨地，仰天嘶鸣，急于挣脱缰绳。父亲搂住白鬃马的脖子，用手不停地抚摸着它的鬃毛。白鬃马打着响鼻。我看见马背上有一层亮晶晶的汗水。

父亲心疼地抚慰着白鬃马，眼睛里流露出疑惑的神情——不知道白鬃马为什么会如此狂躁，突然嘶鸣。在父亲眼里，白鬃马就像龙雀剑一样，是他的命根子。有一年，纯祐皇帝在贺兰山围猎，远远看见雾霭中有一匹白鬃马从眼前奔跑过去。他从来没有见过这么好的马，就下令让侍卫们一定要逮住它。侍卫们逮住了白鬃马，但谁也驯服不了它。父亲来了，走到白鬃马跟前，抚摸着宽阔的马背，马不再尥蹶子，乖乖地站在那里，舔着他的战袍。父亲翻身上马，白鬃马扬起四蹄，如同一道白色的闪电驰骋在草原上。那情景，看得皇帝都傻了眼，当场就把白鬃马赐给了父亲。后来，这匹来历不明的白鬃马，被人们传说成贺兰山的战神。因为贺兰山的形状，就像在草原上奔跑着的白鬃马。

白鬃马这是怎么了？难道跟我一样，也嗅到了血腥味儿？

白鬃马焦躁地挪动着前蹄。父亲的目光里充满了忧虑。自从成吉思汗在漠北称汗后，父亲的心就没有一天宁静过。凭着一个骑手灵敏的嗅觉，他似乎嗅到了灾难的气味儿。父亲曾向爷爷建议在全国范围内搞“点集”演练，作为夏军大都督的爷爷没有同意。

“点集”是我们党项人传统的战争动员方式，敌人从东边来，由东向西点集；敌人从西边来，由西向东点集。听到点集号令，分布在十二军司的几十万军队，就会像潮水一样呼啦啦依次集结起来，做好战斗准备。

父亲说，现在不进行“点集”演练，有一天敌人真的来了，我们会措手不及。爷爷说，哪来的敌人？杞人忧天！父亲说，成吉思汗的野心比长生天还要大。爷爷说，蒙古人不过是黑鞑靼，乌合之众，有甚可怕？父子俩发生了激烈的争吵。

爷爷不支持父亲，父亲就去找皇上。皇上说我们的疆土辽阔，国力强盛，没有人敢冒犯我们。父亲还想说什么，皇上用笑容和手势阻止了他。父亲没办法，他唯一能做的，就是加紧操练他的铁鹞军。他经常对他的铁鹞军骑兵们说：“一个骑手一生只做两件事，一是打仗，一是准备打仗！”

白鬃马终于平静了下来，父亲抱来苜蓿，一把一把地喂它。

这时，饭厅那边传来了女人的训斥声，是阿婆野利丹的声音。听那口气，她又在训斥母亲了。不知道为什么，阿婆总是看不惯母亲，动不动就训斥她。母亲总是一声不吭，一副逆来顺受的样子，手指颤抖地捻动她的那串朝珠。

母亲的朝珠有一百零八颗玉珠，四颗碧玺佛头，一个金背朵；每隔二十七颗玉珠就会加串一颗碧玺佛头。朝珠挂在母亲脖子上，金背朵闪闪发光，格外夺目。这串朝珠是皇上赐给她的，后来，皇上把母亲赐给了狩猎时救驾有功的父亲。

听人说，我曾经有过一个弟弟，但生下来不久就死了，死因跟阿婆有关。我私下里曾经问过都督府里的人，但所有的人都闭口不谈，像躲避瘟疫一样躲着我。我去问母亲，母亲用手掩住我的嘴说，以后别再问这件事情了。我不明白一谈到此事，他们为什么都会如此紧张。

我走进饭厅时，几乎撞在阿婆身上。阿婆骂道：“慌里慌张的，有鬼撵你哩？还不快去叫你爷爷吃饭！”

我转身去找爷爷。我知道阿婆不喜欢我，就像她不喜欢母亲一样。据说母亲刚生下我时，我瘦小得就像一只小老鼠，阿婆见了直皱眉头，给我起了个小名叫“尕娃”。尽管爷爷后来给我起了大名“李睍”，但长大后却很少有人这么叫，大家都习惯叫我“尕娃”。阿婆也不喜欢父亲，父亲整天不是练剑，就是操练他的铁鹞军，很少腾出空来陪阿婆说话。阿婆最喜欢的人是叔叔德旺，因为叔叔会把从汉人、吐蕃人、回鹘人那里得来的珍宝送给阿婆。

爷爷不在寝室，我便去书房寻找，果然在书房。爷爷正在和叔叔低声商量着什么，见我进来，他们停下不说了。我说爷爷吃饭了，爷爷说让我先去，他马上就来。我一个人往回走，心里想，爷爷和叔叔他们在嘀咕什么呢？

早餐是奶茶、粟米粥，还有荞麦饼、奶酪和腌制的沙葱、野韭菜。盛食物的盘子都很漂亮，有菊花盘，六条竖棱将盘壁分成六格，每格一枝菊花，盘底是四花四叶的团花；有牡丹盘，青釉，内壁印有三枝牡丹；有银莲花托盘，宛若一朵盛开的莲花，盘壁錾刻缠枝草叶。

侍女们把食物用这些银盘银碗端到低矮的长条雕花木桌上，然后退到一旁，垂手侍立，等待我们的召唤。我们盘腿围坐在木桌旁，各自吃着喜欢的食物。春天来了，停止烧“地龙”了，屋子里多少有些清冷。好在我们每个人的坐垫下面都有一块绣花牦牛毡垫，上面绣着“吉祥富贵”四个字。

大家吃着饭，谁也不说话，屋子里只有喝粥的声音。父亲绷着一张黑脸，满脸心事，只顾埋头喝粥，也不吃菜。爷爷看了父亲一眼，

又扭头看看叔叔。叔叔吃着荞麦饼，也不说话。屋子里的气氛让人窒息。

我想起在后宫看见的情景，就开口说道：“我看见承祯的阿爸了。”叔叔德旺莫名其妙地看着我：“承祯是谁？”

我说：“就是镇夷郡王的儿子呀。”

叔叔吃惊地问：“你是说安全？”

我说：“对呀，就是他。”

叔叔迅速地与爷爷交换了一下眼神，然后把目光都集中到我的脸上。叔叔问我：“你在哪里看见的？”

我说：“在后宫里。”

“在后宫？”叔叔更加吃惊，瞪大了眼睛。

我说：“我看见他在罗太后的寝宫里。”

“罗太后的寝宫？”

叔叔张大嘴巴，刚喝进去的一口粥几乎流了出来。爷爷也被我的话惊住了，举着奶酥的手停在嘴边。

父亲说：“你净胡说！安全远在甘州，没有皇上圣旨他哪儿敢回来！”

叔叔焦急地问我：“他们在后宫做甚？”

“他们在说话，罗太后一直在笑。”

“太后一直在笑？”叔叔追问道，“她笑甚？”

“我不知道。”

“他们说些甚？”

“我没听见。”

坐在我旁边的婶娘说：“这孩子今天怪怪的，刚才我还看见他一个人站在院子里哭呢。”

这时，当啷一声，父亲的龙雀剑从墙上掉了下来，紧接着马厩那边又一次传来了白鬃马的嘶鸣。父亲丢下饭碗，抓起他的龙雀剑跑了出去。

爷爷看了叔叔一眼：“安全从甘州跑回来见太后，想做甚？”

叔叔说："还能做甚？看样子，他们要动手了！"

有一年秋天围猎，父亲拉弓正要射向一只母豹，一只公豹突然从侧面扑了过来。情急之下，身为侍卫的阿朵父亲持刀扑向公豹，结果被公豹齐茬咬断了脖子。父亲厚葬了自己的侍卫。后来阿朵的母亲跟一个回鹘人跑了，父亲就把年幼的阿朵接进了都督府，收为养女。

我在后院没有找到阿朵，一转身，她却站在我的面前，脖子上的玉羊在阳光下闪着纯洁的光芒，身上有股玫瑰花的香味儿。我想：她刚才又躲进花园偷吃玫瑰花去了。她说："走吧，我们去看阿默尔爷爷吧。"

见她没有为昨晚的事生气，我也就放心了。我们穿过清水街、花柳巷、东城的肆场，走过一条悠长的石板路，爬上一面缓坡，就到了阿默尔的碉楼前。

我累了，一屁股坐在碉楼的木梯上，阿朵坐在我的旁边。我们坐在那里喘息。我嗅到了阿朵身上玫瑰味的汗香，看见她一起一伏的胸脯，想起昨晚我俩在羊皮垫子上的情景，便忍不住将手伸进了她的衣袍。她没有反对，一本正经地看着我们刚才走过的缓坡。我摸着摸着，她的呼吸就急促了。她的胸脯很饱满，我用一只手都握不住了，另一只手刚想伸进去，她推开我站起来，拍了拍屁股上的土，说："好啦，够啦，我们上去吧。"

我意犹未尽，心里痒酥酥的，但也只好跟着她上了碉楼。

我们在书房里没有找到阿默尔。书房里堆满了各类古书。阿默尔年轻时在宫廷里给国相斡道冲做过书童，收集了很多书籍，有汉文的、吐蕃文的、女真文的。平时他总是待在他的书房里撰写他的《白高大夏国秘史》，可是现在他上哪儿去了呢？我正在纳闷，阿默尔的鸽子扑棱棱从脚底飞起，吓了我们一跳。鸽子在，阿默尔就一定在。鸽子把我们引领到楼顶，阿默尔果然在那里。

楼顶的木架上挂着一具牛头骨，四周供奉着五块白石头。我们党项人自古崇尚白色，这五块白石头象征着天神、地神、山神、山神娘娘和树神。

一夜之间，阿默尔似乎老了许多。他的又长又白的眉毛耷拉在眼前，像冬天屋檐上的积雪，掩盖了两扇幽深的窗户。他站在那里，模样古怪地仰望天空，嘴里低声唠叨：“金楼玉殿天帝坐，天道之径日月行；大象一来河泽满，日月一出国土明；天道开合，天道恒劳，天行有信，知玄析理，于天现观……”

他正在仰观天象，嘴里唠叨的是厮乱祭天的谶语。鸽子落在他的肩膀上，用尖嘴亲昵地啄他的耳垂。阿默尔凝视着北方，突然惊叫一声：“来了！来了！”

我问：“甚来了？”

“一群鸟儿。”

我顺着阿默尔示意的方向看去，果然看见一群黑色的怪鸟正从北方飞来。鸟群悄无声息地向都城飞来，密密匝匝的数也数不清，像黑夜即将来临。鸟群越来越近，飞到我们头顶，在都城上空盘旋了一会儿，变换出六种不同的阵形，然后向青铜峡方向飞去，转眼就不见了。我惊呆了，不知道这是些什么鸟。

“它们为甚要变换了六种阵形呢？”我问阿默尔，他没有回答我。

阿默尔望着鸟群消失的方向，神情忧郁地说：“昨天夜里我发现火星飞入了南斗星。‘火星入南斗，天子下堂走。’今天又看见了这群从北方飞来的怪鸟。看来，灾难就要来临了……”

5. 玉 佩

尕娃在碉楼上看见那群黑鸟从天空飞过的时候，他的叔叔德旺正在清水街上的芙蓉国酒肆里跟人喝酒。德旺没有看见那群黑鸟，都城里的很多人都没有看见。人们都在忙着各自的事情，谁会在意一群野鸟呢?

芙蓉国是清水街最好的酒肆。女掌柜是个从蜀地来的汉人女子，年轻、水灵、能说会道，而且还会酿酒。她酿出的酒醇香四溢，闻着就让人迷醉。有人说，酒香是因为人香，女掌柜身上的香味比酒还香。酒肆后院有一个隐蔽的酿酒作坊，只有在夜里才能偷偷酿酒，因为西夏律令规定不准私自酿酒。但是漂亮的女掌柜跟官府里的人很熟，来这里喝酒的又大多是贵族子弟和城里有头有脸的人物，所以大家睁只眼闭只眼，很少有人因此找过她的麻烦。

所以夜里等客人一走，女掌柜便把门一关，开始跟店仆们在后院的作坊里酿酒。他们往锅里倒满酸奶，在锅上放一木桶，桶里挂一瓦罐，里面盛上冷水，然后将锅里的酸奶烧开，里面的蒸汽遇到上面的冷罐，凝结成水，滴进瓦罐里就成了奶酒。还有一种更简单的方法：用羊皮或者牦牛皮缝成皮囊，装进马奶，将口扎紧，放在阴凉的地方，过些日子便成了奶酒。不过这样的奶酒没有烧制的奶酒香醇，喝起来有股微酸的味道。酿制米酒的方法就更简单了，把大米和粟米蒸煮、糖化和发酵后，挤压过滤就行了。酒是女掌柜招徕客人的迷魂汤。

除此之外，女掌柜还从汉地、藏地、漠北和金国招来许多酒女，个个年轻水灵。但这些酒女与一街之隔的花柳巷里的女子不同，花柳巷里的女子什么都可以做，跟谁都可以做，而芙蓉国的酒女却不是谁都能使唤的，除非你是贵族皇戚。她们个个衣着华丽、钗环叮咚，仪态清雅。尽管侍酒之余，偶尔也做点别的事情，但这并不妨碍她们成为都城里贵族男子青睐、追逐的对象。

德旺今天没有要酒女，他要跟一个男人谈一件十分重要的事情。这个男人是师官麻骨茂德，此时就坐在他的对面。阳光从窄长的窗户里斜射下来，洒在酒桌上，使得那些银质酒具闪闪发光。酒肆刚开门不久，屋里还没有几个客人。两人一边喝酒，一边随口寒暄。德旺说一句，麻骨茂德就谦逊地点一下头。麻骨茂德说话的时候不看德旺，眼睛盯着桌面，好像对那些银质酒壶十分感兴趣。

一壶酒下肚，德旺才说正事："听说安全回来了，你知道吗？"

麻骨茂德这才猛然抬起头，有些惊讶："不知道啊。"

"你不是跟他的小王妃灵芝很熟吗，怎能不知道？"

麻骨茂德慌忙看了看周围，小声说："这话可不敢乱说，我真不知道。"

"看把你吓的。"德旺笑了，端起麻骨茂德的酒杯，与自己的酒杯碰了一下，一仰脖先喝了。麻骨茂德只好端起酒杯，也一口喝了。

"你咋知道他回来了？"

"都城里甚事能瞒过我？"

"可是……灵芝没跟我说呀。"

"或许灵芝也不知道。连他最喜欢的妃子都不知道他回来，说明他并没有回王府，而是直接去见的太后。如果真是这样，那这事就更可怕了。"

"他去见太后做甚？"

"还能做甚？"德旺说，"太后一直对皇上不满，安全又因为当初皇上没让他世袭爵位，把他贬到了甘州，一直对皇上心怀不满。太后这次秘密召见他，你说他们在一起能做甚？"

"我们甚都想到了，就是没想到他会回来，这下麻烦了。"

“听说他们在后宫密谈了很久，而且有人还听到了太后的笑声，看来太后已经胸有成竹，他们就要动手了，我们不能前功尽弃，得先动手!”德旺从衣袍里掏出一块玉佩，交给麻骨茂德。

麻骨茂德接过玉佩，看了看，问：“你这是甚意思?”

“送给你的‘花喜子’灵芝。”

党项人把情人叫“花喜子”。麻骨茂德莫名其妙地看着德旺：“好端端的，送她玉佩做甚?”

“你把玉佩送给她，然后把她杀了。”

麻骨茂德瞪大了眼睛：“让我杀她?”

德旺目光像冰，小声说：“这就是以攻为守。你杀了安全心爱的王妃灵芝，他一定不会善罢甘休，就会怪罪皇上，这样一来事情就乱了，我们就有了可乘之机……”

“等等，我没弄明白。我杀了灵芝，他怎会怪罪皇上?”

德旺笑了：“因为，你手里拿的玉佩是皇上的。”

麻骨茂德噢了一声，但脸色马上变白了：“你这不是让我嫁祸皇上吗?”

德旺说：“到底是师官，一点就透。”

“可是，安全能上我们的当吗?”

“安全虽然孔武有力，但却有勇无谋。”

“可是，没人相信皇上会杀一个王爷的妃子。”

“皇上因为求欢不得，一怒杀之。”

“皇上后宫有那么多年轻貌美的妃子，不可能为一个王爷的妃子而惹祸。”

“汉人有一句话：妻不如妾，妾不如偷，偷不如偷不着。一个男人即使拥有再多的女人，也会对别的漂亮女人感兴趣。你不是也有一妻一妾吗?为甚还要跟安全的妃子偷鸡摸狗?”

麻骨茂德脸红了，低下了头。

德旺接着说：“听说皇上早就垂涎灵芝了。这两天你就寻机下手。”

麻骨茂德有些为难："可是，我对灵芝下不了手……"

"想想你当上了国相是甚光景，就下得了手了。"

麻骨茂德皱着眉头，痛苦地说："她可是个好女人啊……"

德旺不屑地说："好女人多的是，你当上了国相，想要多少有多少。"

麻骨茂德的头抵着胸，像是要钻进胸腔里，看看能不能找到一个既不杀灵芝又能当上国相的万全之策。等他重新抬起头来，目光变得阴冷。他端起桌子上的酒杯，一饮而尽，说："好吧，就这么干！"

两天后的中午，遵顼与御史中丞梁德懿坐在都督府院子里的石桌旁，喝着奶酒，下着围棋。这棋桌原是贺兰山上的一块顽石，大都督遵顼进山围猎，被它绊了马腿，几乎从马背掉下来。他很生气，下马一看，见这石头有些怪异。贺兰山上的石头都是褐色、青色的，或是褐青相间的，而这块石头却是白色的。他让人将它抬回家，请来石匠打凿成石桌，刻上棋盘，最后让石匠在两边凿上他的西夏文篆书：清尊雅趣闲棋味，盏盏冲和局局新。这样，一张别致新奇的石桌棋盘就做成了。

春天的阳光照耀在他们的脊背上，暖洋洋的，空气里迷漫着春天的气息和青草的味道。前几天刚落过一场雨，地皮还没有干透，柔软湿润的春风抚摸着肌肤，让人感觉很舒服。院墙下的迎春花正在悄悄吐蕊。屋脊上怒目圆睁、张牙舞爪的四足兽爪下冒出了一丛嫩嫩的小草，绿色琉璃鸽昂首挺胸，一副随时要振翅飞走的样子。

两人下着下着，梁德懿就急了，忽地站了起来，遵顼笑着用手示意他坐下，梁德懿意识到自己又失态了，不好意思地说："到底是大都督，就是比我大度，要不你当年中了状元，我只得了个榜眼。"

遵顼笑笑说："下棋嘛，就得争，不争还下个甚劲？我就喜欢你这种性格。"

梁德懿说："争就是不争，不争才是真争，你才是真正的高手。棋分九品，你是上品，我甘拜下风。"

“下棋你不如我，做官我不如你。你这个御史中丞官做得好啊，朝廷上下谁不称赞？”

“大都督过奖了。其实我这个官很好当，只要秉公执法，肃正纲纪，六亲不认，油盐不进，就是一个好御史。”

“可惜，如今朝廷里像你这样的人太少了。”

两人正说着，巷道里突然响起了急促的马蹄声。马蹄声越来越近，在都督府门口停下。一个身着黑色衣袍的提刑官急匆匆跑进来，跪倒在梁德懿的面前：“大人不好了，出事了！王妃被人杀了！”

梁德懿一惊：“王妃，哪个王妃？”

“安全的王妃灵芝。”

一听是安全的王妃，梁德懿脸上的表情松弛了下来：“别慌张，慢慢说。”

“大人，这事并不简单……”提刑官偷看了一眼遵顼，欲言又止。

梁德懿说：“都督大人不是外人，有话你就直说！”

提刑官说：“我们在王妃的卧房里，发现了皇上的玉佩……”

梁德懿的脸色顿时变了：“皇上？你怎能肯定是皇上的玉佩？”

“上面有皇上书的铭文……”

“这话可不能乱说，你们看清楚了吗？”

“看清楚了，千真万确是皇上的玉佩。而且，王妃的一颗价值连城的夜明珠也不见了。”

“夜明珠？皇上甚宝贝没有，会为了一颗夜明珠杀人？”

遵顼探过身子，小声对梁德懿说：“听说皇上跟这个小王妃有点……不会是怕事情败露杀人灭口？”

梁德懿惊得目瞪口呆，手里的棋子噼里啪啦散落在石桌上。梁德懿站起来向遵顼拱手告辞，朝外刚走两步，又转身回来对遵顼说：“这件事关乎皇上名节，在事情没有水落石出之前，还请都督大人暂且保密。”

遵顼说：“放心，我不会拿自己的脑袋开玩笑。”

这时，德旺和麻骨茂德坐在芙蓉国酒肆。德旺用腰刀将一块烤肉送进嘴里，然后端起酒杯，跟麻骨茂德碰了一下，两个人心照不宣地都笑了，一饮而尽。

德旺冷不丁问了一句："你拿走了夜明珠？"

麻骨茂德有些惊慌，说："我没拿呀。"

德旺放下酒杯，用腰刀又扎起一块烤肉，但没有马上送进嘴里，笑着，拿眼睛盯着麻骨茂德看，看得麻骨茂德心里直发毛。

麻骨茂德说："你别这么看着我，我真的没拿！"

德旺说："但是你的眼睛告诉我，你拿了。"

麻骨茂德一脸委屈的表情："人都没了，我还要那玩意儿做甚？"

德旺笑着说："没拿就好，因为那玩意儿会给你带来杀身之祸。"

6. 围　　城

这天早上，一队骑兵突然包围了都城。

“哪儿来的骑兵?”

“镇夷郡王安全的骑兵。”

“他想做甚?”

“皇上杀了他的爱妃灵芝，他要报仇。”

“噢!”

都城里的人们这样议论。

最先得到消息的是大都督遵顼。当时早朝时间还没有到，他胡乱穿上朝服，登上暖轿，让轿夫一路小跑进了宫，扑通一声跪倒在皇上纯祐的卧榻前，禀报了安全围城的事情。皇上的身子在颤抖，宫女们费了很大劲才给他穿上衣袍。

“这是为甚? 这是为甚?”

遵顼匍匐在地，回禀说：“听说是因为他的王妃。”

“他的王妃咋啦?”

“他的王妃前天被人杀了。”

“你是说那个灵芝?”

“是呀，陛下。”

“灵芝被谁杀了?”

“不知道。”

纯祐一听这话，放下心来，舒了口气，说：“不就是一个妃子嘛，用得着这么兴师动众吗? 传我的口谕，赐他十个女人，让他回甘州去吧。”

这时，国相苏思贤走了进来，看了一眼地上的遵项，也跪在旁边：“陛下，事情没有这么简单。”

“还有别的原因?”

苏思贤说：“都城里都在传说，是陛下杀了安全的王妃……”

纯祐一听就急了：“朕杀了他的王妃？朕为甚要杀他的王妃?”

苏思贤把头抵在地上：“臣只是听外面的人这样说，臣知道陛下不会干这种愚蠢的事，一定是有人嫁祸皇上啊。”

“谁会嫁祸于朕?”

“臣不知。”苏思贤字斟句酌地说，“御史中丞梁德懿这两天一直在缉查此事，听说在镇夷郡王府捡到了陛下的一块玉佩……”

“我的玉佩？我的玉佩怎会跑到他的王府?”

“臣也纳闷。就是因为这块玉佩，都城里才风传是陛下杀了王妃。”

皇上大怒：“你们为何不早禀报?”

苏思贤说：“臣想让御史把事情弄清楚再禀报，没想到安全他……”

遵项说：“陛下，这其中一定有诈，但现在不是纠缠这些问题的时候，当务之急是如何让安全退兵。”

皇上说：“你是大都督，你说咋办?”

遵项说：“臣以为，镇夷郡王安全就算有一千个理由，也不该领兵包围都城。按大夏律法这是死罪！我们应该点集兵马，内外夹击，剿灭安全叛贼!”

苏思贤说：“万万不可，这会招致天下大乱。”

皇上问：“那你说咋办?”

苏思贤说：“安全一向听从太后的话，是不是问问太后?”

一提太后，纯祐不说话了，脸色很难看。

遵项用眼角的余光瞥了身旁的苏思贤一眼，知道他肚子里在转什么弯弯绕。自从老国相斡道冲病死，苏思贤接了国相之职，他一直在借助太后培育自己的势力，短短几年时间，就把苏氏家族里的许多人安插在了朝廷的重要衙门。这看上去忠厚老实的家伙，其实比安全还要危险。苏思贤和安全都是太后的红人，要是他们俩与太后联起手来，事情就更难办了，就没机会干掉安全了。

于是，遵顼说："陛下要是下不了决心，那就等禀报了太后再说吧。"

果然，这话激怒了皇上："大都督遵顼听令——朕命你点集白马强镇军司、朝顺军司、保泰军司、静塞军司、嘉宁军司、祥佑军司六个军司二十万兵马，火速赶来都城，剿杀叛贼安全！"

"遵命！"爷爷遵顼心中暗喜，爬起来退出了寝宫。

苏思贤趴在地上还在劝说皇上："陛下，万万不可点集兵马，这样一来安全就没了退路，就会不顾一切地攻城了。这事还是禀报太后以后再做决断吧……"

皇上生气地说："朕主意已定了，你退下吧。"

苏思贤从皇上那里出来，直接去了后宫。太后听完苏思贤的禀报，很不高兴："这个安全，做事如此莽撞，何以成大事！还有，皇上也不让我省心，他杀没杀王妃另说，单说兄弟的纠葛用点集兵马的办法来解决，也欠考虑。但是事已至此，我也不好再说什么，还是由你出面处置比较妥当。"

"我该如何处置，请太后明示！"

"只要能让安全退兵，用甚办法都行。"

有了太后这句话，国相苏思贤胆子就大了，将安全的一对儿女承祯和桑禾捉上了城头。他知道太后对皇上已经失望，母子俩积怨很深，预感到皇上在那把龙椅上坐不了多久。那么，太后会让谁坐上龙椅呢？当然是安全。尽管他和安全都是太后的心腹，但他是个外人，安全却是太后的亲侄子。现在好了，安全出事了，他的机会来了。通过这件事，太后不难看出安全只不过是个有勇无谋的家伙，一定会对安全失望。现状是，太后只能依靠他。但是这种时候他也不想得罪皇上，到底最后鹿死谁手还不一定呢，他得留一手。他把安全的一双儿女捉上城墙，就是想告诉皇上和天下人，他是一个爱憎分明的人，跟太后、安全没什么关系。他劝阻皇上不要点集兵马，是怕大都督遵顼拥兵自重，到时候事情会越来越复杂。

被捉上城墙的承祯并没有害怕，他抬头挺胸，望着城外父亲乌泱泱的骑兵军阵。父亲骑在一匹彪悍的黑马上，威风凛凛地站在军阵前。承祯的嘴角露出了一丝骄傲的笑容。可是妹妹桑禾却一直在哭泣。几天前，母亲被人杀了，她的泪水还没有哭干，今天又被人捉来推上了城头。因为恐惧和哭泣，桑禾瘦小的身子不住地抖动。承祯将妹妹揽在怀里，用手指着城下说："你看，阿爸多威风!"

承祯以为妹妹看见了威风的父亲就不再哭泣，可是当桑禾顺着他手指的方向，看见了马背上的父亲，哭得更厉害了："阿爸！阿爸!"

听到女儿的哭声，安全用剑指着城头大骂："苏思贤，有种你出城跟老子厮杀，欺负孩子算甚本事!"

苏思贤说："你不退兵，我就将他们从城头上推下去!"

桑禾哭得更厉害了。

"你敢动他们一根毫毛，老子剥了你的皮!"

就在这时，一匹枣红色的快马从北方飞奔而来，马背上的骑兵大老远就高喊："边境军情，十万火急!"

人们被这突如其来的事件惊住了。安全见那骑兵手举一块"敕燃马牌"，知道是边境报信的急脚子，没敢阻拦，让兵阵让开一条道。急脚子一路狂奔，从刚刚开启的城门缝里冲了进去，城门随即咣当一声又关上了。急脚子穿过大街小巷，直奔都督府。

遵顼正在屋里与人商议点集兵马的事情，突然听到巷道里急促的马蹄声，以为安全的骑兵已经攻了进来，急忙从屋里跑出来。急脚子跌跌撞撞跑进都督府大门，双腿一软，瘫在地上昏了过去。遵顼让人用凉水将他浇醒。急脚子被两个侍卫架着，有气无力地禀报说："蒙古人越过我们的北方边境，力吉里塞城失守，城中军民全部被杀……"

遵顼大惊失色："蒙古人？他们现在到了哪里?"

"不知道。"

“有多少兵马?”

“数不清，遍地都是。我半夜从死人堆里逃出来时，看见蒙古营地里的篝火比天上的星星还要多……”

“祸不单行，祸不单行啊!”

遵顼满脸惊慌，下意识地看了一眼门口，好像蒙古骑兵马上就会从那里冲进来。他稳住情绪，叫人赶快备轿，匆忙赶往皇宫……

傍晚，遵顼与大儿子德仁一起回到都督府。遵顼脸色难看，一声不吭。德仁满脸通红，一进屋就激动地说：“我早就说要搞点集演练，你们就是不听！现在好了，叛贼来了，蒙古人也来了，而我们的军队想点集都点集不起来!”

遵顼没好气地说：“谁说点集不起来？要不了几天，附近六个军司的二十万兵马，就会集结到都城来!”

“我们点集兵马，应该去对付蒙古人，而不是城外的安全!”

“蒙古人并不可怕，安全才是我们最危险的敌人！他的五万兵马现在就在城外，一旦真的动起手来，你的一万铁鹞军，再加上城里的一万卫戍军，根本就不是他的对手。等我点集来兵马消灭了安全，再去北方边境对付蒙古人。”

“等消灭了安全，蒙古人早就攻到都城来了。”

“即使蒙古人倾巢出动，也不过区区十几万兵马，我们的五十万兵马踩也把他们踩死了。”

“成吉思汗可不是那么好对付的！他已经消灭了蔑尔乞人、塔塔尔人、乃蛮人，现在又来进攻我们，一定是早有预谋，有备而来!”

“我们疆土广阔，成吉思汗即使是草原上最凶猛的一只狼，也无法将我们一口吞下，反而会在我们无边的疆土上迷路!”

“他可以先咬住我们的脖子，然后再慢慢吃掉我们。草原狼最喜欢吃腐烂的肉食了。我们如此轻敌，迟早要被蒙古人吃掉!”

父子俩争执了很久，谁也没有说服谁。

事情如德仁所料，点集令发出了三天，二十万兵马却迟迟未集结到都城周围。这时北方传来消息说，蒙古人已经攻陷了落思城，正在向沙州和瓜州进攻。

没有皇上的旨意，德仁的铁鹞军无法去北方迎击蒙古人，只能守候在城墙上，与城外安全的兵马对峙着、僵持着，德仁如同一头困兽，焦急地在城墙上转来转去。

可是谁也没有想到太后会突然爬上城墙。城墙上风不大，刚好能吹动她的发梢。太阳刚升起来，她却满面尘土、浑黄浑黄的样子，好像走了很远的路程。太后头戴桃形大凤冠，身着窄长凤袍，两鬓插满簪钗，鬓发拢掩耳侧。她背着太阳，端着肩，袖着手，站在那里，对城下的安全说着话。她每说一句，耳朵上的银耳环就跟着晃荡一下。

太后说："你要是一个勇敢的骑手，就不该为一个女人把你的箭对准你的皇上，你该带着你的兵马去跟蒙古人厮杀。你要是打退了蒙古人，我就赦你无罪……"

太后这是在为安全指出一条生路啊。附近六个军司的二十万兵马行动再缓慢，明后天也会到达。到那时，安全就是想走也走不了了。二十万兵马，即便是一群散乱的绵羊，踩也会把安全的五万兵马踩死。

太后说："等你凯旋的那一天，我会还你一个公道……"

安全撤了兵。德仁也得到了率兵迎击蒙古人的圣旨，皇上授他兵马前锋大将军之职，指挥铁鹞军和其他六个军司的兵马共同迎击蒙古人。第二天早上，德仁与安全的兵马在贺兰山下会合后，一起开赴北方边境。

出征前，遵顼看着远处端坐在马背上盛气凌人的安全，悄声对儿子德仁说："如果他投奔了蒙古人，你就杀了他！"

德仁说："我的龙雀剑对叛贼从来都不会留情！"

遵顼说："即使他不投奔蒙古人，在你们凯旋的路上，你也要伺机杀了他！"

德仁不解地看着父亲："这是为甚？"

遵顼说："因为他活着，我们就不会活得舒坦。"

德仁疑惑地看着父亲阴冷的脸。这时，出征的鹿角号已经吹响，德仁来不及多问，飞身上马，领兵出发了……

7. 厮　　乱

早上起来，爷爷让我去请厮乱阿默尔。

阿默尔是爷爷的朋友，他们都喜欢书法，经常在一起切磋交流。爷爷擅长篆书和隶书，他的篆书笔画烦琐，但墨路清晰，行笔自然，布局合理，揖让有方，用笔十分讲究，给人肃穆端庄、古朴典雅的美感。但爷爷的隶书又完全是另外一种样子，打破了篆书屈曲圆转的形体结构，变小篆的纵势为横势，笔画平直，形体宽扁，左右舒展。阿默尔很喜欢爷爷的隶书，所以，他将前任国相斡道冲留给他的一支黄羊毫笔转送给了爷爷。阿默尔曾给斡道冲当过书童，工于楷书和草书。汉人的书法讲究“藏锋”“中锋”，要求用笔沉着含蓄、浑厚遒劲，笔尖在点画中穿行。而阿默尔的楷书，用笔不但将“藏锋”和“中锋”运用自如，而且在许多笔画中有“侧锋”出现，入纸锋棱明显，笔势生动多姿。他的草书更是灵动雄健，很有汉人草书“简而动”“流而畅”的味道。

但是爷爷今天请阿默尔来，不是为了研习书法，而是让他来占卜。这几天，爷爷寝食难安，七天过去了，前方没有传回一点消息。不知道蒙古人现在到了哪里，也不知道我们的军队是否截住了他们。

在我们大夏，厮乱的地位仅次于国师。国师掌管国家和皇家的一切佛事活动，谁家有了好女，都要先献给国师，并以此为荣，其次才会考虑厮乱，然后才是芸芸众生。但阿默尔对女人一向不感兴趣，很多年前妻子过世后，他就一个人孤独地生活在碉楼里，除了我和阿朵偶尔去看看他，他很少与外人来往。

我请来了阿默尔。我们还没有走进都督府，阿默尔的白鸽就扑棱棱从大门里飞了进去，好像急着为主人去报信。我把阿默尔领到后院，爷爷和叔叔已经等候在那里。叔叔见我们来了，就让仆人逮住一只羊，准备宰杀。羊并不知道灾难已经降临，仍然咀嚼着嘴里的干草。我一看就明白了，爷爷这是要让阿默尔用“炙勃焦”的方法预测凶吉。

阿默尔问爷爷：“大都督想知道甚事？”

爷爷说：“当然是这场战争的吉凶了。”

阿默尔从腰里掏出尖刀，在鞋底上蹭了蹭，然后走过去劐开羊胸，羊在几个仆人的手里踢蹬了几下，就不动了。阿默尔动作熟练，刀法娴熟，转眼羊皮就被干净利索地剥了下来，像毡毯一样平铺在地上。尖刀在阳光下一阵翻飞，羊皮上的羊很快又变成了一具骨头架子。阿默尔唰唰几刀，砍去没用的骨头，最后只剩下一块羊胛骨。他要的就是这块羊胛骨。阿默尔让人抱来柴火，点燃，然后把羊胛骨扔进火堆里焚烧。一股诱人的肉香在空气里弥漫，很快又变成了难闻的焦煳味儿。等什么味儿都没有了，阿默尔从灰烬里扒拉出烧得只剩下鸡蛋大小的羊胛骨。他用衣袖擦去上面焦黑的东西，捧在手心里仔细观看。看了一面，又翻过来看另一面。看着看着，阿默尔鼻尖上就冒出细密的汗珠，两道修长的白眉紧蹙在一起。

爷爷问：“看不出来？再仔细看看。”

阿默尔又仔细看了一会儿，摇了摇头，说：“羊胛骨烧过之后会有裂纹，裂纹在上为吉，在下为凶，在两侧是吉中带凶。可是你看这上面，裂纹到处都是，根本没有章法。我当厮乱这么多年，头一回遇到这种事情，真是奇怪！”

爷爷说：“是不是火太旺了，烧过了头？要不再试一次？”

“再试就不灵了。”阿默尔说，“我们改用听弓吧。”

听弓是我们党项人另一种卜测吉凶的方法。

阿默尔话音刚落，天空突然暗了，日头像是被哪条野狗叼走了。絮状的黑云在天上翻卷着，忽东忽西，像是在寻找丢失的日头。阿默尔的鸽子在低垂的黑云下盘旋，惊慌地咕咕鸣叫。

突然，大雨瓢泼而下，人们惊慌奔逃。可是等人们跑到屋檐下，却发现身上并没有落下一滴雨。低头去看，地上也不见雨星。仰头看天，密匝匝的雨线十分清晰地挂在半空，却落不到地上。一会儿，天空亮了，日头又回到了天上，若无其事地普照着惊慌失措的人们。

阿默尔说："这是'魔鬼雨'，六十年前就下过一次。那场雨后，河套大乱，先是夏州统军萧合达拥兵自立，攻占了盐州，包围了灵州，直逼兴庆府。仁孝皇帝急忙派净州统军任得敬带兵围剿，半年后才平息了叛乱。接着又是连续三年的饥荒，各部落趁机谋反。经书上说，遇到'魔鬼雨'大祸将临……"

爷爷神色紧张，一言不发。

叔叔让人拿来了弓箭，递给阿默尔。院子里顿时鸦雀无声。阿默尔单腿跪地，用箭矢敲击弓弦，弓弦发出嘣嘣的声音。

阿默尔听了一会儿，站起来说："蒙古人到不了兴庆府。"又说："但是，他们已经包围了沙州和瓜州。"

爷爷焦急地问："我们的铁鹞军呢？安全的军队呢？"

阿默尔说："不知道，听不到我们的马蹄声……"

三天后，阿默尔的话应验了。急脚子带来了瓜州的消息，沙州和瓜州的军队正与蒙古骑兵厮杀，西平军司的三万兵马把蒙古骑兵阻挡在河西走廊，两军混战一处。可是仍然没有父亲和安全的消息，他们像是突然从大地上消失了一样。

半个月后，瓜州城和沙州城相继失守。可是，仍然没有父亲他们的消息。

他们去哪里了？

羊群走过，草地上会留下蹄印，可是父亲带着一万铁鹞军一走，就像鸟从天空飞过一样，没有留下任何痕迹。母亲很担心父亲，可她又不能为父亲做什么。她能做的，只有等待。母亲说她心里很慌，要我陪她去承天寺。为了掩饰自己的担心，母亲一路上不停地跟我说话。

母亲说，原来有个皇帝，叫谅祚，他的父亲就是元昊。谅祚一岁时就当了皇帝，太后为了保佑她的儿子龙运长久，征集了几万人，修建了承天寺，还请来吐蕃和回鹘高僧，每天在承天寺里宣讲经义。太后经常带着儿子谅祚去听高僧讲经。

母亲说："你知道太后是谁吗？"

我说："知道，是没藏氏。"

母亲说："那你知道没藏氏是谁吗？"

我说："是太后。"

母亲说："怎么又说回来了？她是阿妈的先人，那可是个了不起的女人。"

其实我知道，可我就是不说破，等着她自己说出来。母亲寂寞，由着她说，想说什么就说什么，她说什么就是什么，只要她能忘记担忧。我们边说边走。我突然感觉后面有人影晃动，扭头去看，却什么也没有看见。我以为是幻觉，继续跟母亲往前走。可是刚走几步，又感觉后面有人，甚至听到了那人细碎的脚步声。我猛然回头，还是什么也没有。我很疑惑，再也没有心思听母亲说话了，嘴里支应着，耳朵却一直捕捉着后面的动静。

承天寺到了。走进山门时，我下意识地回头看了一眼，结果看见后面跟着一个二十多岁的年轻女人。我没有看清她的脸面，因为她慌忙躲到了一棵树的后面。我没有告诉母亲，怕她担心。我装着没事的样子，跟着母亲走进了山门。

可是，这个女人为什么要跟踪我们呢？

承天寺前院是五佛殿和佛塔，穿过砖雕垂花门就是后院，那里有韦驮殿和卧佛殿，里面有许多形态各异的彩塑佛像。母亲去朝佛，我爬上了佛塔。那是一座八角形的砖塔，比阿默尔的碉楼还要高。我喜欢站在佛塔上俯视都城，听檐角上悬挂的风铃发出的声音，看下面来来往往的行人。

承天寺的僧人们遵照皇帝的旨意，正在为战争祈祷。不光承天寺，一连多日，都城周围的十几座寺庙，密宗、华严宗、净土宗，无论哪个宗派，都在主管佛事的国师统领下，为这场突如其来的战争作法祈祷。身着红色袈裟的僧人们后面，是前来祈祷的百姓。母亲走进人群里，像一滴水掉进了池塘，转眼就不见了。

站在佛塔上，都城一览无余。长方形的都城南北各两个城门，东西各一个城门，不用看我也知道，东门上写着“光化门”，西门上写着“薰香门”。街道像许多个方格子，里面有清水街、花柳巷等二十多条街道，还有许多皇家手工作坊。站在这里，我还能看见贺兰山下的木栅行宫，那是专供皇室贵族享乐的地方。听阿默尔说，这都城是李德明修建的，以前这里不叫兴庆府，而叫怀远镇。有一年，一个神秘的道士对李德明说，他在怀远镇的温泉山上看到了一条龙，李德明认为怀远镇北有贺兰山，黄河绕其南，形势便利，易守难攻，是个建都的好地方，便将都城由灵州迁到了这里，并将“怀远”改名为“兴州”。兴州和灵州之间隔着黄河，李德明便仿效宋人，称它们为西京和东京。李元昊登基后，对兴州城进行了扩建，改名为“兴庆府”。据说当时修筑城墙时，元昊采用匈奴人赫连勃勃的方法，将土蒸过之后才上墙夯实，最后用锥子检验，锥入一寸，便杀掉夯筑的劳工。所以城墙坚固无比，历经多次战乱而不倒。

今天，我没有心思去欣赏都城，因为我惦记着跟踪我们的女人。果然，不一会儿，那女人从树后闪了出来，走进了承天寺。她不知道我正在高处看她，所以走得很自然，不像刚才那样蹑手蹑脚。这回我看清了，原来是我昨天见过的那个女人。

昨天，国学院放学，我看见她带着承祯和桑禾从皇宫里出来。自从镇夷郡王出征后，太后就把承祯兄妹接进了宫。我很好奇，不知道他们出宫去干什么，跟着走了几条街。那女人带着承祯进了一家店铺，把桑禾一个人留在外面。承祯老欺负我，我一直在寻找报复的机会，现在正好拿他妹妹出气。我在墙角找到一条蚯蚓，用手捏起来，悄悄走到桑禾身后，丢进她的衣领后撒腿就跑，桑禾吓得惊叫起来……

难道这个女人是为了这事？不会，她不会因为那点小事跟踪我们。那她到底为了什么呢?

女人在寺里转了一圈，走出了山门。我想知道这女人到底想干吗，急忙从佛塔上下来，追了上去。可是等我追到阿默尔的碉楼跟前，那女人却不见了。我疑疑惑惑地进了碉楼。

阿朵正在楼顶给一只羊羔喂粟米。阿默尔双目紧闭，跪在羊羔跟前，嘴里叽里咕噜念叨着什么。我走过去，刚要说话，阿朵把一根手指竖在嘴上边，嘘了一声，小声说:“别吭声，爷爷正在咒羊呢。”

“咒羊”也是我们党项人的一种占卜方法。羊肠通畅则吉，羊心淤血则凶。羊羔舔食着阿朵手里的粟米，白鸽落在她的手臂上，啄两口粟米，又扑棱棱飞到碉楼的飞檐上，咕咕鸣叫着。羊吃饱了，正在摇头打喷嚏的时候，阿默尔一刀捅进羊的喉管，羊咩了一声，倒在了地上，蹄子蹬了几下就死了。阿默尔用刀剖开羊肚，认真地察看。羊心在里面突突跳个不停。羊肠不通，羊心淤血凝结。阿默尔阴沉着脸，站起来，搓着沾满羊血的双手，沉默不语。

阿朵焦急地问:“爷爷，结果咋样啊?”

阿默尔凝望着北方，叹息一声，说:“灾难才刚刚开始。有人正在朝这边而来。”

8. 羊 胛 骨

不停地敲击键盘，我的手指有些发酸。我停下来活动手指，想着厮乱阿默尔这个人挺有意思，就好奇地问教授：“党项人的厮乱，是不是这次汶川地震灾区羌族人的释比呢?”

教授擦拭着老花镜，说：“是的，只不过八百年前的党项人叫厮乱，现在的羌族人叫释比，他们同根同族，也就是我们常说的巫师。在羌族人或者党项人眼里，不管是释比还是厮乱，他们都懂阴阳，知祸福，通鬼神。叫法不一样这并不奇怪，即使在现在的羌族聚居地，汶川与茂县等地的羌族方言也不尽相同，有的发音差别还相当大。党项人本来就是古羌族的一支，他们之间有着悠久的历史宗教文化传承。早在唐太宗时期，党项羌人就生活在四川茂县、汶川、理县和松潘一带，唐太宗还让那里的党项部落酋长担任了各州的刺史。西夏灭亡后，有一部分党项人又回到了故地，繁衍生息至今。不过随着历史的变迁，羌族的释比文化有所变化与发展。厮乱和释比，是党项羌人对宗教仪式执行者的尊称，也是党项羌人最具权威的文化人，承担着传承本民族宗教文化的职责，在党项羌人中有很高的地位。释比是羌族文化传承的核心之一，可惜现在整个羌族的释比不到二十人，听说有的释比也在这次地震中遇难了。解放前那里的羌族人只有三四万人，现在已经繁衍到三十多万人了，令人痛惜的是，在这次大地震中有三万羌族同胞遇难……”

那天临走时，阿默尔把没有测出吉凶的羊胛骨送给了我。

阿默尔说他琢磨了很久，也没有弄明白上面裂纹的寓意，但可以肯定，这是一块有灵性的羊胛骨。因为每次我来碉楼之前，羊胛骨都会轻轻地跳动，像一颗鲜活的心；我一走，羊胛骨又恢复了平静，像睡着的婴儿。他说这羊胛骨跟我一定有缘，就送给了我。

“你留着它吧，或许哪一天你能看得懂。”

几天后的夜里，我相信了阿默尔的话。

这天夜里，我快要睡着了，恍惚中听到了一种声音。是婶娘梁喜儿的叹息声？不像。是母亲没藏雪的梦呓？也不像。是父亲德仁的鼾声？更不像。是一种十分奇怪的声音，“嘎，嘎，嘎”，很轻，但却很清晰，像是老鼠在啃衣柜，又像是谁在梦中磨牙。后来我才发现声音来自枕下的羊胛骨。我把羊胛骨拿出来，真的是它在叫。我明显地感觉羊胛骨在跳动，像是要从我手里蹦下来逃走，还一闪一闪地发着亮光，像是眨巴着惊恐的眼睛。我惊骇不已。真是一块奇异的羊胛骨！

几天后，正如阿默尔所预测的那样，城外突然来了许多骑兵。守城的士兵慌了手脚，急忙关闭了城门，举起弓箭。可是等骑兵来到城下，他们认出是父亲和安全的队伍回来了。

这些天他们到哪里去了？

原来他们出征不久，就在半道上遇到了听到点集号令赶来的六个军司的兵马。原本应该有二十万，却只点集到了八万。父亲让这八万兵马从正面阻击蒙古人，他和安全兵分两路，从南北两个方向包抄过去，斩断蒙古人的后路，三股兵力最终将蒙古人包围在瓜州一带。安全带一路兵马沿祁连山北麓向西行进，父亲的铁鹞军沿腾格里沙漠和巴丹吉林沙漠之间的缝隙西进。但是他们没有想到的是，蒙古人在他们的包围圈还没有完全形成的时候，就已经从正面撕开一道口子，突围了出去。但突围出去的不是蒙古骑兵的全部，后面的三千骑兵被及时赶来的父亲的铁鹞军和安全的甘州军堵住了。父亲和安全配合默契，合力围攻，最终将三千蒙古骑兵全部歼灭。

那些突围出去的蒙古人，马不停蹄地撤回了漠北老家。父亲想去追赶，被安全拦住了。安全说：“我们把蒙古人赶出边境就是胜利，没必要再去追赶，万一中了蒙古人的埋伏怎么办?”

父亲很懊恼，好好的一个包围圈，却让蒙古人撕开了口子，眼睁睁地看着他们溜走了。那点集来的八万兵马如同一盘散沙，一碰即散。这些平时疏于操练的兵马，关键时候只能摆摆样子，根本就无力抵抗。事后父亲才知道，蒙古人不是因为害怕而撤退，他们这次进攻，只是想探探我们的虚实。他们目的达到了就主动撤退了。但不管怎么说，消灭了三千蒙古骑兵，也是一个不小的胜利。

父亲和安全在瓜州城外的营帐里喝酒相庆。安全喝多了，人高马大的他流起了泪。他对父亲说：“我本来是有爵位的，他们不让我继承。不让继承也就罢了，又把我发配到甘州去戍边。戍边也不要紧，他们又杀了我的爱妃。士可杀，不可辱。我心里难受，实在咽不下这口气啊……”那天夜里，他们喝了很多酒，安全不停地说，父亲默默地听。安全说到伤心处，父亲也陪着一起叹息。父亲很同情安全，认为他是一条汉子，可以做朋友。那时，父亲早已把爷爷临别时的叮咛忘得一干二净。进城的时候，父亲和安全并排走在队伍的最前列，阳光洒在他们锃亮的头盔和宽阔的肩膀上。他们的马挨着马，肩并着肩，两匹战马的步伐整齐而有节奏，看上去是那样和谐与威风。但他们脸上的表情却不同。安全高昂着头，傲慢的笑容后面掩藏着怨恨。父亲面无表情，眉头紧锁。胜利了，父亲为何还不开心?

从皇上的庆功夜宴上回来，父亲对爷爷说：“蒙古人这次进攻，只是想刺探我们的虚实，他们不会善罢甘休，一定还会再来!”

可是爷爷并不关心这个，他关心的是另一件事：“你为甚不在路上干掉安全?”

父亲反问爷爷：“羊群遇到恶狼时，头羊是转身收拾刚才冒犯过自己的小羊呢，还是去共同对付面前的恶狼?”

“可他不是一只羊，他是一条披着羊皮的狼!”

“我没有看见一条披着羊皮的狼，我只看见一个勇敢的骑手！在失去自己的爱妃后，他能把仇恨和悲伤收起来，转身去跟敌人厮杀，我怎能对这样的人下手?”

“可这个人很危险，他会给我们带来灾难。”

“我没有看见他带来的灾难，我倒是看见了别人给他带来的灾难。”

“你忘了他带兵围城的事吗？他是叛贼！”

“一个月前他是叛贼，那时如果皇上一声令下，我会毫不犹豫地砍下他的人头。可是现在他是功臣，我不能对他下手，何况我从来没有得到过皇上杀他的旨意。蒙古人迟早还会再来，现在我们应该考虑今后如何对付蒙古人，而不是如何对付自己人。”

“你这个呆子，等到哪一天你的脑袋被人砍下来你就明白了。”

父亲没再说什么，转身走了。我担心父亲，悄悄跟了出去。父亲从马厩里牵出他的白鬃马，跨上马，看见我站在面前，什么也没有说，一把将我捞起来，放在他的怀里，骑马跑出了都督府。我不知道父亲要带我去哪里，但不管去哪里，只要能跟他在一起就行。父亲很久没有这样跟我亲密了。从前他带我出城狩猎，经常会把我放在马背上，让我躲进他宽阔温暖的胸怀，听他粗重的呼吸，还有耳边呼呼的风声。现在，我又嗅到了父亲久违的味道了，一股热热的东西在我的身体里翻滚，我不由自主地将脸颊紧贴在父亲的胸前。我又听见了他有力的心跳，但他的身体为何如此冰冷？我搂紧父亲，想用我瘦小的身体去温暖他。

父亲在巷道上跑了一阵，突然放缓了速度，最后停了下来。我扭头一看，惊讶地发现我们站在了安全的王府门前。父亲想干什么？难道他想像爷爷所盼望的那样杀了安全？

父亲在那里站了片刻，掉转马头，带我跑出了城门。月亮还没有出来，星星格外明亮。白鬃马奔驰在草原上，耳边的夜风呼啸而过。我们谁也不说话，就这样一直在夜晚的草原上奔跑，直到听到了夜幕中飘来一个男人沙哑的歌声，那是甘州的花调：

十八叉梅鹿血染了

心里装下根灵芝草

三魂七魄尕妹你走远了

天上的鹞子啄瞎狼眼了……

谁会在夜晚的草原上唱这么忧伤的牧歌呢？父亲似乎听出了什么，循着歌声走去，果然看见安全一个人坐在月光里喝酒唱歌。他的战马在一旁默默地站着，忘记了吃草，好像被主人的歌声迷住了。父亲跳下马，一声不吭地坐在安全对面。我从马上下来，坐在父亲身边。安全不唱了，看了一眼父亲，没有说话，抓起草地上的扁壶递给父亲。父亲咕咚咕咚喝了两口，又还给安全。两个党项骑手就这样你一口我一口喝着酒，没多久，两个人都喝醉了。安全又开始唱他的甘州花调，唱了一首又一首。我能听出来，这些花调都是唱给他的爱妃灵芝的。

后来，安全的嗓子唱哑了，父亲开始说话了。

父亲说："我们的骑兵如今已经不会打仗了，他们变成了一群散乱的绵羊。可是从前，我们的党项骑兵是何等的勇猛啊！我们党项以武立国，从元昊称帝到乾顺皇帝，年年点集，月月征战，战争从来就没有间断过。我们跟宋朝打了一百多年，又跟甘州回鹘、凉州吐蕃、青唐吐蕃打了几十年，后来又与辽国兵戎相见。那时我们很少打败仗，多次深入敌国腹地，打得他们鸡犬不宁。先祖元昊带领我们的骑兵消灭了回鹘，攻占了凉州，打败了宋兵，把进入我们河套的辽兵打得落荒而逃。那时，我们的骑兵天下无敌！可是现在，我们的骑兵却不会打仗了……"

那天夜里，父亲的话特别多，一直说到月明星稀。

第二天清晨，我去叫爷爷吃饭，听见爷爷和叔叔正在书房说话。

爷爷说："这几天我心里很慌，总感觉要出事。"

叔叔说："安全肯定不会善罢甘休。昨晚的夜宴上，我看见他跟太后暗中交换了几次眼神。我们不能再等了，得先下手！让阿哥带领他的铁鹞军活捉皇上和太后，我带人冲进镇夷郡王府杀了安全。"

爷爷叹息一声，说："你阿哥绝对不会干这种事。我们不能指望他，也不能让他知道。要是让他知道了，不知会惹出甚乱子。”

叔叔沉默了一会儿，压低声音说：“您看这样行不行……”

我吓得大气不敢出，悄悄退出了书房。

这天早朝时，皇帝诏令嘉奖安全、德仁和所有参战将士，大赦天下，修复被蒙古军毁坏的河西走廊的沙州、瓜州等城堡，并改“兴庆府”为“中兴府”，意思是要复兴大夏。

接下来的几天里，我一直提心吊胆，但是什么也没有发生。

根据太后的懿旨，安全没有返回甘州，暂时留在都城里。据说安全每天都在自己的王府里饮酒唱歌，好像把什么都忘了。我们都督府里也风平浪静。跟以往不同的是，叔叔德旺宴请客人的次数更多了，其中还增加了许多陌生的面孔。爷爷有时练习书法，有时跟梁德懿下围棋，但是爷爷常常心不在焉。

梁德懿说：“大都督的棋艺越来越臭，不如从前了。”

爷爷笑着说：“不是我的棋艺越来越臭，而是御史大人的棋艺越来越高超了。”

一个月过去了，我所担心的事情没有发生。两个月过去了，仍然平安无事。这期间，我的羊胛骨一直没有鸣叫过。有一阵子，我甚至怀疑是否听到过爷爷和叔叔在书房的那次对话，怀疑那只是一个梦。

可是后来我惊奇地发现，我们都督府围墙外面经常有陌生的影子在晃动。有一次，我甚至看见了那个跟踪过我的女人的影子。他们到底想干什么？

这天早晨，我突然又嗅到了熟悉的血腥味儿。我知道，该发生的事情很快就要发生了。

9. 多事之秋

午饭后，叔叔站在院子里剔牙，我仰头望着院墙角那棵皂角树上渐渐枯黄的树叶。昨夜刚落过一场小雨，早晨起来有些凉，潮乎乎的，太阳晒了一晌午，潮湿的空气干燥了许多，散发出泥土和青草的味道。

叔叔想起了什么，转身回了屋。等他再走出来，已经是另一身打扮。穿一件紫色的圆领窄袖长夹袍，脚上是一双黑色的牦牛毡靴，腰束一根白玉腰带，上面挂着的解结锥、短刀、火镰、荷包等玩意儿，在午后的阳光下闪着亮光。他这身打扮，一看就知道是要出门。

婶娘梁喜儿也斜着眼站在屋檐下，看着叔叔，一脸奇怪的表情。车夫李战已经套好了马车，等候在门口。叔叔向李战招了招手，李战走过来，叔叔与他耳语了几句，李战便开始从屋子里往马车上装东西，扛了一袋又一袋。看样子那些布袋子很沉，但我不知道里面装了些什么。

叔叔看了眼婶娘，大声对我说："走，跟叔叔喝酒去。"

"我不会喝酒。"我不想去。

"学不会喝酒，就不是党项男人。"

叔叔走过来，亲热地搂着我的肩膀，挟持着我走出了大门，上了他的高轮马车。叔叔这是拿我当幌子，他经常这样。李战一扬鞭子，马车就吱吱呀呀地行走在石板路上。平心而论，叔叔待我不错，经常带我出去玩，狩猎、捕鸟，当然还有喝酒。我一沾酒就脸红头晕，但叔叔不管这些，每次都要把我灌醉，然后看着迷迷瞪瞪、晃晃悠悠的我哈哈大笑。

我知道叔叔要去清水街。去清水街要路过花柳巷。每次经过花柳巷，总会嗅到一股说不清的味道。叔叔说那是女人的骚味。我厌恶地捂住了口鼻，让李战快点走。巷口有一群比我小的孩子，可能刚被那家掌柜从门口轰出来，淘气地冲着那家店铺里喊：

花柳巷里胭脂多
每家都有一大锅
惹得男人都来喝
一喝喝出个苍蝇窝
……

里面哗地泼出一盆水，娃娃们惊叫着哄地跑散了。

平时来花柳巷的鞑靼商人多，也常有卫戍军士兵的身影时隐时现，但是今天一个士兵的身影也没有。叔叔刚才情绪还好好的，现在突然又变得郁闷起来，催促李战快点走。街道上不见一个士兵，是不是意味着那件事情马上就要开始了？

车夫李战在马屁股上抽了一鞭子，马车快了许多。李战那颗硕大无比的脑袋总是耷拉在胸前，好像细长的脖子无法支撑它的重量。李战说话时，很少抬头看人的脸，最多将目光停留在胸脯上，给人一种恭顺的样子。但我觉得他看着别人的胸，是想看透里面的心在想些什么。李战话少，但耳朵却灵，即使耷拉着脑袋，一副迷迷糊糊的样子，但遇到情况却会噌地从车辕上跳起来，去保护他的主人。李战赶马车跟别人不一样，别人用右手，他用左手。因为他没有右手。但他的左手比别人的右手还好使，马鞭甩得山响，而且准确，鞭梢每次都打个正着。李战从前是个小皮匠，有一年，叔叔的车马受了惊吓在街道上狂奔，眼看就要撞在一棵老槐树上，李战正好路过，冲上去一把拽住了缰绳，救了叔叔一命。可他却被马踩断了一只胳膊。后来，他就成了叔叔的车夫。

在我们都督府要当好一个车夫可不容易，除了喂马赶车，还要会剑术。对一个党项贵族来说，车夫同时也是侍卫。李战是个倔强的人，什么事都不服输。为了当好一个车夫，他一有空闲就看剑谱，夜里常常一个人在没人的地方悄悄苦练。几年下来，他的剑术比健全人还要好。一次，叔叔和他的朋友出城狩猎，大家休息时围坐在草地上喝酒。有人提议让车夫们比试剑术，优胜者可以得到一张沙狐皮。李战平时低头不语，在人们眼里他几乎是一个废人，没人理会他。

但是，当其中一个车夫击败了七个对手，成为最后的胜利者，举起沙狐皮炫耀的时候，李战慢慢从草地上站起来，说："让我也试试。"

人们把目光集中在李战那只空空的袍袖上，脸上露出惊愕的表情。李战没有理会众人的目光，他左手握剑，站在那个胜利者面前，说："来吧，我来跟你学几招。"

那个胜利者根本就没有把李战放在眼里，挥剑向李战扑来。李战轻轻往旁边一闪，唰唰唰，动作迅疾，剑光闪烁。在人们眼花缭乱之际，那个胜利者的剑早已落地，身上的衣袍丝丝缕缕地随风飘扬。在场的人都被这一幕惊得目瞪口呆。

从此李战名声大振，受到了都城车夫们的尊重。李战不再孤独，朋友越来越多。我们党项人就是这样，谁武艺高强，谁的朋友就多。这也正是叔叔所期盼的。打那以后，叔叔对李战更是刮目相看，视为心腹。叔叔不止一次对我说："李战是个老实人，是个好车夫，别看他只有一只手，可比两只手的人还要强悍。"

但我并不认为李战老实。我好几次发现李战偷看从身边经过的阿朵。他的目光贼亮，像狼，只一闪又熄灭了。不是熄灭，是深深地隐藏了起来。李战的老实是装出来的，这种老实人比不老实的人更危险。

清水街到了。我们走进芙蓉国，叔叔请的客人还没到。年轻的女掌柜带着三个侍酒女走了进来。叔叔扫了一眼，问女掌柜还有没有。女掌柜笑着说，有啊，转身又带上来三个。叔叔从中挑了两个，摆摆手，让另外一个走了。

不一会儿，客人们来了，一共五个。其中一个我认识，是国学院的师官麻骨茂德。另外几个我不认识，但个个衣着华贵，看那做派，不是朝中大臣，就是贵族皇戚。麻骨茂德见我在场，愣了一下。叔叔说我还是个孩子，不碍事。

很快，女掌柜就在木桌上摆上了一只羊头，还有一大盘烤羊羔肉，当然还有自酿的奶酒。大家开始吃肉、喝酒。很快三罐奶酒、两罐米酒见了底。一个侍酒女吹起了羌笛，另一个拨起了胡琴，有个客人小声哼起了酒歌：

最好吃的肉是羊头肉
最爱喝的酒是马奶酒
最爱拉的手是尕妹的手
喝着酒哎
拉着手
九头牛也拉不走
酒是迷魂的汤
妹是撩人的火
鲜红的袍子把阿哥的心焐热
有甚话你就对阿哥说
……

笑闹了一会儿，叔叔见酒喝得差不多了，便支走了侍酒女，掩了屋门。我喝了几盅，脖子直发软，支棱不起沉甸甸的脑袋，便索性趴在桌子上睡觉。耳边开始还能听见叔叔和客人们说话，他们提到了皇上、太后，还有安全。渐渐地，声音越来越远，我的脑袋也越来越大，慢慢往下沉去，沉进了一片黑暗之中……

等我醒了，发现自己躺在了炕上。屋里的客人不见了，只有叔叔和女掌柜在桌边喝酒。女掌柜正趴在叔叔的肩头上给叔叔灌酒，叔叔的一只手在女掌柜的衣袍里摸索着什么，女掌柜的身子像蛇一样扭来扭去，说：“别乱摸啦，摸得人家心痒痒的，你要是想了，我们也跟你的朋友一样，到后院的屋里去。”

叔叔用手揽住女掌柜的腰，说：“现在不行，我有正事，你让那几个侍酒女陪好我的客人就行了。”

女掌柜转身骑在叔叔的腿上，细白的双臂吊在叔叔的脖子上说：“我现在就想要，谁让你招惹了人家，把人家撩到半坡上就不管了……”

叔叔一回头，发现我醒了，很不好意思，急忙推开女掌柜说：“去，把我的车夫叫来。”

女掌柜看见我坐在炕上，脸一下子就红了，转身跑了出去。李战很快就进来了，好像他一直站在门口等着主人叫似的。

叔叔说：“去，把东西拿进来。”

李战转身出去，一趟又一趟，将车上三个沉甸甸的布袋扛了进来。

叔叔指着屋门说：“把门关上。”

李战把门关上。

叔叔指着炕说：“全倒出来。”

李战用仅有的一只手把布袋一个个抱到炕上，又一个个解开，抓住袋角往上一提，哗啦一声，里面的东西白花花地堆了半炕。

我傻眼了：天哪，这么多银子！

叔叔站在炕棱前，扫了一眼银子，对李战说：“拿出三锭给女掌柜作酒钱，其余的分成五堆，装进五个布袋里，交给客人的车夫。”

李战开始分银子。叔叔回到桌边，招呼我过去喝酒。我脑袋隐隐作痛，肚子又胀，不想喝了。我说我要尿尿。这时，我怀里的羊胛骨突然响了，嘎嘎，声音很大。我呆在那里，下意识地按住衣襟，生怕叔叔听见。可是叔叔好像根本就没有听见什么动静。

叔叔笑着说：“是不是尿裤啦？小脸都白了。”

我问叔叔：“你就没听见甚动静？”

叔叔警觉起来，环顾四周，竖起耳朵听了听，说：“没有啊，甚动静？”

我放心了，说明羊胛骨的叫声只有我能听见。

我说："没甚。"

叔叔笑了，说："你大概喝晕乎了。"

我走出屋门，看见一个熟悉的身影从窗下匆匆离去，消失在巷道里。又是那个年轻女子！她怎么老是跟踪我？我忘记了尿尿，朝巷口追去。等我追到巷口，只见那女子一闪身，又钻进了另一条巷道，转眼就没了踪影。

我正站在那里纳闷，忽然看见婶娘梁喜儿从巷道那头走过来。奇怪，她平时出来都是坐轿，怎么今天自个儿走着出来了？婶娘一边走一边东张西望，我下意识地躲在一棵槐树后面，婶娘没有看见我。暮色中，婶娘梁喜儿走到一扇漆黑大门跟前，叩了三下铜铸的狮头门环，里面伸出一只男人的手，一把将她拽了进去，她就像被黑暗一口吞噬了似的。

我打了一个冷战，不由得想起曾经在婶娘屋子里看见过一个男人汗津津的脊背，顿觉一阵恶心，像躲瘟疫一样逃离了那条巷道。

天已经黑了，我稀里糊涂地回到家，心里空落落的。我去找阿朵，阿朵不在，侍女说她去看阿默尔了。我走进自己的屋子，点上灯，无事可做，感觉很无聊，又把灯吹灭，走出屋子。忽然听见阿婆在高声训斥什么人。不会又是母亲吧？我浑身一下子绷紧了，来到阿婆屋前，侧耳细听，不是母亲，是一个侍女，好像是因为侍女打碎了一只茶碗。

我一个人在空荡荡的院子里站了一会儿，心里很想阿朵。自从上次把她按倒在羊皮垫子上后，她就老躲着我。我心里想着，脚已经迈向了大门口。到了门口又折回后院，摘了几朵玫瑰，重新回到门口。也许她很久没有吃到玫瑰花了，我想一见到她，就把手里的玫瑰花给她。

我在门口站下不久，黑暗里走来一个人，我以为是阿朵，急忙迎了上去。却不是，是婶娘梁喜儿。她吓了一跳，见是我，手捂胸口说："你吓死我了！黑灯瞎火的，你一个人站这里做甚？"

我把玫瑰藏在身后，说：“我等阿朵。”

梁喜儿咯咯笑了，说：“我们尕娃长大了，知道心疼女人了。”

她说着就想摸我的头。我想起刚才那扇漆黑大门，把头一偏，躲开了。我从她身上嗅到了男人的味道。婶娘并不觉得尴尬，笑了笑，扭着细腰进了大门。

夜色越来越黏稠。刚才还闪亮的星星，突然之间全都不见了。仆人们已经点上了羊皮灯，但昏黄的灯光只能照耀门前一圈地方，远处却漆黑一片。我盼望阿朵从黑暗中走来，想起刚才在酒肆里羊胛骨的鸣叫，突然很担心阿朵。她不会出什么事吧？尽管阿朵的胆子比我大，腰里又别着那把锋利的腰刀，但她毕竟是女孩子啊。正这么想着，听见了脚步声。那脚步声越来越近，快要走进灯光里时，又迟疑了，在黑暗中停了一会儿，然后又走远了。我以为是阿朵在逗我，赶紧追过去，结果看见几个黑影消失在围墙后面。看来真的有人在暗中监视我们都督府。

这时，我怀里的羊胛骨又叫了起来。难道它真能预知未来？这么想着，我就感觉它已经变成了我身体的一部分。我越来越强烈地预感到，有什么事情马上就要发生了。这件事就躲在黑暗中的某个地方，正在一点点向我靠近。

可是，到底是什么事情呢？

叔叔回来得很晚。他低头走路，也许有些醉了，没有看见我。我跟了进去。叔叔走进院子，转过堂屋，准备朝爷爷的书房走去。可是黑暗中突然冒出一个人，从后面冷不丁抱住了他的腰。

叔叔吓了一跳：“谁呀？”

“还能是谁？”一个女人的声音。

“阿香啊，你吓死我了！快松手，我还有急事呢。”

女人埋怨说：“你个没良心的，就知道个阿香！”

“噢，原来是阿草。”

阿香和阿草都是阿婆野利丹的侍女。

阿草生气地说：“到手了就不稀罕啦，想丢开手啦？”

德旺火了，小声骂道："你个没眼色的贱人，给我滚开！"

叔叔一把甩开阿草，朝爷爷的书房疾步而去。阿草哭了，捂着脸跑走了。

我跟到爷爷窗下，听见叔叔一进门就对爷爷说："不好了，出事了！"

"甚事？"

"今天下午，我们又有两个人失踪了。"

"是不是他们已经有了觉察？"

"很有可能！算上今天这两个，我们已经有五个人失踪了，再加上半个月前被皇上革职的那两个大臣，我们的人已经让他们拾掇了九个。"

"失踪的人一个也没有找到？"

"没有。肯定被沉进了黄河，或者用湿牛皮捂死了！"

"这会是谁干的呢？"

"还会有谁？不是太后，就是安全！我们低估了安全，他看上去大大咧咧的，其实心细着呢，狠着呢！他早就把自己人安插在军察司里了。我们那几个失踪的人，十有八九是军察司里安全的人干的！"

"可是，是谁走漏了风声呢……"

第二天早朝时，罗太后意外地出现在承天殿。那个风韵犹存的女人身穿翻领窄袖凤袍，头戴桃形凤冠，冠后垂挂红色结绶，双鬓抱耳，耳垂大环，两鬓插满簪钗，表情庄重，威仪四方，端坐在她儿子纯祐的旁边。而龙椅上的纯祐，却脸色灰黑，表情木然。这阵势，让大臣们惊愕不已。

大都督遵顼站在群臣前列，知道大事不好，手心直冒冷汗。果然，纯祐皇帝宣布退位。

接着，太后宣布由镇夷郡王安全继承皇位。

西夏的第七位皇帝，原来的镇夷郡王安全登上皇位后说出的第一句话，出乎所有人的意料："捕鸟的季节到了，众爱卿，明天我们一起去草原上捕鸟吧！”

大臣们面面相觑，不敢相信自己的耳朵。该发生的事就这么突然地发生了，又突然地结束了。像一幕好看的戏，刚拉开幕布，观众还没看明白怎么回事，大幕又拉上了，结束了。

事情就是这么简单，简单得让人难以置信。

但是大都督遵项心里明白，有些事情才刚刚开始。

10. 捕鸟的季节

天凉了，草黄了，稻谷熟了。吸饱了秋雨的地皮黄绿湿软。

农人们在田地里收割稻谷，牧民在贺兰山下张网捕鸟。辽阔的草原上，几十匹马追逐一只慌不择路的野鹿。骑手们的鞍鞯上挂着装满酒的扁壶，鞍子上的金属饰物随着马的奔跑叮当乱响。跑在最前面的是一匹枣红马，狼一样一纵一纵地往前奔跑。马背上是新登基的皇帝安全，后面是他的大臣和铁鹞军的侍卫们。马肚子上流着热汗，蹄子上沾满了草屑。

远处传来捕鸟人的酒歌：

哦嗬哦嗬哦嗬
捕鸟射猎的季节到了
男人拉上黑线白线
撒下捕鸟的罗网
骑上膘肥的骏马
手提强弩弓追逐鹿群
美丽的女人在收割稻谷
鸟儿、鹿群和稻谷
我们一样都不能少
风儿摔打着草丛
鹿儿悲鸣
马儿在风中奔跑

豹子和山羊隐没在山林之中……

安全射中了一只野鹿、三只黄羊，他的马蹄无意间还踩死了一只沙狐。但他并不满足，他还要捕鸟。他亲自将马腿绊起来，放马去吃草，然后在草籽密集的草地上撒下黑色的大网，坐在远处等待鸟儿飞来。那样子，很像一个调皮的孩子。

潮湿的草地上长满了牛蒡花，野艾丛生，散发出腥津津的牛羊和野兽的尿味。很快就有鸟儿飞来了，先是三只，后是七只，接着就是几十只。鸟儿欢快地落下来，却再也没有飞起来。它们被粘在网线上，扑棱棱想逃走，却越粘越紧。安全盘腿坐在草地上，看着那些在网上跳跃的鸟儿哈哈大笑。远处的草丛里忽然飞起几只黄鹃子，安全张弓射箭，一箭竟射下两只。

众人为他们的皇帝欢呼："陛下好箭法！陛下好箭法！"

一个侍卫跑过去捡回黄鹃子，拿给安全看。两只黄鹃子被穿在一支箭上，一只从胸上穿过，一只从屁眼穿过。安全接过箭，翻看上面的黄鹃子，笑着说："它们会飞，我不会，但我的箭会飞。我的箭就是我的翅膀，比它们飞得快，所以它们落在了我的手里。"

安全举起箭，给左边的国相苏思贤看，苏思贤尴尬地笑着，不知说什么好。安全又给右边的大都督遵顼看，遵顼笑着说："陛下能文能武，卑臣佩服之至！"

安全说："论文，你是状元，我不如你；论武，我不如德仁。"

遵顼赶忙躬身说："陛下过奖了，卑臣实不敢当啊！"

安全扭头寻找德仁，却发现他骑在马上，手按龙雀剑，站在很远的地方，一副忠于职守的样子。

安全说："真是一个好统军！"

其实这时的德仁，正用一种复杂的眼神看着这边。自从安全当了皇上，德仁就从心里瞧不起他，鄙视他。在德仁眼里，安全再也不是那个与他在战场上一起拼杀，在草地上一起喝酒唱歌，因失去心爱的王妃令人同情的安全了。现在的安全一副小人得志、盛气凌人的样子，让他感到很陌生。德仁平生最痛恨篡权的人，安全又是通过一个女人篡夺了皇位，很让他瞧不起。他曾经将安全当知己、当朋友，但是现在这个朋友没有了，德仁感到十分孤独。

侍卫们生起了篝火。黄鹂子还没有死，在箭竿上不住痉挛。安全拧下它们的头，把箭举到篝火上烤。黄鹂子美丽的羽毛转眼就没了，随之而来的是肉香和一股焦煳味。恭立一旁的大臣们看着安全做着这一切，表情复杂，谁也不敢说话。

远处捕鸟的牧民还在唱歌：

打围的骑手下山了
马头上挂着一只雕
猎兔鹰在天空上绕
哎哟哟
打下的黄鹂杆杆上吊
打下的沙狐马鞍上捎
打下的狼豹肩膀上挑
哎哟哟……

第二天早朝时，安全问苏思贤：“国相，你说御史中丞梁大人咋样？”

这话问得突然，一下子把苏思贤问懵了。梁德懿就站在苏思贤旁边，苏思贤不明白皇上的意思，看着皇上，等待皇上的下文。

安全笑了，说：“我是问你，梁大人是忠臣呢还是奸臣？”

“这……”苏思贤扭头看了一眼梁德懿，不知如何回答。

梁德懿明白是怎么回事了，摘下头上的云镂冠，一只手托着，另一只手拿着笏，往前跨了一步，说：“陛下，臣恳求辞官还乡。”

安全看着梁德懿，笑着问：“为甚？”

梁德懿说：“王妃一案，臣一直没有查出凶手，实属失职……”

安全问：“不是有纯祐的玉佩可以作证吗？”

梁德懿说："据臣查，玉佩确属纯祐之物，但不能排除他人栽赃陷害的可能。再说那天他根本就没出过宫门，证据不足，无法定案……"

安全问苏思贤："照大夏律条，我当初围城该定何罪?"

苏思贤想起自己当时将安全的一对儿女捉上城墙，威逼他退兵的事情。心里说，这下完了，双腿禁不住哆嗦起来，嘴上却说："陛下那是在讨回公道，纯祐是人所共知的昏君，早就应该退位。陛下是在替天行道，不但无罪，反而有功。"

安全哈哈大笑："那你说，该如何处置梁大人?"

苏思贤试探着说："该革职……"

安全收了笑容，坐直身子，大喝一声："来人!"

两个高大威武的铁鹞军侍卫手提兽头大刀，走上大殿。梁德懿挺直腰板站在那里，一副无所畏惧的样子。两个侍卫走到梁德懿跟前，安全却用手一指苏思贤："给我拿下!"苏思贤吓得瘫软在地。接着，安全当众宣布了苏思贤的三条罪状：一是谋反，二是贪墨，三是祸乱后宫。最后安全说："拉出去，斩了!"

侍卫们把苏思贤拉出大殿之后，安全换了一种口气，对梁德懿说："我看出来了，你是忠臣，不会说谎，继续当你的御史中丞吧。"

这突如其来的变故，让大臣们始料不及。遵顼一直胆战心惊地等待祸事降临，但接下来的事情更出乎他的意料。

安全说："大都督遵顼接旨!"

遵顼像是被一只无形的手推了一把，身子往后一晃，耳朵嗡嗡直响。心想，这下完了，轮到我了，是福不是祸，是祸躲不过，听天由命吧。他站稳脚跟，上前一步跪在地上，双手举笏，说："臣遵顼接旨。"

安全说："从今天起，你就是大夏国的国相了。"

遵顼一下子蒙了，怀疑自己耳朵出了问题。

安全说："不过，大都督之职还是由你继续兼任。"

这一年很快过去了，又到了捕鸟的季节。但是今年皇上没有出城狩猎捕鸟。他像换了一个人，深居简出，让人更加难以捉摸。

直到现在，遵顼也不明白安全当初为什么会让他当国相。是安全太傻，还是太聪明？他为什么不再过问灵芝王妃被杀的事，难道他已经知道了其中的奥秘却一直装傻？如果真是这样，那就太可怕了。遵顼怀疑安全设下了一个圈套，等着他往里钻。所以这一年来，他做事格外小心。但儿子德仁却不这样，经常在朝堂上顶撞安全。但安全似乎并不生气，有时甚至还露出一丝微笑，这就让他心里更没底了。而且，德仁更在加紧操练他的铁鹞军，这能不让安全起疑心吗？

人们很久没有看见罗太后和废皇帝纯祐了，几乎都要把他们忘了。

可是深秋的一天，人们却在城门口看见了这对母子。他们坐在各自的暖轿里，带着长长的驼队，沿着官道朝西走了。骆驼背上是沉重的经卷和金银佛像。据随行的宫女说，他们要去黑水城。

他们为何要去那里？黑水城路途遥远，要穿越贺兰山、腾格里沙漠和巴丹吉林沙漠。尽管那里佛塔、寺庙众多，而且许多佛塔建造在城墙之上，十分奇特，但这并不能成为信仰佛教的罗太后去那里的理由。

母子俩渐行渐远，人们似乎听到暖轿里传出了太后的哭声。

半年后，黑水城就传来消息说，废皇帝纯祐被黑水城统军杀了，统军又被护卫太后的军察杀了，而罗太后却失踪了……

《白高大夏国秘史》里接下来的文字有些模糊，夏教授无法辨认。我们从昨晚整理到现在，还没有整理完六册中的第一册，进度十分缓慢。主要原因是秘史里一会儿是草书，一会儿是正楷，一会儿又是看不懂的奇怪的符号。

教授说：“休息一下吧。”

我说：“西夏文真是难以辨认，特别是草书。”

教授说：“所以世界上将西夏学称为‘绝学’。”

我问教授：“一千年前，党项学者野利仁荣奉西夏开国皇帝元昊之命，创立了神奇的西夏文。沈括的《梦溪笔谈》记载说，元昊果叛，其徒野利创造番书，独居一楼，累年方成，至是献之。西夏王朝灭亡后，西夏文也就跟着消亡了。可是，后来是谁最早破译了西夏文呢?”

教授说：“清朝末年，我国一个名叫鹤龄的学者初步破译了部分西夏文，将他的解密成果标注在西夏文《妙法莲华经》的边页上，但当时并没有引起人们的关注。一直到二十世纪初，法国人毛里斯根据鹤龄的研究成果，发表了《西夏语言和文字的解读》一文，这才在世界上引起轰动。与此同时，我国学者罗振玉父子三人利用西夏文物《凉州碑》《蕃汉合时掌中珠》《音同》，开始悉心解读西夏文字，为西夏文的研究奠定了基础……”

我突然想起罗太后的下落，忍不住问：“教授，罗太后最后到底去了哪里?”

教授说：“没有人知道事情的真正原因和细节。罗太后在儿子死后可能逃到了漠北，也可能逃到了沙州，也可能逃回都城隐匿了起来，也可能当时就被人杀了。各种可能都有。但是她的尸骨却最终在黑水城被发现，不知是当时死在了黑水城，还是死后又被人运回黑水城的。”

“她的尸骨真的在黑水城吗?”

“不敢肯定是她的，但是很有这种可能，我们现在缺少的就是历史佐证，也许这部秘史里就有我们想要的答案。一九〇八年，俄罗斯海军中校科兹洛夫找到了被沙漠淹埋的黑水城，这个西夏文物大盗一生曾三次涉足黑水城，对那里的文物进行了致命的洗劫。其中一九〇九年六月那一次，他进行了九天掠夺式的挖掘，带走了大量的珍贵文物。就是在这次挖掘中，科兹洛夫在一座古塔内发现了一具坐姿端正的骨架。骨架被运回俄罗斯后，经鉴定确认其为女性尸骨。俄罗斯汉学家孟列夫认为，此女就是西夏第五代帝王李仁孝的皇后，也就是失踪的罗太后。但是我的朋友、中国史学家史金波先生则认为，皇太后的遗体怎么可能到了黑水城，这种说法历史上没有任何记载，说骨架是罗太后的，这个结论下得为时过早。”

“教授您怎么看？”

“两个人说得都有道理，但是我基本同意孟列夫的判断。关于西夏的历史资料匮乏，许多地方出现了断层，罗太后在宫廷斗争中被发配到黑水城，死后被藏在那座古塔里，不是没有可能。”

我好奇地问：“那具女人骨架现在还在俄罗斯吗？”

夏教授不无惋惜地说：“不在了。那个当时保存在国家科学院内的骨架，在第二次世界大战列宁格勒保卫战中神秘地丢失了，直到现在也杳无音信，这给西夏学研究留下了永远的遗憾……”

11. 羊血的用途

这天，我和母亲从承天寺出来，又看见了那个陌生的年轻女人。她没来得及躲避，正好跟我们打了个照面。我们都被对方吓了一跳。她看上去十八九岁的样子，比阿朵大不了多少，但眼神却比阿朵成熟，冷峻而多疑，像一只受过伤的麋鹿，随时都准备择路而逃。我嗅到了她身上的气味，那是一种青草和花香的味道。在她匆匆离开的那一刻，我看见了她紫袍里露出的刀尖。

携带腰刀的女人，不是军察，就是麻魁。可是没听说过军察司里有女人啊，我猜想她可能是军营里的麻魁。

我们把女兵叫麻魁。我们党项人向来有复仇的风俗，双方一旦结了仇，就会三番五次地寻机报复。若战胜不了仇人，就将仇人的模样扎成草人，男人们向草人射箭，女人们将带有污血的私物挂在草人身上，或者夜里悄悄埋在仇人的营地里，诅咒他们牛羊死伤、草场枯竭。双方和好了，就往酒里掺上鸡血、猪血、狗血，还有自己的血，盛在骷髅里，一饮而尽，对天盟誓：今后若再复仇，谷麦不收，男女秃癞，六畜死亡，蛇入营帐。军队里的麻魁，就源于这种风俗。没有战争的时候，她们做饭、洗衣、喂马，干些杂役；战争来了，她们就丢下手里的活计，操起刀剑，跟男人们一起去拼杀，夜里悄悄潜入敌人的营地，将女人污秽的东西扔进敌营，或者纵火焚烧他们的毡房和马棚。鞑靼人认为跟女人作战不祥，第二天便会拔帐起营，退避三舍。鞑靼是我们对回鹘人、吐蕃人、蒙古人等西北方外族人的统称。

这个女人很可能是麻魁。可是她不在兵营里，跟踪我们干什么？正这么想着，女人一闪身不见了。我想跟上去，母亲不明就里，拉着我不撒手，我只好作罢。我不想让母亲知道有人跟踪我们，那样会吓着她。

很久没有见阿默尔了，还真有些想他。这天下午，我跟阿朵厮跟着去碉楼，经过一条巷子时，意外地遇到了承祯。承祯现在是太子了，身后跟着一帮贵族子弟，还有他的妹妹宁平公主桑禾。承祯拦住了我们的去路。我不想理他，想绕过去，但是不行，我从哪儿走他就挡在哪儿。

承祯指着我问妹妹桑禾："是不是他把蚯蚓扔进你的脖子？"

桑禾躲在哥哥身后，怯生生地点点头。

"甚蚯蚓？"阿朵说，"你别没事找事！"

承祯指着我说："你问他！"

阿朵扭头看我，我脸有些发烫，笑着说："我是跟桑禾闹着玩的。"

承祯一招手，一个小子捉着一条蚯蚓走过来。承祯说："把它掐断！"那小子把蚯蚓拦腰掐断，两截蚯蚓在手里扭动。

承祯笑着对我说："你把这半截蚯蚓吃了，我们就算扯平了。"

那小子把蚯蚓举到我脸跟前，阿朵一巴掌打掉了蚯蚓。承祯想伸手抓阿朵，阿朵飞起一脚，踢在承祯的裤裆里，承祯哎呀一声蹲在了地上。承祯手下的那些人哗啦一下围了上来。阿朵拔出腰刀，搁在蹲在地上呻吟的承祯的脖子上。

"你们再往前走一步，我就杀了他！"

承祯龇牙咧嘴地从地上站起来，拦住手下的人，笑着对阿朵说："你下手够狠的，把我踢坏了，我就捉你当太子妃。"

阿朵收起腰刀，鼻子里哼了一声，说："让你犯贱！"

阿朵拉起我旁若无人地走了。

承祯在后面说："我迟早要让你当我的太子妃。"

身后传来一阵哄笑声。阿朵没有回头，继续往前走，但我看见她的脸一片绯红。走过一条街道，阿朵说我：“你也犯贱，招惹他们做甚！”

我冲她笑了笑，说：“你想当他的太子妃？”

阿朵瞪了我一眼，说：“我就是嫁给猪，也不会嫁给他！”

我说：“那你脸红甚哩？”

“你再说这样的话，往后你的事我可不管了！”

她这么一说，我心里就舒服多了。

我们来到碉楼，走进阿默尔的书房。阿默尔正在伏案写他的《白高大夏国秘史》，没有发现我们进来。我和阿朵互相看了一眼，缩脖一笑，悄悄坐在书桌前面的毡毯上等着，看他什么时候能发现我们。

阿默尔的书桌极其考究，但已经很陈旧了，油漆都快要掉光了，露出了紫檀质地。书桌前面是镂空挡板，分上中下三层，上层用蜀柱分成三个方框，每个框内镂雕折枝牡丹；中层分两个长形小框，每小框里面透雕着三朵莲花；下层雕刻着如意祥云花纹。阿默尔坐着的木椅扶手把头雕刻有如意祥云，靠背上面雕刻有三只瑞兽，下面是九朵莲花，三朵盛开，三朵半开，还有三朵只是花骨朵。

据阿默尔说，这套桌椅是老国相斡道冲留给他的。斡道冲为相十年，一贫如洗，死后只留下了这套桌椅和一堆古书。仁孝皇帝得知后，悲痛万分，让人画了斡道冲的画像祭祀，并下令各郡县照办，以示对老国相的尊重。西夏建国以来，除了斡道冲，享受过此等殊荣的还有两个人，一个是汉人的孔圣人，一个是创造西夏文字的野利仁荣。

书桌后面的墙上是《达摩面壁图》，两边挂着一副对联，意思是：山中积雪者高，人中有境者尊。

这时，我突然嗅到了血腥味儿。该不是蒙古人又要来了吧？血腥味儿让我心慌，我坐不住了，站起来，把阿默尔从他的秘史里叫醒，告诉他我嗅到了血腥味儿。阿默尔笑了，说那是从他的书架上散发出来的。

“为了防止虫子蛀书，每隔一年，我就要往书架上刷一次羊血。前几天刚刷过一道，味道还没有散尽。羊血可是好东西，虫子嗅到它的味儿就晕了，要不了几天就死了。”阿默尔用手一指墙角，笑着说：“你看，刚才我还从书架下面扫了一簸箕死虫子呢。”

我走过去一看，簸箕里果然有许多虫子的尸体。看着书房里竟然藏匿着那么多虫子，我突然害怕起来，担心阿默尔哪天也让虫子给吃了。阿默尔的书很多，书架一个挨着一个，一直排列到屋里最阴暗的角落。书架上摆满了各种各样的古书，有羊皮书、兽皮书、树皮书、麻纸书，有些书很老很旧，已经残缺不全了。阿朵曾经告诉我，这还不是全部，更珍贵的书籍藏在碉楼底层呢。我曾经要求阿默尔带我去看，他总是笑笑，说阿朵胡说，没那回事。

我走到书架跟前，翻看着上面的古书，怀里的羊胛骨突然嘎嘎叫了起来。我下意识地离开书架，羊胛骨又不叫了。再回到书架跟前，羊胛骨又开始鸣叫了。离开，又不叫了。阿朵在拾掇屋子，阿默尔趴在书桌上专心写书，他们都没听见我的羊胛骨在鸣叫。我想告诉阿默尔，但想想还是没说。

阿默尔埋头写书的时候，他的白鸽便悄无声息地在书桌和他的肩头上来回跳跃，好像也在为主人呐喊加油。秘史已经写到了第三卷。我拿第一卷随便翻翻，上面全是密密麻麻的笔画，根本就看不懂。

我问阿默尔：“这上面的字我咋不认识？”

阿默尔得意地笑了：“我的书不是谁都能看懂的。”

说着，他把一根手指伸进书桌上一个黑色的陶罐里，蘸了一下，在我的额头上轻轻一点。我额头一凉，嗅到了一股血腥味儿，急忙躲开。

阿默尔说：“别怕，这是羊血。点上它你就可以看见上面的字了。”

我将信将疑，站在那里不再躲避，阿默尔在我的眉心又点了一点羊血，然后说："这下你就能看见上面的字了。"

我低头再看那书，果然就看见了。刚才那些奇怪的笔画像士兵集结列队一样，迅速聚拢在一起，排列成行。

我惊叫起来："我看见了！"

阿默尔说："也只有你才能看见。"

我翻看着书页，觉得有些奇怪，问阿默尔："可是，你为什么有时用楷书，有时用草书，有时又用奇怪的符号代替，有些地方还使用了汉语呢？"

"为的是掩人耳目，也为了让后人看得更明白。"阿默尔神秘地笑了笑，说，"可是我用什么障眼法，也挡不住你的眼睛啊。"

我对他的话不大懂，但听上去还是蛮顺耳，心里很舒坦。阿朵好奇地跑过来，缠着阿默尔也给自己额头上点了羊血，但她什么也没有看见。

阿默尔说："我说过，不是谁都能看见的。"

阿朵不服气，把指头伸进瓦罐里蘸了蘸，在自己额头上点了又点，但她还是什么也看不见。我突发奇想：羊血能让我看见阿默尔的秘史，是否也能让我看懂羊胛骨上的裂纹呢？我掏出羊胛骨，抹了点羊血上去，却什么也看不出来。我有些失望，把羊胛骨悄悄揣了起来。

我问阿默尔为什么要写秘史，是不是皇上交给他的任务。阿默尔说没人要他写，是他自己觉得应该写。他的意思有些含混，好像不便于说明似的。但我听明白了，他是觉得大夏大难将至，时日不多，想给党项后人留下点什么。我心里咯噔一声，顿时对阿默尔肃然起敬。

我说："皇宫里不是有人专门写史吗？你干吗非要再写一本秘史？"

阿默尔说："我知道皇宫里有正史，我还知道皇宫里还有人专门记《秘札》，也就是将皇宫里每天发生的事情详细地记录下来。可是，正史里粉饰过的内容太多，不可信；《秘札》里的内容又很琐碎、啰唆。所以我要写一部有血有肉的秘史，给后人留下一部真实的白高大夏国的历史。”

我很喜欢这样的事情。我说：“我要帮你。”

阿默尔笑着说：“好啊，求之不得。也只有你才能帮我。”

我说：“这是为甚？”

阿默尔说：“这是命里注定的。”

“可是，我怎样才能帮你？”

“你可以帮我将皇宫里的《秘札》偷出来，等我用完了，你再送回去。”

“偷《秘札》？那我不就变成贼了吗？”

“偷书不算贼。”

“那也有点难……”

“只有你能办到，因为你是国相的孙子、铁鹞军统军的儿子。”阿默尔说，“我以前做过斡道冲的书童，了解以前的宫廷秘史，现在我离宫廷远了，就要靠你偷来的《秘札》了。”

我说：“好吧，我试试。”

阿默尔说：“你一定行！”

阿默尔继续写作，我找了一个偏僻的角落，坐下来，开始阅读阿默尔刚刚写完的一册《白高大夏国秘史》——

党项是羌族的一支，也称党项羌，居住于白河流域（今四川省松潘、龙门山一带）。隋末唐初，党项开始鼎盛，所占地域三千余里，有八个部落：细封氏、费听氏、往利氏、颇超氏、野辞氏、房当氏、米擒氏和拓跋氏，其中拓跋氏最为强大。唐高祖时，党项各部落相继归顺唐朝，各酋长分别被封为各州刺史。只有拓跋氏迟迟不归顺，并与吐谷浑关系甚密。贞观八年，唐军进攻吐谷浑，拓跋氏酋长赤辞率领部众帮助吐谷浑，在狼道峡顽强阻击，后来被唐军打败，在唐的多次劝降下才归附唐朝，唐皇帝封其为西戎州都督，赐“李”姓。

唐玄宗开元年间，党项人因受到不断强大的吐蕃王朝的侵袭，向朝廷请求内迁。唐玄宗下令在庆州置静边州安置内迁党项，并封拓跋赤辞的孙子拓跋守寂为西平公。党项从此开始了长达数十年的第一次大迁徙，从青藏高原边缘沿洮河流域迁徙到黄土高原。安史之乱时，拓跋赤辞的孙子拓跋守寂出兵帮助唐朝平叛有功，升为容州刺史、领天柱军使。唐代宗年间，唐朝为防止党项叛乱，下令党项开始第二次大迁徙，将居住在静边等六府的党项迁居到银州、夏州（今陕西米脂、横山西北）。后来，唐僖宗以拓跋思恭镇压黄巢起义有功，为其晋爵为“夏国公”。此后，党项人一直生活在夏、绥、银、宥、静一带。到了宋太宗年间，宋朝威逼党项交出居住了三百多年的地盘，惹怒了党项，由此兵连祸结百年之久……

党项先祖李继迁攻下灵州后，扬言要攻环州和庆州，却暗中移兵，一举拿下了凉州，党项骑兵威名大震。吐蕃六谷部首领潘罗支逃走后又返回来，差人来说要向李继迁投降。汉人谋士张浦担心其中有诈，劝李继迁不要纳降。可李继迁根本听不进张浦的劝阻，并且把张浦打发回灵州。

第二天早晨，李继迁站在凉州城上，看着数万吐蕃降兵耷拉着脑袋，走进城门。这时，一支利箭从吐蕃降兵中嗖地射出，正中李继迁的左眼。李继迁狼一样嗷地嗥叫一声，轰然倒地。吐蕃降兵纷纷抽出掩藏着的马刀和弓箭，一拥而上，夺回了凉州城。李继迁在侍卫的保护下，冲出吐蕃人的包围，弃城而逃。

李继迁知道自己中的是毒箭，很快就要死了，就把张浦叫到卧榻前，拉住他的手说：“我没有听你的劝告，中了吐蕃人的奸计，很后悔啊！这些年，我们东伐西讨，历尽千辛万苦，才在河西争得一席之地。以我们目前的实力，虽不能与宋、辽抗衡，但只要你能像辅佐我一样辅佐我的儿子德明，在宋、辽之间巧妙周旋，见机行事，就能保住我们的疆土。”张浦含泪点头。李继迁话没说完就死了。

李德明埋葬了父亲，没有马上寻找吐蕃人复仇，而是听从张浦的计谋，装出一副战败逃亡的样子，后撤了六十里，沿途故意丢弃了许多刀剑营帐。他们在石羊河边安营扎寨，喝酒狩猎，却暗中派密探摸进西凉府，跟城内的党项人秘密联络。吐蕃人严阵以待一个多月，首领潘罗支见党项人没有动静，终于放松了警惕。这时李德明突然发兵，只半天工夫就攻下西凉府，杀了潘罗支，报了杀父之仇。

接着，李德明开始实施“东和西战”的战略：与河东的宋朝讲和，继续向河西走廊进攻。他多次派密使东渡黄河，到汴梁斡旋，与宋人签订了《景德和约》。河东安定后，李德明带领他的党项骑兵，开始放心大胆地进攻富饶的河西走廊。

河西走廊是中原通往西域的必由之路，也是兵家必争之地，中原历代王朝戍边军队所需的战马和粮草都要从这里筹集。汉武帝时，汉人为了联合月氏国、乌孙国，共同打败匈奴，不惜一切代价攻取了河西走廊，切断了匈奴与西域的联系。

李德明心里很清楚，要想谋取河西走廊，首先必须攻下河西走廊东部的第一道屏障——甘州。但是甘州城地势险要，易守难攻，仅靠自己的力量很难攻取。他便派人联合辽国，想两面夹击甘州。谁知甘州回鹘可汗早就看出了这步棋，暗中派人收买了辽国皇帝，使得辽军走到半道又返了回去。而李德明却一直被蒙在鼓里，率兵深入敌军腹地孤军奋战，结果大败而归……

一年后，李德明再次率兵进攻甘州。回鹘人坚守不出，等李德明疲惫不堪、放松警惕时，夜里出城突袭，打得李德明落花流水。攻不下甘州城，李德明誓不罢休。八个月后，再攻甘州。但行军途中，大白天却奇怪地看见了恒星，谋士张浦占卜不利，劝说李德明不可贸然进攻，李德明只好撤兵。后来的十余年里，李德明先后十六次攻打甘州，但都没有得手。甘州，成了李德明的一块心病。

李德明的儿子叫李元昊，圆脸高鼻，性情凶狠，有雄才大略，精通蕃汉文字。见父亲多年攻不下甘州城，心里不服，率领一万骑兵，昼伏夜行，在回鹘人没有一点防备的情况下，突然包围了甘州城，只用了短短七天时间，就拿下了甘州城。李德明对儿子刮目相看，立元昊为太子，同时把兵权交给了这个用兵诡异的儿子。

李德明病逝后，李元昊即位，开始进攻河西走廊。他率领二十万骑兵，只用了半个月时间就攻占了瓜州、沙州，接着又向牦牛城进攻。

牦牛城地处湟水河谷，湟水从大通山南麓的牛心寨东流，穿过西宁州、湟州，最后汇入黄河。这里水草丰美、牛羊成群，是吐蕃人世代群居和游牧的地方。吐蕃人拼命抵抗，元昊大败，战将苏奴儿被吐蕃人俘虏。苏奴儿不甘受辱，纵身从城墙上跳下，气绝身亡。时值初秋，阴雨绵绵，城下积水不断上涨，攻城越来越难，元昊的兵马陷入一片泥潭。他只好选择退兵，却在湟水边被吐蕃十万伏兵斩断了退路。两军在泥水中激战四十余天，都已精疲力竭。元昊领兵想渡过河去，吐蕃兵夜里将元昊白天插上的水标悄悄移到水深的地方，结果使得元昊三分之一的兵马在渡河时被活活淹死。元昊带兵突出重围，又出其不意地杀回牦牛城。但他并没有攻城，而是举着白旗向吐蕃人投降，暗中却在城下埋伏了三千精锐骑兵，等吐蕃人开城纳降，元昊的骑兵夺门而入，攻占了牦牛城……

我的眼前渐渐模糊起来，原来天快要黑了，我从书架角落里走了出来。阿默尔还坐在书桌前，一团橘红色的灯光笼罩着他。那是一盏碧玉灯台，灯台下面是三只脚的托盘，盘中有一乌龟，乌龟背上站立着一只朱雀。朱雀展翅鸣叫，嘴里含一颗红色的玛瑙，似掉非掉的样子。朱雀头上是一朵莲花，莲花盛开，里面盛着羊油，一根灯芯从花蕊中吐出，闪动着迷离的光。鸽子伏卧在灯影里，一动不动，像是睡着了。阿朵光着脚丫，趴在书桌另一角睡着了，胳膊肘下是一册她看不懂的《白高大夏国秘史》，旁边是她吃剩的几朵玫瑰花。阿默尔写得很专注，我在他面前站了好大一会儿他也不知道。

这时，我的羊胛骨又开始鸣叫了。该不会是蒙古人又来了吧？我心烦意乱，没有打扰阿默尔，拿着那本还没看完的秘史准备悄悄离去。可是刚走到门口，阿默尔就开口说话了："你一出屋子，那上面的字就没有了。"

我说："我想拿回家看，看完了再还给你。"

阿默尔说："你拿不走的，不信你试试。"

我不相信，抬脚迈出屋门，打开书一看，里面的字果然不见了。我急忙退回屋子，书上的字又出现了。我惊讶地看着阿默尔。

阿默尔笑了，说："我说过的，这是一部奇书。"

12. 磨　刀　石

外面突然响起了一声惊雷，接着又是一声。

惊雷把我一下拉回到现实中来。这时我才发现天已经黑了，外面下起了雷阵雨。我一直在想，为什么我们的祖先要把自己的国家称为“白高大夏国”呢？我向教授请教。

教授说：“关于这个问题，长期以来，史学家说法不一。一种说法是，‘白高’来自党项先祖的生活地，即‘白河上游’，也就是今川西北的‘白水’，‘白’指的是白水，‘高’指的是上游。有人援引《西夏赋》中的诗句‘黔首石城漠水边，赤面父冢白河上’，党项人建立自己的国家后，为了缅怀先祖，便叫自己的国家为‘白高大夏国’。另一个说法是，党项人崇尚白色，开国皇帝李元昊登基时就身着白色帝袍，‘白’就是白色，‘高’就是崇尚的意思。还有一种说法是，‘白’隐喻为母亲，指的是黄河；‘高’为父亲，指西夏都城西边的贺兰山。但到底哪种说法更准确、更科学，现在还不好说……”

尕娃的羊胛骨没有欺骗他，蒙古人真的又来了。

不是大队骑兵，而是一个特使。蒙古特使傲慢地骑着马走进了都城，直接闯进了西夏皇宫。要不是因为殿前有九十九级台阶，说不定他会一直骑马走进承天殿。他大摇大摆地走到安全皇帝的御座前，手按刀柄，盛气凌人地说：“我是受大汗指派，来向你们索要贡奉的。几年前，本来可以一举消灭你们，但我们大汗没有这么做，所以你们必须交纳贡奉。从今往后，每年都要交纳。”

坐在龙椅上的安全一拍扶手，呼地站了起来，大声呵斥道：“哪儿来的野蛮鞑靼，给我轰出去!”

站在一旁的统军德仁早已忍无可忍了，带着他的铁鹞军侍卫将蒙古特使驱赶出皇宫。蒙古使节临出城门时，回头看了一眼德仁，说：“你们会后悔的!”

蒙古人走后，安全点集全国之兵，做好了一切应战的准备。可是一个月过去了，蒙古人没来。又一个月过去，蒙古人还是没有来。

于是，安全轻蔑地说：“我就知道他们不敢再来!”

但是统军德仁却忧心忡忡，他知道蒙古人迟早还会再来，说不定他们已经在来的路上。他担心蒙古人真的来了自己的军队无法战胜他们，他对大夏的战争机制和一盘散沙似的军队十分担忧。早在蒙古人那次撤退后，他就开始研究乾顺贞观年间制定的军事法典《贞观玉镜统》，发现其中的许多地方已经过时，便向皇上提出了二十三条修改意见。皇上笑了笑，没有反对，也没有肯定。德仁碰了一个软钉子。但他并没有就此罢休，过了一些日子，又建议皇上裁减臃肿的常备军，扩编铁鹞军，并把健壮的战马和精良的兵器全部都配备给骑兵。皇上扫了一眼在场的大臣们，没有说话。有的大臣明白了皇上的意思，马上站出来反对德仁。削减常备军，等于削去了他们的心头肉。他们的许多兄弟和亲戚都在常备军的十二军司任职，都是一方诸侯，拥有数不清的良田和牛羊，削减了这些人，就等于断了这些大臣们的财路，他们当然会极力反对。

皇上说：“十指连心，砍掉哪一根都会疼痛。”

德仁说：“不是砍掉手指，而是割掉我们身上的赘肉。”

扩编铁鹞军是甚意思？这不是明摆着要扩大自己的势力吗？作为国相的遵顼替儿子捏了一把汗。两年来，遵顼如同一只惊弓之鸟，时刻等待着皇上张开的弓里射出的利箭，但这支箭却迟迟不发。等待，比中箭还要让人难受。现在他必须站出来，阻止莽撞的儿子。也许儿子再多说一句，皇上手一松，那支利箭就会射出来，射中他，也射中儿子，就像上次捕鸟时皇上一箭射中的那两只黄鹃子。

“不会拉弓就不要放箭，不会说话就不要开口！”

他当众这样训斥儿子。接着，他用许多理由驳斥了自己的儿子，那些理由听上去都是那么合情合理，句句都在为国家社稷着想。皇上面无表情，而德仁却一脸怒气，不明白父亲为什么不帮他，反而和别人一样公开反对他。

但是，固执的德仁并不甘心。一天早朝，他又向皇上提出要在铁鹞军里建立一支“磨刀石”骑兵，也就是建立一支假想的蒙古骑兵，让他们穿上蒙古战袍，佩带蒙古兵器，挑选最能干的战将当他们的首领，用蒙古人的思维方式训练和战斗。皇上一听就明白了，德仁是想用这块“磨刀石”来磨砺自己的铁鹞军。这一次，皇上出人意料地采纳了德仁的建议，并且让德仁兼任“磨刀石”统军，让太子承祯担任党项统军，两军分头训练，三个月后在贺兰山狭长的谷地里进行一场演练。

隐居了很久的麻骨茂德，又出现在了清水街的芙蓉国酒肆。他像一条蛰伏了很久的蛇，等寒冬一过，莺飞草长之时，又悄悄出洞了。自从安全当上皇帝后，没有特别要紧的事情，他们不会轻易见面。德旺知道麻骨茂德主动约他，一定有重要消息告诉他。但见面后，麻骨茂德只顾喝酒，说东道西，根本不谈正经事。

德旺了解麻骨茂德，知道他心里在想什么，便从衣袍里掏出两件玉器，放在酒桌上说：“这两件玩意儿，你帮忙看看成色。”

麻骨茂德喜欢玉，对玉颇有研究，只瞥了一眼，就喜上眉梢。这是两件名贵的唐代玉器：一件是白玉卧鹿，短尾，侧头，耳朵竖立，鹿角上扬，神态安逸；另一件是玉驼童子，骆驼站立，臀尾后倾，不愿走的样子，双峰间搭挂兽面纹袋囊，一个童子屈膝下蹲，双手使劲拽拉骆驼缰绳，形态顽皮可掬。

麻骨茂德连声说：“好玉！好玉！”

德旺说：“你要是喜欢，就留着把玩吧。”

麻骨茂德嘴上说这怎么好意思，但最终还是将玉器揣进了怀里。然后，这才开口说正事：“要出事啦！”

德旺神态自若地问：“能出甚事？”

“你是装糊涂，还是真糊涂？”

“我不明白你说的话。”

麻骨茂德小声说：“听说皇上要借演练之机，对你们国相府动手了。”

德旺问：“你听谁说的？”

“听太子说的。”

“一个毛孩子的话你也信？”

“太子对人说，这次他要跟国相府的人一比高低！”

德旺松了口气，说：“这话没错呀，演练就是要一比高低嘛。”

麻骨茂德说：“事情没有那么简单！你想想，你阿哥德仁以前提过那么多的建议，皇上都不采纳，为甚这次却痛快地接受了？这其中必有阴谋！”

“不会吧？”

“这不明摆着吗？除了蒙古人，皇上如今最大的心腹之患就是你们国相府。你阿爸既是国相又兼任掌握军权的大都督，你阿哥是铁鹞军统军，如果你们想谋反，里应外合，易如反掌。”

“可是既然如此，他当初干吗要让我阿爸当国相呢？”

“当初他脚跟未稳，不想与你们父子反目，想先安抚住你们。现在经过几年的苦心经营，他已经控制了局势，完全有能力收拾你们了。听说皇上最近一直在给太子传授用兵之法，这次演练十有八九暗藏杀机……”

“如果真像你说的这样，我们该如何应对？”

“依我看，你们还是早做准备，到时候先下手干掉安全父子！这样，大夏不就是你们父子的了吗？”

德旺开玩笑说：“若真是这样，一定让你当国相！”

“不过，我担心你阿哥德仁不会这么干。”

德旺说：“先不告诉他，等到时候真干起来也由不得他了，他总不可能去帮安全父子吧？”

多日后，两军在贺兰山下摆开了战场。

这里原来就是古战场，唐代诗人王维在这里曾留下过“贺兰山下阵如云，羽檄交驰日夕闻”的诗句。

父亲把我和阿朵带在身边。我一身戎装，激动不已。我骑着我的枣红马，身披瓦蓝锃亮的盔甲；阿朵骑在一匹大白马上，身披深红色的战袍，我们一左一右站在父亲身后，看上去十分威风。我要亲眼看着那个浑球儿承祯败在父亲手下。让我感到遗憾的是，这次对阵是父亲和太子，而不是我和太子。不过我想，总有一天，我要和他一比高低！

真是事遂人愿，演练还没有开始，承祯就露出了败象。

演练开始前的头天夜里，父亲派出一队骑兵，全部夏军装扮，大摇大摆来到太子兵营前，哨兵一看是自己人，就让他们进了营地。父亲的骑兵一踏进营地，就迅速拉开散兵线，悄悄包围了他们所有的营帐。一声口哨之后，骑兵们同时冲进营帐，黑暗中一阵厮杀，太子在侍卫的保护下，才仓皇逃了出去。

第二天一大早，承祯气哼哼地找父皇评理：“他们不讲规则，演练还没有开始，他们就动手了。”

安全对儿子说：“战场上没有规则，规则在胜利者的马蹄之下。”

太子憋了一肚子气，重新调兵布阵，准备给父亲一点颜色。可是这时，他突然接到了父皇的圣旨，说要将演练推迟三日。太子不知道父皇是什么意思，心里很窝火，但也不得不服从。他让兵马解甲卸鞍，回帐睡觉，准备三日后再战。可是他万万没有想到，父亲在这天夜里却突然发起进攻，太子又一次失败了。

原来并没有什么圣旨，太子又上了父亲的当。太子很生气，以假传圣旨为由，想让他的父皇治罪父亲。安全说兵不厌诈，演练时一切手段都可以使用，这不算欺君，不能治罪。太子吃了两次亏，后来就小心多了，演练一开始就赢回了两局。

演练进入关键阶段时，爷爷遵项和皇上安全按照演练前的约定，同时来到了自己儿子的阵营督战。也就是说，真正的演练才刚刚开始。

起初，我们的“磨刀石”在谷地东坡布兵设阵，太子的夏军在西坡安营扎寨。演练规定：第一回合，两军看到烽火燃起时，同时向南面的山岗进攻，谁先攻占山头，谁就是胜利者。安全早早上了山顶，端坐在黄色的华盖下准备观战。爷爷在中军里安排好弓箭手，暗中交代他们，只要一冲上山头，就干掉华盖下的那个人。但是父亲并不知道爷爷的计划。在父亲看来，这个回合毫无悬念，他的“磨刀石”稳操胜券。他轻蔑地看着山顶，等待烽火燃起。

这时，我的羊胛骨响了。我的枣红马打了个响鼻，耳朵直打战。山上的烽火燃了起来，父亲一挥他的龙雀剑，率领他的“磨刀石”旋风一样刮出阵地，眨眼工夫就冲到了半山腰。我顾不了羊胛骨的鸣叫，一抖缰绳，跟着父亲冲了上去。阿朵也紧随其后。

可是快要接近山顶时，跑在我们前面的骑兵却突然消失了，像是被魔鬼一口吞掉了。正在另一侧冲锋的太子的骑兵忽然掉转马头，向我们掩杀过来。我们的骑兵一下子乱了阵脚，像无头的苍蝇在山坡上左冲右突。我不知道前面发生了什么事，被骑兵裹挟着在山坡上来回奔跑。我看见父亲从前面又冒了出来，接着许多骑兵跟着父亲从地里冒出来，继续往山顶上冲。

后来我才知道，太子让人夜里悄悄在我们必经的半山腰挖了壕沟，上面掩上蒿草，父亲的前锋刚才全部掉进了壕沟，许多马都摔断了腿。幸亏我和阿朵跑在后面，要不然我们也非得人仰马翻不可。我们跟随父亲冲上山顶，但我惊奇地发现，华盖下面根本不是皇上安全，而是一个身着皇袍的稻草人。

我回头去看山下，只见太子的夏军并没有冲上来，而是掉转马头，潮水般朝山坡下涌去，与另外斜冲上来的两队骑兵很快形成包围圈，把我们后面的骑兵强行压缩进一片谷地。也就是说，他们没有宣战就开始了第二个回合。父亲吹响了撤退的鹿角号，让我们山下的兵马迅速后撤三里，在较为平坦的地方摆开了六角连环阵，等待太子兵马的到来。太子求胜心切，根本没有看明白父亲的阵法，只管领兵往里冲，结果他的骑兵陷进了父亲的兵阵，迷失了方向。

我们一路呐喊，冲将下去。我在混战的兵马中看见了皇上的身影，兴奋得两手直颤，心里说，这下太好了，可以一锅煮了！

就在这时，兵阵哗地裂开了一道缝，我看见阿朵骑马从缝隙中钻出来，向西狂奔。两匹战马随即冲出兵阵，朝阿朵追去。让我震惊的是，阿朵的马背上不是她一个人，而是两个人，另一个是身穿红色战袍的太子承祯。不是太子捉住了阿朵，而是阿朵将承祯按倒在马背上。后面追赶的是承祯的两个侍卫，他们挥舞着马刀，眼看就要追上阿朵了。

不好，阿朵要吃亏！我双脚用力一磕马肚子，枣红马一弓脖子，箭一样射了出去。为了让马跑得更快，我不停地用鞭子抽打马背。就在我快要追上他们的时候，草丛里突然窜出一只野兔，我的枣红马一惊，前蹄腾空，长嘶一声，把我掀下了马背……

13. 闪　　病

从马背上摔下来，让我很没面子。但我那天勇敢无畏的举动，却赢得了阿朵的赞赏。阿朵说我长大了，长成一个真正的骑手了。这话听起来是那样的入耳。为了这句话，我摔伤一条腿，值了！

谁也没有想到，那场双方准备了很久的演练，最终会因为阿朵而仓促收场。阿朵活捉了太子，结束了那场演练。按照演练规则，哪一方的首领被“杀”或者被捉，哪一方就算战败。这个提前到来的结局，让双方的计划都落了空。阿朵因此成为所有骑手崇拜的对象，不仅因为她的美丽，更因为她的勇敢。

但是后来阿朵告诉我，太子承祯是有意当了她的俘虏。在她将他掳上马背时，他完全可以挣脱逃走，但是他没有，反而在奔跑中扭过头笑嘻嘻地看着她。承祯真是个孩子，比我还要幼稚！

据说，阿朵将太子交给随后赶来的我们的人，然后掉转马头，跑到已经摔晕了的我跟前，探身从草地上捞起我，就像拈起一根蒿草，把我放在马背上疾驰而去。骑兵们打着口哨，朝着阿朵一阵欢呼。

我的腿摔伤了，御医说要在家静养一百天，但我却不能在自己的屋子里养病。因为按照我们党项人的习俗，我必须搬到一个偏僻的屋子里去养病，只有这样才能摆脱病魔的纠缠，这叫“闪病”。我被仆人们抬到后院的一间闲置的屋子里，由阿朵日夜伺候。尽管我那天没有帮上阿朵什么忙，但我是因为救她才摔伤的，所以阿朵对我比以前更亲了，照顾得比任何时候都尽心。

父亲来看我，脸上挂着少有的笑容，好像他的儿子摔伤了是一件值得高兴的事情。父亲简单地询问了我的伤情，就把话题转移到了阿朵身上，问这问那，关心备至，好像受伤的不是我，而是阿朵。父亲跟阿朵说话的时候，脸上洋溢着和善的笑容，但他从来都没有对我这样过。

父亲说："蚂蚁无论咋样努力，也不会像狮子王一样；苍蝇无论怎样装饰，也不能与金翅鸟相比。谁也比不上我们的阿朵！"

父亲喜欢阿朵，我不嫉妒，因为我也喜欢阿朵。很小的时候，父亲一有空就带我们去草原练习骑射和狩猎。父亲说，阿朵手脚敏捷，像草原上的麋鹿，如果是个男孩子，将来一定会是一个好骑手。父亲还说，我的性格不像他，阿朵像他。说这话的时候，父亲肯定忘了我是亲儿子，而阿朵只是他的养女。但是我承认，阿朵有些地方确实比我强，比如她能拉动三根牛蹄筋拧成的弓箭，而我只能拉动两根牛蹄筋弓箭。而且她的箭法比我准，射出的箭像长了眼睛的鸟儿，嗖的一声飞出去，就死死地咬住了猎物。有一次她竟然一箭射中了两只红狐。所以有时想想，父亲喜欢阿朵也不是没有道理。

叔叔也来看我，给我带来了稀罕的"紫菀丸"。这种药只有皇宫里才有，据说能治百病，尤其对筋骨扭伤很有疗效。但是叔叔情绪不好，满腹心事的样子。

叔叔对阿朵说："你不该捉了太子。"

叔叔走后，我安慰她说："叔叔不是怪你，是关心你，怕太子报复你。"

阿朵一副无所畏惧的表情："让他来报复好了，我才不怕呢。"

后来过了很久，我才知道叔叔当时真的是在埋怨阿朵。因为他和爷爷当时准备在太子的兵马陷入父亲的六角连环阵时，趁乱干掉安全父子，可没想到阿朵却突然掳走了太子，使他们的计划完全落空了。

我的腿受伤了，倒给了我与阿朵日夜相守的机会。我整天看着美丽的阿朵光着乖巧的脚丫在我眼前晃来晃去，呼吸着她身上散发出来的好闻的玫瑰气息，尤其是夜里听到她脱衣袍的声音，想象着她光洁的身子，心里就一阵阵发慌，就不由得想起我们曾经在羊皮垫子上做过的事情。可是现在我睡在炕上，她睡在地上的毡毯上，我的腿被木板和绳索捆着，动弹不得。怎样才能让她睡到我身边来呢？这是我最近一直在思考的一个大问题。

夜里，我常常望着羊首灯苦思冥想。这种羊首灯，被一根一人高的细长灯杆顶着，灯杆下面是三只脚的底盘，上面是一个铜质羊头，羊头顶上有顶披毛装饰冠，羊头下颌吊着一只灯碗，里面盛着羊油，一根灯芯像冬眠的虫子一样耷拉在碗沿，燃烧着。我们的许多饰物上都有形状各异的羊头，是因为羊是我们党项人的图腾。冬至快到了，夜里有些冷，侍女们已经烧温了“地龙”。

我对阿朵说：“你也睡炕上来吧，炕上暖和。”

阿朵说：“烧了‘地龙’了，睡在毡毯上也不冷。”

“地龙”就是我们党项人使用的地炕。在地下挖一些纵横交错的地道，与每个屋子相连，通向后院的火塘。到了冬天，在火塘里生上火，热气就会顺着地道流动，这样屋子就暖和了。

我说：“我想抱抱你。”

阿朵说：“病了还不老实！别闹啦，睡吧，我困啦。”

说着，她走到羊首灯跟前，噗的一声吹灭了羊油灯，回到自己的毡毯上，在昏暗中脱光衣袍，白亮的身子一闪，钻进了被窝里。

可是我怎么也睡不着。正心烦意乱的时候，我的羊胛骨响了，嘎嘎把我吓了一跳。睡觉的时候，羊胛骨就压在我的枕头下面。我取出羊胛骨，发现它在闪闪发光。羊胛骨这么一闹，我不再想阿朵的事了，开始担心所要发生的事情。但是我想来想去，还是想不出来到底会发生什么。想着想着，我就眯瞪了。

迷迷糊糊中，我看见罗太后和废皇帝纯祐走了进来。纯祐不是已经死了吗？罗太后不是失踪了吗？他们怎么会出现在我的面前？纯祐满脸是血，耷拉着脑袋，一句话不说。罗太后的头上衣袍上全是尘土，好像走了很长的路。她怀里抱着厚厚的佛经，脖子上挂了一串佛珠，面无表情，但眼睛里却流着泪，好像让草原上的风吹伤了眼睛。她不停地在说着什么，但我一句也没有听见。我不明白，她为什么要废了自己的儿子，而把皇位让给了她的侄子安全，难道就因为安全将她按倒在羊皮垫子上，让她快乐地发出那种笑声吗？再仔细一看，罗太后怀里抱着的不是佛经，而是阿默尔的《白高大夏国秘史》。罗太后默默地打开秘史，我看见那里面的字都活了起来，幻化成很久很久以前另一对母子的故事。

天上飘着雪花，深夜的皇宫一片惨白。一个黑影钻进了卫慕太后的寝宫。另一个黑影紧随其后，隐没在太后的窗下。寝宫里面传出太后的声音：“山喜呀，你找的那个女孩叫甚？”

山喜是太后的内侄。只听他说：“卫慕春。”

“多大啦？”

“十七岁，人长得很水灵，皇上一定会喜欢的。”

“给她交代好了吗？”

“交代好了。”

“东西带来了吗？”

“带来了，是酋长亲自炮制的。前天我们在一个盗马贼身上试过，只半杯就让那盗马贼毙命了。”

“明儿你就把那女孩送给他吧。先不要着急，等他没了戒心再动手。他是个疑心很重的人，要是走漏了风声，我们卫慕部落就完了。”

“太后放心，我会小心从事的。”

“事情办成了，我就让你当皇上。”

窗外的黑影悄悄溜走了，而里面的人却一点没有觉察。

几天后，皇帝元昊有了一个年轻美貌的新妃子。元昊很喜欢这个新妃子，带着她在贺兰山东麓的镇木关行宫一住就是两个月，直到腊月才回到皇宫。有天晚上用膳时，妃子卫慕春殷勤地向元昊敬酒。元昊看着杯子里的酒，又看了看自己的妃子。妃子端酒杯的双手突然颤抖起来。元昊笑着，一直看着自己的妃子，不接酒杯。妃子的手抖得更厉害了。元昊这才接过酒杯，突然大笑起来。笑过之后，眼睛里竟是一汪泪。

元昊说："我的心肝，我是多么喜欢你呀！"

妃子脸色煞白，迟疑片刻，扑通一声跪在地上。

元昊说："你已经得到了荣华富贵，还想要甚？"

妃子捂住脸呜呜地哭了，指缝里传出颤抖的声音："看在臣妾肚子里孩子的分上，你就饶臣妾一命……"

"我不会杀你，不但不杀你，还要请你看两场好戏。"

元昊擦干眼角的泪，叫人去请太后。太后进来看见眼前的一幕，就什么都明白了。元昊从桌子上端起那杯酒，恭恭敬敬地捧给自己的母亲："母后，这是一杯世上最醇的美酒，儿子舍不得喝，就孝敬您老人家吧。"

太后看了儿子一眼，比她一生中任何一次看儿子的时间都要长。她接过酒杯，一饮而尽，然后说："儿子呀，你真孝顺！"

话刚说完，人就软在了地上，没了气息。

第二天，元昊把妃子卫慕春带到黄河岸边。霜杀九十九，人在冰上走。几天前落过一场大雪，但黄河还没有封冻。来的路上，又飘起了雪花，但河岸上并没有多少积雪，因为那里站满了黑压压的人。一半是身着布衣的男女老少，一半是身着盔甲的士兵。士兵们把男女老少围在中间，手里拿着刀剑和弓箭。男女老少的手被捆着，反剪在背后，每个人的背上还背着一块大石头。他们的样子，好像要去把黄河填平。

他们都是卫慕部落的族人，一共九百零七个。

妃子卫慕春在人群中认出了山喜。山喜也正在愤怒地看着她。她急忙扭过头去，却正好迎住了元昊的目光。

元昊说："这些都是你们卫慕部落的人，一个都不少。听说他们爱吃鸽子鱼，今天我就成全他们，让他们到黄河里去吃个饱！"

妃子"扑通"跪倒在元昊脚前，元昊看也不看，一挥手，士兵们把那些人像赶鸭子一样赶下了还没结冰的黄河……

元昊没有让妃子卫慕春到黄河里去吃鸽子鱼，而是把她囚禁在镇木关的行宫里。第二年夏天，卫慕春生下一个儿子。元昊很高兴，将卫慕春接回了皇宫。

元昊的另一个妃子野利丹害怕自己失宠，对元昊说："这孩子怎么长得像死去的山喜啊？"

元昊一看，还真有点像，就一刀劈了卫慕春。再一刀，劈了那个还不会说话的孩子……

我醒了。发现阿朵已经把早餐端到了炕桌上，都是我喜欢的食物。另有一盘油炸玫瑰花朵，是她给自己准备的。吃早餐的时候，我的脑袋一直晕晕乎乎的，还沉浸在昨晚的梦境里。

刚吃过早餐，婶娘梁喜儿就来了。两个月没有剃头，我头顶上原本应该光秃秃的地方现在长出了足有一寸长的头发。按照我们党项人的风俗，男人都必须秃发，就是让头顶秃着，只保留周围的头发。

婶娘说："头发该剃了，太长了，都快赶上汉人了。"

婶娘是汉人，但她说这话的口气好像自己不是汉人。听说十几年前，婶娘跟随她的父亲来到都城，父女俩开了一家商铺，经营从汴梁运来的玉器字画。那时婶娘只有十五六岁，还是个孩子。叔叔德旺一次去商铺买玉器，看上了漂亮的婶娘，托人去提亲，婶娘的父亲不愿让女儿嫁给一个党项人，推说婶娘在汴梁定了亲。许多天后，朝廷主管玉器金银首饰的"文思院"的人，以经营假饰品为由将婶娘的父亲捉进了监牢。后来，叔叔花钱将婶娘的父亲保了出来。婶娘的父亲很感激，就将婶娘许配给了叔叔。事后不久，婶娘家的商铺夜里遭抢，她的父亲被盗贼砍死了。婶娘在都城无依无靠，就嫁给了叔叔。

婶娘是个苦命的女人。这么想着，也不觉得婶娘有多讨厌了，在她抚摸我头的时候我没有再躲避。我嗅到了婶娘身上好闻的熟透了的野果子的味道。婶娘的睫毛黑黑的、长长的，往上翻卷着，像城墙上丛生的蒿草。仔细打量，婶娘确实年轻水灵，根本就不像一个成了家的女人。可是叔叔现在为什么不喜欢她呢？

我的伤快要好了，腿有些发痒，我忍不住动了一下。婶娘关切地问："腿痒啦？"

我点了点头。

婶娘说："痒了好，痒了说明快好了。"她把手从我的头上拿开，撩起被子，开始揉搓我的腿，说："我给你揉揉就不痒啦。"

可是她揉来揉去，我的腿更痒了。

我说："已经不痒啦，把被子给我盖上吧。"

婶娘看透了我的心思，笑着说："我们尕娃长大了，知道害羞了。"婶娘笑起来真好看，嘴角露出两个蚕豆大小的酒窝。她看上去总是那样开心快乐，可到了晚上，她为什么总要叹息呢？

阿默尔听说我病了，专门赶来为我驱除病魔。他带着一群人绕着我的屋子转了几圈，在屋前点燃柏树枝香烛，然后口中念念有词："所有野猪、老熊、乌鸦、鬼神都规避到山里去吧，不要伤害我的亲人……"之后又一边敲打羊皮鼓，一边叫人将水和青稞粒放进山羊的耳朵里，山羊一发抖，表明神已领受，便宰了山羊，祭奠诸神。然后将山羊角挂在我的屋门上，将羊血洒在我的门槛上……

母亲每天都手捻朝珠为我祈祷，她还请来了承天寺里的喇嘛，在后院里为我作法驱病。喇嘛里有僧正、僧副、僧判、僧录、座主、检校、知信等僧官，还有功德司的人。可惜我躺在炕上，看不到他们作法。但我能听到他们的声音，喇嘛们诵经的声音像唱歌一样，十分好听。做完法事，母亲带着一个僧正进来。这个头戴山形冠、身披黄色袈裟的僧正满脸褶皱，跟阿默尔一样苍老。

那僧正说："色、受、想、行、识者，五蕴也；土、水、火、风，四大成也。欲界六道，乃天、人、阿修罗、畜生、鬼、地狱，六道轮回，因果报应……"

我听不懂他在说什么，但母亲却频频点头。僧正云山雾罩地说了一通，最后绕着我转了三圈，又伸手在我头顶上空抓了三把。抓一把，用力往地上甩一下。然后说："好啦，病魔都让我驱除啦。"

我木然地坐在那里，任他摆布。僧正突然倒吸一口气，后退一步，惊讶地对母亲说："啊呀，您的孩子长着一副帝王之相啊。"

母亲神情紧张地说："这话可不能乱讲，会招来祸事的。"

僧正说："僧无戏言，您的儿子确实长了一副帝王相嘛。"

这时叔叔正好进来，好奇地问："谁长了一副帝王相？"

僧正说："您的侄儿。"

叔叔看了一眼炕上的我，笑着说："好啊，我这个当叔叔的，日后能享我们尕娃的福了。你不会也像先帝元昊那样，杀了我这个叔叔吧？"

叔叔的玩笑话，让我想起了《白高大夏国秘史》里的一个故事。

元昊有两个叔叔，一个叫山遇惟亮，一个叫山遇惟序。他们随元昊东征西战，建立了很多功勋，元昊登基后让他们分掌左右厢兵。山遇惟亮后来渐渐厌恶了战争，尤其对频繁进攻宋国有了看法，劝元昊说："我们现在已经拥有了广阔的疆土，不用再去抢占别人的疆土了。"元昊很不高兴。后来两人又因别的事情发生过多次争执，元昊就更加怨恨叔叔山遇惟亮了，便动了除掉他的心思。

元昊找到山遇惟亮的弟弟山遇惟序，说："你如果告发你阿哥谋反，我就把他的官爵全给你，不然就杀你全家。"山遇惟序不忍心哥哥无辜受害，便偷偷把元昊的话告诉了哥哥。山遇惟亮十分惊恐，准备带家人逃走。母亲独孤氏说："我已经八十多岁了，不能跟你们走了，你就把我连这个家一起烧掉吧。"山遇惟亮痛哭失声，给母亲磕了三个头，然后放火烧了母亲与房子，携家眷投奔了宋国。元昊后来得知是山遇惟序走漏了风声，就把他及全家都杀了。宋延州知州早已收到朝廷不许接受党项人来降的诏书，害怕元昊伺机报复，就给山遇惟亮戴上枷锁，连同他的家人一起遣送了回来。元昊将山遇惟亮一家百口人集中在草原上，松开他们的绳索，让他们四散奔逃，然后让他的铁鹞军纵马追杀，他们一个个被乱箭射死了……

想到这里，我禁不住打了一个寒战，心想：叔叔德旺不会因为老僧的一句话，对我起疑心，或者日后加害于我吧？

14. 边 城 危 机

秋天来了。城外经常会传来牧人悠扬的歌声：

鹌鹑鸣唱
草尖闪亮
贺兰山上洒满金色的阳光
秋风吹拂白色的粟米和金黄的稻谷
男人们编织捕鸟的大网
涂抹胭脂的女人裙袍鲜亮
男人给心爱的马儿把柔软的白鞍换上
马鞍上镶满黄色和白色的软玉饰装
人们把酒宴摆在辽阔的田野和青青的牧场……

又到了祭奠奶娘的日子。每年的这一天，母亲都要把我拉到我家的佛堂里，关上厚重的黑漆雕花木门，从佛像后面取出一个女人的牌位，让我跪下，朝牌位焚香叩拜。从我记事起，每年如此。母亲说，那个女人是我的奶娘。但我对这个奶娘没有任何印象。

我问母亲，奶娘是个什么样的人。母亲说是个好女人。我问奶娘是怎么死的，母亲说是病死的。后来母亲又说是被人害死的，再后来又说是被她害死的。我被母亲的话吓了一跳，母亲又忙改口说是病死的。母亲说，奶娘死的时候很年轻，说着就流下了眼泪。每次祭奠完奶娘，母亲都要千嘱咐万叮咛，让我不要给任何人讲，尤其是阿婆野利丹。我问母亲为什么，母亲让我别问了，记住她的话就行了。

祭奠奶娘的这天夜里，我的羊胛骨又叫了起来，而且闪着绿光，像野狼的眼睛。我很担心，知道又有事情要发生了。

果然，几天后蒙古人就来了，突然包围了我们的边城兀剌海。

消息传来，都城一片惊慌。文武百官聚集在承天殿，商议对策。一些人认为，兀剌海城墙十分坚固，有重兵把守，历来没有人能攻破，蒙古人久攻不下自然就会撤兵；一些人认为，成吉思汗的骑兵锐不可当，不可掉以轻心，应该吸取上次的教训，迅速点集黑山、天德、黑水、白马强镇等四个军司十万兵马，从东、西、南三个方向，对蒙古人进行钳形合围，只有这样才能解兀剌海城之围。双方各执一词，相持不下。还有一些人什么也不说，一直在观察皇帝的神色。

这一次，父亲出人意料地没有发表自己的意见。

安全坐在龙椅上，沉默不语，眼睛看着一个很远的地方，谁也不知道他心里在想些什么。最后他说了句："明天再议吧，退朝。"

回到国相府，爷爷问父亲今天怎么不说话。父亲正在寻找什么东西，头也没抬地说："我没想好说什么。"父亲找到一张羊皮地图，摊在桌子上，扭头对爷爷说："尽管兀剌海城地势险要，城墙坚固，但成吉思汗是有备而来，且人多势众，迟早要攻破兀剌海城。我们即使现在点集兵马，恐怕也来不及了，我们的援军还未到，兀剌海城可能就已经失守了。"

爷爷走过去，看着桌上的地图。

父亲说："成吉思汗攻破兀剌海后，必然南下，进攻我们的河套地区。他们必经人烟稀少的沙漠地带，这样战线会越拉越长，他们的粮草就很难供应上。如果我们不去救援兀剌海，而是在狼山一带设下伏兵，等待长途奔袭而来的蒙古骑兵，一定能大获全胜。"

爷爷仔细看了一会儿地图，然后说："这倒是个好主意，只是太冒险了，万一我们在狼山阻挡不住蒙古人，他们很快就会攻到都城来。"

父亲说："蒙古人一向与金国不和，担心金国人会乘虚而入，端了他们漠北的老窝，使他们腹背受敌，所以他们进攻时一定会小心翼翼，不敢跟我们长时间纠缠。只要我们在狼山坚守一个月，蒙古人就会因粮草断绝而草草收兵。我们再在他们撤退的途中设下伏兵，前后夹击，把他们消灭在狼山以北地区。”

听了父亲的计划，爷爷的脸上第一次露出了赞赏的笑容。但是他让父亲先不要把这个计划说出去，等蒙古人攻破了兀剌海城，开始向河套地区进攻，皇上向他们讨主意时再说出来。

但是第二天早朝时，父亲就把自己的想法禀报给了皇上。皇上没有表态。父亲急了，说：“我们再不早做准备，等蒙古人攻破了兀剌海城，恐怕就来不及了。”

皇上不冷不热地说：“朕心里有数。”

那天从皇宫回来，爷爷训斥父亲说：“我不让说你偏要说，现在看出来了吧，皇上根本就不会听你的，因为他一直对我们怀有戒心。”

父亲一句话也没说，提着他的龙雀剑去了后院，在那里练剑一直到天黑，直到把自己折腾得筋疲力尽。

三天过去了，皇上按兵不动。

十天过去了，皇上仍然按兵不动。

父亲黑着脸，沉默不语，整日里疯狂地操练他的铁鹞军，直到天黑才回家，眼看着人一天天都消瘦了。爷爷却没事人似的，每天跟人下棋，绝口不提边境上的事。看得出来，爷爷这是在跟皇上较劲，比耐力。

这天晚上，父亲从兵营回来，叔叔对父亲说：“这回你看清了吧，皇上根本就不相信你！遇到这么一个昏君，你操练兵马有甚用，还不是没有用武之地？要我看呀，你干脆带着铁鹞军冲进皇宫杀了那昏君，然后我们再商议如何抵挡蒙古人！”

父亲吃惊地看着叔叔：“你这不是让我谋反吗？”

“不是谋反，是替天行道！他这个皇上也不是从正道上来的。”

父亲说：“这事我不能干！蒙古人来了，我们不能自相残杀！”叔叔没有说服父亲，气鼓鼓地走了。

半个月后，兀剌海城失守了，城中军民全部被屠杀。

皇上紧急召见大臣商量对策，大臣们面面相觑，没有更好的拒敌之方，皇上只好采纳了父亲原先的建议。但是皇上为了不失一个君王的面子，在群臣面前显示他早已胸有成竹，或者还有更深远的谋略，他没有全盘接受父亲的计划，而是对兵马部署进行了重大调整。他要御驾亲征，与父亲率领右路军在狼山阻击敌人，而让爷爷遵项率领左路军绕道包抄过去，截断蒙古人的后路。

爷爷从皇宫回来，对叔叔讲了朝廷上的情景。叔叔说："皇上把阿哥带在身边，其实就是把阿哥当作质子，让您这个国相不敢轻举妄动。他带十万兵马据守狼山，进可攻，退可守，进退自如。而您却要领兵在沙漠中急行千里深入敌后，去早了，敌人会掉过头来同后面的援军夹击他们；去晚了又会贻误战机，落下骂名，甚至会因此而获罪。我们得有防备才是，否则要吃大亏。"

爷爷没让麻骨茂德做他的军师。出征前，爷爷与麻骨茂德、叔叔在书房里密谈到半夜。这天夜里，星星很多，月亮遮遮掩掩，时而透亮，像个银盘子；时而躲在云后，只露半个脸，好像故意掩藏着什么。

第二天，爷爷的左路军出发了。之后，我们的右路军也出发了。皇上这次没带太子承祯，而是让他留守都城，统领都城的侍卫军和卫戍军。但是父亲带上了我。父亲说："一个党项男人如果没有上过战场，就不算一个真正的党项男人；一个党项骑手如果没有流过血，就不算一个真正的骑手！"

我们出发了。走在最前面的是父亲的铁鹞军。他们的特点是能攻坚克险、冲锋陷阵，擅长在草原、沙漠作战。紧随其后的是"步跋子"，也就是步兵，擅长掩袭攻城，适于高山峡谷作战和巷战。

骑兵要比步兵威风得多。他们脚蹬鹿皮长靴，穿着银质护胸甲、雕花护肩护臂，腿上是骆驼毛编织的绑腿，头上是金属镶饰的头盔，腰间挂着长刀，或玛瑙镶柄的短剑，或绿松石镶柄的短刀，身背"强弩弓"，骑在马上威风凛凛。骑兵又分"正军"和"负担"。"正军"

在战争中直接参加战斗，“负担”则随军担负杂役。骑兵的粮草和兵器都得自备。“正军”自备战马两匹，甲胄一套，弓一张，箭矢三十，长矛一把，短剑一柄，营帐一顶，护腿和护腕一副。两匹马路上换着骑，这样可以加快行军速度。战马都必须牙蹄健壮，过肥、过瘦、马背不平、老弱病马，都要受到惩罚。他们把第二匹马缰绳绾得短短的，牵在手里，让它跟在旁边一起跑。一匹马累了，再换另一匹。“负担”自备战马一匹，弓一张，箭矢三十，长杖一根，背索一根，铁笊篱一副。所有骑兵的甲胄必须用粗毡、细线、兽皮缝制，不能太硬，也不能太软，要软硬适当，坚固耐用；弓是“强弩弓”，用野牛角制成，射程在二百四十步以外，能洞穿重甲，射倒战马。

行军途中，我惊讶地发现那个跟踪过我和母亲的神秘女人，竟然骑着一匹战马行走在父亲的身边。后来我才知道她叫卫慕香，是父亲铁鹞军中麻魁们的小首领。我被弄糊涂了。她既然是父亲的人，为什么要跟踪我和母亲呢？难道是父亲要她这样做的？可是父亲为什么要这样做呢？如果不是这样，那是因为什么呢？难道她是别人安插在父亲身边的军察？这么一想，我开始替父亲担心。

有一次，我和卫慕香的目光碰在了一起，她慌忙躲开了。等她再抬起头来，见我正在看她，就朝我笑了笑。

我说：“我以前见过你。”

她笑着说：“是吗？”

我说：“是的，我们肯定见过面。”

她装出一副轻松的样子：“可能吧，因为我是你父亲的麻魁嘛。”

我说：“而且，不止一次。”

她避开我的目光，仰头看天。这时，正好有一群大雁从头顶飞过，朝狼山方向飞去。她说：“看哪，多好看的一群大雁！”

说着，她双脚一磕马肚跑开了，好像是去追赶那群大雁。

15. 狼 山 之 战

我们一到狼山，就在北坡布下了兵阵。

骑兵们没有下马，啃食着随身带的奶酥、肉干和荞麦饼；弓箭手们半跪在地上，一手握着弓箭，一手往嘴里塞着食物；步跋子们则在山坡上挖掘壕沟，只有在喘气的时候才胡乱吃点东西。山坡上的气氛异常紧张，没有人说话，只有步跋子们铲土的嚓嚓声和山谷里刮来的风声。

皇上和父亲站在山顶上。皇上穿着紫色战袍，头戴金冠，冠后垂挂着红色结绶，腰系帝王玉带，披一件绣有黄色花纹的红色大氅。他面无表情，双唇紧闭。父亲站在皇上身边，头戴金镂冠，身穿红色战袍，披一件冷锻铁甲，腰系金束带，束带上挂着他的龙雀剑。

我站在他们身后不远的地方，头上是一顶黑漆冠，腰间挂着一把佩剑，身上背着弓矢囊。我的怀里揣着羊胛骨，还有出征前阿默尔塞给我的《野战记》。阿默尔说，这场战争不会很快结束，让我寂寞时就翻翻它，会对我有用处。我的旁边，是身着红色战袍的麻魁卫慕香。她的眼睛一直注视着皇上和我的父亲。

按时间计算，蒙古人也该到了。可是我们一直等到天黑，他们也没有来。皇上下令原地休息，但是人不卸甲马不卸鞍，哨兵比平时也增加了三倍。天阴着，夜很黑。士兵们即使相对而卧，也看不清对方的眉眼。

父亲睡觉时也手握龙雀剑，头枕弓矢囊，耳朵紧贴在上面，这样就能听见三十里外敌人的马蹄声了。父亲很累，一躺下就睡着了。等他听到马蹄声时，敌人已经到了山脚下。他一骨碌爬起来，冲出营帐，吹响了牛角号，带领骑兵扑下山去，与蒙古骑兵厮杀在一起。

天黑得出奇，敌人摸不清我们的底细，不敢恋战，混战了一会儿就撤退了。我们也不知道这是蒙古人的先头骑兵，还是大队人马，也不敢贸然追击。

远处的黑暗里，不时传来纷乱的马蹄声和战马的嘶鸣声。我们和敌人都在等待天亮，可是天却迟迟不亮。

东边终于出现了一道白，像是用马刀划开了黑色的幕布，露出里面的白衬。慢慢地，白色变成淡黄、紫红、玫瑰红，裂缝越撕越大，最后从那里跳出来一轮太阳。太阳睁着血红的眼睛，注视着荒漠上密密麻麻的骑兵。

这时我才看清，蒙古人已经摆成扇形兵阵，准备扼住我们的咽喉。而我们的骑兵则摆成了锥形兵阵，随时准备刺穿敌人的心脏。初升的太阳，使得骑兵身上的甲胄闪闪发光，远远看上去像波光粼粼的大海。

双方都在喘息，观望，揣摩，谁也不敢贸然进攻。

父亲站在山顶上，神情激奋，望着两军之间的沙地上昨天夜里战死的兵马和远处的敌人，对前面的皇上说："蒙古人看上去不过一万人，显然这是他们的先头骑兵，现在我们完全可以吃掉他们！"

皇上眯着眼睛，看着山下的蒙古骑兵，没有说话。

父亲说："如果我们现在不动手，等蒙古人的大队人马赶到，想吃也吃不下了。"

皇上说："我也这么想，可是怎样才能吃掉他们呢？"

父亲说："我带领铁鹞军先撕开他们的兵阵，再让我们的步跋子冲上去分割包围他们，然后一块一块吃掉他们。"

皇上说："好，就这么干！"

父亲抽出龙雀剑，带着他的铁鹞军冲下山去。一时间，山下厮杀声震天，尘土飞扬。皇上焦急地在山顶走来走去。没过多久，山下响起了铁鹞军突阵成功的报捷号。皇上这时一挥手，成千上万的步跋子冲下山去，淹没了已经被铁鹞军打散了的蒙古军。等尘埃落定，一切恢复了平静，山下已经是横尸遍野。

我们几乎全歼了蒙古军，当然我们自己也损失惨重。也就是说，我们以二比一的伤亡赢得了胜利。但是父亲说，真正的厮杀还在后头。他让士兵们抓紧时间吃喝休息、擦拭兵器，随时准备迎接更加密集的敌人和更残酷的厮杀。

可是直到日落，后面的敌人也没有赶来。天黑了，比昨天还黑。山下星星点点的绿光，是野狼的眼睛，它们在啃食白天死去的战马和骑兵。卫慕香坐在山坡上的草地上，吹起了牛首埙，声音凄婉。这牛首埙是素烧的陶埙，拳头大小，牛头形状，腹部有两个孔，顶上有一个孔。吹奏的时候，把嘴唇放在顶上的孔上，两手的十指按在腹部的两个小孔上，一种低沉的声音就会悠悠地传出很远。

天还没亮，我的羊胛骨就把我叫醒了。远处传来凄厉的狼嚎。父亲枕着弓矢囊侧身而卧，我不知道他睡着了还是醒着。要不要提醒父亲？正犹豫着，父亲好像已经听到了什么声音，从毡毯上跳了起来。

“来了！他们来了！”

我跟着父亲跑出营帐，山下静悄悄的，没有一个敌人。黑暗在我和父亲的面前一点一点退去，一直退到了地平线。一轮日头跃出地平线，像是用鲜血泡过一夜，鲜红鲜红的，触目惊心。但转眼日头就退去了血色，像是被眼前纷乱的战场吓白了脸，惊讶地站在远处看着眼前的一切。但是，我们的面前却不见一个敌人。

父亲趴在地上，将耳朵贴在地面听了听，站起来说：“蒙古人马上就要来了，我听到了他们的马蹄声，他们离我们不到十里，至少有六万骑兵。”我相信父亲的话。我没有听到马蹄声，但这时我听到了羊胛骨的叫声。

父亲向皇上禀报后，很快就布置好了两道防线：第一道在山下；第二道在山腰，距离皇上的华盖只有一箭远。十几里长的战线上，布满了我们的兵马，其中包括一条河流两岸的广阔地带。

父亲指着那条河对他的步将说：“守好它，不能让远道而来的蒙古人喝上一滴水！我们要把他们渴死、困死、杀死在这里！”

兵阵最前面的不是铁鹞军，也不是步跋子，而是一支由一百多峰骆驼组成的奇特阵营。骆驼善于在沙漠里长途奔袭，因为它们的眼睫毛是双重的，鼻子也很奇特，里面有一扇门，风沙袭来时它们便把帘子似的眼睫毛一闭，把鼻子里的那扇门一关，就把沙土挡在了外面。它们能嗅出几里之外和深埋在沙土下的水味，为人们找到水源。它们背上的驼峰就是一个很好的粮库，里面储备着平时消化不了的营养，可以保证在战场上半个月不吃不喝也能维持生命。当它们的驼峰软软地垂向一边时，那就表明储备粮快要完了。它们很能喝水，也很能耐渴。它们在沙漠行走很少张嘴，尽量减少呼吸的次数，以免身体里的水分白白蒸发掉。

现在，它们的驼峰上架着“旋风炮”。每峰骆驼后面是三个“泼喜”，也就是炮手。他们将石弹塞进炮筒，然后发射到敌军阵营去。父亲准备在真正的厮杀开始之前，先用“旋风炮”轰上一阵，等那些石弹打得蒙古骑兵晕头转向的时候，再吹响冲锋号，让他的铁鹞军率先突阵。

除此之外，阵前还有十几架“对垒”战车。一百多年前，一个年轻寡妇发明了这种战车，她带着她十多岁的儿子乾顺皇帝，驰骋在疆场上，所向披靡。这个寡妇就是梁太后。直到现在，“对垒”战车仍是我们最厉害的进攻兵器。这种战车上包裹着一层厚厚的生铁，坚硬无比。每个“对垒”战车上能装载二十名弓箭手，后面由三十个精壮士兵推着，勇往直前，直插敌人阵营。一般在进攻受挫时，才会使用这种战车。这是父亲准备的最后一招。

一切都准备好了，只等着敌人的到来。父亲脸色冷峻。我站在父亲的身后，我的身后是卫慕香。根据父亲的命令，战斗开始后，卫慕香的主要任务是保护我，不让我受到伤害。皇上被几十个侍卫围着，站在远处一块巨石上，那样可以将整个战场收入眼底。

父亲说：“他们就要来了！”

好像是为了验证父亲的话，北方的地平线上很快就冒出了密密麻麻的骑兵，洪水一般朝这边涌来。我从来没有见过这么多的敌人，心在胸腔里怦怦直跳。

“要开始吗?”我听见自己的声音在颤抖。

“再等等。”父亲说，“让他们再靠近些。”

敌人越来越近，已经能看见他们手里挥舞着的蒙古弯刀。这时，父亲才缓缓拔出他的龙雀剑，然后用力往下一劈，大喊一声：“轰他狗日的!”

“旋风炮”雨点般的石弹噼里啪啦落在敌人的骑兵阵里，砸得前面的骑兵人仰马翻。一阵过瘾的炮击后，真正的厮杀开始了。父亲带着铁鹞军冲下山坡，直插敌阵，在那里搅起了漫天尘土。接着，步跋子也冲了上去。而我的马缰绳却被卫慕香死死地拽着，动弹不得。

父亲骑着他的白鬃马，挥舞着龙雀剑，一直冲锋在最前面。他的龙雀剑在空中每舞动一下，一颗人头就会落地，或者一匹战马就会扑倒。父亲在战场上完全是另外一个样子，他能双手使刀，左手甚至比右手还要凶狠有力。我看见他经常在快要接近敌人时，却突然把马刀换到另外一只手上，然后拨马绕到敌人另一面，敌人在惊慌失措中就被他砍下了脑袋。我热血沸腾，手拿短剑在山顶跑来跑去。要不是卫慕香拉住我，我早就冲下山去，跟父亲一样去拼杀了。

我们的铁鹞军专砍敌人的头颅，紧随其后的步跋子专削敌人的马腿。大地在无数骑兵的马蹄下呻吟、叹息，马刀碰击着马刀叮当作响，到处弥漫着骑兵浓重的马汗味和皮缰绳的酸味，以及越来越重的血腥味儿。一个骑兵被砍下半个脑袋，他骑在马上拼杀了几下，才滚落在地；一匹浑身箭矢的战马在混战的人群中狂奔，马背上骑兵脚没有脱开马镫，拖在地上被磕掉了头……

蒙古骑兵留下了上千具尸体和横七竖八的马腿，被我们的铁鹞军赶出十几里地。正当父亲领兵穷追不舍的时候，皇上令人吹响了收兵号。因为皇上看见敌人后面还有许多敌人，他们隐蔽在远处的沙丘后面，担心父亲中了埋伏。

最惨烈的一场战斗是在那条河流的东岸进行的。这时，战争已经进行了六天，蒙古人显然已经断水。他们组织了八千骑兵，从左右两侧向河岸进攻，目的就是想占领河流，找水喝。父亲早就料到了他们这一手，在河岸部署了重兵，拉起了隐蔽的绊马绳。这一招使敌人在第一次进攻时，数百个冲在前面的骑兵扑里扑通掉进了河里。这时，我们的弓箭手拉开“神臂弓”，蝗虫一样的箭矢一齐射向河里的蒙古骑兵，河面上很快就漂浮起无数具尸体。

之后，两军在河流两岸又进行了三天激烈的厮杀，双方死伤都很惨重。尸体几乎堵塞河道，河水被染成了红色。蒙古人没有占领河流，我们也无法使用河水。但是开战之前，我们就已经备足了水，足够我们使用一个月的。

战争间隙，卫慕香带领麻魁们打扫战场，掩埋尸体。麻魁们在战场上的主要任务就是袭扰敌人、掩埋尸体和从事各种杂役。但是对付如此强大凶猛的敌人，她们那些古老的袭扰方法显然已经派不上用场了。她们现在能做的就是为战死的兵马收尸。她们把自己人的尸体拖到僻静的山脚，挖坑埋掉，或者点火烧掉。对敌人的尸体却一概不管，任由其顺河流而去，或者让野狼夜里啃食。仔细算起来，我们的损失要比敌人大得多。准确地说，敌人死伤了三千，我们死伤了七千。

半个月后，父亲成功地组织了一次围歼战，使敌人受到了空前的损伤。在这次交战中，父亲假装战败南撤，撤退时又巧妙地把队伍拉成弓形阵，而把他的“磨刀石”隐藏在弓弦上。等敌人全部进入了包围圈，父亲的“磨刀石”就像一支利箭直射敌人胸窝。铁鹞军迅速封口，三面夹击，全歼了敌人的三千骑兵。

士兵们将父亲举过头顶，一片欢呼。我看见皇上看着山下这一幕，脸色阴沉，嘴唇抿成一条线。我替父亲捏了一把汗。那天夜里，我的羊胛骨又响了。我不为战争担心，而是为父亲开始担心了。

后来，战线越拉越长，战火差不多已经蔓延到了狼山以北的沙漠地区，两军开始了一场漫长的拉锯战。有时我们将战线往前推进几十里，有时又不得不回撤十几里。现在又回到了战争开始时的地方。我们的七万兵马已经损失了三万，而蒙古人只损失了一万。父亲对这样的结果很不满意。但皇上对输赢却有自己的看法：“不管我们损失多少兵马，只要能把蒙古人挡在狼山以北，就是胜利。”

两军在这片沙漠里苦苦相持了三个月，双方都兵乏马困，粮草匮乏，但谁也不愿后退一步。在一次厮杀中，我们损失惨重，节节败退，眼看就要支持不住了，有的骑兵开始掉头逃跑。父亲怒不可遏，抡起龙雀剑将十几个逃兵砍下马来，看得我心惊肉跳。父亲怎么能砍死自己的骑兵呢？

夜里，等父亲拖着疲惫不堪的身躯回到营帐，我试探地劝父亲：“阿爸，明天你不要再砍死自己的骑兵了。”

父亲说：“他们是该死的逃兵！对他们仁慈，就是对大夏的背叛！”

或许父亲说得有道理。但是第二天父亲再没有砍杀自己的骑兵，因为从此以后我们的大军里再也没有了逃兵。

已经到了深秋时节，天下起了连阴雨，淅淅沥沥的，多日不停。雨水暂时解决了饮水问题，但也让各自运粮的队伍深陷泥潭，不能按时提供足够的粮草。皇上对爷爷的左路军迟迟没有赶到很不满意，对父亲说：“要是左路军能早点赶到，我们早就结束了这场讨厌的战争。”父亲无话可说。父亲心里也很着急，他也不知道爷爷的左路军出了什么问题。按说他们早就应该截断敌人的后路了，可是从目前情况看，他们显然没有做到这一点。他们到底怎么了？难道已经被蒙古人消灭了？或者困死在沙漠里了？

一个月前，皇上安全就相继派出三拨急脚子，去打探左路军的踪迹，但一直没有消息。那些急脚子一去不复返，就像泼在沙地上的水一样，转眼就蒸发掉了。

雨终于停了。早晨的空气很好，天空晴朗。站在山坡上，能清晰地看见远方低矮起伏的沙丘，像一个丰满的女人躺在那里晒着阳光。沙丘后面是敌人密密麻麻的营帐，隐约可见的炊烟，如同女人呼出的气息。

蒙古骑兵又开始进攻了，父亲带着他的铁鹞军冲下山……

我已经厌倦了千篇一律的战争场面，不愿再去看那些混乱的厮杀。我待在营帐里，想从卫慕香的嘴里掏出点东西，但没有成功。几个月来我做过各种各样的努力，都没有成功。每次一扯到敏感的话题，她就有意提着扁壶去河边打水，或者离开营帐去干别的杂事。

卫慕香是一个沉默寡言的人，即使在父亲面前她也很少说话。但是我发现，只要父亲一回来，她的目光就一直追随着父亲。父亲对她似乎也很信任，有什么话都喜欢跟她说。父亲说话的时候，卫慕香就低头认真地听，有时候也会抬头看父亲一眼，会心地一笑，那笑在我看来有些暧昧。有时父亲只说了上半句，下半句她就已经心领神会。看到这些，我不由得想起了远在都城的母亲，心里有种说不出的失落和难过，但更多的则是担心。因为我总是感到卫慕香漂亮的眼睛后面还有一双眼睛，担心她会给父亲带来麻烦和厄运。

又一场秋雨过后，蒙古人一夜之间后撤了三十里。父亲猜测蒙古人可能发现了爷爷的左路军，怕他们的后路被截断才慌忙撤军。皇上不赞同父亲的看法，因为我们一直没有急脚子带回来的消息。

几天后，敌人又后撤了二十里。

可是一天夜里，蒙古人又悄悄摸了回来，突袭了我们的营帐。我们措手不及，彻底被打散了。混乱中，卫慕香带着我和十几个麻魁逃了出来……

16. 麻 魁 们

我们走进了无边无际的沙漠。

卫慕香说，这可能是巴丹吉林沙漠，我们只要朝着太阳升起的地方一直向东走，穿越腾格里沙漠，就能到达黄河边，回到我们的都城。

我们已经在沙漠里走了很多天了，具体多少天，我也记不清了，因为我已经没有力气记住这些事情了。粮食快要吃光了，挂在马鞍上的粮袋空空如也，马一跑起来，就会随风飘扬。

在沙漠里，我们有幸到过三个寨子，但却没有得到一粒粮食。为了躲避蒙古人，寨子里的人早就跑光了，什么东西都没有给敌人留下，当然也没有给我们留下。其中有个寨子只有几个半死不活的老人，我们不忍心让他们饿死，反而把自己的粮食留给了他们。我们用水灌满肚子，继续赶路。但是后来水也没有了。在沙漠里，水有时比粮食还难找。没有水，我们只有喝马尿。

突围出来时，我们一共十七个人，十七匹马。麻魁们出征时，十六个人有二十一匹马，其中五个人各自多备了一匹马，后来战场上死的马太多了，她们就将多余的马补充给了男骑兵。现在，我们仍然是十七个人，但却少了两匹马。

那两匹被我们吃掉了。我们先喝了马血，然后分食了马肉。第一口谁也难以下咽，像是有什么东西卡在喉咙，噎出了眼泪。我们党项人从来不食马肉，马是我们的朋友，食马肉就等于食朋友的肉；马是骑兵的命根子，没有了马，就休想在战场、草原和沙漠里活下来，只能是死路一条。但是现在我们不食马肉，也是死路一条。不是一个人死，而是几个，甚至全部。用一条马命换来十七条人命，相信有灵性的马不会怪罪我们。

分食第一匹马时，我们所有人都跪倒在马蹄前，请求它的宽恕。它是卫慕香的马。卫慕香说要杀就杀她的马，因为她是首领。就凭这一点，足以证明她不是一个简单的女人，这是征战以来我对她唯一的好感。

卫慕香垂着头，对她的马低声说："下辈子我变成你，你变成我，我让你骑、让你喝、让你吃。"说着，她流下了眼泪。

马很瘦，没有多少肉，瘪瘪的肚皮吊在腰上，样子很可怜。

卫慕香亲手杀死了跟随了她几年的马。她闭着眼，歪着头，一刀捅进马的脖子。马没有嘶鸣，也没有反抗，一动不动，默默地看了她一会儿，然后才慢慢地倒下。我看见了马的眼角也挂着一滴眼泪。

我们找来沙柳根，燃起篝火。马肉在火上吱吱冒油，夜空里弥漫着诱人的肉香。没等烤熟，我们就迫不及待地撕啃起来。但是谁也没有吃出肉香。卫慕香没吃，她一个人躲在一边。我注视着沙丘后面的卫慕香。她背对着我们，低着头，肩头在颤抖。一个看上去如此冷酷的女人，怎么也会这么伤感？但是想起她那双深不见底的眼睛，我心里就不由得又对她产生了戒备。这个女人真是让人猜不透，我不得不防。

没有了马，卫慕香只能跟我同骑一匹马。我的枣红马是所有马里最强壮的，有力量承载两个人。卫慕香的马鞍没有丢，也挂在我的马鞍上，给我的马又增加了一份重量。但我无话可说。因为马鞍是骑兵的兵器，马死了，马鞍不能丢，等找到了另一匹马，可以重新备在马背上。卫慕香骑在我的身后，马鞍正好容纳下我们两个。马蹄踩在沙地上悄无声息，马鞍在我们的身子下咯吱咯吱呻吟。我嗅到了羊皮袄热烘烘的酸味儿和她身上汗香味儿的混合味儿。她的胸顶着我的后背，让我有一种奇异的感觉。马跑动的时候，她的胸就会有节奏地撞击我的后背，让我的呼吸变得跟枣红马一样急促。我的后背告诉我，她的胸比阿朵的大，估计一只手很难握住。这么想着，身体就莫名其妙地开始膨胀，胀得我很难受。我不敢往下想了，就有意想别的事情。想什么呢？自然就想到了父亲和爷爷。

父亲他们突围出来了吗？他们现在在哪里？他们跟爷爷的左路军联系上了吗？他们是否按原计划将敌人包围？这些都不得而知。

路上，我们曾经两次碰到过蒙古骑兵，但他们人数都不多，两三个，大概也是被打散迷了路，误入了沙漠，当然他们最后都被我们消灭了。

这就是说，我们走了许多天还一直在沙漠里转圈，并没有离开战场多远。走着走着，前面出现了一片绿洲。先是模糊的一点，然后是碧绿的一片。那是一片只有二三十棵胡杨树的小树林，林边有一泓小湖，湖水碧绿，平静如镜。

女人们兴奋得惊叫起来，翻身跳下马，扔掉手中的刀箭，跌跌撞撞扑倒在湖边，疯狂地喝了起来，有的甚至喜极而泣，呜呜地哭了起来。对于在沙漠里长途跋涉了很久的我们来说，没有什么比水更贵重的了。卫慕香没有像其他女人那样激动，她保持着惯有的冷静，机警地观察着四周，确认没有危险后才蹲在湖边。她对女人们说：“慢慢喝，小心凉水激炸了肺。”

但是女人们的脑袋扎进水里，听不见她的声音。等她们从湖水里抬起头来时，一个个像孕妇一样鼓胀。她们喝饱了，仰躺在沙地里像鲤鱼一样吹着水泡，但脸上洋溢着满足的微笑。

我嘴唇干裂，口渴难忍，身体里的水分早已被沙漠和阳光吸干，很想跳进湖水里喝个饱，但我不好意思那样做。我走到湖边，捧起水喝了一口，喉咙里有种撕裂的疼痛，一丝冰冷从上到下穿透全身，我听到嗞嗞的声响，就像将水泼在烧红的烙铁上一样。

卫慕香喝饱了，跟女人们一样仰躺在沙地上，闭上了她美丽的眼睛，阳光抚摸着她黝黑的脸庞，在她长长的睫毛下投下了一抹阴影。

我没有时间欣赏沙地上的睡美人，转身向胡杨林走去。我要去寻找吃的，战马也需要草料，也许树林里能找到点什么。大家已经两天没有吃东西了，不到万不得已，不能再杀马了。离开了马，我们谁也走不出沙漠。树林里长着一蓬一蓬的东西，原来是沙枣、沙葱，还有一小片开着紫色小花的野苜蓿。我采了沙枣，拔了沙葱，把它们用战袍裹好，又将饥饿的战马牵到那片小得可怜的野苜蓿地，这才拎起战袍回到女人们身边。

女人们看见我找到了吃的，高兴得搂着我乱蹦乱跳。卫慕香坐在沙地上看着我，目光里有种东西闪动了一下。我们分食了沙枣、沙葱，还有最后一点点马肉，渐渐恢复了力气。女人们脱去战袍，一个个赤身裸体地跳进水里。我被眼前白晃晃的东西晃花了眼，现在我才知道，女人的身体原来并不一样，千姿百态，各不相同。难怪叔叔喜欢各种各样的女人，难怪皇上的后宫里养了那么多年轻美丽的各色女人。

我正坐在那里胡思乱想，几个女人突然从湖水里跑出来，把我按倒在沙地上，三下两下，像剥沙葱一样把我的衣袍剥了个精光。其他女人站在水里大笑，她们不约而同地把目光集中在我那个地方，让我羞愧难当。有个女人甚至趁机摸了我一把，我想用手遮挡，但我的胳膊已经被另外两个女人拽住了。

“人不大，东西倒不小。”

“统军的儿子嘛，当然像统军啦。”

“你见过统军的？哈哈哈……”

“我倒是想啊，就怕人家看不上……”

女人们把目光投向卫慕香，然后相互看了一眼，笑得更厉害了。卫慕香低头搓洗着自己的衣袍，脸一下子就红了，一直红到了脖子根。

女人们把我扔进湖水里，围着我撩水，笑闹……

我挣脱女人，逃上岸去，抱着我的战袍跑到沙丘后面赶紧穿上。这时，我怀里的羊胛骨响了，嘎嘎，先是两声，接着又是两声，就像一双毡靴踩在沙地里，蹑手蹑脚地走了两步，迟疑了一下，又走了两步。我知道有一种危险正在朝她们而来，心一下子就收紧了。

我站起来四处张望，沙漠里空无一人。我把耳朵紧贴在沙地上，隐约听见了马蹄声。我急忙站起来，看见几个黑点出现在地平线上。我的心怦怦狂跳，呼吸不由得急促起来。那黑点慢慢变大，我看清了，是蒙古骑兵，一共七个。他们正晃晃悠悠地朝这边走来，显然没有发现我们。我猫着腰从沙丘后面跑出来，压低声音朝湖水里的女人喊："蒙古人来了！蒙古人来了！"

女人们没有听清我在喊什么，等她们明白了，像一群受惊的水鸭似的从湖水里飞出来，慌乱地寻找自己的战袍。卫慕香趴在沙丘上看了看，然后退回来给麻魁们部署任务。她让几个女人脱掉刚刚穿在身上的战袍，重新回到湖水里，让她们将弓箭踩在脚下，装成洗澡戏水的样子。她冷静地说："蒙古人看见水里的你们，一定会下马向你们扑去，等他们靠近了，你们就拿起弓箭，射死他们。"她交给我的任务是，把女人们的战袍和战马藏匿在小树林里，待在那里不要动。

她对我说："不管发生了什么事情，你都不准跑出来！"

我感到这是对我的侮辱，但我什么也没说，心想，等着吧，到时候我会露一手给你们看的。卫慕香带着剩下的几个女人，在沙丘后隐蔽起来。我用麻布将马嘴扎起来，但没有卸下马鞍。我蹲在小树林里，等待敌人的到来。

马蹄声越来越近。

终于，蒙古骑兵出现了。七个骑兵身披铁甲，手握弯刀，沙尘在马蹄间飞扬。他们发现了湖水里光溜溜的的女人，勒住马缰，愣在了那里。女人们装着没发觉有人来，依然在那里嬉闹，雪白的身体在阳光下闪亮。蒙古骑兵迟疑了片刻，猛然清醒，呼喊着向湖里的女人们扑去。

女人们惊叫着蹲进水里，看上去是受了惊吓，其实她们是在水里摸索她们的弓箭。蒙古骑兵跑到湖边，跳下战马，扔掉弯刀，甩掉盔甲，嚯嚯叫着扑进湖里。女人们从水里捞起弓箭，拉弓就射。跑在最前面的一个骑兵应声栽倒，跟在后面的骑兵急了，猛扑过来，噗，噗，又倒下两个。另外四个骑兵转身上岸，捡起弯刀，向水里的女人重新扑过来。但他们刚踏进水里，其中一个就被射死，剩下的骑兵被女人激怒了，吼叫着冲到女人身边，唰唰唰，刀光闪亮，三个女人接连被砍翻栽倒。我大喊大叫，拉弓射箭，但由于距离很远，一个也没有射中。剩下的三个蒙古骑兵不知树林里有多少伏兵，慌忙逃上岸，跃上马背朝北方逃去，却正好跑进了卫慕香的埋伏圈。女人们从沙土里一跃而起，挥刀砍断了马腿，两匹战马和马背上的骑兵翻滚在地上，女人们一拥而上，乱刀砍死了他们。

最后一个骑兵拼命向北逃去。我跳上枣红马，冲出树林，追了上去。我趴在鞍头上，身子紧贴着马脖子，用马鞭拼命抽打着马肋。枣红马擦着地皮，狼似的一纵一纵地往前奔跑，眼看就能追上那骑兵，他背上的弓箭和手里的弯刀都已经看得清清楚楚。这时，只听耳边嗖一声，狂奔的蒙古骑兵向后一仰，但他没有摔下马来，趴在马背上继续狂奔。跑出了一箭地，那骑兵才从马背上跌下来。

我跑到跟前一看，那骑兵后背中了一箭。

我扭头去看，只见卫慕香手握弓箭站在远处。显然是她射中了我的猎物。这个讨厌的女人！那骑兵还没有死，趴在沙地上抽搐，脸上沾满了沙子，后背突突往外冒血。他想爬起来，挣扎了几次都没有成功。他嘴里嘟囔着什么，我听不懂，但我懂他的意思。他想让我给他一刀，想痛快点死。想得倒美！我没有杀他。我要让他在沙漠里慢慢死去，让他的眼窝里爬满蚂蚁。谁让他杀了我们年轻美丽的女人！谁让他跑到我们的疆土上来送死！

我从地上捡起蒙古弯刀，跃上我的枣红马，向卫慕香走去。刚走了几步，就听卫慕香大喊：“当心背后！”

我扭头一看，那骑兵正朝我举着弓箭。但是他已经没有多少力气了，射出的箭刚够落在了我的马蹄跟前。骑兵歪倒在地上，不动了。这最后一箭，似乎耗尽了他所有的力气。我没有理睬他。

我们用刀剑挖了三个沙坑，掩埋了死去的三个女人，然后继续上路。

17. 沙　　郎

现在，我可以离卫慕香远一点了，起码不用跟她同骑一匹马了，因为我们缴获了几匹蒙古人的战马。我的枣红马早该歇歇了，这些天两个人骑着它，也够它受的了。但是，我的脑袋却无法摆脱卫慕香，总是在想：她和父亲到底是什么关系？她为什么要跟踪我们国相府的人？

夜里躺在毡帐里，我也在想这些问题。她很少跟女人们一起笑闹，总是一副忧郁的神情，目光里时常会闪动冰冷的光芒，让人看了脊背直发凉。真是一个让人琢磨不透的女人！她要是像阿朵那样简单就好了。

想起阿朵，阿朵真的就来到了跟前。阿朵说我瘦了，黑了，但更结实了，更像一个男人了。我说我本来就是男人嘛。阿朵说现在我长大了，像个男人了。我说阿朵啊，我好累啊，大腿根被马鞍磨出了血，好疼啊。阿朵说让她看看。说着就伸手摸我的大腿。阿朵的手很轻柔，我感觉大腿那里渐渐膨胀起来了，就说别摸了，别摸了。可是她却不住手，继续摸呀摸，把我给摸醒了。

月光从毡帐顶上的风口里泻进来，淡淡的，像风吹进来的一层薄薄的春雪。原来是一个梦。可是我马上发现不是梦，阿朵真的就躺在我身边，身子像月光一样洁白，可是我却没有嗅到阿朵身上玫瑰花的味道。仔细一看，不是阿朵，而是另一个女人。女人正抚摸着我，见我醒了，冲我一笑，露出一口洁白的牙齿。女人没有说话，翻身骑到我的身上，抓住我的东西就要往她的身体里塞。我清醒过来了，一把推开了她……

第二天早上，我从毡帐里出来，女人们早已等在那里。我从她们的脸上无法判断她们之中的哪一个夜里进了我的毡帐。我收拾了毡帐，踩灭了灶火，跟着女人们继续上路。

这天黄昏，我们看见了一个村庄，女人们在马背上高兴得惊呼起来。这是我们半个月以来第一次遇到村庄，它像雨后的一个蘑菇，慢慢从沙漠里冒出来，是那样的诱人。远远地，我看见村头蹲着一些黑乎乎的东西，以为是人，走近了才看清是狗。那些狗像箭一样射过来，快跑到我们跟前了又不敢靠近，围住我们一阵狂吠，声音干涩而空洞。

可是村里却空寂无人，只有成群的野狗在巷道里忙碌着。它们正在撕啃尸体。巷道里布满了干枯的尸体，大多数只剩下了骨头架子。女人们下意识地抓起刀剑，好像那些干尸随时会从地上爬起来攻击她们。

卫慕香骑马在巷道里转了一圈，对我们说："这个村里的人都死光了。蒙古人来过这里，从尸体干枯的程度看，他们已经离开很久了。"

我们在村子里转了一圈，果然没有看见一个活人，野狗在马腿间蹿来蹿去。家家户户的门都敞开着，像受了惊吓似的张大了嘴。那些尸体千姿百态，有的斜倚在门框上，像是正在观看巷道里的什么热闹；有的两腿伸展坐在地上，头歪斜在肩膀上，好像干活累了正在那里休息；有的趴在矮墙上，一条腿在墙里，一条腿在墙外，一副要逃跑的样子；有的伏在井台辘轳上，好像在看井里还有没有水……

看见水井，这才觉得口渴。已经断水两天了，连马尿都没得喝了。但我们马上又失望了，井里没水，尸体已经填到了井口。后来我们又找到一口井，也是这样。我们把整个村庄找遍了，也没有找到一滴水、一粒粮食。屠城之后寸草不留，这是蒙古人的习惯。

但是不管怎么说，今晚我们可以不用在毡帐里睡觉了。已经到了深秋，沙漠里的夜晚还是有些冷，睡在毡帐里常常会被冻醒。这么大的村庄，有的是空屋子，今天我们可以睡个安稳觉了。

我们走进一户人家，将屋里的两具尸体抬到巷道里，一具大人的，一具小孩的，然后准备睡觉。女人们睡一间，我睡一间，中间的那间空着。按照我们党项人的习俗，那间屋子是专门供奉神明的地方，不能住人。天黑了，走了一天的路确实很累，我刚躺下就睡着了。

不知道什么时候开始下起了雨。雨滴落在屋顶上，沙沙沙，沙沙沙，听起来像是沙狐从屋脊上悄悄跑过。我感到口渴，想爬起来，用皮囊去接点雨水，可是浑身一点力气也没有。

这时，我听见一个女人的声音："我知道你渴了，你躺着吧，我去给你弄水。"

一个陌生女人从我身边爬起来，跨过我的身体，手里提着我的羊皮囊出去了。我吓了一跳，想坐起来，但身体软绵绵的怎么也坐不起来。

我问女人："你甚时候进来的？"

女人刚要出门，回头说："你进来的时候我就在这里呀。"

不一会儿，女人接了雨水进来，半跪着喂我。我实在太渴了，不管面前的女人是谁，也忘了害怕，一口气就喝完了。但是还感觉口渴。

我说："你再去接一点吧。"

女人说："好呀，我这就去，你等着。"她很快又回来了，但皮囊是空的。

她说："雨停了。"

"雨刚下，咋就停了？"

"不信你听呀。"

我仔细一听，屋顶上果然没有了沙沙声。

"可是，我还渴。"

女人躺在我身边，把乳头塞进我嘴里说："你就喝我的奶吧。反正我的孩子死啦，奶水留着也没甚用。"

这时我才发现女人一直光着身子。女人很年轻，浑身冰冷光滑。

我很不好意思，把她的乳头用舌头顶出去，她又固执地将乳头塞进来，用滚圆瓷实的乳房压住我的脸，用手一挤，奶水就涌进了我的嘴里。

我不再渴了。

我说："你为甚对我这么好？"

女人说："你是统军的儿子呀。"

我惊奇地问："你咋知道？"

女人说："我就知道。蒙古人把甚东西都抢走了，我没别的东西招待你，皇上你就将就点吧。"

"我怎么又变成皇上了？"

"你现在不是，将来是呀。"女人唠叨说，"我男人跟酋长走了，说是去打蒙古人，可是走了快三个月了，也没一点音信。蒙古人来了，杀了我们全村的人，抢了我们所有的东西，还给村里的水井放了毒。我可怜的女儿已经一个月没吃东西了……"

"你的女儿？她在哪儿？"

"就在门口呀，你们刚才不是把她抬出去了吗？"

"她不是已经死了吗？"

"对呀，她是死了，但是如果有吃的她就会活过来。我的女儿三岁了，长得可心疼人了。我还有一个弟弟，跟你差不多大，今年十四了。酋长带男人们走的时候，让他照看全村的老人、女人和孩子。我弟弟是酋长给我们留下的唯一的男人。可是他还是个孩子啊，咋能照顾这么多人？蒙古人来了，我就把他藏在地窖里，我得留下一个复仇的人……"

我这才明白她不是人，是死人的鬼魂。我脊背直冒冷汗，爬起来想往外逃。

女人问我："你上哪儿去呀？"

我没说话，我怕一说话，她会跟着我的声音追来。

我逃出了屋门。巷道里月光很好，水一样流淌了一地，明晃晃的。我走着走着，突然又听到了沙沙声，以为又下雨了，仰头看天，天上一轮白白胖胖的月亮。仔细一听，是风，是树叶的声音。可是，白天进村的时候没有看到树啊？野狗不知都跑到哪里去了，巷道里显得有些空寂。我隐约听到有许多人在说话，声音仿佛是从墙壁里冒出来的，嗡嗡的，听不真切，其中还夹杂着哭声、笑声、吵闹声和叹息声。那叹息声很沉重，像是压在很深很深的地方。

夜深了，我感觉有些冷，便走向另一家。这家门半掩着，轻轻一推，像受了惊吓似的呀的一声开了。里面传出一个女人说话的声音。我刚想退出去，那女人走了过来，比刚才那个女人还年轻漂亮。女人一手捂着胸口，一手招呼我说："你快进来吧。"

女人很随便的样子，好像我们已经认识很久了。难道这个也是鬼魂？管她呢，她能将我怎样？我大着胆子跟她走了进去。

女人像是看穿了我的心思，扭头一笑说："你可别以为我是鬼魂，我不是鬼，我是人。不信你摸我的手，是热的。"说着就把手伸给我。我握了一下，冰冷，但我没说什么。

女人问我："你是不是想睡觉？看你眼睛都熬红了。"我点点头。

女人给我铺好了毡毯，说："一看你的装扮，就知道你是都城里来的，你来我这里就对了，别人的屋子不干净，你肯定住不惯。实话对你说吧，你就是找遍全村，也找不到比我这里更干净的毡毯了，你就放心在这里睡吧。"她说话和做事的时候，一只手一直捂着胸口，好像那里藏着一只鸽子，一松手，鸽子就会扑棱棱飞走。

我实在太困了，躺下就睡。她侧身紧挨着我躺下，嘴里的热气喷到了我的脸上。她说要是在白天，我就会看出她是村里最漂亮的女人，要不，酋长的儿子也不会看上她。我说我已经看出来了，她确实很漂亮。

女人说："我刚准备嫁给酋长的儿子，你知道我们党项人的婚礼仪式是很复杂很隆重的，我们把'开口酒''小定酒''达定酒'都喝了，就差'花夜''正宴''谢客'三个仪式，蒙古人就来了。全村战死的第一个男人，就是我未来的丈夫。他死了，我嫁谁呀？我现在后悔死了，要早知道这样，当初就不要那么多复杂的仪式了，早点结婚，让他也不枉做一回男人……”

说着，她就伏在我的身上哭了。她的手冰冷，眼泪却很烫。

女人说：“蒙古人想糟蹋我，那哪儿成，我的身子是丈夫的，他都没有碰，我哪儿能让别人碰。我死活不从，他们就捅了我一刀。你看，我胸口现在还在冒血呢。”

女人拿开那只捂在胸口的手，那里果然在冒血。血弄了我一身，我发现她的血比她的眼泪还要烫……

我一下子就醒了。

这时，天已大亮。我发现自己还躺在最初的那间屋子里。隔壁传来麻魁们此起彼伏的鼾声。这时，我听到墙角有动静，以为还在梦里，可是那声音真真切切。我心里一紧，顺手抓住我的腰刀，紧张地注视着墙角。墙角的一块石头在缓缓移动，慢慢露出一个洞口，一个脑袋从洞里冒了出来，是一个男孩，看上去跟我年龄差不多。

我问他：“你是人，还是鬼?”

那孩子看见我，并不害怕：“这个村子就剩下我一个人了。”

我说：“你把手给我。”

男孩有些疑惑，但还是把手伸给了我。一双乌黑的眼睛警惕地看着我，那样子好像一旦发现我对他有伤害，他就会随时对我进行攻击。他的手是热的。他是人，不是鬼。我松了口气，这才感到口渴。

我问他：“你能找到水吗?”

男孩没有说话，转身跑了出去。过了一会儿，端来一只木碗。我一看是奶茶。天哪，这里还有奶茶！很久没有喝奶茶了，几乎忘记了奶茶的味道。我一口气喝完了奶茶，用衣袖抹了把嘴，这才感觉不对味儿。

“你给我喝的是奶茶吗?”

“不是。”

“那是甚?”

“狗奶。”

“狗奶?”我感到一阵恶心。

男孩说他就是靠狗奶活到了今天。狗吃人的肉，他喝狗的奶，他和狗都活了下来。他说以前这些狗都有主人，主人死后就变成了野狗。但是狗通人性，它们绝对不会啃吃自己主人的肉，为了活命，它们就互相交换啃食人的肉。

我发现我很喜欢这个男孩，我问他："你叫甚?"

"沙郎。"

"你跟我走吧。"沙郎点点头。

"从现在起，你就是我的侍卫了。"

沙郎又点点头。他忽然想起了什么，转身在屋子里到处寻找。

"你找甚?"

"找我姐姐和侄女。"

昨天夜里为了给自己腾地方，我们把她们抬出去了。我想起了梦里见过的那个女人，不好意思地说："她们在巷道里。"

我和沙郎把她们母女抬回来，放进沙郎栖身的地窖里，以免让野狗撕啃掉。然后，我叫醒了酣睡中的女人们，准备继续赶路。

18. 飞来飞去的鸽子

当八百年前那个名叫尕娃的我，在与麻魁们苦苦寻找回家的路的时候，德仁的右路军已经被蒙古骑兵追赶到了狼山南坡。死神就躲在德仁马鞍上的皮囊里，和干粮混在一起，一刻也没有离开。

那天夜里遭到劫营后，他们就一直在狼山的沟壑间与蒙古骑兵周旋。德仁凭借熟悉的地形，组织了一次又一次的阻击，极力阻止敌人南进，但始终没能阻挡住凶猛的蒙古铁骑。他们且退且战，损失惨重，每天都有上千人死亡。不是战死，就是累死、饿死，或在撤退中坠落山崖，或在逃跑中被自己的战马踩死。

这时的安全，已经失尽了皇帝的威仪，他的华盖已不知去向，他胯下的战马也已伤痕累累，他身上的黄金盔甲污秽不堪，胡子上沾满了草屑和尘土。他勒住马头，站在高坡上，疲惫地眺望狼山以南肥沃的河套平原。

“不能再退了！”他在心里对自己说。

他没有想到仗会打成现在这个样子。他有些后悔。后悔当初没有早早采纳德仁的建议，在敌人未来得及喘息的时候就消灭他们。都是因为自己疑心太重，愚蠢地等待了十几天，贻误了战机。更让他懊恼和沮丧的是，国相遵顼的左路军直到现在还没有消息。几个月的厮杀更让他看清了自己军队的松散和无力，除了铁鹞军和他从甘州带来的骑兵，其他所有的军队都是一盘散沙，根本不是蒙古骑兵的对手。他们之所以能坚持到现在，一是靠兵马的数量，二是靠对地形的熟悉，三是靠粮草充足。如果单靠兵力，他们早就被蒙古人打败了。党项骑兵已经不会打仗了。现在他才明白，德仁为什么三番五次奏请要进行点集演练。

德仁的确是一个难得的良将，一个真正的党项骑手。许多次危急关头，德仁都能转危为安。为了保护他，德仁肋下中了一箭，肩膀上挨了一刀。他从心里感激德仁。两次共同征战的经历，让他看出了德仁的耿直与忠厚。但他又不能不防，因为他是国相遵顼的儿子。遵顼深藏不露，一直是他心中最大的隐忧。

山脚下是紫红色的荞麦，再往前是黄澄澄的粟米和玉米，远处黄河岸边是白花花的大麦和金灿灿的水稻。庄稼熟了，农人们正在收割。他看不见贺兰山下的情景，但他能想象到，那里一定秋草茂盛，牛羊成群，鹿兽在那里奔跑，鸟雀在天空中飞翔。去年这个时候，他正带着大臣们在那里狩猎、捕鸟。可是现在，他却像可怜的猎物一样被人追逐。一种悲凉袭上心头，他不由得叹了口气。

“不能再退了！不能让蒙古人踏进我们的河套！”这一次，他说出了声。

站在身后的德仁说：“我们已经没有退路了，陛下！请允许我带领铁鹞军返回山谷，在那条唯一的山道上挡住敌人。陛下您留在这里，用剩下的三万兵马组成第二道防线。如果我战死了，请将我埋在这里，我无脸再回都城……”

安全眼里滚出一颗泪滴，在他杂乱的胡须上迟疑了一下，最后坠落在他的战袍上。他没有回头，不想让人看见他的泪。他对身后的德仁说：“你不能死，我要你活着回来！”

德仁领兵返回山谷，在那里设下埋伏，等待敌人。可是直到天黑，也没有听到蒙古人的马蹄声。夜里他们不敢睡觉，手握弓箭和刀剑，在黑暗中等待。可是天亮了，蒙古人没有来。又等了一个上午，还是没有动静。蒙古人像是被幽深的山谷突然吞没了。

德仁派出三批探子，分三个方向摸出山谷，打探消息。黄昏，探子回来禀报说，方圆十里不见蒙古人的踪迹。第二天，又让探子去探。探子回来说，蒙古人已离开狼山，正在向北撤退。这是怎么回事呢？德仁想追击，又怕中了埋伏。他把这个消息禀报给皇上，皇上也很纳闷。

正在商议进退去留之时，一只信鸽从北方飞来。这只灰色的鸽子径直朝德仁飞来，轻轻地落在他的手上，再也不动了。鸽子一定是飞了很远很远的路，太累了。德仁解下鸽子腿上的一小卷羊皮纸，展开一看，是一行熟悉的隶书。

他惊喜地对皇上说："是我阿爸的信！左路军有消息了！"

羊皮纸上说，左路军已经从东西两翼对敌人形成了包围，要他们从北面进攻，形成三面夹击之势。德仁这才明白为什么敌人突然撤退，原来他们发现了左路军，担心被包围，所以才撤退了。

安全凝视着远方，半天没有说话。事情来得太突然了，他还没有回过神来。

德仁说："陛下，不能让蒙古人溜走！"

安全这才发出追击命令。在惊慌与疲惫中度过了多日的党项骑兵们，一时间士气大振，他们冲出山谷，向蒙古人逃跑的方向追去。途中，原来派出去的急脚子一个接一个地都回来了，他们带回来的都是让人振奋的好消息，这样一来士气更足，追击的速度也更快了。

可是马背上的安全一直在想一个问题：国相的左路军为什么现在才出现？这些天他们上哪儿去了？

安全的担心不是没有道理，这里面确实隐藏着一个阴谋。

是的，遵顼是在有意拖延时间，想让蒙古人杀杀皇上的威风，在皇上和蒙古人两败俱伤的时候，他再从两翼杀出来，夹击蒙古军，得手后再伺机干掉皇上。如果事情顺利的话，他就放出信鸽，告诉儿子德旺可以在都城对太子下手了。

一路上，他走走歇歇，跟出城围猎一样。这么磨蹭了一个月，估计皇上的右路军跟蒙古人厮杀得差不多了，他才准备穿插过去，截断敌人的后路，然后从两翼向南包抄。可是他没有想到，他们会在沙漠里迷失方向，队伍相互失去了联系。他们在沙漠里转来转去结果又回到了最初的地方。粮食和兵马一天天在减少，有的士兵迷路走失了，有的士兵逃走了。还没见到一个敌人，兵马就损失了三分之一。他没想到自己的军队已经松散到了这种地步，第一次相信了儿子德仁说过的话。这种局面，军师麻骨茂德也无能为力。

遵项想起了厮乱阿默尔。人没办法，或许神有办法。他知道阿默尔精通天象，便把看到的星星数量和形状写在羊皮纸上，绑在信鸽腿上，让信鸽带给阿默尔。很快，阿默尔就回信了，让他白天休息，夜里朝着组成菱形的四颗星方向行进，就会找到他失散的兵马。他按照阿默尔说的做了，果然三天后就找到了那些失散的兵马。

但是，他并不知道敌人的具体位置，又写信问阿默尔。信鸽飞走了，又飞了回来。阿默尔让他们夜里朝着一颗最亮的星星走，七天后就能截断敌人的后路，然后将兵马分成七队，相距十里，朝着北斗星相反的方向走，便可以包围敌人。他这样做了，结果在一天黄昏就包围了蒙古人。但是，蒙古人最终还是在他们松散的阵列上撕开了一道口子，逃走了，不知去向……

两军在狼山北面会合，分别在相距三里的地方搭起了营帐。这样分开安营，是安全的意思。他的理由是如果蒙古人卷土重来，两军可以首尾呼应，迅速形成钳形夹击之势。还有，这么多兵马驻扎一处，饮水也是问题。右路军所在的地方只有一条小河，勉强可供两万兵马饮用，只能让国相遵项的左路军驻扎到另一个有水草的地方。

但是遵项知道，安全这是对他不放心。他的左路军损失比皇上的右路军小，还有三万兵马，而皇上身边只剩下了两万兵马，而且其中一万还是儿子德仁的铁鹞军。双方兵力悬殊。如果他们父子真想动手，安全只能束手就擒了。这样的情形，安全当然不得不防。

军师麻骨茂德说："既然皇上已经起了疑心，我们干脆今晚就动手。"

"再等等。尽管蒙古人撤退了，但谁知道他们会不会突然再来。如果我们一动手，蒙古人再反扑回来，那我们大家都得完蛋！"

“如果我们现在不动手，让安全回到了都城，再想动手可就难了。”

“皮囊里的酒不喝不会自己跑掉，不用着急。”

“可是夜长梦多啊！”

“没有蒙古人的确凿消息，安全是不会轻易回城的。再等等吧，等探子回来了再说。”

三天后，探子回来了。探子说，蒙古人已经撤回了斡嫩河，他们撤退有两个原因：一是战线拉得太长，粮草供给不上；二是金人见他们后方空虚，从背后攻击了他们的老巢。

这下遵顼放心了，准备对安全动手。

安全召集各首领商议撤兵之事。

遵顼恭维道：“蒙古人被我们打败了，陛下英明啊！”

跟在后面的麻骨茂德接口说：“是呀，胜利属于陛下。”

安全说：“这是天意，金国人也帮了我们的忙。”

麻骨茂德说：“金国人是自己帮自己，他们和蒙古人结有世仇，知道蒙古人迟早要收拾他们，所以就借机下手。让他们去打吧，我们可以坐山观虎斗了。”

站在一旁的德仁不以为然：“话可不能这么说，汉人有句话叫‘唇亡齿寒’，我们和金国唇齿相依，怎么能袖手旁观呢？再说，蒙古人只是暂时撤退，谁能肯定他们不会再来？”

遵顼知道儿子喜欢较真，不想让他们在这个问题上纠缠，有意岔开话题说：“陛下，我的左路军误入沙漠绝境，迷失了方向，延误了战机，使得陛下孤军奋战，实感惭愧，请陛下治罪！”

安全本来对此一直耿耿于怀，但国相主动这么一说，他也不好再说什么，毕竟打了胜仗嘛，再去责怪自己的国相，有些不大合适。于是他说：“国相不必自责，你能率军从两翼夹击敌人，已经将功补过了。”

遵顼说：“陛下的宽容与大度，让卑臣感激涕零，只有拼死效力，良心才能得到些许安慰……”

安全决定明天一早返回都城，让德仁做前锋，遵顼殿后。

商议完毕，遵顼走出大帐，准备返回自己的营地。他看见儿子德仁站在河边，便走了过去。太阳像一个蛋黄，软软地落在地平线上。河水泛着玫瑰色的光芒，马儿在河边饮水、吃草，悠闲地甩着尾巴。最后的阳光跳动在马背和马耳上，以及河边的草尖上。太阳落下去了，天边溅起了万道霞光。

这时，远处传来了骑兵们的歌声：

黑夜鸟群一样降临
夕阳如烧红的木头
无边无际的营帐升起了炊烟
战马聚集在河边饮水
它们的长舌冰凉
一群群野鹿出没在山岗
羊群忽东忽西寻找回家的路
勇敢的党项骑手即将踏上归程
无论前进还是后退
在生死征战中都不会迷失方向……

已是深秋，有些冷了。风把父亲的气息送了过来，德仁转过身，真的看见了父亲。德仁从怀里掏出一样东西让父亲看。这是一块圆形的铁饼一样的东西，是他在追击蒙古骑兵的路上捡来的，他琢磨了好几天，也没有弄明白这东西是什么。遵顼接过“铁饼子”，翻看了一下，他也没见过这东西，不知道是干什么用的。但遵顼对此不感兴趣，他心里装着一件更重要的事情。见到儿子的那一刻，他甚至有些冲动，想把今晚的计划告诉儿子，但是话到嘴边又咽了回去。他了解儿子，还是不要他知道的好。儿子黑了、瘦了，胡子像蒿草一样在风中飘动。早该换夹袍了，可是儿子身上还穿着单袍，而且已经破烂不堪。一种久违的父爱涌上心头，遵顼眼睛有些湿润。

父亲说：“深秋了。”

儿子说：“是啊，天冷了。”

“不过，事情马上就要结束了，我们马上就要回家了。”

他掏出事先准备好的扁壶，递给儿子：“来，喝一口，暖暖身子。”他在酒里下了蒙汗药。儿子只要喝下去，一个时辰后就沉睡过去，等他醒来，事情就已经结束了。这是他能想到的唯一办法。

儿子接过父亲的扁壶，咕咚喝了一口，抹着嘴巴说：“好酒！”

“喜欢喝就留下吧，拿回去给你的部将也尝尝。”

儿子将父亲的扁壶挂在了自己的腰带上。

“今晚好好睡一觉，明天就要回家了。”父亲说完，拍拍儿子的肩膀，转身走了。

德仁站在那里，看着父亲消瘦的身影消失在夜色里，心里有些感动。父亲很少这样关心他。他发现父亲背有些驼，父亲已经老了。

这时，安全正站在远处看着他们父子，嘴角露出怪异的笑容。

遵顼回到自己的营帐后，放飞了一只信鸽。估计信鸽明天中午就能将他的最后一封密信带给儿子德旺。明天黄昏之前，一切就结束了。

遵顼准备黎明时分动手。那个时候人睡得最香最沉，很难听见麻布兜裹着的马蹄声。他和军师麻骨茂德会以保护皇上的名义，把队伍悄悄集结到皇上营地周围，动手前再告诉部将和士兵他的真实目的，那时他们想后退都来不及了，即使后退也是死罪。退是死，不退或许还能活，那只有豁出去，硬着头皮往上冲了。

可是到了半夜，探子突然回来报告说，皇上的营地已经空了，地上除了马粪、灰烬和固定营帐的木桩，什么也没有留下。遵顼大惊失色，他没有想到事情会是这样，但又不能追赶。既然皇上提前走了，一定会有防备，追也是白追。

儿子德仁无疑也跟皇上一起走了。可是他醒了吗？没醒皇上或许不会怀疑，因为昨天大家都喝多了，醉酒是常有的事。现在让他担心的是另一个儿子德旺。皇上提前回去了，德旺那边是不是已经动手了？如果真的动手了，正好碰上皇上回城那可就麻烦了。不行，我得马上赶回都城。这么想着，遵项便号令兵马起营回城。

中午时分，德旺如约接到了信鸽带来的密信。

按照事先的计划，他急忙派人约请太子到芙蓉国酒肆喝酒，同时让李战带着十几个刀客提前埋伏在酒肆里。一切准备就绪。盼望已久的时刻终于就要来了，他兴奋得脚底冒汗，手心发痒，心里一阵狂跳。只要干掉太子，他就是太子了，想想也让人振奋。可是，他在酒肆等了很久，却不见太子的人影。

黄昏时分，太子派人来说身体不舒服，不能前来，改日再约。德旺大惊失色，这是怎么回事？是不是有人走漏了风声？

这时，巷道里响起纷乱的马蹄声，有人高喊：“皇上回来了。”

19. 女人与弯刀

我和麻魁们回到都城的时候，秋天都快要过去了。

贺兰山下的草原已经枯黄，鸟兽们躲进了温暖的山谷里去了。河套平原里最后一茬庄稼已经收割完毕，农人们正在田野里焚烧稻秸和麦秸，准备用作来年庄稼的肥料。忽东忽西的烟柱扶摇直上，像四处燃起的烽火，预告着冬天的到来。从战场撤回来的骑手把马赶进马厩，放下了手里的马刀，拿起斧头和刨子，修理耙子、牛车和破旧的院墙，准备猫冬。

嗅到熟悉的家乡气息，我激动不已。我们终于回来了！

可是守城的士兵却不认识我们，不让我们进城。我们的旗帜被沙漠里的风撕成了碎片，我们的战袍破烂不堪，已经看不出原来的样式和颜色，我们的脸粗糙得不成样子，他们认不出我们，这不奇怪。我告诉守城的士兵，我是国相遵顼的孙子、铁鹞军统军德仁的儿子，可是他们不信。卫慕香走过去，拿出一个很像腰牌的东西在士兵面前晃了晃，士兵就乖乖放我们进了城。卫慕香的那玩意儿真管用，比国相和铁鹞军统军的名号还管用。我没看清，卫慕香就已经揣进了怀里。

回家后的第一件事，就是睡觉。我不知道睡了多久，醒来后，天黑透了，羊首灯亮着，我发现阿朵守候在身边。阿朵端着一碗热腾腾的奶茶说："你可醒啦，吓死人啦，一睡就是三天。"

我一口气喝了三碗奶茶。几个月不见，阿朵长大了，胸脯饱满，脸色红润，眼睛比以前更加明亮了。我拉住她的手，把她拉进我的怀里。阿朵开始还在推托，但很快就用双臂箍住了我的脖子，嘴里呼出玫瑰的香味儿。

阿朵说："你黑了、瘦了……"

隔着衣袍，我感觉到她鼓胀的胸，便忍不住伸出一只手按在她的乳房上。她闭上了眼睛。我又把另一只手也按了上去。她还是闭着眼睛，脸上有了羞涩的笑，身子开始扭来扭去。后来，我们就稀里糊涂地慌乱地撕扯着对方的衣袍。慌乱中，她也没有忘记扭头吹灭羊首灯。我感觉自己像骑上了一匹爱尥蹶子的烈马，费了不少事才找到那片茂盛的水草，来不及多想，便一头扎了进去……

妈呀，真好！我没想到这种事会这么好！

那一刻，我感到一阵眩晕，嗅到了正在开放的鲜花的芬芳。

事后，我们仰躺在汗湿的毡毯上，各自整理着凌乱的气息。黑暗中，阿朵重重地叹了口气。

我问："你咋啦？"

阿朵说："没咋。"

"没咋干吗叹息？"

"我得罪了叔叔。"

"为甚？"

在我一再追问下，阿朵说出了她的烦恼。那天叔叔让她去陪太子喝酒，她没有去，扫了叔叔的面子。

"你说，叔叔是不是想把我嫁给太子？"

"没人敢让你做你不愿意做的事！"

"那叔叔为甚要我去见太子？"

我被问住了。叔叔那么恨安全父子，怎么可能去巴结太子呢？

第二天，我问叔叔。叔叔莫名其妙地看了我一会儿，好像明白了什么，笑着说，我们尕娃开始关心女人的事情了。我没有笑，很认真地看着叔叔。叔叔从来没有见过我这么认真，收住笑容说，你放心，没有人会抢走你的阿朵，我怎么会把一个这么漂亮的女人，许配给一个快要死的人呢？我没想到他会这么说，吓了一跳，但我马上就明白了叔叔的意思。

我说："这么说，你要干掉太子？"

"我跟你开个玩笑，你可别当真。更不能出去乱说，那样是要掉脑袋的。"叔叔说着，用手掌在我脖子上抹了一下。我没有把这事放在心上。

日子又回到了从前的样子。每天早上，父亲起来去后院练剑，顺路叫醒我，让睡意蒙胧的我去书房读书。父亲练完剑，吃了早饭，便去兵营操练他的铁鹞军去了。我跟从前一样，去国学院上学。唯一不同的是，我的身边多了一个沙郎。但我很少带他去国学院，而是让他跟随父亲去铁鹞军那里学习骑射。

我不带沙郎，不是不喜欢他，而是不想让人知道我有一个侍卫。我不喜欢张扬，许多灾祸都来源于张扬。其实我跟别人一样，也有虚荣心。一个人太喜欢一样东西了，就很难一直藏着、掖着，总有按捺不住拿出来给别人看的时候。一个人拥有一件好东西是一种快乐，但不是最大的快乐，最大的快乐是让别人知道你拥有别人没有的快乐。

第一天去国学院，我就带上了那把从战场上缴获来的蒙古弯刀。我这一显摆，麻烦事就来了。大家看见我腰里的弯刀，目光里闪烁着羡慕，围住我问这问那，让我感到了从未有过的自豪。但我感觉后背总有剑一样的冰冷目光盯着我，让我的后背发凉。我知道，那是太子承祯的眼睛。

果然，放学的路上，承祯领着一帮人挡住了我的去路。

他用讥讽的口吻对我说："你的蒙古弯刀不是捡来的吧？"

我说："是捡来的，不过是从战场上捡来的。"

我的意思是，不管怎么说，我上过战场，你上过吗？

承祯撇撇嘴，不屑地说："战场上到处是兵器，谁都可能捡到，哪怕是一个麻魁、一个胆小鬼。"

我反唇相讥："胆小鬼才不敢上战场呢。"

承祯没有上过战场，脸腾地红了："我们摔跤吧，看谁是胆小鬼！你赢了，我就服你；你输了，你就不配拥有弯刀，弯刀就得归我！"

承祯比我高、比我壮，我肯定不是他的对手。所以我说："我不想摔跤，有本事自己上战场去捡把弯刀来。”

承祯说：“你害怕啦，胆小鬼！”

“明天吧，明天我们再来这里决斗。”

我不想跟他纠缠。我势单力薄，纠缠下去肯定吃亏。至于明天是否决斗，我还没有想好，好汉不吃眼前亏，先甩脱他们再说。

承祯傲慢地用手指着我说：“好，一言为定！你是铁鹞军统军的儿子，应该像你老子一样说话算数！”

我说：“我会准时在这里等你。”

回到家，我没有把路上的事告诉任何人。告诉阿朵，她一定会找承祯算账，到时候受辱的可就不是我一个人了，承祯正想找她呢，我可不愿她去冒这个险。我也不愿告诉我的侍卫沙郎，沙郎还是个孩子，我们俩加在一起也不是承祯他们的对手。我更不想让我的侍卫看到我被人打倒在地的惨状。所以我给谁也没说，我要自己了结这件事。可是，怎么了结呢？我想了一夜，也没有想好。

第二天上课时，我感觉承祯的眼睛一直盯在我的背后。可是我漂亮的雕花束腰上，今天什么也没有挂。我没有带蒙古弯刀，让承祯的目光里充满了疑惑和仇恨。放学后，在昨天的老地方，我们相遇了。我一点也不紧张，弯刀不在身上，没有什么好紧张的。

太子承祯问我：“弯刀呢？”

我双手一摊，说：“没带。”

承祯急了：“为甚不带？”

我说：“我的弯刀，想带就带，不想带就不带。”

承祯瞪着我说：“你昨天说的话还算不算数？”

我说：“算数呀，当然算数。我只是说来这里决斗，可没说要带弯刀。”我知道这场决斗是躲不过去了，早决斗早了结，我说：“来吧！”

承祯扑了上来，我们俩扭打在一起，旁边那帮家伙围着嗷嗷起哄。没多大工夫，我就被承祯摔倒在地。这是意料之中的事，我并没有觉得丢人。我的尾骨被石板路硌了一下，疼得要命，但我强忍着，没有让他们看出我的疼痛。

承祯问："你服不服？"

我说："不服！再来！"

我说着就扑了上去，想先下手为强，但我没想到承祯那小子早有防备，轻轻把我往旁边一拨，我被摔出老远。我从地上爬起来，走到承祯面前。

承祯问我："服不服？"

我用袍袖抹去嘴角的血："不服！还来！"

我们又扭缠在一处。围观的孩子们看见我的额头上磕出了血，不再起哄了，默默地看着我们在地上烙饼似的翻滚。我再次被承祯压在下面，承祯骑在我身上说："你输了，不服也得服！明天把弯刀拿给我！"

我喘息着说："凭甚给你弯刀？"

承祯被我的话噎住了，说："你不要耍赖，你昨天答应过的！"

我说："我昨天答应跟你决斗，并没有答应输了给你弯刀。"

我知道自己是在耍赖，但承祯想夺人所爱，比我还赖。对付无赖只能用无赖的办法。承祯意识到被我耍了，抡起巴掌打得我鼻青脸肿，口鼻出血。我闭上眼睛，一声不吭。承祯打累了，气喘吁吁地站起来，拍了拍身上的紫色锦袍，一只黑色毡靴踩在我身上。

"现在服不服？不服就叫阿朵来帮你。你听着，明天不把弯刀带来，你还会像今天这样趴在地上。"

承祯走远了，我从地上爬起来，擦干脸上的血迹，拍去衣袍上的沙土，一瘸一拐地回了家。

吃晚饭的时候，谁也没有注意我，更没有发现我的脸肿了。在国相府里，除了母亲和阿朵，没有哪个人真正在乎我。母亲没在，去了承天寺，今天是承天寺举行大法会的日子。阿朵不知道上哪儿去了。

晚上睡觉的时候，阿朵回来了。她说爷爷病了，她去看爷爷了。阿朵点亮了羊首灯，发现了我脸上的伤，吓了一跳，问是谁打的。我说我已经是一个男人了，只会打仗，不会打架，是在回家的路上被一块石头绊了一跤。阿朵不信，问是不是承祯又欺负我了。我说承祯他哪儿是我的对手。阿朵将信将疑，说以后走路小心些，别毛手毛脚的。阿朵找来药膏给我敷上，伺候我睡下。

熄灯后，黑暗一下子吞没了我。我感到了孤独，尽管阿朵就在我的身边。那是一种被掏空后无法填补的恐慌，一种奇痒难忍又无法抓挠的无奈，一种满腔悲愤捏着拳头又找不到对手的感觉。为什么会有这种感觉呢？我说不清楚。我只能用做爱来排遣心中的忧虑和孤独。黑暗中，我拉了阿朵一把，阿朵就明白了我的意思，翻身骑在了我的身上……

从沙漠回来后，卫慕香便成了我们家的常客，可以堂而皇之地出入国相府，因为她把我安全地从沙漠里带回来，就是我们国相府的恩人。但我对她一直存有戒心。

芙蓉国酒肆的女掌柜突然死了。人们第二天早上发现她倒插在自家后院的酒窖里，像是要看看酒糟发酵得怎样。人们议论了几天，后来就把这事给忘了。偌大的都城，死个女人谁会在意呢？

为了躲避太子承祯，第二天我没有上学。傍晚，我坐在院子里的石桌旁，双手托腮，呆望着屋脊上形状怪异的鸟兽。堂屋的屋脊上有两只琉璃鸱吻，它们一左一右，在黄昏的余晖里发着绿釉的光亮。它们的肚子和脊背上长满鳞片，张着嘴巴，獠牙外露，鼓着一双圆眼，好像在为什么事情争吵。左厢房的屋脊正中的那只琉璃鸽子，抬头挺胸，凝神端立，神态自若，像是在看那两只鸱吻的热闹。而右厢房的屋顶西头是一只长有羽翼的兽头鱼，双目凹陷，脖子上的鬃毛竖立，像是随时准备飞过去帮其中一个的忙。东头的四足兽却对此视而不见，头颅高昂，后腿腾空，像是看见了什么食物，准备去捕食。据说，屋脊上的这些鸟兽可以消灾除祸、使人逢凶化吉。可是它们谁能帮我排遣心中的忧愁呢？我不知道明天该怎样面对太子的刁难和侮辱。今天我已经逃了一天学了，难道明天还要继续逃学吗？

太阳收走了屋脊上最后一抹余晖，天上落下了一道黑布，把鸟兽们遮盖了起来，但我仿佛还能听到那两只鸱吻争吵的声音。

这时，一个侍女走过来，说母亲找我。我跟着侍女走进母亲的屋子，看见桌子上已经备好了檀香和冥钱，才想起今天是祭奠奶娘的日子。母亲病了，让我一个人去祭奠奶娘。

我走进佛堂，学着母亲平时的样子，从佛像后面取出奶娘的牌位，放在供桌上，点上香，然后跪在地上。香味很浓，萦绕在周围，熏得我脑袋发晕。恍惚间，我看见一个年轻女人从佛像后面走出来。那女人站在那里笑眯眯地看着我。

女人说："你都长这么大啦。"

我问她："你是谁呀?"

女人笑而不答。

我说："你就是我的奶娘?"

女人一听这话，不笑了，抹起了眼泪："我不是你的奶娘。"

"那你是谁?"

女人说："你看看我的心就明白了。"

女人说着扒开自己的衣袍，露出胸口上的一个洞，我看见一颗血红的心扑腾扑腾地在里面跳动，吓得惊叫一声。女人倏地又不见了。我发现自己出了一身冷汗。我想可能是这几天没睡好，精神太紧张了，出现了幻觉。

后来，我把佛堂里出现的幻觉告诉了母亲，母亲吓得脸色煞白。母亲说："以后我再也不会让你一个人去佛堂了……"

20. 决　　斗

父亲对那块从战场上捡来的铁饼子是何物有何用途百思不得其解。他琢磨了多日，也没有琢磨出个结果。父亲是一个喜欢思考的人，尤其是对与战争有关的事情。他坚信它有用，否则蒙古骑兵不会把它带在身上。

我建议父亲去找阿默尔，或许他知道这是什么东西。父亲觉得这是个办法，就带我去找阿默尔。

阿默尔看了看铁饼子，说："这是一个罗盘。"

父亲问："罗盘是什么东西？"

阿默尔说："打仗时，可以用它来辨别方向。"阿默尔指着罗盘上的方位标记和磁针，耐心地对父亲解释说，"这磁针指向哪里，哪里就是北方，无论白天、黑夜、阴雨，还是大雾，都能从这罗盘上知道自己在哪里，永远也不会迷失方向。"

父亲惊讶得说不出话来，看看罗盘，又看看阿默尔，然后不可思议地摇了摇头，觉得这东西太神奇了，由衷地赞叹自己的敌人："蒙古人真了不起！"

阿默尔说："不是蒙古人了不起，是蒙古人会借梯上楼、借水养鱼。他们是从汉人那里学来的，汉人的军队早就使用这种罗盘了。"

阿默尔说着，从书架上抽出一本汉人的书籍，用袍袖拂去上面的灰尘，翻开其中一页对父亲说："你看，这里记载着罗盘针呢。"又翻了几页说："这里记载着活版印刷术，我们大夏的印刷术，就是跟汉人学来的。"再翻到一页说："这里说野战时枕着箭囊睡觉，能听见敌人的马蹄声，汉人叫‘虚能纳声’。你看这后面，还有关于我们大夏‘神臂弓’的记载呢。”

父亲脸红了，为自己的孤陋寡闻而羞愧。我仔细一看，是《梦溪笔谈》。临走时，阿默尔将书送给了父亲，说：“现在除了你，没人对这些东西感兴趣了，你喜欢就留着慢慢看吧，或许将来对你有用。”

等父亲走后，我从怀里掏出前几天从皇宫里偷出来的三本《秘札》，交给阿默尔。阿默尔如获至宝。我让他尽快抄录，说我还得偷偷还回去呢，否则时间一久，会被人发现的。阿默尔问我是怎么将《秘札》弄到手的，我笑而不答。其实很简单，我进入皇宫如入无人之地，没有人盘问我，因为我是铁鹞军统军的儿子，他们都认识我。我趁他们不注意，溜进密室，拿了我所要的东西。

从此以后，每隔一段日子，我就会给阿默尔偷来新的《秘札》。有了我的帮助，阿默尔的秘史写起来就轻松多了。

自父亲那天从阿默尔那里回家后，天天抱着那本书和罗盘琢磨。父亲告诉我说，他想尽快让他的铁鹞军使用上这种神奇的罗盘。几天后，父亲就秘密派出一批探子，装扮成商人，通过边境肆场混入宋境，从关中、汴梁等地购买了各式各样的罗盘。父亲看着这些罗盘，高兴地说：“有了它们，我的铁鹞军就会如虎添翼。”

父亲受了那本书的启发，结合我们党项骑兵的特点，开始指挥铁鹞军训练一种奇特的战法——陌刀法，用以突破蒙古骑兵的马蹄阵。在狼山之战中，父亲吃了马蹄阵的亏，他发誓要破他们的马蹄阵。与此同时，他还对我们传统的神臂弓进行了改造，组建了三百人的强弩军。后来，他又将对垒战车进行重新组装，使它成为既是平原攻城时的战车，又是山地作战时的穿山甲。

但是父亲所有的努力，却加重了皇上的疑虑。皇上突然下旨解散了他刚刚建立起来的强弩军，就连在狼山阻击战中立过战功的磨刀石也一起解散了。父亲心气难平，一下子就病倒了。

夜里，我的羊胛骨又开始鸣叫了。声音虽然不大，但听起来却很吓人，像是老鼠在啃衣柜、野狗在嚼骨头、野狼在磨牙。浓重的血腥味儿弥漫在我的周围，像紫色的蝴蝶在眼前不停地翻飞。

第二天中午，一顶暖轿进了我们国相府。平时客人都是在门口下轿，今天是什么贵客，竟然一直被抬到了后院？我好奇地跟了过去，发现从暖轿里走出来的是麻骨茂德。叔叔德旺将他领进了爷爷的书房。他们在书房里一直待到天黑，我不知道他们在说些什么。

夜里，血腥味儿越来越浓重，使我呼吸困难，难以入睡。我爬起来，站在院子里，想让晚风驱散身上的血腥味儿。爷爷的屋里亮着灯，我好奇地走了过去，听见爷爷正在和叔叔说话。

叔叔说："看来我错杀了芙蓉国的女掌柜，她并没有泄露消息。"

爷爷说："杀了也好，她知道的事情太多了。"

"我让李战到宫里打听过了，那天太子没去赴约确实是病了，他刚要出门，突然拉起了肚子，看来太子并没有起疑心……"

"幸亏他那天没去，要是去了，你们对他动了手，正好让回城的安全撞上，我们可就全完了……"

"这是老天在保佑我们。可是安全那天为何半夜突然起营回城？是不是他觉察到了什么？"

"听说是因为桑禾公主突然病了，安全才匆忙赶回来了。"

"有这种可能，他很疼爱公主。"

"即便如此，我们也不能掉以轻心。安全看上去是个莽撞人，其实心细着呢。你阿哥那天喝了我的药酒，稀里糊涂地跟安全回了城，一路上趴在马背上直打呼噜，安全看见他那个样子不会不起疑心。"

"他怀疑又如何？反正后天我们就要动手了。听说他只带三百铁鹞军出城，我们尽可以放心了……"

"太子去不去？"

"这是今年的最后一场围猎，他肯定会带上太子，这样我们就可以将他们父子一起干掉！"

爷爷说："好，就这么干！"

我心里咯噔一声，脊背上冒出了冷汗。原来即将发生的就是这事！是的，我恨太子。他太霸道了！杀了他，就不会有人欺负我了。

可是这样一来大夏朝野就会大乱，蒙古骑兵如果乘虚而入，我们大夏可就完蛋了。不行，我得阻止他们。我要约太子决斗。如果我把太子约出来决斗，他就去不了围场，去不了围场，他的父皇很可能也就不去了，那样爷爷和叔叔的计划就会落空，大夏就不会大乱了。我要用这种方式避免一场内乱。蒙古骑兵正屯集在边境上，对我们虎视眈眈，随时都会发动一场更大规模的战争。父亲说过，现在绝对不能祸起萧墙。

奇怪的是，在我拿定主意之后，血腥味儿突然消失了，羊胛骨也不再叫了。看来我的主意没错，是个好征兆！这天夜里，我睡得很沉，一个梦也没做。

早上起来，一切跟昨天没什么两样。树上的鸟儿照样叽叽喳喳，下人们照样忙前忙后。但是马夫李战却有些怪异，他一大早从爷爷屋里出来，神色慌张地穿过院子，转眼就消失在大门外。

吃早饭时，母亲没来，侍女说她去了承天寺。我想，母亲应该是去为父亲的病祈祷。叔叔德旺也不在。我知道他去忙什么了。婶娘梁喜儿姗姗来迟，眼睛浮肿，一副没睡醒的慵懒样子。阿婆野利丹用眼角瞟了婶娘一眼，把碗盘弄得叮当响，表示对她迟到的不满。大儿媳不在的时候，阿婆就会对二儿媳表示不满，好像不把肚子里的怨气发出来，就吃不下任何食物似的。遇到阿婆的责难，母亲会保持沉默，婶娘却毫不在乎，像没听见一样，照样香甜地嚼着她的酥饼，而且将碗盘弄出比阿婆的碗盘还要响亮的动静。爷爷遵项对此视而不见，埋头喝着他的粟米粥，侍女放在他面前银托盘里的香味四溢的奶酪也忘了吃。我知道，爷爷的心思不在吃饭上，也不在面前的女人们身上。

几天卧床不起的父亲，今天早上却出人意料地走进了饭厅。父亲坐在他固定的位置上。他看上去脸色蜡黄、惨白，但他的脊背却挺得笔直，始终保持着一个骑手应有的姿势。

爷爷说："你不好好躺着，起来做甚？"

父亲拿起一块奶酪嚼着，说："皇上明天要去围猎，我不放心。"

爷爷放下筷子，不悦地说："就你忠心？你对皇上忠心，皇上还不是照样解散了你的强弩军和磨刀石?”

父亲喝了一口奶茶，看也不看爷爷，说：“这是两码事。保护皇上是我们铁鹞军的职责。”

“皇上只是去围猎，能出甚事?”父亲低头吃饭，不吭声了。

爷爷以为说服了父亲，换了一种比较温和的口吻说：“你病还没好利索，身子虚，草原上的风硬，经不起吹的。”

父亲头也不抬地说：“我没事，我能去!”

爷爷生气地说：“离了你，皇上就不围猎了?”

我知道一场争论不可避免，便起身离开了饭厅。我不想听这种毫无结果的争论，我要去干自己该干的事情。

下午放学的时候，我没有像往常那样躲开太子承祯，而是有意站在显眼的路口等他走过来。太子看见我今天与往日不同，以为巷道里有埋伏，下意识地四处张望。

我说：“别看了，就我自己。”他走过来，盯着我看。

我说：“我要跟你决斗。”

他愣住了，环顾左右，那样子好像在问他身边的喽啰们，这个人的脑袋是不是有了问题，要跟我决斗?我死死地盯着他，目光阴冷。

“你不是想要我的蒙古弯刀吗?你答应决斗，我就把弯刀给你。”

“好啊，来吧!”他蹲了个马步，拉开了决斗的架势。

我说：“不是现在，是明天。今天我没带弯刀。”

太子有些失望：“可是我明天要去围猎，三天后才能回来。”

我讥笑道：“你害怕了吧?”

“笑话!我害怕?让我害怕的人还没出生呢。”

“那好，我们一言为定，明天早上这个地方见。”

没等太子答应，我就转身走了。

这天夜里，我让人把侍卫沙郎叫回来。现在的沙郎脸色红润，个子蹿出老高，健壮得像头小牛。据说他的剑法和骑射技艺也长进很快，铁鹞军里两三个军士也不是他的对手，如今他已经被提拔为铁鹞军的一个小首领。父亲说沙郎天生就是一个好骑手。我想，这个彪悍勇敢、沉默寡言、目光里时常闪烁着凶光的黑小子，关键时候一定会为我赴汤蹈火。

我对沙郎说："明天，我要跟人决斗。"

沙郎问："跟谁？"

"太子承祯。"

沙郎沉默了。

我笑了笑，拍了拍他的肩膀说："不用怕，你明天跟着我就行啦。"

早上起来，沙郎穿上了全套战袍、甲胄，头戴三瓣莲花毡帽，脚蹬黑色毡靴，完全一副骑手的打扮。我笑了，说："又不是去打仗，穿这么正式做甚？"我让他重新换一套普通的衣袍。

沙郎在身上揣了好几种兵器，我没有阻拦他。想带什么就带什么吧，反正也用不着。兵器有时不是为了防身，而是为了壮胆。就让他给自己壮壮胆吧，毕竟我们的对手不是一般的对手，不是每一个人都敢与太子决斗的。

我们来到约定的地点，太子早已等候在那里，身后是他的一帮喽啰。初升的太阳照耀在太子金灿灿的甲胄上，使得这小子更加英俊威武。但我觉得他有些滑稽，有必要这样全副武装吗？

太子见我一袭布衣，有些纳闷，又把目光投向我身后的沙郎："他是谁？"

我说："我的侍卫。"

太子笑了："好家伙，还带了侍卫，没把阿朵一起带来？"

他一提阿朵，我恼了："你咋不带上你妹妹桑禾？"

我这么一说，太子也恼了，用手指着我说："住口！公主的名字也是你随便叫的？"他对他的喽啰们说："今天你们谁也不准插手！我要一对一跟他决斗，让他输得心服口服！"

他说着撩起黄锦夹袍，将袍角掖在金色的束腰里，手握佩剑，双目圆睁，拉开了决斗的架势。沙郎唰地从衣袍里抽出了短剑，想往前扑，被我挡住了。我站在那里没动。

太子说："来呀！有种你过来！"

我没动，平静地看着太子。

太子的马步蹲久了，腿有些发抖。他朝我喊道："胆小鬼，有种你来呀！"

我扑哧一声笑了，接着开始哈哈大笑，笑得前仰后合，笑得难以自制，笑得直咳嗽。我这一笑，把太子一下给笑懵了，他不知道自己哪儿露出了破绽，低头看看身上，没有发现什么问题。

他生气地问我："胆小鬼，你笑甚?"

我好不容易才收住笑，说："我笑你一个太子，怎能跟一个统军的儿子决斗？有种你去跟蒙古人决斗，蒙古人才是我们共同的敌人!"

太子不知如何回答，也不知是继续蹲着马步，还是收起这种滑稽的姿势。我走过去，扶起太子，把手里的蒙古弯刀塞进他手里说："你不就是想得到这把蒙古弯刀吗？那我就把它送给你吧。你是太子，你应该拿着它带领我们去跟蒙古人厮杀!"

太子握着蒙古弯刀，愣在了那里。

我没等他说话，带着沙郎转身走了，头也没回。路上，我从腰里解下我的佩剑送给沙郎说："真正的勇士，有时候是不需要兵器的。"

21．出　征

冬天过去了。

对都城的百姓们来说，冬天就是寒风、冰雪、火盆、奶酪、干肉、烈酒、女人和无所事事。冬天从轻轻飘落的雪花里，从掠过黄河冰面的寒风里，从昼夜不熄的火盆里，从香气四溢的奶茶里，从散发着汗味和膻味的毡毯里，从牛羊咀嚼干草的声音里，从男人绵长的酒歌里，从女人欢快的呻吟里，悄悄地溜走了。

某一天，人们发现屋檐上的冰凌不见了，贺兰山的积雪退到了半山腰，院墙下的石板缝里冒出了一两棵嫩黄的小草，各种鸟雀叽叽喳喳鸣叫着在天上飞来飞去，便知道春天来了。

孩子们在巷道里欢唱：一九二九，关门闭守；三九四九，冻破脚手；五九六九，开门大走；七九鸭子八九雁，九九鹞子满天转；九九再一九，耕牛遍地走……

姑娘们从自家门洞里露出捂了一冬的嫩白的脸，穿着五颜六色的衣袍，三三两两开始在巷道里招摇；田野里的农人和耕牛渐渐多了起来；草原由淡黄变为嫩绿，一群群的牛羊在牧人的吆喝声中拥出城门。万物复苏，一切都在鲜嫩的阳光下舒展。城外隐约传来牧民的歌声：

路边的小树开始发芽吐蕊
人们穿着单薄的袍衫和轻便的毡靴
春天融化了白色的寒冰
日头从河里爬上湛蓝的天空

流水潺潺闪着亮光
草儿葱绿无边无际
鹤群飞来飞去
杜鹃寻找着茂密的树林……

在这样一个温暖的时节，我夜里却做了一个寒冷的梦。我梦见自己掉进了黄河的冰窟里，刺骨的河水噬咬着我的肌肤。我向站在岸上的叔叔拼命呼喊：“叔叔救我！叔叔救我！”叔叔瞪了我一眼，愤愤地说：“你不是挺能吗？你能你自己爬上来呀！”叔叔冷笑了一声，转身走远了……

最近，我总爱做这样的梦。以前叔叔对我很不错，可是自从那次我和太子“决斗”后，叔叔对我的态度就变了，很少搭理我，看我时的眼神像看一个陌生人。在每一次噩梦之后，我听到的不是婶娘梁喜儿的叹息声，就是母亲梦中的惊叫，我的心一片冰凉。唯一能让我感到温暖的，是父亲那毫无顾忌的鼾声。它是那样有力、那样响亮，让人有一种安全感。在没有阿朵陪伴的夜晚，就是这三种此起彼伏的声音伴我入眠。

我的羊胛骨一直在冬眠，整个冬天都没吭一声。可是在春天到来的一个晚上，它却突然惊叫起来。不用说，又有什么事要发生了。

几天后，边境的急脚子来报：蒙古骑兵又一次越过了西北边境，悄悄绕过黑水城，正向我们的兀剌海城进攻。这是蒙古人的第三次进攻了。他们显然是想以兀剌海城为突破口，进入我们辽阔的河西地区。

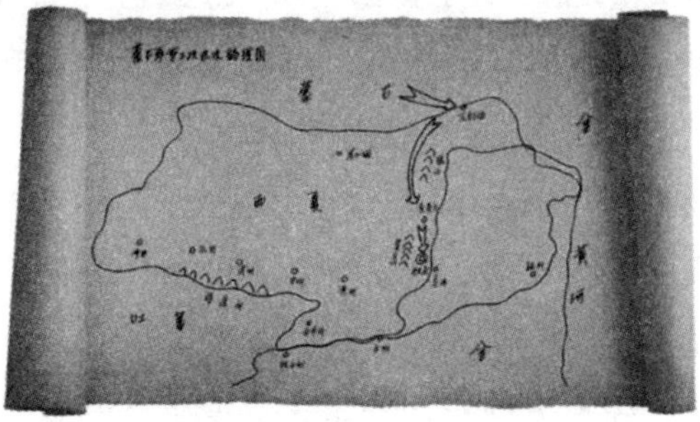

蒙古军第三次进攻路线图

我们的西邻国维吾尔部和西南邻国裕固部，前不久刚刚归顺了蒙古人。他们臣属我们多年，每年都要给我们大夏进奉贡品。他们看到我们根本不是越来越强大的蒙古人的对手，便相继投靠了成吉思汗。这两个边境部落的反叛，使我们与蒙古人的力量对比发生了很大变化。

成吉思汗前两次进攻都是孤军深入，粮草供给不上，因此战果不大。而这次有这两个附属国做粮草后援，成吉思汗的部队如虎添翼。

皇上这次没有犹豫，他封太子承祯为兵马大元帅、大将高逸为副元帅，率五万精锐骑兵前去迎战。并派太傅西壁辅佐太子。

其实皇上起初并没有打算派太子迎敌，但是廷议时太子突然要求出征，态度相当坚决。皇上当着满朝文武的面不好说什么，只能答应太子的请求。这是去边境与凶悍的蒙古人打仗，不是去贺兰山围猎，他就这么一个儿子，万一有个闪失怎么办呢？皇上能做的，就是将大将高逸和太傅西壁派去，辅佐太子。

这一次，皇上没有让爷爷和父亲出征。

太子出征那天，我和阿朵早早等候在城门口，等待太子率领的骑兵出现。尽管到了“耕牛遍地走”的季节，但穿过城门洞的风还是裹挟着一丝寒意。自从听到太子主动要求出征的消息后，我就不怎么恨他了，甚至对他还产生了一些好感。这才像个太子的样子嘛。是不是我那天“你有种去跟蒙古人厮杀”的话刺激了他，他才向他的父皇提出了出征的请求？

皇上端坐在城楼之上，两边是皇后和公主，侍卫分列两旁。城楼下是身着各色袈裟的僧侣，他们来自不同的寺庙，正在为出征的太子诵经祈祷。城下是黑压压送行的百姓。

阿朵指着城楼对我说：“你看，桑禾公主。”

我顺着阿朵手指的方向，看见了桑禾。自从桑禾当了公主，我就很少见过她。她衣着华丽，美丽无比，已经长成了一个大姑娘。我突然想起几年前把蚯蚓丢进她衣领的事，觉得很不好意思。

出征的队伍终于浩浩荡荡地从城门洞拥了出来。太子承祯骑着一匹黑马，满身黄金甲胄，威风凛凛，走在最前面。两边是皇家仪仗，号角声声，鼓乐齐鸣。承祯看见了我和阿朵，冲我们挥舞着手里的蒙古弯刀，那意思好像是在告诉我，他要用我的蒙古弯刀，去砍蒙古人的脑袋了。

太子承祯经过我们面前时，勒住马缰，看着阿朵傻笑。这一笑，完全暴露出一个孩子的稚气。人们都朝这边看，看看马背上的太子，又看看阿朵。人们的目光烫红了阿朵的脸，使得阿朵很不自在。

“你快走吧！”阿朵低声说。

太子笑了，对阿朵说：“等我回来！”

这时号角鼓乐戛然而止，人群里寂静无声。太子跳下马，走到一块早已铺好的红色毡毯上，面向城楼跪下，大声说：“父皇母后，儿臣走了，不赶走蒙古人，誓不回还！”

皇后掩面而泣，公主用衣袖遮住了脸。安全一挥手，号角鼓乐大作。太子站起来，跃上马背，带着他的骑兵踏上了通往北方边境的路。

这时我才发现，路边的草地上早已开满了紫色、白色和火红的野花，像一块被从中间裁开的锦绣毡毯，一直铺展到远方。一行黑色大雁跟着浩浩荡荡的出征队伍飞出很远，最后消失在升腾的浮尘里……

太子的兵马走到白马城时，才得到了兀剌海城已经丢失的消息。

白马城离兀剌海城只有三百里，如果蒙古骑兵一鼓作气，乘胜南下，要不了两天就能抵达。副帅高逸建议在白马城外设防布阵，以逸待劳，等待敌人。太子年轻气盛，求胜心切，坚持继续北上迎击敌人。高逸不好说什么，只好按照太子的命令执行。五万骑兵没有进城，在城外的草滩上埋锅造饭。白马城守将阿骨达送来最肥的牛羊和最醇的奶酒，犒劳太子大军。他们稍事歇息后，踏着星光继续往前赶路。

黎明时分，他们来到了一个狭长的山谷。两面山坡上的树丛里鹤唳声声，月亮挂在紫黑色的天空，风中有青草和马粪的味道。走在前面的高逸突然勒住马头，用手挡住身后的队伍。他侧耳细听，吸了吸鼻子，对跟上来的太子说："风中有太多马粪的味道。"

太子说："这么多兵马，哪能没有马粪的味道。"

高逸说："现在是顶头风，马粪的味道是从前面刮来的。"

太子一下子紧张起来："你是说，山谷里有伏兵?"

高逸朝两边山坡张望，天色暗淡，什么也看不见。

高逸说："我感觉两边的山坡上有些异常。天亮之前，正是野鹤睡眠的时候，可我刚才明明听到了它们的叫声。你听，野鹤又叫了。"

东边的树林里果然有野鹤的叫声，接着西边也传来叫声，还有鸟儿被惊飞的声音。

高逸说："太子殿下，这山谷有问题，我们是否先撤出去?"

太子说："等等，等到天亮再说。"

队伍停止前进，待在原地等待天亮。

天亮了，却没有发现什么异常。高逸不放心，从马背上跳下来，蹲在草地上仔细察看，发现有马蹄践踏的痕迹。高逸向太子禀报说："这里昨天有大批骑兵经过，从马蹄的形状看，骑兵去了两边的山坡，蒙古人一定设了埋伏！我们赶快撤退！"

太子说："不会吧，要是有伏兵，昨天夜里他们就该动手了。"

高逸说："夜里天黑，他们摸不清我们的底细，不敢动手。"

太子有些信了，说："那就先撤！"

队伍掉转马头，向谷口悄悄撤退。

就在这时，两边山坡的丛林里突然冲出密集的蒙古骑兵。好在大部分队伍在太子的率领下已经撤出了山谷。高逸带领后卫骑兵在谷口列阵，挡住了蒙古追兵。太子中午时分撤回白马城，而高逸的一万骑兵在谷口与蒙古骑兵一直厮杀到天黑，直至全军覆没。高逸身中七箭坠马，被蜂拥而至的蒙古骑兵踩成了肉泥。

太子并没有进城，而是在离白马城三里的山口布下了骑兵阵。白马城三面环山，只有北面是一道长约五里的山口。守住了这里，就挡住了敌人北进的道路，白马城也就会安然无恙。

太傅西壁说："我们是皇家骑兵，太子殿下不该在这里布阵抵挡敌人，而应退守白马城，坐镇指挥，让白马守将阿骨达领兵坚守在这里。"

太子说："作为太子，临阵脱逃会让人耻笑。"

太傅西壁跪在地上乞求道："太子啊，您是兵马大元帅，您要是有个闪失，我回去怎么向皇上交代?"

太子看也不看西壁："如果我真的战死了，父皇一定会为我骄傲的！我主意已定，不要再说了！你要是害怕，就躲进城里去吧。"

西壁从地上抬起头，脸上沾满了草屑和尘土，他仰望着马背上的太子说："蒙古人没有你想象的那么好对付，高逸不是已经战死了吗?"

太子恼羞成怒："你再动摇军心，我砍了你!"

太傅西壁见太子动怒，不敢再劝说。他从地上爬起来，用袍袖揩去脸上纵横的老泪，骑马跑到白马城，找到守将阿骨达说："你作为边城守将，应该主动请缨去山口迎敌。你倒好，没事人似的坐在城里享清福，却把太子殿下推到最危险的地方，皇上养你有甚用?"

阿骨达一脸无辜地说："太傅的话不要说得这么难听嘛，我享甚清福？我有甚办法？太子血气方刚，你是太傅你都劝不了，我一个小小的边城守将敢说甚?"

太傅西壁看出阿骨达不愿出战，只好重新返回到太子身边。

清晨，蒙古骑兵来了。两军在山口厮杀了一天一夜，难分胜负，双方伤亡都很大。蒙古人被太子挡在山口，没有前进一步。

两天后，成吉思汗领着大批骑兵赶到，双方的力量发生了很大变化。太子只剩下了三万兵马，而蒙古骑兵加在一起足有六万。成吉思汗让哲别、莫日根、别勒古台三员大将轮番进攻，太子节节败退，山口留下了大片党项兵马的尸体。太子让人将战死的兵马摞在一起，筑成堤坝，抵挡蒙古人的进攻。

第七天，成吉思汗的两员猛将木华黎和窝阔台赶到，他们各率一万骑兵，只用了半天工夫，就将太子剩余的一万兵马挤压到了白马城下。但是守将阿骨达已经关闭了城门，太子的兵马无法退到城中。

太傅西壁朝城头上喊：“太子殿下来了，快快打开城门接驾！”

站在城墙上披头散发的阿骨达，看着下面这些衣衫破碎、血污满身的残兵败将说：“你们回头看看吧，蒙古骑兵像蝗虫一样密集，我一打开城门，他们就会跟着你们一齐拥进来，我白马城数万军民就要惨遭屠杀。太子殿下，如果你爱护臣民，就不要引狼入室了……”

太傅西壁气得直哆嗦，指着阿骨达骂道：“你个无耻的逆贼，竟敢将太子拒之门外！”

可是城头上的阿骨达已经不见了。

这时，蒙古骑兵开始了新一轮的进攻。太子仰望血红的夕阳，长叹一声：“将尚如此，兵以何拒?!”说着流下了热泪。他揩去泪水，掉转马头，举起弯刀，用正在变声的孩子腔对他的骑兵喊：“党项骑手们，跟我杀啊！”

这天晚上，我梦见了太子。

太子骑在马上，挥舞着我给他的蒙古弯刀，冲进敌阵。敌人纷纷落马，太子的弯刀一截一截地断掉，最后只剩下了光秃秃的刀柄。敌人包围了他，朝他疯狂地砍杀，他的胳膊没了，头没了，上身没了，最后只有两条腿杵在马镫里，那马一直在奔跑……

我醒来后，出了一身冷汗。发现自己腮边挂满了泪水。黑暗中，我的羊胛骨一闪一闪，低声鸣叫，像是在呜咽。我知道太子出事了。

早上起来，我把昨晚的梦告诉了阿朵。

阿朵说：“太奇怪了，我也梦见了太子。我梦见太子回来了，他来国相府找我，一手提着弯刀，一手拿着皇上的圣旨，脖子上的刀口还在突突地往外冒血，战袍和甲胄上也在滴血。他站在那里大声对我呼喊，阿朵，阿朵，阿朵，阿朵，我要你嫁给我！我害怕极了，到处躲藏，但躲到哪里他都能找到。他一边追我一边说，你躲甚呀，我是太子，你看，我有父皇的圣旨，他要封你为太子妃。他一把抓住了我，冲我笑着说，这下我可逮住你啦，看你往哪儿跑。他一笑，嘴里就直往外冒血，我一下子就给吓醒了。”

我说：“太子一定是出事了。”

阿朵说：“你别咒他好不好！我不希望他死……”

果然，第二天傍晚，白马城传来消息说，太子身中三箭六刀，战死在白马城外，太傅西壁被俘，白马城军民全部被蒙古骑兵屠杀……

紧接着，又传来消息，蒙古人已经越过狼山，占领了娄博贝。也就是说，蒙古军最多只需五天，就能抵达都城的最后一道屏障——克夷门。克夷门一旦失守，蒙古骑兵将长驱直入，攻入河套平原，最终包围我们的都城中兴府。

22. 克　夷　门

皇上命老将嵬名令公率五万精兵，去克夷门阻击蒙古人。

父亲据理力争，皇上也没有答应他出征的请求。皇上说，父亲是他手中的一把钢刀，关键时候有更重要的用场。父亲无话可说。但父亲提出，让嵬名令公带我一起出征，皇上同意了。

听到这个消息，我很振奋。我知道，这是父亲有意要我在战场上受磨砺。上次在狼山，他一直让卫慕香看护我，这一次他要我作为一个真正的骑兵出征了。这说明在父亲眼里我已经长大了。我要带上沙郎，也让他在战场上得到磨砺。

出征前，嵬名令公要求每个骑兵带上一副狼夹子。这是去跟蒙古骑兵厮杀，又不是去围猎，带上狼夹子干吗？再说，这么短的时间，上哪儿找这么多狼夹子？许多人都在抱怨。但军令如山，谁也不敢怠慢。城里所有的铁匠铺炉火通红，昼夜忙碌，叮叮当当赶制狼夹子。城外牧民家里的狼夹子让士兵们搜罗一光。

我们兵分三路，急速北上，两天后就到达克夷门了。但是嵬名令公并没有下令停止前进，而是让我们继续向北前进。我们穿过一条狭长的山谷，进入一片开阔的平原，他这才下令让队伍停下来。

这时，我们的左翼军和右翼军也相继赶到。他们接到的命令是，将士兵们腰上的所有狼夹子通通交给我们中军，然后沿东西两条山谷继续前进。没多久，左翼军和右翼军像两条游蛇一样哧溜一声钻进了密林，消失在两边的山谷里。刚才被尘土遮蔽的天空，现在又露出一片湛蓝，洁净如洗，连一丝云彩也没有。嵬名令公仰望天上苍白的太阳，估摸着敌人到来的时间，下令士兵将所有狼夹子掩埋在一马平川的原野上，然后让我们中军撤退到山口，原地休息。

嵬名令公让自己的战马在一旁吃草，但他并没有松开马肚带、摘掉马嚼子，马鞍牢牢地拴在马背上。所有骑兵都是这样。嵬名令公扫视着眼前暗藏杀机的平原，对站在一旁的我说："让他们先尝尝我们狼牙阵的厉害！"

说这话时，这个红脸膛的老将一脸得意，那表情有点像孩子。嵬名令公的战法很奇特，也许可以写进阿默尔的《白高大夏国秘史》。士兵们坐在草地上啃吃荞麦面饼和奶酪，从腰里摸出扁壶或者羊皮囊，喝上一口奶酒。

日头爬到了头顶，北方终于传来了马蹄声。轰轰隆隆，脚下的草地都在颤动，地平线上很快就冒出了稠密的骑兵。

嵬名令公沉着地拉紧马肚带，然后大喊一声："上马！"

骑兵们翻身上马，站在原地，等待冲杀的命令。嵬名令公表情严肃，嘴唇紧闭，花白长须迎风飘拂，脸膛因为兴奋更加红亮。蒙古骑兵眼看就要冲过来了，可是他们身下的战马却在草原上跳起了舞蹈。显然，他们已经闯入了我们的狼牙阵。成千上万的战马在草原上舞蹈，这种奇特而壮观的场面，让我们的骑兵发出了得意的欢呼。嵬名令公这才下令放箭。箭矢如蝗，跟随战马一起跳跃的蒙古骑兵们纷纷倒地。

这时，一群鸽子扑棱棱腾空而起，两面山梁上同时杀出我们的左右两翼骑兵。嵬名令公一挥狼牙杏黄旗，身后的骑兵跟着一起掩杀过去，蒙古骑兵很快被挤压在一片狭长的草甸上。

我跟随嵬名令公纵马跑上一处杂草丛生的山丘。我的枣红马身上冒着热气，脖子淌汗，马蹄上沾满了污泥，我嗅到了浓重的马汗味和皮缰绳的酸味。我俯视着山丘下的战场，包围圈越来越小。蒙古骑兵不是被我们的箭矢射死，就是被带着狼夹子疯狂蹦跳的战马摔下来踩死。我们就像秋天收割玉米一样由外向里，一层一层地把他们砍倒了。敌人急了，从我们的包围圈北面撕开了一道口子，开始突围，但由于慌不择路，相互践踏死伤无数。

嵬名令公见时机成熟，挥舞着狼牙剑冲下山丘，我和沙郎紧随其后，直奔厮杀的战场。阵亡的兵马满地都是，使得我们无法信马由缰地冲锋。横卧在地上的兵马大多数已经死亡，剩下的正在草地上呻吟、抽搐。后面的战马踩着前面倒下的战马的尸体继续追击。我被骑兵裹挟着往前冲杀，能感觉到马蹄下那些软乎乎的东西，不忍心去看他们一眼。血腥味儿熏得我直流泪，冲锋中我不得不时常抽空用袍袖去揩脸上的泪水。

这场酣畅淋漓的追杀，一直持续到黄昏，我不知道自己跑了有多远。但我能感觉到死神一直追随着我，随时都会冲上来扼住我的喉咙，结果我的性命。蒙古人已经消失在我们的视线之外。等我停下来的时候，发现枣红马的腿上全是黏糊糊的血迹，分不清是人血，还是马血。

疲惫的太阳收起最后一抹光芒，黑暗从天而降，将无边无际的尸体默默地掩盖了起来。我们在尸堆的缝隙间安营扎寨。篝火映红了夜空，饥饿和疲劳已让我们忘记了害怕。饭还没吃完，我就头枕马鞍睡着了。

半夜，我被羊胛骨的嘎嘎声吵醒了。我忽地坐起来，揉揉眼睛，篝火已经熄灭，四周一片漆黑，周围都是横七竖八躺卧着的兵马，他们的样子像死了一样安详。我很快又听到了另一种声音，是马蹄声。我学着父亲的样子，把耳朵贴在地上仔细倾听。千真万确，是马蹄声！它们从四面八方传来，离我们已经很近了。我从地上跳起来，看见密集的黑影正在朝我们悄悄围拢过来。

我大喊一声："蒙古人来了！蒙古人来了！"

黑漆漆的地上呼啦啦立起密集的战马。我没有听到牛角号，或许司号兵慌乱中找不到他的牛角号了，但是战斗已经开始了。不必排兵布阵，不需要任何战术，需要的只是勇气、耐力和锋利的刀刃。我们彼此离得很近，相互能听到对方惊惧急促的喘息，却看不清对方的面容。天实在太黑了。黑暗帮了我们的忙，为我们赢得了时间。"好了，来吧，狼崽子!”我心里这么叫喊。这是一场短兵相接的恶战，谁也不说话，只有刀剑在叮叮当当地对话，只有厮杀中人的吭哧声和战马腾挪时马蹄的踢踏声……

我们突围出来时，天已经大亮了。我们撤退到了克夷门关隘，嵬名令公命令士兵在狭窄的山口架起了旋风炮，让弓箭手轮番射箭，这才将蒙古骑兵抵挡在关隘外面。一夜之间，我们的兵马损失了三分之一。

克夷门两山对峙，高不可攀，只要有五千精兵把守关隘，蒙古人的六万骑兵就休想越过，何况我们现在还有三万多兵马呢。蒙古人派遣小股骑兵在关外轮番叫战，我们坚守不出，只用箭矢回答他们。

嵬名令公说：“只要我们不出战，蒙古人就拿我们没有一点办法。”就这样，两军在克夷门相持了两个多月，蒙古骑兵几乎每天都来关前叫战，搞得我们疲惫不堪。其间，蒙古骑兵几乎平毁了附近百里的所有村庄。眼看着敌人在自己的疆土上为非作歹，又不能出关教训他们，将士们心里憋得很难受，纷纷要求出关与敌人杀个痛快。在蒙古骑兵又一次叫战时，嵬名令公终于被激怒了，率领五千骑兵冲出关口，打得敌人四处逃散。如此这般，三次出战，都大获全胜。

嵬名令公大喜：“成吉思汗不过如此嘛。”

在蒙古骑兵又一次骚扰时，嵬名令公率领我们倾巢出动。蒙古人节节败退，我们穷追不舍。一路上，到处都可以看见蒙古人丢弃的粮车和瘦弱的战马。嵬名令公说，蒙古人已经没有粮草了，他们就要完蛋了。我们一直追出七十里，最后进入了一个峡谷，逃跑的蒙古骑兵却突然消失了。

嵬名令公勒住马头，环视四周，突然醒悟：“不好，快撤!”

话音未落，只见伏兵四起。嵬名令公命令往克夷门关隘撤退，蒙古骑兵紧追不舍，箭矢在空中嗖嗖乱飞，不断有人在我身边中箭落马。我的枣红马中了一箭，前蹄腾空，长嘶一声，我心想，这下完了。惊恐中，我感觉有一种力量突然把我提起来，就像拈一片树叶一样拈到另一个马背上。我扭头一看，是我的侍卫沙郎。

我们快逃到克夷门时，从关口里突然冲出来一路蒙古骑兵。原来在我们追击的时候，成吉思汗隐藏在附近的另一路骑兵趁机占领了克夷门。克夷门丢失了，我们只好朝东逃命，敌人影子一样死死地咬住，甩也甩不掉。直到第二天中午，我和沙郎才逃回都城。

蒙古骑兵接踵而至，包围了我们的都城……

23. 狼　毒　花

跟随蒙古骑兵一起来的，还有一种艳丽无比的野花。

起初，谁也没有在意这种花，但后来当它们迅速在贺兰山下蔓延成为一种美丽的灾难时，人们这才开始关注它们。阿默尔说，它叫作狼毒花，是蒙古骑兵的马蹄从遥远的漠北带来的。

三个月前，嵬名令公带着最后三百骑兵逃回都城后，他的将军府漆黑的大门也像城门一样死死地关闭了，再也不曾开启，就像回鹘女人脸上蒙着的遮羞布。他中了箭，但心里的伤痛远比身体上的伤痛还要让他痛苦。箭伤很快就好了，不再流血了，可心里的伤口一直在流血。他没有在克夷门抵挡住蒙古人，反而把蒙古人引到了都城下，这让他这个老将无地自容，无颜面对皇上和都城的百姓。他把自己封闭在屋里，唏嘘长叹，像受伤的老狗一样用舌头舔着伤口，自己给自己疗伤。

这样一来，保卫都城的重任自然就落在了父亲的肩上。铁鹞军伤亡惨重，有时一天会伤亡数百人。但是铁鹞军的总数不会变，今天伤亡多少，明天再补充多少。不仅如此，皇上还下令将卫戍军的一半补充进了铁鹞军，使得原来只有一万兵力的铁鹞军变成了现在的三万。皇上似乎对父亲很信任，也许这正是他的高明之处。父亲没有让皇上和都城的百姓失望。三个月来，他率领铁鹞军打退了敌人的十七次进攻，趁着敌人喘息的机会，又六次主动出击，将敌人一次次赶到了贺兰山脚下。敌人一次又一次反扑回来，将都城重新包围。后来，父亲变换了战术，多次夜袭敌营，使得许多敌人在睡梦中丢了性命，其中还有三个骑兵首领。毫无疑问，铁鹞军成了都城的希望，父亲则成了百姓心中的战神。

蒙古人攻城的最初阶段使用了火炮，这让父亲很吃惊，他从来没见过这么神奇的兵器。嗵的一声，那边腾起一股青烟，空中闪过一道火光，这边的城墙就被轰下一块。父亲把阿默尔请上城墙，向他请教。

阿默尔说："这东西很像汉人使用的火铳，蒙古人可能是从汉人那里学来的，就像他们学习使用汉人的罗盘一样。他们总是能借助别人的智慧，使自己的眼睛看得更远、手臂伸得更长。"

父亲一脸铁青，没有说话。他站在城墙上，眺望着蒙古人的火炮阵地，陷入沉思。有一次，父亲对身后的沙郎说："我们的剑比蒙古人的刀锋利，我们的强弩弓比蒙古人的弯弓射得远，可是我们为何就不能打败他们呢？难道仅仅是因为他们有火炮？"

现在的沙郎，已经是铁鹞军的步骑佐将了。三个月里他连升三级。父亲重用他，不仅因为他救过我的命，更重要的是他在都城保卫战中立下了赫赫战功。父亲问的问题，沙郎没有想过，无法回答。

后来，就是那场许多年后还让都城百姓记忆犹新的连阴雨。那场雨一连下了几十天，战争被雨水淋湿了，蒙古人的火炮也变成了哑巴。城外纵横交错的沟渠洪水四溢，双方无法再战。城外的无法攻城，城里的也无法出城偷袭。战争陷入了泥泞，双方僵持着，等待雨过天晴。

可是，雨总是淅淅沥沥的，没有要停的意思。

我的心里也起了绿苔，长出了绿毛。我厌倦战争，厌倦这雨。百无聊赖的我坐在屋门口，呆望着屋檐上的滴水。那滴水形状各异，有花卉滴水，也有兽面滴水。兽面滴水上的怪兽额头上生有犄角，眉毛上挑，嘴唇微张，露出两颗獠牙，面目狰狞。滴水上覆盖着灰陶瓦当，也是兽头模样，龇牙咧嘴，两腮鼓起，双目怒睁，凶神恶煞般可憎。而花卉滴水上的莲花和石榴图案，却清秀优雅，如同细雨中亭亭玉立的女人。

提到女人，倒让我想起了一件关于女人的事情。

沙郎那天把我从克夷门救出来，逃回都城，一进国相府他就一头从马上栽下来，昏死了过去。我这时才看见沙郎后背上中了三支箭，像从他的身体里长出来的一样。一个人身中三箭还能跑这么远，简直不可思议。在场的人都很吃惊，说沙郎是个好骑手。我知道，如果不是沙郎一直用他的身体护着我，那三支箭就会长在我的身上。不要说三支箭，一支就够我受的。

我抱着沙郎呼喊着他的名字，可是他双目紧闭，就是不肯说话。我哭喊着说，沙郎沙郎沙郎，你不能死，你死了谁为你的亲人报仇，谁为你们村里人报仇？沙郎沙郎沙郎，你不能死呀！

国相府的人从来没有见过我如此悲伤，在场的人都落泪了。

接下来的几天里，我日夜守护着沙郎。我不让任何人靠近他，就连阿朵也不例外。我不吃不喝，一直守护了他三天三夜。

沙郎终于醒了，但他仍然闭着眼睛，我听见他嘴里嘟囔着说："我不能死，我还没见过女人呢……"

我没有想到沙郎醒来后的第一句话，竟然是女人，看来生命和女人对男人都很重要。我把嘴巴凑到他的耳边说："等你伤好了，我给你找一个世上最漂亮的女人。"

后来，等他彻底醒了，我问他想要什么样的女人，沙郎一脸疑惑。我把他昏迷中说的话告诉他，沙郎的脸腾地红了，羞涩地低下了头。于是，我心里想，等战争结束了，一定要给沙郎找个漂亮的女人。

这几天，沙郎一直跟随父亲操练我们的浑脱军。他们准备在必要的时候泅渡出城，给蒙古人以突然袭击。浑脱军就是水军，浑脱是水兵泅渡的工具。我们党项人宰羊时不开膛破肚，而是从脖子口取出骨肉和内脏，留下一张完整无损的皮囊。再将羊皮用硝水浸泡三天，等到能嗅到臭味后取出，晾晒一天，去除羊毛，冲洗干净，然后将四肢用麻绳扎紧，从脖子口灌进半斤青盐，再倒入一斤水和半斤胡麻油，最后扎死脖子，放在烈日下暴晒五天。等皮子呈现出红褐色，解开一肢上的麻绳，几个人撅着屁股轮换着往里面吹气。等吹鼓胀后用麻绳扎紧，就是一个完整的羊浑脱了。牛浑脱的制作方法基本相同，只是不用撅着屁股往里面吹气，而是给里面塞满干草就行了。水兵将羊浑脱夹在腋下，或者趴在牛浑脱上，用手奋力划水，就可以泅渡过河，攻击敌人了。如果将许多牛羊浑脱捆在一起，上面绑上木椽，就变成了皮筏子。

浑脱军在父亲和沙郎的指挥下，整日在皇宫外的护城河里练习泅渡。父亲总是能在某个关键时刻，想出某种奇特的战法来对付敌人。现在城外洪水四溢，除了使用浑脱军，再也没有别的战法可以把这场胜负难测的战争继续下去了。

雨下个不停，像是谁把天捅漏了。

雨水淹没了半个城墙，再这样下去城墙总有一天会坍塌。都城周围沟渠众多，秦汉时就开凿了秦家渠、汉延渠、汉伯渠，后魏时又开凿了艾山渠，唐朝时又开了唐徕渠。元昊登基后开垦了贺兰山东坡一带的荒地，同时也开凿了一条昊王渠。都城地势低洼，西为唐徕渠，南为红花渠，东为黄河，湖河密布。城里的巷道到处都是积水，有的房屋开始坍塌。城外蒙古人的营帐也被水淹没了，像浸泡在水里的蘑菇。营地一片汪洋，人粪马尿肆意流淌。不管是守城的士兵还是攻城的士兵，都被雨水浸泡得骨头酥软，无精打采。巷道上的石头也被雨水泡软了，人踩在上面又软又滑，很容易摔倒。淅淅沥沥的雨声滴落在人们的梦里，让人很难睡个安稳觉。每天夜里，我都能听到婶娘的叹息声和母亲梦中的惊叫声，但我很少听见父亲熟悉的鼾声，因为他很少回来。这段日子，父亲一直住在兵营。听着屋檐上滴答的雨声，我常常睁着眼睛等待天亮，盼着明天是个大晴天。可是早上起来，屋檐上仍然挂着清亮的雨线。

还没等父亲的浑脱军发挥作用，蒙古人一夜之间就在城外筑起了蜘蛛网似的堤坝。很显然，他们是想用洪水灌淹我们的都城。父亲知道他遇到了最棘手的敌人。果然，那天中午，洪水就从城门缝里源源不断地涌了进来，巷道里积水越来越深，没过了膝盖。

如果雨停了，洪水退了，敌人的阴谋就无法得逞了。

为了让雨停止，皇上诏令城里所有的僧人和厮乱，在皇城门外的广场上作法祈祷，想让连阴雨停止。僧人们和厮乱们用了各自的办法，使出浑身的解数，在雨中祈祷了三天三夜，也没有让讨厌的连阴雨停下来。雨水打湿了天使的翅膀，使她无法将我们的愿望传递到天庭。

城里的洪水越积越深，已经没过了腰，更多的房屋开始倒塌，许多百姓被砸死或者淹死。情急之下，皇上想到了求援。他让父亲的浑脱军夜里悄悄护送密使出城，带着他的亲笔密信，前往金国去搬救兵。两天后的深夜，沙郎带领浑脱军悄悄摸出城门。每个水兵腋下夹着一只羊浑脱，手拿铁锹，消失在茫茫的夜色之中。他们没有去偷袭敌营，而是扒开了堤坝，让洪水浇灌了蒙古兵营。城里的水位迅速退去，而蒙古兵营却汪洋一片。这时天已大亮，父亲吹响了牛角号，八千浑脱军乘着皮筏子冲出城门，直扑蒙古营地。习惯了马背上作战的蒙古人哪里见过浑脱军，一时乱了阵脚，被我们砍死、被水淹死、被自己马踩死者不计其数……

但是蒙古人很快就找到对付我们浑脱军的办法：他们集中弓箭手，专门射击我们的皮筏子。皮筏子中箭漏了气，我们的士兵纷纷落水，被淹死在进攻的路上。父亲只好鸣号，让他们撤回城里。

战争再次陷入僵局。

后来，连阴雨终于停了。蒙古人开始了更加凶猛的进攻。

洪水退却后的草地污秽不堪，但狼毒花却在倒伏的草丛里顽强地生长，在奔突的马蹄和呼啸的箭矢间开放，一丛一丛的，像熊熊的野火在草原上燃烧。

皇上派往金国的密使回来说，金国国王完颜永济很傲慢，拒绝发兵增援，说鹬蚌相争，与他何干？安全气得直骂："这个鼠目寸光的完颜老杂毛，等我击退了蒙古人，再腾出手来收拾你！"

一日，蒙古人突然停止了进攻，军阵中走出一个干瘦老头。那老头佝偻着腰、步履蹒跚地来到城下。他头顶光秃，两鬓乱发垂肩，耳朵上垂挂着大耳环，满脸污垢，看不清眉目，但从装扮上看是个党项人。

老头仰头朝城墙上喊：“我是太傅西壁，我要面见皇上。”

站在城墙上的父亲俯视着城下的人，怎么看也不像西壁，就冲那人说：“别耍花招了，你不是太傅！赶快滚开，要不然我射死你！”说着，就要拉弓射箭。

“别射箭，我真的是太傅西壁啊。”

老头后退几步，用手抵挡着，好像手能挡住箭矢似的。

父亲松开弓弦，说：“你要真是西壁，就用护城河的水把脸洗干净，让我看看你的眉眼。”

“我是有意在脸上抹了污泥和马粪，我当了人家的俘虏，没脸面见你们啊！”

“那么，我怎么才能肯定你是西壁，不是刺客？”

城下的老头解下玉束腰，说：“这是皇上赐给我的束腰，他一看就明白了。快打开城门吧，让我进去。皇上要是不见我，我就一头撞死在这城墙上。”

老头走到城墙根，仰着脖子拼命往上扔束腰，可是扔了三次也没扔上来。父亲让人放下一根绳索，将束腰吊上来，拿在手里一看，上面确实有皇上的印记。又俯身看了看城下的老头，还真是西壁，就说：“我要是你，早就把自己了结了，还回来做甚？”

西壁说：“我有重要的事要向皇上禀报，等办完了这件事，我会自己了结自己……”

父亲说：“如果你是来做说客的，我会一刀劈了你！”

“只要你让我进去面见皇上，怎样处置我随你。”

父亲让人从城头放下一挂云梯，西壁顺着云梯爬上来。父亲亲自将西壁押送到皇宫。西壁一见皇上，扑通跪倒在地，嘭嘭磕着响头，痛哭流涕地说：“陛下啊，我没有保护好太子，罪该万死，我无脸见陛下啊……”

安全轻蔑地说：“你不是已经见了吗？”

西壁抬起头，已是满面污血，血水和泪水一起在脸上横流：“陛下啊，我在蒙古人的营帐里生不如死，天天想念大夏、想念陛下啊……”

安全冷冷地说：“是不是成吉思汗让你来做说客？”

西壁说：“陛下，我们根本不是蒙古人的对手。这么多年，蒙古骑兵一直在草原上征战，而我们骑兵的骨头早已让酒泡软了，身子让女人淘空了，不会打仗了。仗再这样打下去，蒙古人迟早要攻进城来……”

站在一旁的父亲唰地抽出龙雀剑，冲西壁骂道：“你这个无耻的降贼，敢来劝降，我杀了你！”说着挥舞着龙雀剑就要往前扑。

安全用手制止住父亲，说：“你去守城吧，朕自有主张。”父亲走后，安全对西壁说：“你说吧，他们到底想怎样？”

西壁说：“成吉思汗说，如果我们不投降，破城之日就是屠城之时。陛下啊，蒙古人可是说到做到，白马城陷落后男女老少一个不留都被他们杀光了……陛下啊，都城迟早会被蒙古人攻破。我们答应他们吧，等他们退兵后我们再厉兵秣马，寻机复仇……”

西壁的话不无道理。蒙古人兵临城下，金国又袖手旁观，这么一直僵持下去，总有一天都城会弹尽粮绝，被蒙古人攻陷。安全一脸无奈地说：“说吧，成吉思汗提了哪些条件？”

“他让我们年年纳贡，还有……”

安全问：“还有甚？”

西壁把头垂在两腿间，低声说：“让陛下献出宁平公主……”

“欺人太甚！”安全大怒，一拍龙椅站了起来。

谁都知道桑禾是皇上的心头肉，要他献出公主，就等于用刀子剜他的心。可是安全沉默了一会儿，最后还是答应了成吉思汗的要求。

父亲得到这个消息后，把自己关在屋子里，整整三天没有露面，父亲说他没脸见人。爷爷说，皇上都不怕丢人，你怕甚？叔叔说，这对我们来说，不一定是坏事。

宁平公主出城那天，天空下起了细雨。送行的百姓站满了街道两旁，为他们十七岁的公主送行。人们小声议论：公主的命可真苦，几年前母亲死了，几个月前哥哥死了，现在她这么小，又被父皇献给蒙古人，要到遥远的漠北草原去了。如花似玉的桑禾一路走一路哭泣，送行的百姓也纷纷落泪。我和阿朵跟随送行的百姓，一直把桑禾送出城门，眼看着她坐上一辆蒙古勒勒车，一步一回头，渐渐消失在雨雾中。

那天夜里，太傅西壁把自己挂在了城门上。

听说成吉思汗回到草原后，将桑禾赐给了他的次子察合台为妃。

秋天过去了，冬天来了。

一夜之间，城外艳丽的狼毒花相继枯死。皇上下令让百姓出城清除已经枯死的狼毒花。人们把挖出的狼毒花垫在马厩里、牛圈里、羊圈里，并在狼毒花生长过的土坑里填上灶灰，以防来年它们卷土重来。

可是来年春天，狼毒花还是开满了草原。

24. 盐商的女儿

铁鹞军兵营在都城的东北角。

夜里心烦的时候，卫慕香就会一个人爬上城头，坐在箭垛上，面向家乡的方向吹她的陶埙。那个巴掌大小的黑陶牛首埙，正好被她细长嫩白的手指握住，指缝里露出的部分在月光下闪着黑亮的光。埙声低沉忧伤，被初夏的清风送到很远的地方。月光地里，能隐约看见草丛里的麋鹿、黄羊和沙狐在窜动。难道它们也能听懂她的埙声？但她的埙声不是吹给它们听的。埙声越过黄河，一直往东，传送到了她的家乡红桃堡。家乡的亲人啊，你们可曾听到这埙声？阿婆是听不见了，因为她已经死了好多年了；阿娘也听不见了，因为她的耳朵早就聋了。只有父亲一个人可以听见，但谁知道他是在红桃堡，还是赶着牛车走在通往家乡的路上？

阿婆临死时把她吹了一辈子的牛首埙交给了她，说女人的烦恼都装在这埙肚子里，吹一吹，烦恼就没了。那时她九岁，跟着阿婆学会了吹埙。后来阿婆死了，被埋在了土里，可阿婆的烦恼却留在了埙肚子里。小时候她没有烦恼，吹出来的都是阿婆的烦恼；长大了她有了自己的烦恼，埙肚子里就多了一层烦恼。阿婆说得对，有时吹一吹，烦恼真的就没有了。但有时候吹了很久，烦恼还在埙肚子里，就像捣碎的沙葱一样糊在里面，怎么也吹不走，并且散发着辣味，惹出了她的眼泪。阿婆生前说，日子就像剥沙葱，一片一片剥下去，总有一片会让我们流泪。

但是她今天的烦恼，不是思乡的烦恼，而是另一种烦恼。这种烦恼她谁也不能说，只能悄悄对着牛首垻说。她遇到了一件难事，不知道该怎么办。她把烦恼说给牛首垻，牛首垻也没有办法，只能陪着她一起呜咽。她把烦恼告诉了黑夜里的风儿，风儿停也不停，从她身边悄悄溜走了。她把烦恼告诉了月亮，月亮洒下如水的光辉，沉默不语。

最近她发现，国相府有了新的动静。国相遵顼来往于大臣们的府第，德旺与都城里的达官贵人频繁接触，麻骨茂德七天里有五个夜晚悄悄溜进了国相府。她意识到他们又在酝酿一个新的阴谋。但是德仁似乎游离于这桩阴谋之外，他一如往常，白天操练他的铁鹞军，夜里琢磨他的火铳、火炮。德仁不止一次地对她说，蒙古人迟早还会再来，他要在他们到来之前，让他的铁鹞军装备上比火炮更厉害的兵器！这事要是放在以前，她并不为难。作为皇上安插在铁鹞军里的秘密军察，她将暗中捕捉到的消息禀报给皇上，就算交了差。可是现在她不能这么做，因为她已经深深爱上了她的统军德仁。

在她眼里，德仁是一个真正的骑手，一个真正的男人。她喜欢他，尽管他并不知道。自从那个骑手从盐池将她掳走，自从皇上安全在马背上要了她，自从苜蓿花被男人轮番蹂躏了三个夜晚之后又被无情地抛弃，她就痛恨所有的男人，看见男人就觉得恶心。可是后来在铁鹞军待久了，她发现统军德仁跟别的男人不一样。怎么不一样，她也说不清。后来她才知道，那是因为她喜欢上了他。喜欢一个人的感觉真好。她喜欢他身上的味道，喜欢他坚毅、忧郁的目光，喜欢他勇敢、善良、正直、忠诚、疾恶如仇、铁骨柔情，喜欢他的质朴和单纯，就连他夜里如雷的鼾声也是那样好听、那样有男人味。跟他在一起，她会无缘由地心慌。他不在跟前，她的心会更慌，像是被掏空了一样难受。

因为喜欢，所以为难。尽管德仁没有参与正在酝酿的这桩阴谋，但是一旦皇上知道了，国相府所有的人都会受到株连。她不愿意看到心上人遭此大难。但是她如果不禀报，皇上追查下来，她就是死罪。不仅她要受死，按照大夏法典《天盛改旧定新律》，军察失职、逃走或者叛逆，家人将被满门抄斩。

自从七年前在自家的盐池边被那个骑手掳走后，她就再也没有回过红桃堡，没有见过她的父母。她之所以能默默地坚持到现在，就是为了某一天皇上能够开恩，让她去看望她那又聋又瞎的母亲和沉默寡言的父亲。她不能给他们带回锦衣玉食，但是也不能给他们带去杀头的厄运啊！一边是自己心爱的人，一边是自己的亲人，她左右为难。怎么办呢，牛首埙？

在她的记忆里，母亲睁着一双没用的大眼睛，坐守在盐池边的石头上；父亲总是赶着吱扭乱响的牛车，奔忙在通往边境的官道上。东部边境有一个很大的榷场，父亲用红桃堡独一无二的红桃盐，从那里换回汉人的生绢、白布、粮食、茶叶和绫罗绸缎。父亲是红桃堡最好的盐商。他不仅贩盐，还开了一个不错的盐池。父亲一年四季忙碌在路上，盐池的事就交由母亲一人操持。

红桃堡因红桃盐而出名，红桃盐因颜色酷似桃花而得名。食用红桃盐，男人不生癞头、痔疮，女人头发黝黑发亮，孩子的个子疯长。红桃盐的晒制，采用的是党项人传统的“畦种法”，有整畦、引卤、晒盐三道工序。晒盐，对天气要求很高。雨水要适中，过旱过涝对产盐量都有影响。旱了没有足够的卤水，盐容易板结；涝了卤水太淡，不易结晶。只有适量的雨水，才能咸淡适中。还要有适时的风，而且必须是南风，这样才能使卤水尽快凝结。一般情况下，都是夜间灌畦，白天晒盐。所以，母亲昼夜不离盐池。

母亲是一个要强的女人，她的脸让盐池的风过早地刻上了岁月的痕迹，她的手让盐水浸泡得红肿、粗糙，她的袍裙上永远都沾满盐屑，汗湿后硬邦邦的，走路沙沙响。小时候母亲告诉她，她的眼睛是被红桃盐熏瞎的，长大后她才听说是被一个男人弄瞎的。那男人想占母亲的便宜，母亲不从，那男人就向母亲脸上丢了一把红桃盐，母亲就瞎了。她问过母亲，母亲说女人漂亮是个祸害，红颜薄命啊。母亲用鼻子、耳朵和嘴巴指挥盐工晒盐。母亲看不见盐的颜色，尝一尝就能尝出成色；母亲看不见天上的云彩，用鼻子嗅嗅空气就能知道明天是晴天还是阴天；母亲看不见树梢在晃动，用耳朵听听就知道风的大小和方向。

后来，母亲的耳朵也聋了。有一年干旱，二月没有下雨，三月没有下雨，四月无法灌种卤水，红桃盐颗粒未收。但是盐吏们照样来收盐税。母亲说，盐没有晒出一粒，钱没有挣到一枚，咋还交税？盐吏说，你到底缴不缴？母亲说，我想缴啊，但是我没钱。盐吏骂道，你个瞎婆子，想赖税！说着就是一耳光。母亲的左耳朵嗡的一声，像是被风穿透了，母亲捂着耳朵喊，你咋打人哩？盐吏说，打的就是你这抗税的泼妇！抡圆了胳膊，又是一耳光。母亲被撸倒在盐池埂上。盐吏还在破口大骂，但是母亲听不见了，她的两个耳朵被打聋了。

母亲的耳朵不是一点也听不到了，离她近点，声音大点，她也能模模糊糊地听到一点，但是她再也无法用耳朵听出风声了。好在那时卫慕香已经长大，十五岁的她可以帮母亲看管盐池了。她看见天上有了阴云，就趴在母亲的耳边大声说，阿娘，明天要下雨啦。母亲就吩咐盐工们赶快把井、沟、渠、畦整理好，准备收雨水。她看见树梢开始摇晃了，就趴在母亲耳边大声说，阿娘，起风啦。母亲就让盐工赶紧准备晒盐。

没事的时候，她就坐在母亲身边，捧着阿婆留下的牛首埙吹给母亲听。有时母亲听着听着，空洞的眼睛里就滚出一滴泪来。她问母亲，阿娘你干吗哭呀？母亲笑着说，阿娘不是哭，是风把红桃盐吹进了阿娘的眼睛里。她抬头看看树梢，树梢一动不动，并没有风。有时她吹着吹着，母亲就无声地笑了，说快去路口看看，你阿爸回来了。她跑到路口一看，父亲的牛车果然从路那头吱吱嘎嘎地过来了。

有时母亲会突然说，毒蛇来了，香儿你快藏起来。她刚躲起来，盐吏就来了。盐吏大声问母亲，你女儿躲甚呢？母亲装着没听见。盐吏对他的同伴说，没想到这个瞎婆子，倒养了个漂亮女儿。阿娘不说话，等盐吏走远了，朝他们的影子连“呸”三口。这是党项人诅咒一个人最恶毒的方式。

一次，阿娘似乎又听到了什么，让她赶快躲起来。可是她没有躲。因为她看见朝她们走过来的不是盐吏，而是一个身着甲胄的骑手。她很少在盐池看见骑手，她的目光被那英俊威武的骑手黏住了，直到那骑手停在面前。

母亲焦急地说：“我嗅到了毒蛇的味道，你快躲起来！”

她趴在母亲耳边悄悄地说：“是个骑手。”

母亲推开她说：“是毒蛇，孩子你快跑！”

但她看那骑手一点也不像坏人，还对她友善地笑呢。

骑手问她：“你叫卫慕香？”

她的脸腾地红了。他怎么知道我的名字？她羞涩地点点头。

骑手说：“听盐吏们说，红桃堡有一个叫卫慕香的漂亮姑娘，今天一见，果然漂亮。我从甘州来，就是想看看你到底有多漂亮。”

她的脸更红了，把头抵在胸上，不敢看那骑手，目光落在骑手的马镫上。甘州？甘州离这里可有好几百里地呢。她知道自己漂亮，但不知道自己漂亮的名声已经传到了那么远的地方。他跑这么远只是来看看她漂亮不漂亮？骑手的马靴是鹿皮做的，很漂亮。他一定是一个有钱的骑手、体面的骑手。她没有抬头，但能感觉到骑手的目光停留在她的脸上，因为她感觉自己的脸很烫。她把头垂得更低。

骑手说：“真是一个小美人啊！”

母亲在后面推她：“快跑啊香儿……”

她突然醒悟过来，转身想跑，但已经来不及了。那骑手一弯腰，就把她掳上了马背，转身驰离了盐池，奔驰在通往甘州的官道上。

“阿娘！阿娘！”

她在马背上拼命挣扎，但骑手的手臂像铁铸一般，她动弹不得。她的耳边是呼呼的风声和母亲最后的呼喊：“香儿啊！我的香儿！”

那马跑得比风还快，阿娘的声音很快就追不上了。骑手死死地抱着，任凭她怎么挣扎也逃脱不了，后来她累了，再也没力气在马背上折腾了。

他们一口气跑出了红桃堡，跑到了一片辽阔的草原上。草原上的风很大，但是不冷，带着湿漉漉的花草香味儿。风撩起她的袍裙，裙角翻卷过来盖住了她的脸。骑手一只手伸进她的袍子里，摸到了她的胸。长这么大，从来没有男人的手伸进过她的袍裙。她羞愤地拼命挣扎，左右扭动身体，但是那手就像长在了她的胸上，怎么也甩不掉。她用脑袋和胳膊肘猛力撞击骑手的身体，反被骑手的甲胄弄疼了自己。

骑手哈哈大笑："放心吧，我不会破你，我要留给我们王爷的。"

王爷？谁是王爷？他要把我带到哪儿去？

她被骑手掳在马背上，走了三天又两个晚上。他们白天赶路，晚上走到哪儿歇在哪儿。有时是农户的碉房，有时是牧民的毡帐，有时是树林，有时是山洞。但不管在哪儿，骑手都搂着她睡觉，说是怕她跑掉。骑手的力气很大，她反抗也没有用。但好在骑手只摸她的胸，再没别的举动。

第三天，他们来到了一个偏僻的山谷。这里有草原，有树林，有男人女人，还有许多放养的野兽。但这里没有村寨，只有蘑菇似的毡帐。后来她才知道，这是镇夷郡王安全的秘密营地，离甘州不远。

营地里有几十个女人，百十个男人。男人们膀大腰圆，个个身怀绝技；女人们年轻美丽，年龄最大的只有二十二三岁，最小的跟她差不多。让她惊讶的是，这里不论男人还是女人，都没有自己的名字。他们都用各种动物和植物等的名称来命名，什么风、雷、电、树、草、花、马、牛、羊、鹿、虎、狼、粟米、荞麦、玉米，等等。并且规定不准告诉别人自己原来的名字，也不准打听别人的来历。

那个将她掳来的骑手对她说，从今天起，你要忘掉你的名字卫慕香，直到离开这里的那一天。记住，你现在的名字叫麋鹿。之后，那个骑手就从营地消失了，从此她再也没有见过他。

她跟西风、柳树、荞麦、绵羊、苜蓿花住在一个毡帐里。听她们说，她们和那些男人都要被培养成王爷的秘密军察。她问什么是军察，她们说，军察就是探子，不是探听敌人的秘密，而是探听自己人的秘密。她们的公开身份是麻魁，实际上干的是探子的营生。训练结束后，她们将被王爷安插到各个军队的统军和首领身边，监视他们的行动。男人们除了当军察，必要时还要充当刀客，暗杀王爷认为危险的人物。

她们说得一点没错。最初三个月练习骑射，并没有觉得有多苦，毕竟党项人一生下来就会骑马和射猎，没有什么了不起的。每天早上，饲兽兵将各种野兽从栅栏里放出来，她们就骑马满山遍野地追逐它们，谁射中哪只，那只野兽的皮毛就归谁。那三个月，她一共得到了两只沙狐、四只麋鹿、六只黄羊和九只兔子的皮。但是接下来，麻烦就来了。她们必须学会摔跤和格斗，她经常被其他女人摔打得鼻青脸肿。后来更惨，她们必须跟男人格斗，好几次她都让男人摔散了架，躺在地上爬不起来，被人抬回了毡帐。再后来，更可怕的事情来了，要求她们手握腰刀，不准骑马，靠双腿在山林里追逐野兽，并杀死它们。

有人受不了，逃走了，但当天就被抓了回来。男人当众被砍头，女人被扔进男人的毡帐里三个夜晚，然后再抽三十马鞭。苜蓿花逃走后被抓了回来，在不同的男人毡帐里轮番待了三个晚上，挨了三十马鞭，后来走路都有些困难，再也不敢逃跑了。从此苜蓿花像换了一个人，白天不说话，睡梦中话却很多，而且时常会发出尖厉的惊叫。

这种日子过去了一年，她也没有见过传说中的王爷。一天黄昏，西风从外面跑回来说，王爷明天要来了，又要玩“老鹰逮兔”的游戏了，不知道明天逮到的是哪只小兔。

第二天王爷果然来了。王爷是个矮胖的男人，看上去并不威风，但是他的眼睛却很犀利，闪动着冰一样的光。营地首领让男人和女人分开来，列队站在草场上。王爷骑在马上检阅了他们。王爷的大青马走到卫慕香跟前停了下来。

王爷用马鞭指着卫慕香问：“这个是新来的？”

首领回答说：“来了一年了。”

王爷用马鞭点了点她，说：“给她一匹快马，让她先跑一箭地。”

首领留下她，让其他人站在远处观看。首领让人牵来一匹枣红马交给她说：“王爷要看看你的骑术，跟你玩老鹰逮兔的游戏，你先跑出一箭地，王爷再追。”

这就是老鹰逮兔？她一个鹞子翻身，轻轻地落在马背上，一抖缰绳，枣红马跑了起来。这时她才发现，胯下的马并不是一匹快马，心想糟了，肯定要被王爷的大青马追上了。但王爷说话算数，在她跑出一箭地之后才开始追赶。她感觉王爷始终与她保持着一定距离，并不想追上她。

可是等她跑过了一道山梁，远远地离开了营地，王爷却突然追了上来，一把将她从马背上掳了过去。身材矮胖、其貌不扬的王爷力大无比，将她搂在怀里，也不说话，喘着粗气，撩起她的袍裙，将一根硬硬的东西戳进了她的身体里。一阵钻心的疼痛，让她几乎昏厥……

黄昏，他们返回到营地时，草地上一片欢呼：“王爷威武！王爷威武……”

王爷骑在马上哈哈大笑。

一年后，十七岁的她被人送到都城，安插到铁鹞军里，当了一名麻魁。她的任务是监视铁鹞军德仁的行动，伺机刺杀原来的皇上纯祐。可是一个麻魁想要见到皇上，并不是一件容易的事情。

后来，纯祐被他的母后废了，新皇帝安全登基后，秘密地召见过她一次。她惊讶地发现，皇上原来就是去过营地的王爷。她的脑海里马上浮现出马背上的一幕。可是他显然已经不记得她了。他让她继续监视铁鹞军，如果发现统军德仁谋反，可以先斩后奏。同时让她尽可能地接近国相府里的人，密切注意那里发生的一切。召见快结束时，安全翻看着手里的一本黄册子，问起她父亲盐池的生意如何。她知道皇上这是在威胁她，意思是说你不好好干，你的家人可能就会受到惩罚。她恨死了眼前这个矮胖的男人！但是她没有退路，她不干，善良的父亲和可怜的母亲就要遭殃。

她禀报给安全的第一个情报，是德旺跟一些大臣和王公贵族在芙蓉国酒肆密谋的事情。但是她发现皇上并没有感到惊讶，好像早已经知道了。可能有人先她一步禀报了皇上。这让她心里很害怕，不知道都城里还有多少像她这样的军察。如果她不禀报，别人照样会禀报，而且皇上迟早也会知道她隐瞒不报。后来，参加密谋的那些人有的被暗杀，有的被革职。

最近，她发现国相府正在酝酿一场更大的阴谋。夜深了，手里的牛首埙湿漉漉的，不知是露水还是泪水。忧伤的埙声穿行在苍白的月光里。阿爸，阿娘，我该咋办呀？

这时，城墙下的营地里传来宵禁的号角。她站起来，走下城墙，看见统军德仁的营帐里亮着灯。她站在那里，望着那灯光，感觉到了一丝温暖。

这时，一个黑影从她身后搂住了她，一只大手同时捂住了她的嘴……

25. 囚　　禁

我被囚禁了，囚禁在国相府后院一间偏僻的屋子里。但是我不知道谁囚禁了我，为什么囚禁我。

已经三天了，除了侍女按时给我送饭送水，我见不到一个人影。一把铁锁把我和国相府隔开了，我憋屈、愤怒，想喊叫，想摔东西，甚至想杀人，但是没有人理我，我好像一下子被所有的人遗忘了。侍女每次来送饭，都会一声不响地把我摔碎的东西打扫干净，再换上新的，然后又一声不响地退出去。

这间屋子跟我的卧房差不了多少，桌椅板凳古色古香，质地考究，尤其是地上厚厚的毡毯，几乎跟我卧房里的一模一样，是用阿拉善最好的绵羊毛织成的，既柔软又暖和，躺在上面就像躺在云朵上。有时我甚至会产生错觉，以为自己没有被囚禁，还躺在自己的卧房里。但是昏暗的光线立刻会提醒我，这里是囚室，不是卧房。

他们为什么要囚禁我？不会是因为半个月前嵬名令公凯旋那天，我在城门口说的那几句话吧？我清楚地记得，当时爷爷遵顼曾经狠狠地瞪了我一眼。

蒙古人从都城撤兵后不久，皇上根据成吉思汗的意思，派兵配合蒙古军大规模进攻金国。皇上本来就因为金国在蒙古人包围我们都城时没有出兵而耿耿于怀，现在正好借机进行报复。但是朝中大将谁也不愿领兵出战，皇上只好派老将嵬名令公去。嵬名令公心里很不情愿，但因为上次克夷门战败皇上没有责怪他，对皇上心存感激，不好推辞，只能硬着头皮领兵跟随蒙古人攻打金国。

阿默尔预言说，蒙古人消灭了金国，就会腾出手来收拾我们大夏。金国的今天，就是我们大夏的明天。这场战争看起来是两国对一国的战争，其实是一国对两国，战争的主动权始终都掌握在成吉思汗的手里。

但是皇上并不这么想。他宁愿变成蒙古人的一只猎犬，也要报复见死不救的金国。何况宁平公主还在蒙古人手里，不答应他们，蒙古人就会为难他的女儿。所以，在短短一年时间里，嵬名令公先后六次出征，但每次都是满面愁容地去，垂头丧气地回。半个月前，嵬名令公又一次征战回来，我当时站在城门口迎接的人群里，看着疲惫不堪远征回来的兵马，忍不住说了一句："骡子跟着马瞎跑！"

我说这话时，嵬名令公骑着高头大马正从我面前经过，皇上站在不远的地方。当时锣鼓喧天，鼓乐齐鸣，我的声音很快就被喧闹声淹没了。但身边的爷爷听见了，惊慌地偷眼观察皇上的表情，然后回头狠狠地瞪了我一眼。

可是，爷爷总不可能因为这句话囚禁我吧？不是因为这事，那是因为什么事呢？会不会因为父亲的泼喜炮队？

有这种可能。父亲无法改变皇上附蒙攻金的国策，只有将满腔的热情投到对火炮、火铳的研制上，想用更厉害的兵器对付蒙古人。他知道，蒙古人收拾了金国，就会来收拾我们。近半年来，父亲把铁鹞军交给沙郎操练，他整天和卫慕香在兵器室里叮叮咣咣研制那些现在还看不出模样的火器。一次，他们不小心把弹药弄爆了，牛头大的石弹冲上天空，把屋顶戳了一个大窟窿。后来，他们的研制终于取得了初步成功。之后，父亲走出兵器室，开始实施他的第二步计划：建立泼喜炮队。这事他没有向皇上禀报，想来个先斩后奏。等炮队建起来了，有模有样地表演给皇上看，或许会受到皇上的赞赏。再说大夏军事法典规定，统军有权对自己统辖的军队进行改编，改良兵器装备。

于是，父亲在极其秘密的情况下，开始建立他的泼喜炮队。那段时间，我们国相府外突然多了一些陌生面孔，有杂耍艺人，有捏糖人的，有陶瓷商人，有化缘僧人，还有男女乞丐。但我一眼就看出这些人都是乔装打扮后的军察。因为不管他们在干什么，目光却始终没有离开我们国相府的大门。那段时间，卫慕香进出国相府的次数也多了起来。

有一次，那个捏糖人的男人问我阿爸在不在家，我说不在，那人问上哪里去了，我说还能上哪儿，上炮队了呗。那人哦了一声，好像明白了什么。当时我只是随口说说，并没有在意。但是现在想想，很可能就是那一次，我把父亲建立炮队的秘密泄露出去了。因为第二天，皇上就让父亲解散了炮队。

父亲质问安全，安全坐在龙椅上，黑着脸，一声不吭。父亲大发雷霆后甩手而去。大夏立国以来，从来没有一个大臣敢如此放肆。在场的大臣都惊呆了，替父亲捏了一把汗。我们所有人都在提心吊胆地等待厄运的到来，父亲却一个人喝了一坛闷酒，呼呼睡去，好像天塌下来也不会醒来。一天过去了，皇宫那边没有一点动静。到了第三天中午，皇上派人来问父亲酒醒了没有，说如果酒醒了，皇上要在草原上请他继续喝酒，那里已经搭好了营帐，摆好了酒宴。

这显然是“送行”酒，父亲将会一醉不醒。从前有几个皇上，就是用这种方式体面地了结了身边的爱将。所有人都劝父亲不要去赴宴，父亲说：“怕甚！是福不是祸，是祸躲不过！我倒要看看他如何对我下手！”

父亲走后，爷爷和叔叔坐立不安，紧急召集卫戍军里自己的亲信，商量对策。但是这几天皇上亲自掌管了铁鹞军，现在铁鹞军已经将那片草原围得铁桶一般，连鸟儿也休想飞进去。爷爷的意思是，如果皇上真的对父亲下毒手，他们就索性率领卫戍军冲杀过去，拼个鱼死网破。我从叔叔的神态看得出来，他似乎很希望父亲有点什么，这样他们就可以名正言顺地干一场了。

可是黄昏时分，父亲却毫发未损地回来了，而且看样子没有喝多少酒。爷爷问父亲和安全之间到底发生了什么，安全说了些什么，父亲沉默不语。倒是后来听说安全对其他大臣说：“德仁是个战将，是个忠臣，就是脾气不大好。凡是有本事的人，都很有个性。我喜欢有本事的人，所以我原谅他的失态。”但是他们之间到底谈了些什么，皇上却跟父亲一样，闭口不谈。他们在戒备森严的营帐里的所有细节，成了他们共同的秘密，也成了人们心中永远的谜。

窗棂上的最后一抹夕阳消失了，屋里渐渐昏暗起来。这时，门外来了一个人，扒着门缝往里看。

“尕娃，尕娃。”

一听声音就知道是阿朵。我跑过去，透过门缝，首先看见了她脖子上晃动的那枚玉羊坠子，目光上移，便看见了她焦急兴奋的脸。

我埋怨她说：“你怎么才来！”

“你真被关在这里呀！”阿朵说，“几天不见你，我还以为你出城狩猎去了呢，刚才碰到送饭的侍女，才知道你被关在这里。”这就是说，囚禁我是国相府里的一个秘密。

我急切地问她：“你知道他们为甚囚禁我？”

“不知道。”阿朵想了想，猜测说，“会不会因为阿草的事？”

“阿草怀孕的事跟我有甚关系？”

“可是，阿草的死跟你有关呀。”

这倒是。那天早晨，我在院子里遇到了阿婆的侍女阿草，我发现她走路的姿势有些不对劲。我说阿草啊，你的肚子怎么发胀了。阿草吓了一跳，慌忙用手去掩肚子。我笑着说，是不是有喜了？阿草的脸唰地就红了，没有说话，扭着腰身匆忙走了。

其实我只是随口说说，可谁知道这话让刚从屋里出来的阿婆听见了。正在院子里忙碌的几个仆人也听见了，他们停下手里的活计，好奇地看着阿草的背影。阿婆脸色阴沉，让人把阿草叫去。不一会儿，屋里就传出阿草嘤嘤的哭声。那天下午，阿草就被一个男人领走了。几天后，阿婆的另一个侍女阿香也不见了。据说也是被人领走了。又过了几天，城外传来消息说，阿草跳了黄河，死了。

难道是因为我当众揭穿了国相府的一桩丑事，阿婆惩罚我？但是这种事我不说，阿草的肚子迟早也会告诉别人。

所以我说：“阿婆不可能因为这事惩罚我。”

阿朵安慰我说：“别想那么多了，反正他们就你这么一个孙子，不会把你咋样的。最近国相府里有点不寻常，我有一种感觉，像是要出事。”

我想真要发生什么事，我的羊胛骨为什么不鸣叫呢？

可是阿朵刚走，我的羊胛骨就叫了。看来真的有什么事要发生，或者什么事情正在发生。

傍晚，阿朵气喘吁吁地又跑来了。她扒着门缝告诉我说：“卫慕香是皇上安插在父亲铁鹞军里的军察，昨天夜里被李战抓住了。”

尽管我早就觉得这个女人有问题，但听说她是军察，还是吃惊不小。我突然想起几年前从大漠回城那天，守城的士兵不让我们进城，卫慕香从身上掏出一个东西给他们一看，他们就放行了。难道那东西就是皇上秘密军察的腰牌？据说拥有这种腰牌的人，走到哪里都会畅通无阻。

阿朵说开始父亲不信，叔叔就把卫慕香带到父亲跟前，那女人一下子就跪在了地上，父亲就什么都明白了。父亲一怒之下要去找安全理论，爷爷拦住了他，说上次父亲大闹皇宫，几乎丢了性命，现在再这样安全就不会那么宽容了，必死无疑。正在他们争执不下的时候，皇上派人传话来，说要父亲夜里带三百铁鹞军去皇宫守卫皇上。

我忍不住问：“皇宫有侍卫军守卫，干吗让阿爸的铁鹞军去？”

阿朵说：“爷爷也是这么说。可是皇上说，那些侍卫军都是各部落酋长的子弟，这些酋长这几年一直对联蒙攻金的国策不满，所以他对侍卫军不放心。听说皇上最近夜里老做噩梦，总是疑心有人要害他，所以让阿爸的铁鹞军进宫去侍卫他。我进去倒茶，听见叔叔对阿爸说，安全早就对阿爸不放心了，还在阿爸身边安插了军察，阿爸却对他忠心耿耿，到时候自己脑袋掉了，都不知道是怎么掉的。阿爷也劝阿爸将计就计……”

“后来呢？”

“后来，阿爷就把我支走了，我就来了这里。”

原来如此！现在我终于明白他们为什么要囚禁我了。上次因为我约太子决斗，使得爷爷和叔叔的计划落空。这一次，他们怕我再捣什么鬼，就干脆把我囚禁起来了。

阿朵走后，我的羊胛骨像战鼓一样擂响。我热血沸腾，困兽般在屋里走来走去，我不知道自己为什么激动，是想去参加他们的厮杀，还是想阻止这场厮杀？但是我被囚禁在这里，什么也干不成。

整整一天，我没有看见一个人，侍女连晚饭也忘记给我送。半夜，国相府突然人声嘈杂，脚步纷乱。我知道事情已经开始了，或者已经结束了。但我不知道事情的结果。我从毡毯上跳起来，大喊大叫，但是没有人理睬我。

直到第二天中午，我才听见有脚步声朝我这边走来。是沙郎。沙郎没有钥匙，无法打开门，他从门缝里对我说："王爷呀，我才知道您被囚禁在这里，我来迟了，让您受苦了。"

"王爷？谁是王爷？"我被沙郎的话搞糊涂了。

"您是王爷呀。"沙郎说，"您当了王爷还不知道？您已经被皇上封为南平王了。"

"皇上封我为南平王？"

"是呀，皇上就是你爷爷，他已经封你为南平王了。"

"爷爷当了皇上？"

"是啊，安全已经被废了，囚禁在地牢里了。"

这就是说，他们成功了。我的心情很复杂，不知道是该高兴，还是该难过。现在的问题是，我当了南平王，可我还被囚禁在这里。

我对沙郎说："快帮我把门打开，让我出去！"

沙郎慌忙跑去找钥匙。等他再回来时，手里除了钥匙，还拿了两块面饼。真是我的好侍卫，知道我现在最需要的是什么。沙郎打开门，我一把抢过他手里的面饼就往嘴里塞。面饼有点硬，噎得我直打嗝。现在门开了，我却不想出去了。发生了这么大的事，我得坐在这里好好想想。

我吃着面饼，听着沙郎给我唠叨外面刚刚发生的事情——

昨天晚饭前，爷爷让父亲带领三百铁鹞军进驻皇宫，趁机杀了安全。可是父亲坚决不干，说他就是死也不会干弑君的事，而且劝阿爷也不要干这种不臣不忠的事。爷爷说:“安全给你的铁鹞军里安插了军察监视你，说明安全早就不信任你了，你干吗要对他忠诚!”父亲说:“我不是对安全忠诚，我是对大夏忠诚！我不想看到宫廷内乱、大夏内乱！大夏现在强敌压境，蒙古人随时都会攻来，我们不能自相残杀!”爷爷见父亲油盐不进，就放弃了劝说，嘴上说好好好，我们暂且按兵不动，缓些时日再说，看他安全如何解释军察的事情，私下里却让人在父亲的饭碗里放了蒙汗药。父亲吃过晚饭后便沉沉睡去。爷爷让叔叔换上父亲的衣袍铁甲，拿着父亲的龙雀剑，率领三百铁鹞军进了皇宫。半夜时分，叔叔突然包围了皇上的寝宫，活捉了睡梦中的安全。城外是爷爷全副武装的十万兵马，侍卫军看到城外黑压压的兵马，谁也不敢轻举妄动。天亮后，所有反抗的大臣和将士都被干净利索地收拾掉了，没来得及反抗的或者根本就没想反抗的将士，都扔掉了兵器，开始欢呼新皇帝的登基。

沙郎说，爷爷登基时头戴尖顶金冠，身穿交领黄袍，腰束龙虎带，看上去相当威风。除了我被封为南平王之外，麻骨茂德被封为国相，阿婆野利丹被封为皇后，父亲被封为太子，母亲被封为太子妃，叔叔被封为北平王，婶娘梁喜儿被封为王妃。父亲醒来后，一切都已经结束了。当父亲得知自己被封为太子后，一脸痛苦的表情。倔强的父亲，没有参加封冕仪式。

26. 皇家乐队

遵项登基后做的第一件事情，就是建立了一支皇家乐队。

很久很久以前，党项人曾经拥有过一支让他们引以为豪的庞大的皇家乐队。那是用唐僖宗赐予党项先祖拓跋思恭的一套唐宫乐器建立起来的。宫乐大小十部，每部三驾，大驾由一千五百三十人演奏，小驾由八百一十六人演奏，法驾由七百八十一人演奏。乐器有金钲、节鼓、中鸣、大横吹、桃皮、笳等数十种。这种需要三千多人演奏的皇家乐队，一直是我们迎送使节时炫耀的资本。可是元昊立国后，认为唐宋礼乐过于烦琐缠绵，不适合党项人忠实为先、战斗为务的性格，就解散了乐队，几千件乐器被收入国库，一个半世纪以来无人问津。党项人从此恢复了胡礼，改五音为一音，改九拜为三拜，一直沿袭至今。

现在，要重新建立一支传说中的皇家乐队，可不是一件容易的事情，但遵项却踌躇满志。他说建立如此庞大的皇家乐队，首先需要一个专门的机构。于是，在乐队建立之前，便增设了一个专司音乐歌舞的“乐人院”。“乐人院”经过九次论证，终于拟定出一个奏章，大臣们各抒己见，经过十七天的激烈争论，最终敲定了重建方案。

接下来的问题是，如何将国库里的乐器搬出来。遵项一再强调，搬动乐器可不像搬家什、搬粮食、搬刀枪箭矢，乐器是高雅的、尊贵的，怎能草率地搬来搬去？为了将三千件乐器搬出国库，大臣又进行了三次廷议，“乐人院”最终用了七天时间才将全部乐器搬到阳光下进行晾晒。那几天，都城里到处弥漫着铜臭味和腐朽味。

后来遵顼下旨，在全国召集了许多精通礼乐的能工巧匠，经过长时间的擦拭和修复，其中有三分之二的乐器还能使用，只是吹打出的声音里夹杂着一股霉味，但听起来还算悦耳。为了补齐另外三分之一的乐器，皇爷派出十几辆满载白银的牛车，浩浩荡荡前去关中和汴梁采购。三个月后，牛车风尘仆仆地回来了，乐器终于置办齐全了。

但是还有两个重要的问题没有解决：一个是乐手们该穿什么样的衣袍。为了衣袍的式样和颜色，大臣们又先后进行了六次廷议。关于纽扣的大小和缀饰的位置，大臣们一直争论不休，廷议了多次，最后才确定了一个大家都能接受的意见。另一个问题是，皇家乐队应该演奏什么样的乐曲。对于这个问题，遵顼有他独到的见解。他说皇家乐队绝对不能像民间乐人那样，想演奏甚就演奏甚，皇家乐队就应该有皇家风范，演奏的乐曲必须是高贵的、威严的、庄重的、美妙的、欢快的、祥和的、国泰民安的。于是他又下旨修订音律，谱写乐曲。这又是一个漫长的过程。乐曲谱写出来后，遵顼赐名“鼎新律”，意思是要开创鼎盛的新局面，并且规定只能在宫廷迎宾和进行重大佛事活动时演奏。

一切准备就绪，皇家乐队正式成立。成立大典上，遵顼重赏了在建立乐队过程中的有功大臣和能工巧匠们，有的大臣还因此被封了侯。没有得到封赏的大臣既羡慕又嫉妒，私下里嘀咕说，会捣鼓乐器都能封侯，往后都城里的乐伎都能被封为妃子了。

遵顼除了喜欢听皇家乐队演奏，有时还会把厮乱阿默尔请进皇宫，一起切磋书法艺术。心烦的时候，也会召见御史中丞梁德懿下几盘棋。可是这个梁德懿还是那个德行，下棋从来不让，有时甚至为一步棋跟遵顼争得面红耳赤。起初遵顼也不计较，但是这样的次数多了，遵顼心里就有些不痛快。什么是忠？尊重就是忠，听话就是忠。这是他登基后的最新体会。现在他对汉人“指鹿为马”的故事有了深刻的理解，是“鹿”是“马”并不重要，重要的是你得承认我说得对。

有大臣私下里劝梁德懿，不就是陪皇上玩玩嘛，何必如此当真？

梁德懿说，不当真还下个甚劲？但他心里也知道这样不好，甚至有时也很后悔，但是下次坐到棋桌前还是那个德行。渐渐地，遵顼就不再找他下棋了。想陪我下棋的人多的是，何必找个不识相的人呢？遵顼这么想着，就疏远了梁德懿。遵顼就找胭脂下棋。胭脂从前是安全的妃子。遣散安全妃子的时候，遵顼单单留下了这个胭脂。不是因为她有倾国倾城之色，而是因为她会下棋。遵顼一向对女色不感兴趣。胭脂不爱说话，却长着一双会说话的大眼睛。同样是美女，初次见面，有些女人会让你马上联想到床，而有些女人却会使你心里一颤，有一种心疼的感觉，产生一种一生一世都想呵护她的冲动。胭脂属于后者。胭脂本名不叫胭脂，因为她来自胭脂山，当初进宫时为图方便就唤她胭脂。胭脂看似羞怯腼腆，实则聪明机灵，很会讨皇上欢心。下棋时，她既不会让皇上全赢，又不会显露出讨好谦让的痕迹。有时她会装出一副认真固执的样子，拼力搏杀，寸土不让，让皇上赢得并不轻松。有时眼看将皇上围在了一个死角，却又故意疏忽大意，留下一丝破绽，让皇上钻了空子，反败为胜。这时她会装出一副生气的样子，涨红了小脸，后悔得直跺脚，惹得皇上一阵大笑。

但是跟一个女人交手，并不能让遵顼过瘾，充分享受到一个胜利者的快乐，他隔三岔五还会给王公大臣们一些机会。这样一来，围棋和书法很快就在都城风靡起来。有人用金子和美玉做成围棋进献给他，有人不惜重金从汉地买回珍奇书画讨好他，遵顼都没有拒绝。他对都城兴起的这种清雅之风十分满意，认为这是太平盛世到来前应有的景象。

有人讨好遵顼说："我们大夏的第四位皇帝乾顺和第五位皇帝仁孝，创造了长达一百多年的太平盛世，谁说乾仁盛世不会再来？现在不是又回来了嘛。"

其他大臣心里明白这是虚幻的繁荣，但谁也不愿说破，都随声附和："是啊，又一个太平盛世！陛下英明啊！"

这期间，北平王德旺却在忙着另一件事情。他正在考虑如何调整十二军司的统军。一朝天子一朝臣，父皇没有时间考虑的事情，只能由他这个儿子来考虑了。在大都督人选确定之前，他这个北平王拥有指挥军队的一切权力。而德仁名为太子，实际上已经被父皇剥夺了军事指挥权。遵顼不喜欢这个性格倔强的儿子。而尕娃这个南平王，则是一个尊贵的闲人，南方太平无事嘛，他这个南平王能做什么呢？但北方就不一样了，盘踞在漠北的成吉思汗随时都有可能再次南下进攻，所以北平王德旺觉得他的地位就显得十分重要。为了显示自己的权力，他首先要做的就是选拔新的统军。

德旺这么一忙碌，有个人就坐不住了。这人是麻骨茂德。他是国相，位列北平王之上，却对朝廷里的一些敏感事务插不上手，心里很不舒服。不舒服就想往外说，有些牢骚话就让德旺听见了。德旺心里很不高兴，认为麻骨茂德以功臣自居，贪得无厌，得陇望蜀，将来终究是个麻烦。他担心国相待在都城碍手碍脚，打乱自己更换统军的计划，就让父皇派他去边地巡察。麻骨茂德心中不满，但也不得不去。

国相一走，德旺就开始着手对左右厢十二军司统军进行大换血。他先通过车夫李战把消息泄露出去，然后耐心地等待。这个神秘的消息最初只在都城达官贵人之间流传，后来一传十，十传百，很快就传遍了全国各地。这正是德旺所要的效果。都城内外一下子就热闹起来了。城外的官道上人来人往，熙熙攘攘，吱吱呀呀的牛车和敕勒高车络绎不绝。这种宽大的敕勒高车轮子高，轮径大，能载重，在沙地上行走也不会陷进去。敕勒高车把官道轧出了一道道车辙，站在城墙上看去，像是满地的蜘蛛网。不用说，他们都是奔北平王德旺而来的。

自从芙蓉国女掌柜死后，德旺就不再去清水街了。他在城里一个偏僻的街道置办了两个深宅大院，一个接待远道而来的客人，一个接待客人带来的各地风情万种的女人。这些外乡贵族们千里迢迢来到都城，见了北平王，只喝茶说闲话，该说的事情却一句不提。但客人不说，主人已经心知肚明。因为在他们喝茶闲聊的时候，李战已经将牛车引领到后院，卸下了车上的东西。至于车上掩藏着的美女，李战会引领到另一个院子里，安排她们住下。那两个院落，一个藏着德旺的银子，一个藏着德旺的女人，这两样东西，都是他所喜欢的。

王妃梁喜儿并不知道她的丈夫整天在外面忙些什么，她很少看见自己的丈夫。自从搬进皇宫，她就没有出过宫门。不是她不想出去，她是一个野惯了的女人，怎么可能如此安分？是她的丈夫不让她出去。

德旺给侍卫军下过一道密令：不允许王妃走出皇宫半步。

所以，王妃只能在后宫里活动，有时连北怀门也出不去。皇宫西边是避暑宫，东边是御花园，前面是中书省、尚书省和枢密院。走进车门，穿过摄智门，就是承天殿。再往里走，经过广寒门、南怀门和北怀门，然后就是后宫。

王妃的叹息比以前更加深重了。出不了宫门，她还能做什么呢？只有叹息。她夜里叹息，白天也叹息；坐下叹息，站着也叹息；进门叹息，出门也叹息。她从一个空间走到另一个空间，都先要叹息一声，好像叹息是一道门槛，不唉那么一声，就无法跨过去似的。她每叹息一声，她的生命就会被自己吞下一口。她想，总有一天她会把自己吞掉的。皇宫里到处散落着王妃的叹息声，就像她孤独冰冷的脚印。

德旺听说后，轻描淡写地说："就让她在皇宫里慢慢老死吧。"

德旺在接待了许多客人之后，心里有了底，很快拟定了十二军司新任统军的名单。但是关于大都督的人选，他却很慎重。在广泛征求大臣们意见的基础上，他最终选定了老实忠诚的老将嵬名令公。至于铁鹞军统军，当然不能让太子继续兼任了，德旺心里早已有了合适的人选，那就是他的车夫李战。这些奏章，很快就得到了父皇遵顼的恩准。

几个月后，国相麻骨茂德回到都城，但木已成舟，他有想法，但没办法。从此，他对皇上和北平王怨恨在心。

27. 花屋与地牢

当上统军的独臂李战像换了一个人，原来一直佝偻的腰一下子挺直了，好像一夜之间长高了一截；目光里也少了自卑、猥琐和诚惶诚恐，多了自信、从容、傲慢和不可一世。南平王尕娃有时就站在他面前，他也装着没看见。更让尕娃生气的是，他竟敢打阿朵的主意。从前遇见阿朵，他只敢偷眼看，现在竟与阿朵开起了玩笑，说让阿朵嫁给他。

李战之所以如此胆大妄为，就因为他身后有北平王德旺。但尕娃不管这些，要是他敢动阿朵一根手指头，他会用佩剑割断他的喉咙。有一次，尕娃遇见了李战，故意问他皮子怎么个熟法。李战没有明白尕娃的意思，说把生皮板放进缸里，灌上硝水，每天翻动几次，尽量让硝水浸泡均匀，二十天后生皮就硝成熟皮了。尕娃笑了，说不愧是皮匠出身，说得头头是道。李战这才知道尕娃在奚落他，但又敢怒不敢言。尕娃毕竟是唯一的皇孙，他再有胆量，也不敢跟尕娃明着叫板。

李战一上任，就取消了德仁当年定下的铁鹞军野战演练的规矩，并且把过去所有针对蒙古人作战的演练项目，统统改为如何对付刺杀活动的侍卫演练，目的是要全力保护皇上的安全。除此之外，他还制定了效忠皇上的铁鹞军誓词，而且要求全体将士每天早、中、晚三次列队高喊。这种万人宣誓的吼声，山呼海啸，响彻都城内外。皇上听到后自然高兴，说要亲自检阅铁鹞军。李战得知后更加得意，甩着那条空衣袖，好一阵忙碌。他找来全城的铁匠和银匠，要求他们给所有战马的马镫和马嚼子镀上了银和锡，命令士兵们每天都要洗刷战马，擦拭马笼头上的衔口链和所有金属饰物。这样一来，铁鹞军变得锃亮耀眼，比太子德仁当统军时威风了许多。皇上检阅了铁鹞军，对李战大加赞赏。

李战对北平王德旺更是尽心尽力，侍卫规格仅次于皇上，就连德旺那两个秘密庭院他也派有铁鹞军士兵日夜守护。为了掩人耳目，守护的士兵在铁甲外面罩上了普通百姓的蓝色或玄色衣袍，看上去跟富裕人家的仆人没什么两样。

当上统军不到半年，李战就在都城先后开办了酒坊、皮坊、染坊、织坊和花屋，还在灵州等地开设了陶场和盐池。他是皮匠出身，从前给别人当伙计，帮别人挣钱，自己只能混口饭吃，所以从小就立志将来也要当老板，做一个有头有脸的有钱人。现在机会来了，他当然不能放过。在这方面，李战很快就表现出了非凡的才能，各个商铺和作坊生意都很不错。

花屋的生意最红火，白花花的银子源源不断地流进了他的腰包。

蒙古人撤走后，狼毒花就开始在城外肆意蔓延。尽管每年春秋两季，朝廷都发动百姓铲除狼毒花，把它们的根挖出来烧掉，再往坑里填上灶灰，让马踏平。但是来年狼毒花还是照样开放，如火如荼，无边无际。所以，现在城外的草原上除了单调火红的狼毒花，很少能看见五颜六色的其他鲜花了。鲜花这种最平常的东西，现在也成了都城里的稀罕物。李战看准了这个商机，在清水街开办了都城里唯一的花屋，向那些党项贵妇人们出售已经快要绝迹了的各种鲜花。

其实，花屋就在原来的芙蓉国酒肆。那个女掌柜死后，酒肆一直被官府封着，李战用银子打通了其中的关节，酒肆就变成了他的花屋。那么，鲜花从哪儿来？李战自有办法。他的铁鹞军士兵将盐、沙狐皮等西夏特产运到东南宋国边境肆场，暗地里还将各种兵器运到西北边境肆场，卖给蒙古人或金人，然后顺便从那里买回各色奇花异草。士兵在运回鲜花的同时，也捎带着弄回来些像鲜花一样美丽的女人。这些女人千姿百态，李战称为花仙子。女人和鲜花同样很受欢迎。不同的是，都城里的女人喜欢的是鲜花，而男人喜欢的是女人。

花屋的前院摆着鲜花，后院藏着花仙子。男人们在前院欣赏完了鲜花，准备离开时，伙计就会适时地走过来，邀请男人到后院去看看，说那里还有更美的花呢。男人就去了后院，果然色彩缤纷，艳丽无比。每盆鲜花后面都坐着一个花仙子，每个花仙子的名字跟她面前的鲜花一样，如月季、牡丹、菊花等。这时的男人就顾不上看鲜花了，目光只在花仙子身上扫来扫去。跟在身后的伙计就会问，看上哪个了？男人用手一指自己心仪花仙子，伙计就把男人和花仙子领到后面的客房里去了……

花屋由身着便袍的铁鹞军士兵守护着。有的男人不明就里，在价钱问题上与花仙子胡搅蛮缠，有些甚至想赖账。这时身着便袍的士兵就会冲上去，一阵拳打脚踢，然后搜光他们身上所有的银子，将他们赶出大门。有人在被赶出去时，看见打手衣袍下露出了一截铁甲，知道这家花屋是有权有势的军爷开的，以后就不敢再来了。但是更多的人并不知道这一点，吃了亏还不知道为什么。

有个男人完事后，躺在毡毯上跟花仙子聊天，说到了都城里最近流传的一首歌谣：“如今的世道颠倒颠，好人受气狗成仙，军爷从商马卸鞍，衙门的五爷升了天……”

花仙子问：“五爷是谁?”

男人说：“五爷就是少爷、姑爷、师爷、钱爷和马爷，现在朝廷提拔重用的人都是这种人!”

花仙子说：“少爷、姑爷我知道，但师爷我不懂?”

“师爷就是那些给主人出谋划策的人嘛。”男人压低声音，“就像现在的国相，原来就当过皇上的军师。”

“那钱爷呢?”

“钱爷就是有钱人嘛，有钱能使鬼推磨，现在只要有钱就能当官，当了官日后就会更有钱。”

“我明白了，那马爷呢?”花仙子好奇地问。

“马爷就是大臣王爷们家里的马夫、车夫、伙夫，还有那些专门溜须拍马的人，现在这种人很吃香，都当了官啦。就像如今的铁鹞军统军，原来不过是个臭皮匠，后来当了北平王的车夫，现在摇身一变就当上统军啦……”

后来，男人离开花屋，走到一处偏僻的巷子时，便被两个黑衣蒙面人拦住去路。他只见刀光一闪，还没有反应过来，那两个黑衣人早就消失在黑暗之中。这时，他才感觉到嘴里空了许多，钻心的疼，想喊却没有声音。用手一摸，自己的舌头早已不知去向。

北平王德旺是知道李战的花屋的，但他睁一只眼闭一只眼，装作什么也不知道。因为李战会不断用银子孝敬他。但他有时还是旁敲侧击地提醒李战，做事得有分寸，不能太过，否则会招来祸患。李战点面点头称是，过后还是我行我素。

后来，李战又干出了一件更出格的事情：他把太子德仁以前用来装备泼喜炮队的一百多门火炮，从军械库搬出来装上牛车，偷偷运到边境卖给了金国人。而这时，党项军队正在与金国人打仗。遵顼登基后，并没有改变安全附蒙攻金的国策，前不久派大都督嵬名令公率两万骑兵，跟随蒙古大军在东北边境正与金国人作战。也就是说，金国人正在用我们党项人的火炮轰击我们自己的军队。

南平王尕娃从沙郎那里听说此事后很是气愤，去找叔叔德旺。

德旺说：“如果真有其事我会教训他的，不过要治他死罪可不容易。他是统军，军事法典《贞观玉镜统》规定，统军以上将帅犯死罪，可以免死一次。这事由我来处理，你先不要告诉任何人，尤其是你阿爸。”

不知是李战怀疑沙郎将他私卖火炮的秘密泄露给了尕娃，还是因为沙郎在操场上当面顶撞过他，几天后，沙郎就被李战从步骑佐将降到了佐首领，后来又由佐首领降到了小首领。

尕娃对沙郎说：“你干脆回到我身边来吧。”

沙郎说：“我不离开铁鹞军！铁鹞军不能就这么毁在李战手里！”

沙郎说得对，铁鹞军是大夏的精锐骑兵，铁鹞军完了大夏也就完了。

尕娃这么想着，就对沙郎说：“总有一天我会让你当上铁鹞军统军，因为你更像一个统军。”

一年后，皇爷对囚禁安全的地牢开禁了。我去地牢看那个倒霉的废皇帝。

皇宫里的这个秘密地牢，需经过一条长长的甬道，才能走到厚重的石门跟前。两个狱卒守在门口，见是我，费力地打开石门让我进去。地牢里黑洞洞的，需要站上好大一会儿，才能看清里面的东西：一堆干草，一个马桶，一张饭桌，一个碟子，一个饭碗，一双筷子。除此之外，再无别物。

废皇帝安全坐在那堆干草上。地牢窄长的天窗里，阳光吝啬地洒了一点进来。他需要不断地移动身体，才能让阳光继续洒在自己身上。阳光下的安全面目苍白，像个储藏了很久的白薯，脸上的肌肉不住地痉挛，咬牙切齿，好像随时要扑上来把我撕碎。转眼间，阳光移走了。他坐在黑暗中，眼睛里喷射出蓝色的火苗。地牢里潮湿、阴冷，角落里传出滴滴答答的水声，有两只蟋蟀和一只青蛙冷不丁地从黑暗中跳出来，跳到了安全的脚面上，他并不惊慌，而是像遇上老朋友一样看着它们。

我前几次来看他，他一句话也不说，看着我，目光像冰、像刀，让我脊背直发冷。他不知道站在面前的是谁，他对任何人都是这种表情。我也不想告诉他我是谁。我只是怀念那个已经战死的太子承祯，才来看看他可怜的父亲。

后来，我来的次数多了，他脸上的肌肉开始松弛了，有一次甚至还对我挤出了一丝笑容。他开始跟我说话了。那声音在地牢里嗡嗡回响，就像从坟墓里传出来的一样。

安全只有四十多岁，但现在看上去起码有七十岁。如果让他走出去，即使是从前的大臣，估计也很难认出他来。地牢真是厉害，把一个健壮的男人很快就变成了一个垂死的老人。

我带来了酒菜。但当我把酒菜摆在他面前的时候，他并没有像以往那样迫不及待地用手抓食。我以为他没有看见，将酒菜有意往前挪了挪，他还是没动，表情僵硬地坐在那里。

我说："陛下，请用膳吧。"

我每次这样说的时候，他脸上的肌肉都会一颤。显然，这句话勾起了他美好的回忆。可是今天他面无表情，过了一会儿，才木呆呆地说："终于见到酒了。"

平时没有酒，只有食物，今天是个例外。来的时候，皇爷让我把这壶酒一起带给地牢里的这个人，并告诉他是皇上赐予他的。皇爷的仁慈，让我感动。

我说："喝吧，这是皇上赐给你的。"

他说："谁赐的酒，我也得喝啊。"

他不吃菜，光喝酒，咕咚咕咚，一壶酒很快就进了肚子。他抹了把嘴说："好心的孩子，你经常来看我，但我还不知道你是谁呢。我看着你面熟，可就是想不起来你是谁。告诉我吧！孩子，你是谁?"

我说："你还是不知道为好。"

"这是为甚呀，孩子?"

"因为我是你仇人的儿子和孙子。"

他愣了，问我："你是尕娃?"

我说："是我，遵项的孙子，德仁的儿子，德旺的侄子。"

他无奈地笑了，说："德仁能有你这样的儿子真是福气啊！他可是大夏最好的骑手，就是脾气有点倔。你皇爷遵项可不咋样，他比我强不到哪里去，甚至比我还糊涂。你叔叔德旺最精明，可他是个假君子、真小人。前几天，你阿爸来看过我，他对我解散他的炮队一事一直耿耿于怀，他说他建立炮队是为了对付蒙古人，而不是想造反。他说他一直对我忠心耿耿，我却给他的铁鹞军里安插了军察卫慕香。我说我不是为了防备他，是为了防备他的阿爸和弟弟，我早就感觉到他们不对劲。我问他，在我解散他的炮队之前，难道他就从来没有恨过我？他说不是恨，是怨，怨我当了皇上就变了，变得陌生了，不像一个党项骑手了，我没有把心思用在练兵强军上，而是沉溺于宫廷的钩心斗角。我说没办法啊，谁当了皇上都会这样，你不多个心眼，别人就会置你于死地，他阿爸和他弟弟不是一直想干掉我吗？他们现在也在钩心斗角，以后还会更甚。他说是啊，这也不能全怪我，我们效仿汉人宫廷官制时，也学来了汉人相互不信任、喜欢内讧的毛病，而丢掉了我们党项人同仇敌忾、英勇善战的骑手品格。这样下去怎么得了，真为大夏担忧啊！我说，大夏只有一个人适合当皇帝。他问是谁。我说就是他呀。他苦笑笑，摇摇头说，他只会打仗，不会钩心斗角……”

这时，我怀里的羊胛骨响了。

他当然听不到羊胛骨的叫声，继续说：“我早就知道会有这一天。当初我就是这样对待纯祐的，现在该轮到我了。”

我感到很惊奇：“纯祐皇帝不是被黑水城的统军杀了吗？”

他说：“那统军是根据我的旨意毒死了纯祐。统军杀了纯祐，我又派军察杀了统军。要不然，我怎么向满朝文武和大夏百姓交代？”

我吃惊地问他：“这么说，罗太后失踪的事你也知道？”

他说：“我当然知道。她没有失踪，从来就没有离开过黑水城。”

“她还活着？”

他摇了摇头，说：“早就死了，我让军察把她秘密地泥封在一座佛塔里了。其实当初我并没有想杀她，可她总是用帮我登上皇位这事来要挟我、纠缠我，总想控制我。你说，一个皇帝能让一个女人控制吗？我原来只想把他们母子赶到边远的黑水城就算了，可是他们在那里并不安分，想收买黑水城统军，重返都城夺回皇位。他们哪里知道，那统军是我的人，他们的一举一动都逃不过我的眼睛，我就只好把他们都干掉了……”

原来如此。但是我还是不明白：“那统军是你的人，你干吗杀了他？”

“因为他知道的太多了。知道太多秘密的人最危险，不杀他，我会寝食难安。”他的脸色慢慢变青，说话也有些气喘，“我最爱的妃子被人杀了，我的儿子被人杀了，我最心疼的女儿被人掳走了，我也马上就要死了。现在，我甚都没有了。我明知道是毒酒也得喝啊，今天不喝，明天也得喝。再有一个时辰，我就要死啦。真后悔啊，当初我要是早点动手，现在关在地牢里的就是你的爷爷和你叔叔……”

他的声音越来越微弱，最终彻底消失在黑暗里。

我走出地牢，皇家乐队正在御花园里排练宫廷礼乐，欢快的鼓乐声像轻柔的风一样，回荡在傍晚绚丽的天空中。

28. 太子的烦恼

最近一段日子，太子德仁心里很烦。

被赶出都城的卫慕香又回来了。她跪在宫门口，要求见太子。德仁曾经喜欢过这个女人，但自从知道她是安全的秘密军察后，就极其厌恶她了。他最憎恨背叛。但看在她多年跟随他的分上，他没有杀她，而是把她赶出了都城，再也不想看见她了。可是现在她又回来了。她在宫门外跪了三天三夜，不吃不喝，非要见他。但他还是不能原谅她，让侍卫兵再次将她赶出了城门。

一个女人带来的烦恼，对他来说算不了什么，赶走了她就会慢慢忘了她。可是有些烦恼却没有这么简单，你无法赶走它，也无法解决它。它像长在脑袋里的一个东西，感觉得到它，却无法清除它。

搬进皇宫后，德仁拥有了一间更大的兵器室。他痴迷于新兵器和兵法的研究，整天将自己关在屋子里摆弄各种各样的兵器，翻阅阿默尔送给他的那本汉人的古书，用这种方式排遣心中的孤独。当了太子后，他更孤独了。从前他的麾下还有一支勇猛无比的铁鹞军，他可以指挥他们进行各种战术演练，可是现在没有一兵一卒，只剩下了自己。这对于一个习惯于领兵打仗的人来说，突然失去了兵马，就像羊倌失去了羊群一样。更让他烦恼的是，父亲坐上承天殿的龙椅后，比安全还要昏庸。他整天沉迷于庞大的皇家乐队，口不言兵，只满足于做蒙古人的傀儡皇帝。父皇把军权交给了根本不懂兵马的弟弟和已经老眼昏花的嵬名令公，而且还草率地对十二军司的统军进行了更换。那些用钱买来的统军，都是些只会吃喝玩乐的公子哥儿，根本就不会带兵打仗。这样一支软弱无力的军队，怎么能够抵挡蒙古骑兵的进攻？

其实，当初父皇想把兵权交给他，但是被他拒绝了。因为他不愿意遵从父皇的意愿，领兵跟随蒙古人去攻打金国。父子俩为此发生了激烈争吵。他说，大夏现在最大的敌人是蒙古人，是成吉思汗，而不是金国人；金国与大夏世代交好，跟随蒙古人去攻打他们，就等于用大夏的右手去砍自己的左手。等大夏失去了左手，蒙古人就会转过身来砍去大夏的右手。到那时，大夏只能坐以待毙、任人宰割！可是任凭他如何争辩，固执的父皇就是听不进去，还是派嵬名令公领兵跟随蒙古人攻打金国去了。

他一边研制兵器、研究兵法，为大夏将来更加凶险的战争做着准备，一边痛苦地等待父皇醒悟。父皇一旦突然改变了附蒙攻金的国策，那么他研制出的这些兵器就会派上用场。他现在能做的只有这些了。

嵬名令公每次出征回来，都要来看望他。他们的联军打了胜仗，嵬名令公也同样会愁眉苦脸，长吁短叹，看样子嵬名令公比他还要痛苦。

嵬名令公说："我这是戴着镣铐打仗啊！"

他说："镣铐迟早要砸了自己的脚，我们迟早要吃蒙古人的亏！"

他像一只被困在笼子里的猛兽，常常独自在兵器室里走来走去，一直到夜深人静。有一天，他走出了兵器室，眼窝深陷，脸色发绿，人瘦了一圈。他走进承天殿，跪倒在父皇面前，看上去像一只听话的绵羊。他对他的父皇说："我们边境的用兵制度一向按将帅的官职大小分配统领士兵的人数，敌人入侵时不分兵种，按照官职的大小依次迎敌，官职最低者率先出击，最高者放在最后。这样不能集中优势兵力打击敌人，反而容易让敌人各个击破。这种陈旧的用兵制度必须革除！我们应该把'步跋子'放在边境重镇严防死守，而把'铁鹞子'部署在各城堡之间的平原地区，这样就可以根据战场需要及时调整，增援各个边境城堡……"

父皇不耐烦地打断他："我们大夏军事法典《贞观玉镜统》已经沿用了一百多年，怎么说改就改呢？你别忘了，这个法典可是乾顺皇帝当年亲自制定的，如果不好，能有乾顺盛世？"

他争辩道："此一时，彼一时。那时国泰民安，边境平安无事，几十年没有战争，用兵制度好不好无法检验。"

父皇显得很不高兴："你的意思是说，我们现在是乱世了？"

他极力保持平心静气："儿臣不是这个意思。儿臣是说，蒙古人上次攻打都城时，就已经摸清了我们的底细。如果他们再次用重兵迂回到河套一带，那我们只能眼看着蒙古人兵临城下而毫无办法。所以从现在开始，我们就应该采取积极的防御战略，抓紧时间修建边境城堡，演练河套各军司的兵马；驻守边境的军队必要时要以攻为守，主动出击，迫使蒙古人远离我们的边境……"

"我们已经跟蒙古人讲和了，他们是不会再来攻打我们的。"

"父皇啊，您怎么还不明白？他们现在不攻打我们，是因为他们要借助我们的力量先吃掉金国，等把我们耗干了，就会对我们下手了……"

"不要再提这事了。说吧，还有甚事？"

他心里极不痛快，但还是说出了自己的另一个想法："以前的秋季围猎都只有皇家贵族参加，为了让百姓加紧练习骑射，儿臣以为，今后的围猎可以让都城的百姓都来参加，而且不只是秋季围猎，一年起码要围猎三四次。我们将百姓按部落家族分成各部，部署在贺兰山中，统一指挥，让他们跟各种野兽斗智斗勇，捕获的猎物大家共享。这样，就可以让百姓在射猎的游戏中逐渐熟悉作战的规则。其他各地都可以效仿，这样全国很快就会形成全民皆兵的局面，我们的军队人数就可以增加好几倍。如果敌人来了，所有的百姓都可以拿起刀剑，随时应战。"

父皇说："围猎是皇家贵族的游戏，让老百姓参加成何体统！"

他说："一旦敌人攻来了，国都要亡了，哪里还有体统可言？"

父皇大怒，将他赶出了承天殿。大臣们都惊呆了，担心皇上会一怒之下废了太子，纷纷跪倒在地，劝皇上息怒。事后，遵项静下心来想想，觉得太子脾气虽倔，但心地善良，有些话也有一定的道理。便传话下去，准许太子教习都城百姓练习骑射，但不准许百姓与皇家贵戚一起出城围猎。

太子德仁让人在都城几十个集市设立了靶场，用白银制成靶心，挂在木桩上，规定谁射中靶心，银靶心就归谁。百姓们一时热情高涨，大家都争抢着射箭，集市上人满为患，连僧人、道士、妇女、小孩都赶来参加。许多人为了得到一块银靶心，昼夜在家里练习射箭；有的担心自己的弓箭力量不足，买来了黑牛角制成硬弓和最好的箭矢。都城里的好弓箭被一抢而空，弓箭价格上涨，弓箭匠人的生意火爆一时。

但是太子并没有就此满足，他不断把银靶心变小加厚，但白银的重量却始终不变。有的百姓犯了小偷小摸等小罪，就让他们去射箭，射中者免于惩罚。有的百姓不想服兵役，也让他们射箭，射中了就免去兵役。其实太子心里明白，他们学会了射箭，即使不去服兵役，一旦敌人来了，照样会是一个优秀的弓箭手。几个月下来，百姓射箭的技艺越来越高。

一天，侍卫兵报告说，有个蒙面人几乎把都城靶场上的银靶心都射中了，但那人却不要银靶心，唯一的要求就是想见太子一面。竟有如此神奇的弓箭手？太子感到好奇，让侍卫兵把蒙面人领来。

蒙面人一顶斗笠，一身玄衣夹袍，身子很单薄，不像是个身强力壮的骑手。德仁乍一见，觉得蒙面人的某些姿态有些眼熟。

“壮士好身手，能否撩起面纱，让我一睹尊容？”

那人撩起面纱，太子吃了一惊，原来是卫慕香。太子愤然转身，刚要离去，卫慕香跪倒在地：“太子殿下，我知道我有罪，但我不愿离开您，我只有给您当牛做马才能洗刷我的罪孽。请太子开恩，留下我吧！”

太子背对着她说：“你还是回红桃堡侍奉你的阿娘去吧。”

提起阿娘，卫慕香泪水长流：“蒙古人围攻都城时毁了我们的盐池，我阿爸在回家的路上被蒙古骑兵砍死了，我阿娘坐在盐池边等阿爸回来，变成了一块僵硬的石头。我现在已经无家可归了，您就把我留下吧，我要跟您一起去杀蒙古人！”

太子身子僵硬地站在那里，没有说话。

卫慕香唰地从箭囊里抽出一支箭矢，对准自己的喉咙说：“太子殿下，您要是不答应我，我现在就死在您面前！”

太子还是没有转身。侍卫兵围上来想夺下箭矢。

卫慕香大声说：“你们别过来，你们再逼我，我就杀了我自己！”

太子沉默了一会儿，最后说：“留下她吧。”说完头也不回地走了。

从此，太子的兵器室里多了一个女人的身影。夜深了，兵器室还亮着灯，一个孤独的身影晃来晃去，另一个身影缩在屋角，牛首埙的声音便会从门缝里飘了出来。埙声里，春天过去了，夏天也很快过去了。秋天的一个夜晚，卫慕香没有再吹埙，她开口说话了。

“太子殿下，您为何总是愁眉不展？是不是还不能原谅我？”

“我的烦恼与你无关。”

“我知道您的烦恼。看见您痛苦，我比您还痛苦。我多么想看见您驰骋疆场的身影啊！”

太子突然凝神倾听了一会儿，然后说：“你听见了吗？我的白鬃马在嘶鸣，我的龙雀剑又在呼啸了。”

“我理解您，可我帮不了您，所以我也很痛苦……”

卫慕香说着从后面拦腰抱住了太子。太子颤抖了一下，想摆脱她，但是没有成功。她紧紧地搂着他，把滚烫的脸颊贴在他宽阔的脊背上。“您是大夏最勇敢的骑手，我敬佩您，爱您！就让我用一个女人的心来抚慰您孤独的心吧，我的太子！”

太子什么也没说，默默地掰开了围在他腰上的那双炙热的手。他找到自己的龙雀剑，割破了自己的胳膊，然后说：“它很久没有喝血了，它比我更痛苦……”

29. 斡嫩河畔

我们的驼队到达斡嫩河的时间，比以往晚了整整十五天。

我们一路上走走停停，太阳还有老高就卸鞍休息，太阳升到三竿才起身上路，而且途中还毫无必要地绕过一座山岗和两个湖泊。我们看上去不像是在赶路，像是在游牧。我看出来了，国相麻骨茂德是有意在拖延时间。

可是，他为什么要这样做呢?

自从与蒙古人签订了城下之约后，我们每年秋天的最后一个月都要向蒙古人进贡。今年是第三年了。前两年，皇爷遵顼都是指派一个大臣完成这项使命。可是今年，国相麻骨茂德主动要求前往，而且还要把我一起带上。理由是，蒙古人的胃口越来越大，而我们的国力不支，他带上我这个南平王一起去，可以显示我们的诚意，当面说服成吉思汗，减少每年进贡的数量。麻骨茂德坚持今年的数量就要减少，这样可以给蒙古人造成我们已经无力进贡的假象。是啊，几年来成吉思汗不断向我们伸手要粮要兵，大夏国力越来越空虚。皇爷接受了麻骨茂德的建议，减少了贡品的数量。

本来昨天傍晚就能到达斡嫩河，可是麻骨茂德非要在十里之外安营扎寨，说夜里睡个好觉，第二天才好有精神去面见成吉思汗，所以我们今天中午才到达斡嫩河畔。斡嫩河清澈见底，蜿蜒东行，滋润着辽阔的草原，河两岸牛羊成群，白色的毡帐一直铺展到了天边，与白云相连。

我们走进成吉思汗的大帐。由于刚从太阳地里进来，眼前一片昏暗，看不清里面的人。但是麻骨茂德已经朝着一个人跪下，双手捧上了贡品清单。我想那个人一定是成吉思汗，也跟着跪了下来。我本来不想下跪，但是这是使臣的礼仪，所以不得不跪。现在我才看清，成吉思汗傲慢地坐在一张有着斑斓花纹的豹皮上，前面的食案前围坐着十几员大将。成吉思汗从侍卫手里接过清单，只扫了一眼，就随手丢在了面前的案几上。

“你们为何晚到了十五日？”

麻骨茂德伏在地上，头也不敢抬地说：“圣明的大汗，卑臣哪有胆量拖延时间啊，只是我们皇上给我的都是弱马和病驼，路上实在走不快啊。”

我吃惊地看着麻骨茂德。

“他为何给你弱马和病驼？”

“他说，路上走得越快，下次要得越多……”

“这话是你们皇上说的？”

“是的，卑臣不敢有半句假话。”麻骨茂德把身子伏得更低，“而且，今年的贡品比往年也少了许多。”

“这也是你们皇上的意思？”

“除了他，谁还有这么大的胆？”

我终于明白了麻骨茂德此行的目的，他显然是要出卖皇爷、出卖大夏。他来的时候就没有想着回去，所以才敢当着我的面这么诋毁皇爷。平心而论，皇爷对蒙古人从无二心，尽管我因此而鄙视皇爷，但这却是事实。现在，我做好了最坏的打算，不露声色地等待着厄运的到来。

我没想到成吉思汗突然笑了，没有继续这个话题，而是热情地说：“你们都快起来吧，坐下来说话。走了这么远的路，你们一定饿了，先吃点东西再说吧。”

我们退到一块毡毯上，盘腿坐下来。我真的饿了，不管接下来要发生什么，先吃饱再说，就是死也不能当饿死鬼。我只管吃肉喝酒，但麻骨茂德却什么也吃不下，一直在偷窥成吉思汗的脸色。

饭后，成吉思汗问麻骨茂德："你为何要说你们皇上的坏话？"

麻骨茂德没有想到成吉思汗会这么问，赶忙解释说："我没有说他的坏话，只是想对大汗说几句实话。其实，我们皇上早就对大汗不满了；太子德仁更是对您怀恨在心，天天都在教习百姓骑射，时刻准备对付您；北平王德旺更是一个小人，我临行前他还强行扣下了一百张沙狐皮，说是要用那些上好的贡品给他的王妃们做毡垫和冬袍……"

成吉思汗用一种奇怪的眼神看着麻骨茂德。

"我对他们说，大汗是天下人共有的大汗，为大汗做事，就是为天下黎民百姓做事，我们不能少了供奉。可是他们不听。大汗啊，如果换了我，我绝对不会这样！能为大汗效力，是我麻骨茂德的福分……"

成吉思汗笑了："说了半天，你是想当皇帝呀？"

麻骨茂德脸红了："如果大汗让我当了大夏的皇帝，我就是大汗弓上的箭、手里的剑，我会按照大汗的旨意行事，竭尽全力帮大汗成就大业……"

成吉思汗说："可是，我怎样才能让你当上皇帝呢？"

麻骨茂德说："大汗只要写个诏书，让我带回去，遵顼就会乖乖地把皇位让出来。"

成吉思汗问："就这么简单？"

"就这么简单。"麻骨茂德看了我一眼说，"不过，大汗得把遵顼的皇孙留在斡嫩河大营，作为质子，不怕他不就范。"

成吉思汗扭头看着我说："未必吧，听说遵顼并不喜欢这个孙子。"

"再不喜欢也是他唯一的孙子。如若他宁愿舍去孙子，也不交出皇位，说明他六亲不认，不配做皇上，就请大汗再次发兵，包围我们的都城吧。"

"听说你和遵顼一向关系不错，为何现在又如此恨他？"

"我是恨他不识时务，对大汗不敬啊……"

这些话显然让成吉思汗有些厌倦了。麻骨茂德看出来了，赶忙捧上三个鹿皮包裹，恭恭敬敬地摆放在成吉思汗面前，然后一一打开，案几上顿时亮光闪闪，原来是几十件珍奇玉器。其中有衔枝玉兽、龙纹玉璧、玉蜘蛛、玉鸳鸯、玉蚕蛹、玉苍鹰、玉龙、玉鳖、玉熊、玉蝶、玉凤等等。

麻骨茂德讨好地说："这些玉器都是卑臣从汉地和藏地买来敬奉大汗的。在汉字里，玉字是王字加一点，就是王者怀里抱着一个宝贝的意思。大汗是长生天派到人间的唯一王者，这些美玉只有大汗才配拥有。"

成吉思汗看着眼前这堆眼花缭乱的石头，神情怪异地笑了笑，没有说话。麻骨茂德又从怀里掏出一样东西，摆放在案几上。那东西光芒四射，大帐里顿时亮堂了许多，在场的人一片惊叹。

"这是我家祖传的一颗夜明珠，因祖先剿灭黄巢起义有功，大唐皇帝赐给先祖的，请大汗收下卑臣的一点心意吧。"

成吉思汗说："难为你一片好心。"

但成吉思汗并不稀罕这些东西，当场将美玉赐给了他的大将们，将那颗夜明珠赐给了次子察合台。成吉思汗一共四个儿子，他没有把夜明珠给长子术赤，也没有给三子窝阔台和四子拖雷，而给了次子察合台。他对察合台说："你的王妃桑禾自来到斡嫩河，一直郁郁寡欢，愁眉不展，一定是因为太想家了。看见这颗来自家乡的夜明珠，也许她会高兴。"

夜里，察合台把夜明珠送给了王妃桑禾。桑禾看见夜明珠，惊叫了一声，几乎昏厥。察合台以为王妃是因为惊喜，没有在意，加之又喝多了酒，便呼呼睡去。

可是，桑禾一夜未眠。她不是因为惊喜，而是因为悲伤。这颗夜明珠她太熟悉了。夜明珠上有一根纤细的鸡血丝，她一眼就认出来了。这是父亲送给母亲的爱物，怎么会在国相麻骨茂德的手里呢？母亲死后夜明珠就不见了，莫非是他害死了母亲？听察合台说，麻骨茂德请求大汗废掉皇帝遵顼，自己想当皇帝。这么一个不忠不义的小人，什么事干不出来呢？肯定是他害死了母亲，抢走了夜明珠！可是他为什么要害死母亲呢？难道就为了一颗夜明珠？

桑禾一边想，一边流泪。为母亲，为父亲，为哥哥，也为自己。母亲死了，父亲死了，哥哥也死了，就剩下她孤零零的一个人了。原本就胆小爱哭的她，远离故乡来到斡嫩河畔，就更爱哭了。但她从不在人前哭，她会一个人躲在毡帐里悄悄地哭。察合台打仗去了，她就稍微放开声哭；察合台回来了，她就无声地哭。察合台是个心细的男人，什么也不问，在黑暗中替她擦去脸上的泪水，将她搂在宽阔温暖的怀抱里。她趴在他的身上哭，泪水打湿了他的胸膛。要不是察合台呵护她、疼爱她，她早就不想活了。

一次，察合台喝完了酒，对她说："如果不是因为我喜欢你，我就会放你回去，或者干脆杀了你。可是我太喜欢你了，我离不开你。你若走了，会把我的魂也带走，让我无法睡觉，无法骑马，无法打仗。"

她说："可是我想念大夏。我出生在那个地方，有一半灵魂在我出生的地方，不论我走多远，那一半灵魂都在原来的地方等着我。我们党项人都是这样。我现在只有一半灵魂，我死后怎能安息？"

察合台骑射出色，打仗厉害，但嘴却笨，不知道怎么安慰他的王妃。他说："他们杀了你的母亲，废了你的父亲，你不该思念那里，应该怨恨那里，那里让你伤心，让你家破人亡。你即使回去了，也是孤零零的一个人。你就永远待在斡嫩河，待在我身边，让我来照顾你、陪伴你。我跟父汗说了，如果将来灭了西夏，我就去那里当西夏王，你就跟我一起去，你的灵魂就能团聚了。"

桑禾流着泪说："那里再怎么让我伤心，也是我的家乡。你们灭大夏的日子，就是我死去的日子，你就把我的另一半灵魂带回去吧。"

察合台紧紧地搂着他的王妃："我不要你死，我要你永远活着。"

桑禾想了一夜，哭了一夜。天快亮的时候，她做出了一个决定。察合台还在酣睡，她悄悄起身，一身盛装，走出帐外。

黎明时的斡嫩河像一条珍珠项链，在草原宽阔的胸部上闪闪发亮。已经是深秋了，天有点冷，桑禾端着肩，站在秋风里，默默地听着斡嫩河流水的声音，等待草原的轮廓越来越清晰。渐渐地，斡嫩河起了一层雾，在河面上若即若离，像是女儿离家前正在跟母亲窃窃私语。东方露出了亮色，河边的帐房炊烟缭绕，空气里弥漫着湿漉漉的牛粪和青草的味道。她不再流泪了。已经决定了，就没必要流泪了。

她开始在河边寻找，很容易就找到了西夏驼队栖息的地方。有的骆驼打着响鼻，啃吃着地上的青草；有的还卧在那里，回忆旅途劳累的细节。她走到头驼跟前，头驼站在那里，不吃也不叫，好像一直在等她。她从头驼的额上薅下一撮细长的驼毛，攥在手心里，然后搂了搂头驼的脖子。她发现头驼的眼睛湿漉漉的，很是震惊，难道它已猜出了她的心思？

这时，她看见驼队里站起了一个人，吓了一跳。是个年轻男人。男人有些面熟，但她想不起在哪儿见过。男人站在驼群里，默默地看着她。

那男人是我，尕娃。我早就看见桑禾了，从她走路的姿势、腰身，还有风儿带来的气息，我早就认出了她。我看见她走出了帐房，看见她站在河边发呆，看见她抱着头驼流泪。但我不知道她为什么起这么早，她到底想干什么？

她像是受了惊吓，问我："你是谁？"

我说："我是给你脖子里放过蚯蚓的那个人。"

桑禾有些激动，说："原来是你，我都认不出你来了。"

我说："已经好几年不见了，我们都长大了。六年前你当了公主，坐在高高的殿堂上，看不见我，但我能看见你。三年前你被蒙古人带走了，我就再也没有看见过你。难为你还记得我，王妃殿下。"

"别叫我王妃，叫我桑禾。你怎么会待在驼群里，而不在帐房里歇息？"

"他们不让我去帐房，让我跟骆驼待在一起。"

"你在这里待了一夜？"

"跟骆驼挤在一起，并不太冷。"

清晨的寒风掀起我的夹袍，我忍不住打了一个寒战。已经不再哭泣的桑禾见我这个样子，眼泪又涌了出来："我想哭，借用一下你的肩膀行吗?"

我说："你从小就爱哭，想哭你就过来吧。我过不去，他们给我戴上了脚枷。"

桑禾走过来，看见我的脚枷，很惊讶，更伤心了："是谁这样无理?"

"不是大汗。"

"是我的丈夫察合台吗?"

"不是。"

"那是谁?"

"是我们的国相麻骨茂德。"

"我明白了，他想当皇帝，要把你当作质子留在这里。这个人面兽心的小人，该千刀万剐!"这时的桑禾忘记了哭泣，她朝在营帐附近游走的几个侍卫兵喊："你们过来，给他把脚枷打开!"

我的脚枷被侍卫兵打开了。

桑禾说："走吧，到我的营帐去。"

桑禾走在前面，侍卫兵搀扶着我跟在后面。我们来到帐前，察合台刚好走出来，很困惑地看着我："这个人不是你父亲仇人的孙子吗?"

桑禾说："是的。"

"你想杀了他?"

"不，他不是我的仇人，他是我的朋友，我要用最好的酒肉招待他。"桑禾把我领进营帐，让我坐在离灶火最近的地方，吃肉喝茶。我在外面待了一夜，露水打湿了我的衣袍。我烤干了前胸再烤后背，吃饱喝足了，衣袍也烤干了。

桑禾说："我们忘了另一位客人。"

她让人把麻骨茂德请来。麻骨茂德几乎是跟着阳光一起走进帐房的，但他遮住了阳光，在洁净的毡毯上投下了一条细长的阴影。他看见察合台正在陪我喝酒，愣了一下，但马上又没事人似的盘腿坐下来，好像昨晚他根本就没有给我上过脚枷。他端起察合台递过来的一碗奶茶，刚要喝，桑禾说话了。

“国相，先别急着喝，我有几句话要问你。”

麻骨茂德端着木碗，喝也不是，不喝也不是。察合台不解地看着自己的王妃。只有我低头喝着奶茶。桑禾拿出夜明珠，问麻骨茂德：“这颗夜明珠是你家的祖传宝贝吗？”

麻骨茂德脸色突然变了，但他很快就恢复了原来的表情：“是啊，是我家祖传的宝贝，听说大汗赐给了王妃，不知王妃是否喜欢？”

“我很喜欢。”桑禾说，“你过来吧，我有东西要赏你。”

“多谢王妃殿下！”

麻骨茂德放下酒碗，低垂着脑袋，不敢看王妃的脸，等候赏赐。可是他没有看见，这时的桑禾已经泪流满面。桑禾从头上拔下一支金簪，对准麻骨茂德的喉咙，用尽全身的力气刺了进去。动作很快，我和察合台没有反应过来，麻骨茂德也没有反应过来，啊呀一声倒在毡毯上，喉咙里涌出乌黑的血。事情来得太突然了，谁也没有想到会是这样。察合台端着酒碗，惊呆了，看着自己的王妃。我也愣住了。我的羊胛骨响了一夜，尽管知道今天要发生什么事情，但我没想到会是这样的事，会来得这么快。

桑禾哭喊一声：“阿娘，我给你报仇了！”

说着，将手中的夜明珠塞进了嘴里。察合台醒悟过来，扑向他的王妃，但是已经晚了，夜明珠被她吞进了肚腹。察合台将王妃搂在怀里，狼一样嗥叫：“天哪，你为何要这样啊！”

桑禾平静地躺在察合台的怀里，泪水浸湿了脸颊，她对察合台说：“我要走了，要回大夏去了……”

“你别走！你走了我怎么活呀！”察合台流泪了。

桑禾抬起手，替察合台擦去泪水：“最后求你一件事——告诉大汗，别为难南平王，放他回去……”

桑禾张开一直紧攥着的那只手，转脸对我说：“把我的灵魂收在驼毛上，带回大夏去吧……”

我接过驼毛，放在她的鼻子下面。驼毛轻轻地颤动，桑禾的气息越来越微弱，渐渐地，驼毛不再颤动了……

30. 空寂的寝宫

麻骨茂德死在了斡嫩河，高良惠被封为国相。

可是，美丽的桑禾再也没有了。我把吸附着她灵魂的驼毛，掩埋在她母亲灵芝王妃的坟墓旁。许多天后，那里长出了一株野百合。我知道，那就是桑禾。

阿朵已经多日不见了。我知道她不是在躲我，而是在躲父亲。最近，许多王公贵族托人为阿朵提亲，这才让沉迷于兵器的父亲突然意识到阿朵已经长大了，应该嫁人了。父亲放下手里的兵器，开始给阿朵张罗婚事。但阿朵不愿意嫁人，又不好拒绝父亲的好意，所以只有躲避了。

没有阿朵，我一个人守着空荡荡的寝宫，感到十分孤独。夜里，空虚、恐惧和黑夜一起淹没了我，焦躁不安的情绪让我难以入眠。我让人在御花园里专门为阿朵种植了一片玫瑰，现在玫瑰已经开放，花香四溢，但却不见她的踪影。

一天，阿朵突然回来了。我欣喜若狂，让宫女采来很多玫瑰，摆放在阿朵面前，可是她一朵也不动。我又让御厨将花朵油炸了端来，她还是一口不吃。看来她的心事很重。我知道她为什么不开心。

我说："你不要嫁给别人，你就嫁给我吧。"

阿朵笑着说："你别说傻话了！"

我急了："我说的是真心话！"

阿朵说："我比你大三岁，你娶了我，人家会笑话你的。"

我说："让他们笑话去，我就要娶你！我现在就去给阿爸说！"

我说着就要往外走，阿朵拉住了我，说："你别去了，阿爸不会同意。"

我说："为甚？"

阿朵笑着说："因为我是你的姐姐呀。"

但是等阿朵走了，我还是去找了父亲。果然，父亲不同意，而且显得很生气，好像我娶阿朵是一件大逆不道的事情。我平生第一次顶撞了父亲，父亲气得要揍我，被卫慕香拉住了。卫慕香不拉我还好，她一拉我，让我更生父亲的气，我在心里大声对父亲喊：你不让我娶阿朵，自己却整天跟这个女人待在一起！我甩开卫慕香的手，气鼓鼓地跑走了。

等再见到阿朵，我很不好意思，感觉亏欠了她什么似的。阿朵却没事人似的，乐呵呵地说："等你成亲了，我就嫁人，嫁谁都行。"

我说："我谁也不娶，就想娶你！"

阿朵用一种异样的眼神看着我说："你很快就会娶一个公主。"

我很吃惊："娶一个公主？我怎么不知道？"

"我不但知道，而且知道你要娶一个金国公主。"

我不相信："这不可能！"

"不信你就等着吧。"

我一下子傻眼了，脑袋里一片空白。

阿朵见我还蒙在鼓里，就对我说了实情："听说金国人为了阻止我们跟随蒙古人攻打他们，准备把他们的公主嫁给你这个皇孙呢。"

但是我不相信这样的理由。我想，是不是因为上次我对父亲说要娶阿朵，才使得他突然要给我成亲，好断了我的念想？可是他为什么不让我娶阿朵呢？我正这么呆想着，阿朵突然从后面抱住了我，然后把我拖到了羊皮垫子上。这时，我发现她的眼睛里闪动着泪光。她先野蛮地剥去我的衣袍，然后把自己也剥得精光，不由分说，翻身骑在了我的身上……

今天的阿朵很疯狂，我们来了一次又一次，直到两个人大汗淋漓，连一丝喘息的力气都没有了。宫女采来的玫瑰花，被我们碾压得一片狼藉。阿朵离开的时候，天已经很黑了。我没有去送她。我很累，很快就进入了梦乡。可是睡到半夜，阿朵突然又回来了。

我从睡梦中惊醒，问她："你怎么又回来了？"

她说："我一直就在这里呀，我在这里已经一百多年了。"

我有些奇怪，借着月光仔细一看，不是阿朵，是个尼姑。我吓出了一身冷汗，问她："你是谁？"

女人笑了，说："我是没藏皇太后。"

我说："你明明是尼姑，怎么说是没藏皇太后？"

女人摸着自己光光的脑袋，咯咯笑了，说："我曾经在兴州戒坛寺当过尼姑，你现在住的寝宫，就是我当皇太后时住过的。"

她这么一说，我就更加害怕了。女人好像看出了我的恐惧，安慰我说："你不用怕，我不会害你的，我只是想跟你聊聊天。我太寂寞了，这么多年我没有跟一个人说过话，都快要憋死了。"

我知道自己又遇到了一个灵魂。以前在沙漠里我就遇到过游荡的灵魂，她们没有害我，想必她也是个善良的灵魂，所以我不再害怕了。我想把羊首灯点上，女人让我别点灯，说灯一亮，我就看不见她了。她让我躺下，说慢慢说给我听。我重新躺下，看见女人的眼睛在黑暗中发亮，她的声音像是从墙壁里钻出来的，萦绕在空气里。

女人说："其实我原来不是尼姑，也不是皇太后。你可能听说过，从前元昊手下有两员大将，他们是亲兄弟，一个叫野利旺荣，一个叫野利遇乞，他们分管左右两厢兵马。我就是野利遇乞的妻子。他们兄弟俩善于用兵，部下又英勇善战，让汉人吃了不少败仗，所以汉人一直想除掉他们。有一年春天，宋国皇帝给环州派了一个新知州，这个叫种世衡的知州一上任，就策划了一个离间计。他给野利旺荣写了一封信，信上大加赞赏他投附宋国的诚意，鼓励他早下决心，说他们将在边境随时接应，等等。信写好后，他故意丢在边境上，让我们的士兵捡到。这封信很快就到了元昊手里。你知道，元昊生性多疑，看了信后勃然大怒，不问青红皂白，就将野利旺荣召回都城，砍了他的头，并将头悬挂在城门上。

“除掉野利旺荣后，种世衡又派人偷去了元昊赐给我丈夫野利遇乞的宝剑，放出谣言说，元昊杀了我丈夫的哥哥，我丈夫用宝剑做信物，准备投附宋国，报仇雪恨。那个奸诈的种世衡派使节来，把宝剑交给元昊，说他们不想与党项为敌，不敢接受野利遇乞。元昊信以为真，就把我丈夫野利遇乞也给杀了。

“过了一些日子，元昊慢慢醒悟过来，知道中了汉人的离间计，但是后悔已经晚了。兄弟俩的冤死，让太子宁明对元昊很不满，当面顶撞了元昊，元昊下令以后不许他入宫。没过多长时间，太子宁明就因过度忧伤死了。宁明死后，元昊把他最喜欢的小儿子宁令哥立为太子。

“忘了告诉你，我的大姑子就是野利皇后。两个兄弟被冤杀后，她多次向元昊诉冤，元昊也有些后悔，就问她娘家还有什么人，皇后说还有一个弟媳。元昊就把我接进了宫。你知道元昊好色，只见了我一面就喜欢上了我。这种事，我一眼就看出来了。起先我很反感他，毕竟是他让我变成了寡妇。有一段日子，我甚至在袖筒里藏了一把腰刀，准备伺机捅死他。可是后来我发现他是真心对我好，给了我许多金银珠宝，日子一长我心就软了，我就依了他。

“我们先是偷情，后来他也不顾脸面了，经常带我出行打猎，把皇后冷落在后宫。我的哥哥没藏讹庞因为我而得宠，当上了国相。那段日子，作为一个女人，我几乎得到了我想得到的一切。

“后来，我怀孕了。一次围猎回来的路上，路过一个叫作两岔河的地方，我生下了一个男孩。元昊很高兴，给他起名叫谅祚。我那老实厚道的皇后嫂子终于忍无可忍，向我发难了。她是皇后，想治罪于我很容易。我被皇后削去长发，送到兴州戒坛寺当了尼姑。我过惯了奢华的生活，哪里甘心在寺庙里虚度青春？我的哥哥没藏讹庞也担心我一离开后宫，他这个国相就失去了靠山。所以我们兄妹俩私下密谋废掉太子宁令哥，让我的儿子谅祚当皇太子。这样一来，我就可以名正言顺地重新回到后宫。

“可是，还没等我们动手，发生了一件意想不到的事情。

“这年夏天，太子宁令哥娶了一个年轻貌美的太子妃。元昊看上了自己的儿媳，强行将她封为皇后，同时废掉了宁令哥的阿娘，也就是我的大姑子野利皇后。新皇后比我还要年轻漂亮，皇上哪儿还会再理我呀？我气得吃不下饭、睡不着觉，一点办法也没有。我的哥哥劝我别着急，说这并不是什么坏事，反倒给我们带来了一个新的机会。我不明白他的意思。他说皇上抢走了太子妃，太子能不恨他吗？我们只要挑唆太子去找皇上报仇，使得他们父子两败俱伤，我们就可以一箭双雕了，我恍然大悟。

“元昊自有了新皇后，就开始到处修建离宫，陪皇后游玩作乐，把国事全都交给了我的哥哥没藏讹庞。我的哥哥就经常用话刺激太子，让他慢慢仇恨他的父皇。第二年正月十五，天降大雪，太子去贺兰山离宫看望元昊。说是去看望，实际上是想去刺杀他的父皇。父子相见，太子故意做出毕恭毕敬、唯命是从的样子。儿子冒着大雪前来，让元昊很感动，觉得有些对不住儿子，就多喝了几杯。元昊喝醉后，太子就把潜伏在外面的野利浪烈悄悄领进去，两个人一起去行刺元昊。谁知被元昊的侍卫发现，混战中野利浪烈被侍卫刺死。太子持刀冲进元昊的卧室，正好与听到动静跑出来的元昊撞个满怀，元昊满嘴酒气地问出了甚事。太子说他来要元昊的命。一刀砍去，没有砍死元昊，却削去了元昊的半个鼻子。还要再砍，侍卫们已经围拢上来，太子只好仓皇逃出离宫。

“太子逃进都城，躲进我哥哥的国相府。后来听说元昊因失血过多死了，太子很高兴，以为自己马上就能当上皇帝了。但是他做梦也没有想到，我的哥哥会以弑君罪将他和他的母亲一起处死。我的哥哥将他们的头颅悬挂在城门上整整一个月，直到老鹰把它们啄成了空骷髅。

“元昊死了，太子死了，文武百官想拥立元昊的弟弟委格宁令当皇帝，我的哥哥当然坚决反对。我哥哥说，委格宁令一不是元昊的亲儿子，二没有战功，怎能继位？大臣们都知道我的哥哥心狠手辣，不敢反对，就同意了我哥哥的提议，让我刚满周岁的儿子谅祚当了皇帝。我呢，自然就是皇太后了。我没想到，二十三岁的我，没有当上皇后，一夜之间却当上了皇太后。我进宫后做的第一件事，就是把元昊那个漂亮皇后给杀了。

“从此，大夏就是我们兄妹俩的天下了。可是八年后，我也被人杀了。

“那年秋天，我要是不去贺兰山围猎，那个汉人大臣李守贵就不会有机会对我下手。唉，都怪我太相信他了。不怕你笑话，我年轻守寡，不可能不想男人。那个李守贵是我众多相好中的一个，但我怎么也没有想到他会在路上对我下手。或许他是出于对其他男人的嫉妒才想杀我。但他嫉妒其他男人，去杀他们好了，干吗要杀我呀？我死后，我的哥哥把那个王八蛋装在麻袋里，让乱马踩死。你说这又何苦呢？放着荣华富贵不享受，却要自己找死……”

女人的故事，听得我毛骨悚然。

女人说：“我累了，让我在你身边躺一会儿。”

我赶忙阻止说：“你还是走吧。”

女人说：“你让我走可以，但你要为我做一件事。”

我说：“甚事？”

“我以前当皇太后时衣袍可多了，挂满了九间屋子，我天天都穿新衣袍，有时一天能换好几套呢。可是你看看，我现在身上的这件衣袍已经穿了一百多年了，实在寒酸死了。你能给我三十六套衣袍，我就离开你的屋子。你不用现在给我，明天晚上，你到御花园里烧给我就行了。”

我一下子惊醒了。不知道刚才的这一切是一个梦，还是真有其事。但宁信其有，不信其无。第二天晚上，我让人如数将各色纸衣袍，在御花园的湖边烧给了那个女人。

后来，那个女人真的就不来了。

31. 阿兰公主

阿朵说得没错，我真的要成亲了。

尽管我要娶的公主不是金国皇帝的亲生女儿，只是一个宗室女，但据金国来的使节说，这个名叫阿兰的公主长得很漂亮，而且善良乖巧，很受皇帝的宠爱。

现在，金国送亲的队伍已经越过了东北边境，正朝我们的都城中兴府而来。信使传来消息说，三天后他们就能到达青铜峡。按说他们不用绕道青铜峡，可以走西线，沿黄河东岸一路南下直接到达都城，但金国人却选择了漫长的东线。走东线要经过东胜州、丰州、银州、盐州、灵州，还要南渡黄河、窟野河和无定河等六条河流，最后才能西渡黄河，到达青铜峡。这样，他们就得绕行三百多里地，将送亲的时间至少拉长了十天。对这些细节问题皇爷并不在意，但精明的叔叔德旺却一眼看出了金国人的心思。

叔叔说："金国皇帝很聪明，他们把公主嫁过来，想让我们停止向他们进攻；他们绕行青铜峡，是想让天下人都知道和亲这件事，特别是想让蒙古人知道。蒙古人知道了，就会因此而迁怒于我们，甚至掉转马头进攻我们。这样，他们就可以从战争中解脱出来。即使蒙古人不进攻我们，金夏和亲这件事，也会破坏我们与蒙古人的联盟。"

叔叔这番话是在暗示皇爷的和亲之举无疑是一个错误。叔叔甚至建议在半道上截住金国的送亲队伍，把他们挡回去，这样就不会与蒙古人撕破脸面了。

皇爷说："我们既然答应了和亲，就不能反悔。一国之君，怎能出尔反尔？金国人愿意把公主嫁过来，说明我们大夏强大，他们害怕我们，向我们低头认罪了。这些年来，我们先后九次出兵跟随蒙古军攻打金国，也算是对他们上次不出兵援助我们的惩罚。现在我已经厌倦战争了，不想再打仗了，我们该歇歇了。蒙古人爱怎么打就怎么打去，我是不准备再出兵了。我们已经帮了蒙古人很多忙了，他们也应该知足了。再说，再这样打下去老百姓也不答应呀，我得顺应民心啊。”

叔叔说：“就怕蒙古人不答应。”

皇爷说：“和亲就是投石问路，试探一下蒙古人的态度。我们的马缰总不能老牵在蒙古人的手里。”

连年跟随蒙古军征战，确实让大夏兵疲马乏、国力空虚，再继续这样下去，我们大夏总有一天会被蒙古人的战争拖垮。皇爷的话得到了大臣们的拥护，大臣们跪在地上山呼万岁。

可是，我却不愿与什么金国公主成亲，但我又不能违抗皇爷的旨意，我极不情愿地去青铜峡迎接金国公主。跟我一起去的还有阿默尔和阿朵。阿默尔是厮乱，迎亲的仪式离不开他。阿朵可以不去，但她坚持要去。一路上，我几次偷眼去看阿朵，她面无表情，让我无法判断出她的心思。但我想，这次迎亲之旅，她是不会开心的。阿默尔的白鸽如影随形，无声地在迎亲队伍上空飞来飞去。

青铜峡在黄河西岸，离都城不远，骑马半天就到了。这里有一个鸟岛，岛上古木参天，绿茵如毯，飞鸟穿梭，所以人们称这里是“鸟的天堂”。浅水滩里栖息着各种各样的鸟儿，蒲苇丛中也有飞鸟时起时落。现在正是初夏，成群的候鸟已经从温暖的南方飞来，遮住了太阳的光芒。鸟儿的种类繁多，少说也有一两百种，但大部分我都叫不上名字。其中以雁和鸭最多，有黑鹳，有“鱼鹰”鸬鹚，有豆雁，有喜欢排成“一”字或者“八”字队形的灰雁，有体态优美的赤麻鸭，有颈部翠绿金黄的绿头鸭，有羽毛别致、体形娇小的蓑羽鹤，还有成双成对的白天鹅。成群的天鹅在湿地水面上振翼顿首，翩翩起舞。

每年夏天，党项贵族们都喜欢来这里射猎。射手们弯弓在手，箭起鸟落，捡回来用篝火一烤，香味儿随风飘散。我之前跟叔叔德旺来过几次，我因为不忍心看着那些活蹦乱跳的鸟儿转眼变成美味，所以后来就不大喜欢来了。

我们在黄河岸边直等到日头偏西，才看见对岸缓缓漂来一叶牛皮筏子。一群花团锦簇的女人簇拥着一个衣着鲜艳的少女，不用说，那少女就是我的新娘阿兰公主。皮筏子越来越近，缓缓靠岸，但我还是看不见她的脸，因为她的脸被一块红布遮盖着。阿默尔的鸽子在新娘的头顶上飞来飞去，咕咕鸣叫着，很是兴奋，像是要替我掀开新娘头上的红布。我却一点也高兴不起来，偷眼去看阿朵，她正用挑剔的目光打量着新娘。两个侍女搀扶新娘走下皮筏子，阿默尔迎上去，用一根柳树枝蘸了皮囊里的“圣水”，在新娘的头上一边挥洒，一边吟唱：

仙女迢迢北方来
妖魔鬼怪快走开
黄河之水天上来
涤清污秽与尘埃……

这便是“涤浊”仪式。新娘一下皮筏子，双脚就落在了一块提前准备好的毡毯上。毡毯上用西夏文写着东、南、西、北四个字。

新娘脚踩在哪个字上，今晚就要睡在哪个方位的毡房里。离河岸不远的草地上，仆人们早已搭好了华丽的帐房，新娘要在那里过一夜，这叫“丢魂”。意思是经过这一夜，新娘就把娘家的一切丢在路上了，从今往后一心一意跟新郎过日子。

新娘被簇拥着走进了新帐房。直到这时，我也没有看清她的模样。吃晚饭的时候，新娘才撩起红布，露出了真容。真是一个美丽无比的姑娘！我被她的美艳惊呆了，心扑腾扑腾地跳，直到有人捅了一下我的后腰，我才醒过神来。我扭头一看，是阿朵。阿朵面对新娘笑着，手却暗暗在我的腰里狠狠地拧了一把，我疼得几乎叫出声来。

新娘带来的两个宫女也很漂亮，一个叫阿秋，一个叫阿春。阿秋显得很文静、很冷漠，看人的目光冰冷而挑剔；阿春却是一副天真无邪、没心没肺的样子，爱说爱笑，像只叽叽喳喳的喜鹊。

晚宴很丰富。先是鹿肉、青稞饼、奶酪、奶茶和奶酒，然后侍女才端上发菜。发菜生长在大漠里，样子很像头发，也叫旃毛菜。汉朝苏武牧歌中“渴饮雪，饥吞旃，牧羊北海边”里面的“旃”，指的就是发菜。但蒙古人不叫发菜，也不叫旃毛菜，而叫“噶吉力乌苏”，意思是“土地的头发”。发菜最适合女人食用，可以让女人头发变得黑亮，容颜变得美丽。所以新娘的第一顿饭一定要吃发菜。

接着是鸽子鱼。“天上的鹅肉地上的驴，比不过黄河的鸽子鱼。”鸽子鱼肉白嫩，鳞稀刺少，清蒸后醇香扑鼻。阿春好奇地问我为什么叫鸽子鱼。我说：“这鱼头小腹大，眼圈红润，身窄嘴尖，胸部和腹部两边各有一根硬鳍，背上全是褐色，腹部却是白的，侧着看，像不像一只可爱的鸽子?”阿春歪着头看了看说：“像，真是很像!”

平时少言寡语的我，今晚确实有些反常，话特别多，这都是因为美丽的新娘。来的路上我还一肚子怨气，可一见到美丽的阿兰，就变成了现在这副德行。或许男人都是这样，见了美丽的女人就会变得轻薄起来。我喜欢这位金国公主，但心里又觉得对不起阿朵。

阿朵默默无语，一直在闷头喝酒，看不出她高兴还是不高兴。阿朵喝着酒，竟然当着客人的面蹬掉了鞋子，赤着双脚。我暗示宫女给她穿上，不一会儿她又蹬掉了。后来她喝晕乎了，耷拉着脑袋，好像在和自己的心说话。这下她老实了，我也就放心了。

我对阿春说，其实也是说给新娘阿兰听的。我说很久很久以前，这里的岩壁上居住着许多美丽善良的鸽子，它们被一只贪婪凶狠的鸽子妖统治着，失去了自由。每年收获的季节，鸽子妖就让鸽子们把田里的大部分粮食衔到山洞里储藏起来，供它享用。有一年黄河发大水，百姓颗粒无收，没有种子播种，男女老少日夜啼哭。一只白色的雄鸽子和一只粉色的雌鸽子，带领鸽群将岩洞里的粮食偷偷衔出来撒在土地上，地里很快长出了茂密的庄稼。百姓们得救了，可是这对好心的鸽子却遭到了鸽子妖的追啄和报复。鸽子妖将它们追赶到黄河边，它们已经精疲力竭，遍体鳞伤，实在飞不动了，便一头扎进了滔滔的黄河，后来它们变成了鸽子鱼……

听到这里，阿兰放下筷子，悄悄抹起了眼泪。见新娘落了泪，我有些后悔，不该在吃饭的时候讲这些让人伤心的事。我不再说什么，一杯接一杯地喝酒，结果没等吃完饭，我也喝醉了。

那天夜里，我梦见一个从来没有去过的地方，那里青草无边，鸟语花香，牛肥马壮，五色的蝴蝶在小溪边飞来飞去，美丽的姑娘像云朵一样在草原上飘荡……

早上起来，阿兰已经脱下了金国装束，换上了党项女人的装扮。乌黑的长发盘成了一个高髻，头上戴着莲蕾形花钗冠。上身穿着一件红色交领窄袖开衩袍，领口有紫、绿、粉三道花边，袖口和袍边都有一道漂亮的花边。下身是一件绿色细裥百褶裙，红色金丝绲边下摆一直拖至脚面。脚蹬一双黑缎圆口尖钩鞋。

鲜红的太阳从东边升起，给黄河抹上了一层绚丽的玫瑰红，空气里弥漫着水草的味道。迎亲的队伍一路吹吹打打，羌笛声声，悦耳动听，我们朝着都城的方向迤逦而行。走了不大一会儿，队伍突然停了下来。我看见阿兰走下暖轿，向路边的一片草地走去，阿朵和宫女也跟了过去。我不知道她们要去干什么，急忙跟了过去。原来阿兰看见了一对小天鹅。阿兰轻提裙裾蹲下身子，好奇地打量着天鹅。这是两只刚孵出不久的小天鹅，大概还没有学会飞呢。小天鹅浑身雪白，嘴巴赤红，眼帘裸露，尾巴短圆，脚趾粗壮短小，前缘有许多网鳞。见这么多人围上来，小天鹅有些惊慌，发出低沉沙哑的叫声。阿默尔的鸽子落到天鹅旁边的草地上，咕咕鸣叫着，好像对它们也很感兴趣。

阿默尔说："这是一对哑天鹅。"

阿兰问："它们的阿娘呢？"

"可能寻食去了，也可能死了。"阿默尔说，"哑天鹅经常会遭到黑嘴天鹅的攻击，它们拼死反抗，嘴上留下许多血迹，所以叫赤嘴天鹅。"

阿春问："它们的叫声天生就这么沙哑吗？"

阿默尔说："传说很久以前，赤嘴天鹅和黑嘴天鹅发生了一年零六个月的战争，赤嘴天鹅战死了，家里留下了一群儿女，儿女们天天鸣叫着呼唤自己的父母，天长日久，它们的嗓子就变沙哑了。"

"真是可怜！"阿兰把两只小天鹅抱起来，搂在怀里，抬头看着我，红着脸说："它们多可怜呀，我想把它们带回去养着，行吗？"

没等我说话，阿春就说："它们的妈妈回来找不到它们怎么办呀？"这个问题，阿兰显然没有考虑到。她愣住了，犹豫了。看着她为难的样子，我说："带上它们吧。或许它们的妈妈早死了，如果没有死，就能循着气味找到它们，到时候我们一起养着就是了。"

阿兰感激地看了我一眼，将两只小天鹅搂在怀里，回到了暖轿上。迎亲的队伍继续前行。

新婚之夜，阿兰让我感到了从未有过的羞愧，好像自己不是在做爱，而是在播种罪恶。她纯洁、羞怯、优雅，圣洁得让我不敢碰她。但是在我发愣的当儿，她已经无声地脱去衣袍，仰躺在那里，用那块迎亲路上的红布蒙住了自己的脸。她的身子洁白而冰冷。在这样一个冷美人面前，我慌了手脚，像一个新手，浑身战栗，竟然找不到要去的地方。在没有完全进入的情况下，我就草草收场了。我很懊悔。我鼓足勇气撩开阿兰脸上的红布，看见泪水在月光下闪亮。那一刻，我真的很羞愧，突然想起了桑禾。桑禾也是因为和亲被他的父皇嫁到漠北，她和察合台的第一次，是不是也是这样的情景？我把阿兰揽进怀里，想暖热她冰冷的身体。我嗅到了草原的奶茶味道和花草的香味儿，还有泪水的味道。

我说："都怪我，让你伤心了。"

她说："不怪你，是我自己想家了。"

我把她搂得更紧："从今往后，这里就是你的家，我就是你的亲人。"

很久很久以后我才知道，其实阿兰的伤感并不是因为想家，而是因为一个面色黝黑、眉毛粗重的金国皇家卫队小首领。夏天快要过去的时候，阿兰的脸上才露出了笑容。

从前我洗澡时不习惯让宫女伺候，但是现在阿兰来了，情况就不一样了，她让带来的两个宫女伺候我，让我感到很不自在。她说，按金人的风俗，她是我的人，她们也就是我的人，用不着羞怯。后来我发现，洗澡有宫女伺候其实是一件十分美妙的事情。阿春柔软的小手在我身上搓洗时，我会感到一种说不出的舒坦。但是那个冷美人阿秋却很少到浴盆边上来，只是在需要加热水的时候才用木瓢往浴盆里加上两瓢，然后又退到原来的地方，看着傻乎乎的阿春帮我搓洗。

看着远处的阿秋，我突然想起曾经答应过给沙郎找一个女人。眼前这个阿秋不是很合适吗？尽管她待人冰冷，但却长得水灵，更重要的是，她的手没有接触过我的身体。我要送给沙郎一个美丽而纯净的姑娘。

我把这个想法告诉了阿兰，阿兰开始不同意，但听说沙郎救过我的命，就爽快地答应了。不久，我就把阿秋嫁给了沙郎。不仅如此，我还给了他们许多银子，让阿秋在一条繁华的街道上开了一家首饰铺。

小天鹅一天天长大，已经能在御花园里自由飞翔了。天冷的时候，它们就会飞到南方去，直到来年春天，它们才会飞回来。

这段日子，蒙古人没有任何动静。或许，他们正在酝酿一场更大的阴谋。

32. 御花园里的秘密

自从我给那个年轻女人烧过纸衣之后，她就再也没有来过我的寝宫。但是一年后的一个夜晚，我却在御花园里看见了她。

那天夜里，我独自一人在御花园里散步，紫黑色的空气里弥漫着睡莲和紫丁香的香味儿，还有玫瑰花的味道。一个女人从我身边匆匆走过，我一眼就认出是没藏皇太后。她穿着我送给她的紫色衣袍，看上去比一年前更年轻、更妖艳了。

我叫住了她："你越来越年轻了。"

她笑着说："人凭衣裳马凭鞍，是王爷送的衣袍让我变年轻了。"

我问她："你怎么还没离开皇宫?"

她站在那里，诡秘地笑着反问我："你让我上哪儿去?"

我说："你不是说，给你烧了衣袍你就离开吗?"

她说："我是说离开你的寝宫，可没有说离开御花园呀。再说了，我哥哥也不让我走啊。我哥哥说了，我们要跟梁太后斗到底呢。"

我吃了一惊，问她："你哥哥？他在哪儿?"

女人用下巴颏一指，说："喏，在那儿呢。"

顺着她指的方向，我看见了一座凉亭，那里围坐着七八个男女，有说有笑的。

她又指了一下湖边说："你看，梁太后她们在那边呢。"

湖边果然有几个女人，正在给阿兰的天鹅喂东西，附近还有一些莫名其妙的人来来往往。

我感到很惊讶："这么晚了，御花园里怎么还有这么多人?"

她说："每天夜里都是这样啊。不跟你说了，我得走了，我哥哥正朝这边看呢。"说着就悄无声息地走了。

这时，凉亭那边有人朝我招手，我稀里糊涂地走了过去。石桌前坐着一个老者，正在喝着奶酒，吃着烤肉。我嗅到了扑鼻的肉香。几个宫女给老者捶背，捏腿，打扇。我觉得老者有点面熟，好像在阿默尔的《白高大夏国秘史》里见过，就试探地问了一句："国相大人，你好啊。"

老者愣了一下，惊喜地问："你认得我？"

天哪！果然是一百五十年前的国相没藏讹庞。

我说："你的名气那么大，谁会不认识？"

老国相挺直腰板，有些得意。

我想杀杀他的威风，故意戳他的痛处："那时，谅祚皇帝才九岁，你就慌忙把自己的女儿嫁给他，是不是有点性急了？"

老国相挥手赶走了宫女，请我坐下，用腰刀割下一块烤肉递给我，又给我面前的酒杯斟满了酒。然后才说："那是没有办法的事情。我妹妹没藏皇太后一死，我失去了靠山，不把女儿嫁给谅祚，日后我靠谁？"

我吃了一口羊腿肉，很香，又喝干了酒杯里的奶酒。但这些东西并不能堵住我的嘴，我说："但是你不该杀了高怀正和毛惟昌，那可是两个忠臣啊。"

"你是说那两个汉人？他们是甚忠臣？他们是两个忘恩负义的小人！他们原来都是我的部下，为了让他们和皇家沾上亲，我安排他俩的老婆给年幼的谅祚皇帝哺乳。有了这层关系，谅祚长大后对他们才很宠爱。可是后来，他们不该经常在谅祚跟前说我的坏话。"

"那也怪你呀，当时你倚仗自己是国丈，做了很多过分的事，大臣们实在看不过眼嘛。他们俩把大臣们说过的话转告给皇帝，也算是对皇上尽忠。再说他们俩作战勇敢，建有功勋，你不该随便就给杀了。"

老国相愤愤地说："甚叫忠臣？他们从前都是我的人，首先应该对我尽忠，而不是对那个娃娃皇上尽忠。甚叫有功？只要对我没有贡献就不能算有功！”他叹了口气，接着说：“但是拾掇他们也不是一件容易的事。那时谅祚已经开始亲理朝政，我几次想下手都没有成功。别看我那女婿谅祚只有十二岁，可心里跟明镜似的，那小子天生就是做皇帝的料。如果等他羽翼丰满了，我就更不好下手了。所以，我只能找个借口杀了他们两个。为这事，我那皇帝女婿对我更不满了。也就是从那时起，我有了废除皇帝的想法。我这个国丈既然能让他当上皇帝，就能把他从皇帝的宝座上拉下来，谁让他不识抬举哩。”

老国相端起酒杯，跟我碰了一下，一口喝了，继续说：“别看我那女婿年龄小，但那小子绝对是个情种。十三岁时，就跟我的儿媳梁氏开始私通了。我当时那个气呀，恨不能杀了他，自己做皇帝。这话我对儿子说过，没想到被我的儿媳梁氏听见了，她告诉了谅祚。谅祚召我进宫。我当时并不知道因为什么事情，没有一点防备。谅祚把我带进一间密室，我一看大将漫咩在里面，就知道大事不好。漫咩是谅祚的亲信，是个杀人不眨眼的家伙。谅祚问我是不是想谋反？我知道事到如今说甚也晚了，就让他杀了我。谅祚说我做事太绝，也别怪他绝情，说完转身走了。我还没有反应过来，那狗日的漫咩掏出腰刀，扑哧一下，就捅进了我的心窝。我觉得胸口一凉，一股冷风灌了进去，浑身没了一点力气，就像泄了气的羊浑脱，软软地倒在了地上。狗日的漫咩用脚踩了踩我，见我的身子慢慢变硬，这才放心地走了。漫咩连夜带着铁鹞军冲进我的国相府，杀了我的儿子和我全家老少八十多口。接着又返回后宫，杀了我的皇后女儿。第二天，谅祚就把我的儿媳梁氏立为皇后……”

尽管这段历史我在阿默尔的《白高大夏国秘史》上看到过，但今天听他亲口这么一讲，仍然让我心惊肉跳。我拾起一小块奶酪，放进嘴里说：“你黑，他们比你还黑。”

没藏讹庞没有生气，叹了口气，说：“宫廷争斗嘛，就是你死我活，自古如此。唉，我也是自作自受，今天杀这个，明天杀那个，到头来自己也被人杀了。但是人活一口气，佛争一炷香，这口恶气还是要出的。所以我死后，灵魂一直没有离开这御花园，我就是要跟野利丹家族，跟我那个儿媳梁氏斗到底！这样斗来斗去，时间也就好打发多了，日子也就不显得那么长了。人哪，不管活在世上，还是活在阴间，不斗来斗去，活着就没有了乐趣。来来来，我们喝酒!”

我们对饮一杯。我头昏脑涨，有些醉意，便起身告辞了。

梁太后和几个宫女还在湖边喂天鹅，我怕她们无休止地喂下去，会把阿兰的天鹅撑死，就想过去阻止她们。一些陌生的宫女从我身边走过，我却听不到一点脚步声，只看见人影在晃动。

我来到湖边，对蹲在湖边的梁太后说：“别再喂啦，再喂就把天鹅撑死啦。”

宫女们笑嘻嘻地看着我说：“哪儿有天鹅呀，我们在喂鸽子鱼呢。太后最喜欢吃鸽子鱼了，我们喂它，是为了让太后明天吃它。”

我低头一看，湖里果然没有天鹅，但也不见鸽子鱼。

“哪儿有鸽子鱼啊?”

宫女们笑着说：“你当然看不见了。”

年轻美丽的太后，这时才站起来，拍了拍手上的草屑，对宫女们说：“你们喂吧，我跟王爷有话要说，好久没跟人说话了，都快要憋死啦。”

她也不问我愿意不愿意，就转身往前走了。我也不知道中了什么邪，没头没脑地跟了上去。我们在湖边走着，聊着，遇到人时她会停下来，跟人打个招呼，接着再走，再聊。她的话很多，我在沙郎村子里遇到的女人也是这样，为什么死去的人都爱说话呢?

梁太后步履轻盈，听不到她裙裾的声响，她说：“她们都习惯叫我太后，其实我是先做的皇后，然后才做了太后，而且我也没有那么老。我生下儿子秉常时才十五岁，那时我丈夫谅祚也才十三岁。我死的时候，还不到四十岁呢。

“你知道，我丈夫谅祚是大夏的第二位皇帝。他尽管年少，但却很能干，十三岁就亲理朝政了。他很疼我，懂得我的心思。因为我是汉人，他执政后立刻去除了蕃礼旧俗，开始崇尚我们汉人的礼仪，让我很感动。当然还有一个原因，他崇尚汉礼也是为了争取汉人官吏的支持。他还仿照汉人的官制，增设了各部尚书、侍郎、南北宣徽使，以及中书学士等官职，这些官职都由我们汉人担任。他重新调整了军队的屯驻地点，加强了边境的军事力量，改变了各军司权力过大的弊病，使党项人和汉人官员能够相互制约。这样一来，他的王权就更加牢靠了。

“后来他又软硬兼施，使得吐蕃族首领禹藏花麻归顺了大夏。为了巩固河西走廊，他还将皇族宗室女嫁给了禹藏花麻，并册封他为驸马，禹藏花麻从此就死心塌地地为大夏效力了。河西走廊稳固之后，他开始腾出手来，向东扩展疆土。在宋国毫无防备的情况下，他亲自率领十万大军进攻秦州、凤州、泾州和原州。那时我丈夫多威风啊，坐在骆驼拉的黄屋车上，亲自督战，呼风唤雨，战无不胜。宋兵看见黄屋车上那个英俊的少年，纷纷丢盔弃甲，落荒而逃。但是他人强命不强啊，在攻打大顺城时被毒箭射中，没过多久就死了。时值隆冬，大雪整整下了一个月，城墙被埋了半截。他才二十一岁啊，老天也在为他惋惜啊。我可怜哪，二十三岁就当了寡妇……

“我只好把儿子秉常扶上皇位，自己做了皇太后。朝廷里的许多大臣都骂我垂帘听政，可是当时我的儿子只有七岁，我不帮他谁帮他？宫廷的险恶你是知道的，尽管我贵为太后，但整天还是提心吊胆，夜夜失眠，我担心有人会加害我们孤儿寡母。如果让别人篡了皇位，我们母子肯定是死路一条。所以，我就让我的弟弟梁乙埋做了国相。他是男人，遇事总比我们母子有主见。我弟弟一当上国相，便把一些重要的官职换成了我们的亲信。这样一来，我才算放下了心。

“可是，许多党项贵族对此心怀不满。为了讨好他们，我不得不重新恢复蕃礼旧俗。不仅如此，为了转移大臣们的注意力，我对宋国再次发动了战争。但是，大都督嵬名浪遇仗着他是先帝元昊的弟弟，自恃通晓兵法，精通战术，对我们母子出言不逊，不服管束。为了杀鸡给猴看，我罢了他的官，将他和他上百口家眷一起赶出都城，发配到边远的荒漠去了。没过多久，听说他就死在了沙漠里。从此，就没人再敢跟我作对了……”

梁太后说到这里，我们走上了一座独木桥。桥上的木板有些陈旧，我踩上去咯吱作响，像是承受不了我沉重的脚步。可是梁太后走在上面，一点声息也没有。桥那头走来一个年轻女子，远远看见我们，加快了脚步，她走到跟前亲热地叫了梁太后一声“姑姑”。

梁太后介绍说：“这是梁太后。”

我先是一愣，但很快就明白是怎么回事了。我想起阿默尔《白高大夏国秘史》上的记载，知道这姑侄两个就是大夏历史上著名的“一门两后”。刚来的这个年轻女子，就是梁太后的弟弟梁乙埋的女儿，看上去跟她姑姑一般大。但这并不奇怪，因为人死的时候多大，灵魂就一直停留在那个时候，所以她们看上去不像姑侄，倒像是一对姐妹。小梁太后十六七岁时，在大梁太后的操纵下，嫁给了我们大夏的第三位皇帝秉常，被立为皇后，一年后生下皇子，起名叫乾顺。不久，她父亲，也就是国相梁乙埋，得了一场大病死了，他的哥哥梁乞逋被册封为国相。这就又出现了“一门两相”。两年后，她的姑姑也死了。第二年夏天，秉常皇帝突然病逝，她三岁的儿子乾顺就成了大夏的第四位皇帝，她就变成了皇太后。又是一个年轻的皇太后！似乎大夏的皇太后都很年轻，而且美丽。而这个小梁太后，除了美丽之外，与她姑姑大梁太后更是不同，她英姿飒爽，果断干练。阿默尔的秘史上说，她是大夏历史上最漂亮的太后，也是挂帅征战最多的太后。

我对小梁太后说：“我在秘史上见过你。印象最深的是有一年秋天，你带着十岁的儿子乾顺皇帝，率领十万大军进攻宋国环州。你们围城七日，敌人援兵蜂拥而至，你们只好退兵。可是途中却遭遇伏兵，几乎全军覆没。你骑在一匹红色的战马上，率领将士们左冲右突，与宋军厮杀得天昏地暗，血战了三天三夜，最后突出重围……”

她不好意思地笑了：“难得你还记得，我都快要忘记了。”

我们三个厮跟着一起往前走。

小梁太后边走边说：“一个年轻的寡妇不是被逼无奈，谁愿意领兵厮杀呢？可是我不出征谁出征？我那没出息的哥哥梁乞逋总打败仗呀。他打不过人家，我出征应战，他又不愿意，对我怀恨在心，甚至还想杀了我们母子，夺走我儿子的皇位。后来多亏我手下大将阿吴和保忠发觉得早，他才没有成功。他俩替我把我哥全家都给杀了……”

大梁太后叹息一声说：“真是作孽啊！”

小梁太后说：“这也是没有办法的事情。有时候为了保全自己，为了大夏社稷，就得六亲不认！”

我说：“有一年，你连续打了两个胜仗。春天，你领兵连续攻下了宋国的议合堡和塞门寨。秋天，你又跟儿子乾顺领兵五十万，分三路攻下了宋国的金明寨，消灭宋兵三万。据说当时血流成河，马走在草地上直打滑……”

她笑了笑，无奈地说：“可是，我也打过败仗啊。第二年秋天的那一仗，我就败得很惨。当时，我的四十万大军进攻平夏城，尽管士兵们推着对垒战车冒死攻城，但半个月也没有攻下来。城内城外死伤数万人，那个惨状呀，现在想起来心里都哆嗦。有天傍晚，狂风大作，一直刮到天亮，我们的对垒战车全被刮翻了，士兵被战车轧死、战马踩死的不计其数……”

“听说你当时站在风中，号啕大哭？”

“我不是哭，是被风沙眯了眼。我一个太后站在那里哭，成何体统？不过当时战况确实糟糕，看见死了那么多人，眼看就要攻破的城堡却因一场大风功亏一篑，真是让人揪心哪。宋军看见我们被狂风刮乱了阵脚，趁机出城反击。我听急脚子禀报说，宋军的援兵马上就要赶到，只好下令撤兵。撤退途中，我们又遭到了敌人的前后夹击，我的大将阿里、妹勒先后被宋军活捉……”

这个驰骋沙场的小美人，后来因独断专行，触怒了辽国皇帝，被辽道宗派来的密使设计用毒酒杀死了。这段历史，我是知道的，但我不好提及。我们聊着，走着，不知不觉来到了凉亭前。看见没藏讹庞还坐在那里饮酒，两个女人厌恶地往地上啐了三口，然后转身往湖那边去了。我站在原地没动。我想，这么多人夜里在御花园里走来走去，会扰乱皇宫的正常秩序。这么想着，我走到没藏讹庞跟前，直截了当地问他："咋样才能使你们这些人离开御花园？"

没藏讹庞说："等我战胜了我的仇人，自然就会离开。"

"你甚时候才能战胜你的仇人？"

"如果你能请来九十九个喇嘛为我助战，我最多只需要四十九天，就能彻底战胜他们。到那时，我就带着我的人马离开御花园，永不再来。"

这时，我听到一声沉重的叹息，抬头去看没藏讹庞，他已经不见了。

四周一片漆黑，什么也看不见。

原来我躺在自己的寝宫里。难道刚才是一场梦？但我刚才确实嗅到了没藏讹庞嘴里奶酒的味道，感觉到了身上夜晚的寒露。这到底是怎么回事呢？我被自己弄糊涂了。

这时，我又听到了一声沉重的叹息。那是婶娘梁喜儿在叹息。我想，婶娘梁喜儿跟那两个梁太后有没有关系？如果有，是什么关系？

这么胡思乱想着，我听到了母亲含混的梦呓。

第二天，我把夜里的事情告诉了母亲。母亲说，很久以来，她也感觉自己的寝宫夜里总是有人走动，经常会被惊醒。我把没藏讹庞要求请喇嘛助战的事讲了，母亲表示同意。几天后，母亲就请来九十九个喇嘛在御花园里做起了法事，远远看上去，红彤彤的一片，好像春天已经提前降临。

就在喇嘛们作法的第二天，皇后野利丹也请来了九十九个断乱，也在御花园里开始作法。据说，皇后的寝宫夜里也有人影晃动。我在那些断乱中，看见了越来越苍老的阿默尔。

许多天后，喇嘛和断乱的法事相继做完了，御花园的夜晚一下子清静了，我再也没有做过那样纷乱的梦。

可是有一天，阿默尔对我说，事情并没有结束，喇嘛们的魔法和断乱的道法，从地上一直厮杀到了天上，只是地上的人看不见而已。

夜里，我来到御花园里，仰望天空，静心倾听，遥远的苍穹果然有厮杀声隐约传来。许多天后，这种奇怪的声音才消失。我想，一定是一方打败了另一方，或者双方都打累了，在空中握手言和了。

不管怎么说吧，从前喧嚣的御花园，现在终于消停了。

33. 箜篌里飞出的箭

从前，王妃梁喜儿的花喜子很多，但是自从进了皇宫后，她就再也没有见过那些花喜子了，甚至连丈夫德旺的面也很难见到。

德旺在那个隐秘的庭院里养着许多年轻漂亮的女人，哪儿有时间光顾她的寝宫？德旺对他的心腹李战说："就这么晾着她，让她慢慢老死在寝宫里吧！"

德旺在宫外金屋藏娇，跟汉武帝刘彻的金屋藏娇可不一样。刘彻为的是一个女人，德旺为的是一群女人。而且他的女人经常更换，有的甚至还没有记住名字就被换掉了。叔叔的银子像流水一样，源源不断地从专门接纳各地官吏和统军贿赂的秘密庭院，流淌到这个"金屋"里，流淌进女人们的荷包里，再经过女人们的手流散到民间，然后又被各地官吏和统军搜刮来，孝敬他们的王爷。银子就像一头不知疲倦的驴，围绕权力和色欲这两扇大磨盘转，一圈又一圈，循环往复，永无止境。

一次，尕娃和叔叔德旺出城围猎。那天他们收获很大，都很高兴。太阳还没有落下去，月亮就已经升起来了。草地上狼毒花盛开，秋风习习，空气中弥漫着青草和河流的味道。他们坐在河边，吃着刚烤熟的鹿肉，喝着酒，漫无边际地闲聊。好几年了，叔侄俩没有这样开心地聊过。星星挂满天空，草地开始返潮。他们都喝醉了，心扉被奶酒浇灌开了，毫不设防。

尕娃问叔叔："当初你为甚要更换十二军司的统军？"

德旺说："一朝天子一朝臣，谁不想用自己的人？"

尕娃说："可是这些新统军，许多您都不认识呀？"

德旺醉眼惺忪，用手点着尕娃的鼻子说："你真傻呀，我不认识人，还不认识银子吗？有时候银子比人听话，比人亲，比甚都管用。告诉你个秘密——我只用三种人，一种是蠢人，一种是小人，一种是会贪墨的人。"

尕娃好奇地问："这是为甚？"

德旺说："蠢人嘛，老实，他们的脑袋是空的，你想往里面装甚就是甚，这样一来，他们脑袋就变成了你的脑袋。蠢人干不了大事，但也出不了大事，你尽管放心。国相高良惠就是这样的人，要不然，我能让他当国相？"

"梁德懿不也忠诚老实吗？当初为甚不让他当国相？"

"梁德懿是个好人，但不是一个好官。他为人太正直，做事太认真，跟你阿爸一个样，一根筋，所以不能让他当国相。而且，他这个御史中丞恐怕也当不了多久了，听说他最近正在暗中调查李战的事。打狗还要看主人哩，他找李战的麻烦，就是找我的麻烦。这样的人，留他何用？"

尕娃很惊讶："你要罢了他的官？"

德旺不置可否，继续按着自己刚才的思路往下说："小人嘛，就是那些心狠手辣、有奶便是娘的人，你要把他们当狗一样喂养，这种人能帮你干许多你不便出面干的事情。"

"麻骨茂德就是这样的人。"

"我早就看出来了。"

"那你当初为何还要让他当国相？"

"当初你皇爷刚登基，立足未稳，正是用人之际，那时不管是好人坏人，只要对我们有利就得用，何况他当初为我们出过大力呢。至于为何要用会贪墨的人，那就更好理解了。他们不贪墨，拿甚孝敬我？他们不孝敬我，我拿甚养活身边的人？所以说，这三种人我都离不了，我就凭他们干大事哩。但是，绝对不能用能人。"

"这又是为甚？"

“汉字的‘能’字右边有两个‘匕’，这就是说，能人身上别着两把匕首呢，所以他们很危险，弄不好会割了自己的手……”

两人喝着聊着，都有些不胜酒力，最后酣睡在草地上……

这段日子，梁喜儿的“花喜子”相继神秘地失踪了。

他们都是被独臂统军李战悄悄干掉的。李战干这事很在行。尽管他的剑法很精湛，但他干这种事从来不用剑。他先用湿牛皮把他们裹了，然后让铁鹞军在上面来回奔跑，直到牛皮里没有一点动静。

除掉这些人的过程很隐秘，但事后德旺并不隐瞒他的王妃。每除掉她的一个“花喜子”，他都要在王妃的寝宫里留下一张字条，上面写着：某年某月某日，某某某被乱马踩死。梁喜儿看见字条，就站在那里战栗半天，好几天吃不下饭，睡不着觉。梁喜儿透过那些字条，看见许多污血从稀软的牛皮里蜿蜒流出，浸润着草地，或者沙地。

所以，梁喜儿一天天消瘦了。德旺也一天天消瘦了。梁喜儿是因为男人，德旺是因为女人。梁喜儿是因为悲伤，德旺是因为纵欲。

都城里接二连三神秘失踪了这么多达官贵人，不能不引起御史中丞梁德懿的重视。他通过明察暗访，最后把目标锁定在了统军李战身上。他不便擅自捉拿，先向皇上遵项呈了一份密报。但密报呈上去后，如同泥牛入海，再也没有了下文。后来，他又查出李战将火炮和兵器卖给金国人的事，再次呈上密报，但皇上仍然置之不理。性情耿直的梁德懿终于忍不住了，在一次早朝时当着文武百官的面，向皇上参了李战一本。

皇爷很不高兴，黑着脸说：“这种捕风捉影的事，以后不要再提了。”退朝后，有老臣私下里劝梁德懿说：“你这一本参上去，不是得罪一个人，而是得罪三个人，甚至更多的人。皇上连太子的话都听不进去，何况你我这种外人？别再给自己找麻烦啦，还是息事宁人为好。”

梁德懿咽不下这口气，毒火攻心，一下子病倒了……

阿兰在后宫唯一的朋友就是梁喜儿。她们经常在一起聊天。日子一长，梁喜儿把自己的忧伤就传染给了阿兰，使得本来就不爱说话的阿兰更加沉默了，只是阿兰还没有学会在黑夜里叹息。

阿兰也有高兴的时候，那一定是阿秋回来了。

阿秋首饰铺的生意很红火，光顾那里的人都是都城里的王公贵族，他们像是在比赛谁更有钱，不厌其烦地购买金银首饰。阿秋见生意红火，又在旁边开了一家画铺。阿秋很有心计，深知党项人信奉佛教，所以在墙壁上挂满了各种佛画，有唐宋风格的汉地佛画，也有吐蕃藏密绘画风格的唐卡。汉地风格的佛画，主要是《普贤菩萨图》和《文殊菩萨图》，都是用丝制作而成，上面的菩萨大都头戴花冠，面容柔美，恬静端庄，色彩淡雅，姿态飘逸。党项人喜欢汉地的菩萨和观音，所以《水中观音图》一直卖得很好。但还比不过唐卡，因为都城里的贵族们一向对藏传佛教有浓厚的兴趣。据说印度的密宗传到吐蕃藏地后，其中的瑜伽部和无上瑜伽密法在吐蕃盛行一时，后来逐渐与藏地本土的苯教融合在一起，成为藏传佛教，也就是喇嘛教。所以，阿秋画铺里的藏密《降魔印释迦牟尼图》唐卡买的人最多。这种度母缂丝唐卡十分精致，很受女人的喜爱。藏人编织这种唐卡时先要架好经线，然后在上面画出图案轮廓，再对照图案的颜色，用极小的梭子牵引各种颜色的纬线。织这样一幅唐卡，往往需要好几个月，所以价格相当昂贵。

阿秋一来，阿春比阿兰还高兴。以前阿秋在的时候，她俩总是形影不离，走路手牵手，睡觉脸对脸。阿秋一走，阿春就显得有些形单影只。

自从阿秋走后，只有阿春一个人伺候我沐浴。以前两个人给我沐浴时，阿秋从不帮着搓洗，总是站在一边冷眼旁观，但那毕竟是个伴儿。现在就剩阿春一个人，她就有些羞涩，难为情。她不再没心没肺地嬉笑，开始变得矜持了。即使笑，也是抿起嘴浅笑，脸上始终有一抹红晕。我发现这个毛手毛脚的丫头长大了，长成了一个香气袭人的女人。

一次，阿春的小手搓洗我的胸脯时，我心里禁不住颤抖了一下。

阿春搓洗的是外面，但我痒的却是里面。她一搓，我就痒得难受，搓到哪儿，哪儿就难受。也不是难受，是一种说不出来的痒，像是有毛毛虫爬过。下身就有了变化，悄悄立了起来，好在我坐在撒满鲜花的水里，阿春没有看见。但我的气息却瞒不过阿春灵敏的耳朵。

阿春问我："你怎么啦，牛一样地喘气？"

我说："我痒，一痒气就喘不过来。"

阿春笑了："有那么痒吗？"

我说："不信，你自己摸嘛。"

我把她的一只手拉到水里。她像摸到一条蟒蛇，说了声"天哪"，赶忙缩回了手。我一把将她拉进了木盆里。

"哎哟，王爷坏死啦！衣袍全被你弄湿啦。"

"湿了就脱掉嘛。"

往上一撸，她的衣袍就被撸掉了，露出雪白的身子，我把她抱在腿上，她像条活蹦乱跳的鱼，不停地蹦跶。她不让我进去，屁股扭来扭去的，结果倒帮了我的忙。她呀了一声，仰起头，咧着嘴，倒吸了一口气，闭上了眼睛。既然我已经进去了，她就不再徒劳地扭动了……

许多天后，我沐浴时发现木盆里除了花香，还有一股草药的味道。我问阿春，阿春说是她们从金国带来的一种药，是阿兰王妃让她放的。

我说："是为了让我闻这香味儿吗？"

阿春扑哧笑了，红着脸说："不是，放了草药，我就不会怀孕了。"

我惊讶地问："你告诉王妃了？"

阿春点点头，反问道："不能说吗？"

事已至此，我还能说什么，我说："告诉就告诉吧，反正她早就对我说过了，你也是我的女人。"

话是这么说，但这种事让阿兰知道了，我总归有些不好意思。我注意观察了几日，并没有发现阿兰有什么不快，这才放下心来。

有了这种草药，我就再也不用担心阿春怀孕了。可是，另外一个问题又冒了出来：我与阿兰成亲好几年了，怎么不见她怀孕？是不是她也在使用这种草药沐浴？可她为什么不愿意跟我生个孩子呢？

自从我和阿兰成亲之后，阿朵总是躲着我。

黄昏，玫瑰色的天幕下，御花园里的小径和树林越来越模糊。湖水里时而有小鱼跃出水面，又扑通落进水里。睡莲梦一样铺排在湖面上，一只青蛙立在上面鸣叫。我独自散步，远远看见一个女人从玫瑰园那边走来。女人低着头走路，忧心忡忡的样子，我发现她走路的姿势很眼熟。原来是阿朵！好久没有看见她了，我心里一热，急忙迎了上去。阿朵衣袍肩头粘着几片玫瑰花花瓣，目光冰冷，看见我站在前面，转身要往回走。我一把拉住了她："我能吃了你？"

阿朵用力甩开我的手，我又抓住了她的另一只手，阿朵边挣扎边说："你一个王爷，自己有王妃，跟我拉拉扯扯的成何体统！"

我有些无赖，对她笑着，就是不撒手。后来她转身伏在我的怀里，开始低声抽泣，肩膀不住地抖动。我从来没有见过倔强的阿朵哭过，想扳开她的肩头，替她擦去泪水，她却不让我看见她的脸。我用手轻轻拈走她衣袍上的玫瑰花花瓣。

"谁欺负你啦？"

她不说话，只是无声地抽泣。

树林后面最后一抹天光消失了，夜幕降临了。阿朵不哭了，推开我，恢复了原来的坚毅与倔强。她说刚才路过小树林时遇见了统军李战，她想躲开，可李战挡住了她的去路。她掉头往回走，李战用仅有的那只胳膊搂住了她。李战力气很大，胳膊像铁棍一样坚硬，她动弹不得。李战说她迟早是他的人，怕甚哩？说着就大笑一声放了她。她说今天要是带了腰刀，非一刀捅死他不可。

我站在那里气得直哆嗦，正想安慰她几句，她却匆匆消失在夜色里。

这年的春天来得有些迟。刚暖和了几天，又落了一场春雪，天气骤然变冷，春天刚迈出的一只脚又缩了回去。直到半个月后，积雪融化，平原露出嫩黄的颜色，风儿轻柔地舞动着河岸的柳枝，春天这才大着胆子走进了河套平原。

这时，都城来了一个蒙古使节。使节说，他们的大汗要率领蒙古骑兵远征西域各国，让我们出兵跟随他们西征。皇爷犹豫不决。站在一旁的父亲沉不住气了，对蒙古使节说："你们大汗既然没有能力远征，就别逞这个能，干吗让我们出兵?"几句话就把蒙古使节气走了。

皇爷担心蒙古人会借机报复。父亲说，即使我们这次跟随他们出征，等他们西征归来，还会找各种借口进攻我们。成吉思汗的最终目的，是要吞并我们的疆土。不过现在他们忙着西征，不会来进攻。

正如父亲所预言的，蒙古人没有攻来。

皇爷这才放下心来，准备进行一场大规模的欢庆活动。

经过几年的演练，皇家乐队已经很像样子了，可以演奏几十支乐曲。好几年没有战争了，也该欢庆欢庆了。

这一天，都城中心广场麇集了数万人。皇爷端坐在华盖下的雕花龙椅上，满面春风，气宇轩昂。左边的高台凤椅上，是一身盛装的皇后野利丹。再往左，是叔叔德旺。右边是父亲和母亲。再往右，是我和阿兰。阿兰的旁边是阿朵。阿春站在阿兰身后打着五彩蝇扇。唯独不见婶娘梁喜儿。广场中央是身着黄袍的皇家乐队三千乐手，左边是身披红色袈裟的喇嘛，右边是身着黑色衣袍的厮乱，四周云集着身穿青、灰、蓝、绿四色夹袍的都城百姓。

庆祝仪式开始了。先是由喇嘛和厮乱们诵经作法，法号声声，响彻云天；经声嗡嗡，不绝于耳。阿默尔戴着绣有五神像的金丝猴皮毛端公帽，边舞边敲着单面羊皮手鼓，端公帽上的五色驱邪幡布条迎风招展。喇嘛们也跳起了羊皮扇鼓舞。一个时辰后，皇家乐队开始演奏。他们不断变化各种队形，演奏了三十六支乐曲。演奏到《夏风浩荡》《凤凰祥瑞》《贺兰百鸟》三支乐曲时，广场上山呼海啸，欢乐像海浪一样淹没了整个都城。

喧哗声中，我突然听到了羊胛骨的叫声，心里咯噔一下。我警惕地注视着楼台下面的人群。就在人们再次欢呼的时候，我看见一个乐手从怀中的箜篌里，迅速抽出一支尾巴上带着三根羽毛的箭，搭在箜篌的丝弦上，对准了楼台。

我一激灵，大喊一声："有刺客！"

话音刚落，只见阿朵飞身扑向皇爷，将皇爷连同龙椅一起掀翻在地。与此同时，箭矢嗖地飞了过来，钻进了皇爷身后一个侍卫的胸窝。紧接着，嗖嗖嗖三支箭矢飞来，三个侍卫中箭倒地。铁鹞军像一堵铁壁铜墙迅速把皇爷团团围住。广场上一时大乱。统军李战带着几十个侍卫冲进人群，将那个箜篌乐手抓获。阿朵从地上爬起来，扶起皇爷，让惊魂未定的皇爷重新坐回到龙椅上。

李战将刺客带到皇爷跟前。皇爷问那刺客："你是何人？为何行刺寡人？"

刺客说："我是金人，我们国王派我来要你的狗命！"

皇爷惊讶地说："我们已经和亲，你们国王为何还要害我？"

刺客说："和亲只是为了麻痹你们……"

刺客说着，突然挣脱捉他的两个侍卫，迅速从毡靴里抽出一把小刀，准备扔向皇爷。李战抡起大刀，只见刀光一闪，刺客的头就滚落在地……

阿朵因护驾有功，被皇爷册封为"护国公主"，并赐给一块免死牌。也就是说，阿朵日后犯了死罪，可以免死一次。

半个月后，皇爷令嵬名令公率领五万骑兵攻打金国。停止了三年的夏金战争，在狼毒花开放的季节又开始了。

许多天后，沙郎突然找到我说："那个刺杀皇上的刺客并不是金国人，而是蒙古人。"

我吃了一惊，问他："你怎么知道的？"

沙郎说："那刺客被杀后，我一直怀疑其中有诈，就暗中跟踪与那刺客关系诡秘的我们铁鹞军里的另外三个人。结果发现他们四个当初为了进入皇家乐队和铁鹞军，都曾经给李战送过很多银子。而且我发现他们经常与城外来的商人暗中接头，那些人我已经查明，都是乔装打扮的蒙古人。”

我说：“那你禀报皇上没有?”

沙郎说：“现在还不是时候，不能打草惊蛇，我要让他们自己暴露出来。”

我说：“怎么暴露?”

沙郎说：“后天皇上要出城围猎，就是一个机会。上次他们嫁祸金国的目的达到了，但是刺杀皇上的目的没有达到。他们不会就此罢手，还会伺机动手。我估计后天他们还会再次刺杀皇上，到时候再捉拿他们。”

听他这么说，我很高兴，知道我的沙郎越来越成熟了。我用赞赏的目光看着他说：“就按你的想法干吧。”

皇爷出城围猎那天，沙郎在一个铁鹞军士兵即将行刺的那一刻将他擒获，紧接着也将另外两个一同擒获，结果在他们身上都搜出了不同的暗器。经过严刑拷打，那三个刺客承认自己是隐藏在铁鹞军里的蒙古人，并且承认上次在庆典上行刺的那个刺客跟他们是一伙的，也是蒙古人。他们是根据木华黎的命令专门来行刺皇爷的，如若行刺失败，就嫁祸于金国，挑起夏金战争。他们之所以这样做，就是担心在成吉思汗西征期间，夏金联合，端了他们的老窝。

皇爷这才恍然大悟，急令嵬名令公从金国边境撤兵。但是已经晚了，我们与金国已经结下了新的仇恨。更让皇爷难堪的是，那三个刺客后来招认曾经给李战送过重金。皇爷怒不可遏，要治李战的罪。但是又听说李战将那些银子转送给了叔叔德旺，皇爷无可奈何，只好隐瞒了实情，而将李战以用人失察之罪杖责了二十军棍，此事便不了了之。

李战对那三个刺客恨之入骨，要亲自杀了他们，被沙郎拦住了。沙郎说，他们全村人都被蒙古人杀了，他最恨蒙古人了，让李战把这个机会给他。沙郎只用了三刀，就利索地结果了三个蒙古刺客的性命。

许多天后，木华黎从东部边境突然向我们发起了进攻。这是蒙古军第四次向我们进攻。

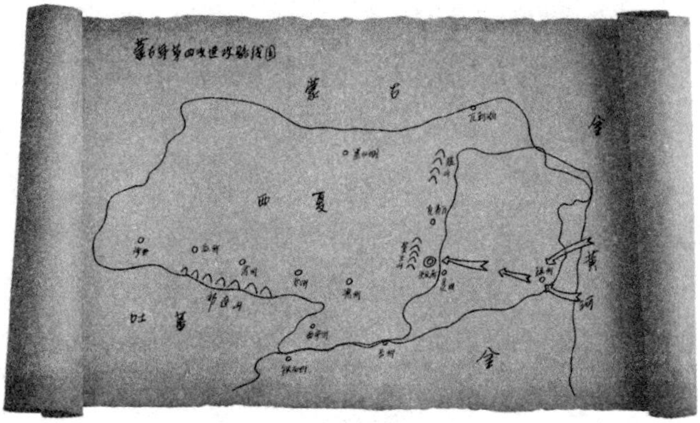

蒙古军第四次进攻路线图

木华黎是成吉思汗所封的唯一一个无血缘关系的王侯，也是成吉思汗手下四员猛将中的一个，另外三个是博儿术、赤老温和孛罗忽勒。在攻克金国中都之后，成吉思汗留下木华黎，封他为太师国王，让他全权经略中原。然后，他才带着他的蒙古大军西征去了。

我们的军队节节败退。蒙古骑兵长驱直入，直逼都城中兴府。

34. 城墙上的白鬃马

白鬃马宽阔平坦的脊背上，是我那一身铁甲的父亲。父亲挥舞着龙雀剑又一次出现在了城墙上。

人们第一次看见父亲改造的神臂弓：木质的弓身，铁质的枪膛，铜质的扳机，牛皮筋搓成的弓弦，射力强大无比。还有“撼天雷”“流火枪”和火炮。那六门火炮架在城垛上，朝着城外蝗虫似的蒙古骑兵猛烈轰击。但父亲这些新玩意儿并没有吓退蒙古骑兵。

这场突如其来的战争，搞得皇爷措手不及，不得不把都城的所有兵权交给父亲。这时，大都督嵬名令公带着大部分兵力正在东部边境与金国人作战，都城兵力十分空虚。叔叔德旺又不会打仗，铁鹞军统军李战充其量只是一个好侍卫，一对一厮杀还行，领兵打仗就指望不上了。这一点，皇爷心里比谁都清楚，所以才将保卫都城的重任交给父亲。既然李战不会打仗，父亲干脆把他撇到一边，任命沙郎为步骑佐将，跟随他指挥铁鹞军和卫戍军坚守都城。李战倒也落得清闲，躲进清水街他的花屋里逍遥去了。

战争刚开始的时候，父亲想重新建立他的泼喜炮队，可这时他才发现铁鹞军兵器室里的那些火炮早已无影无踪。问李战，李战装傻，说没有见过什么火炮。父亲很愤怒，怀疑李战做了手脚，但大敌当前，没有时间去追究，只好暂时搁置一边。好在这几年他又研制出了六门新式火炮，现在正好派上用场。但毕竟火炮数量少，顾得了东顾不了西，使用起来捉襟见肘。如果原来那些火炮还在，那现在就是另外一种局面了。火炮一哑，蒙古骑兵便蜂拥而上，好几次险些攻进城来，但最终都被我们的箭压回到原来的地方。

半个月后，木华黎突然停止了攻城，掉转马头进攻都城西北七里之外的水寨。尽管水寨有重兵把守，但木华黎只用了半天时间就攻下了。

都城断水了，人心惶惶，一片慌乱。木华黎留下小股兵马守住水寨，率领大军重返城下，继续攻城。父亲信鸽传书，令灵州守将佐里出兵夺取水寨。佐里夜里偷袭了三次，都被蒙古兵打败了。木华黎一怒之下索性包围了灵州城，使得佐里自顾不暇，无法再去抢夺水寨了。

都城里已经有人因缺水而死亡了。地上无水，只有祈求长生天了。皇爷下令全城的喇嘛和厮乱作法祈雨。都城里的百姓都云集在广场上观看，所有人都穿得簇新，男人包着黑帕，穿着葱白的麻布衣；女人包着白帕，穿着绣花袍服，脚上穿翘头的云头麻布鞋。喇嘛和厮乱们汇集在广场上，祈祷了七天，嗓子都沙哑了，有人甚至累倒在祈雨坛上，但是天上还是没有落下一滴雨。

在祈雨的厮乱里，我没有看见阿默尔，也不见他的白鸽在天上飞翔。他怎么没来？我已经很久没有见过阿默尔了，有些担心，就去碉楼找他。

我推开屋门，只见阿默尔端坐在书桌前，正在神情专注地写着他的《白高大夏国秘史》。鸽子立在书桌一角，见我进来，冲着我咕咕叫了两声。阿默尔抬起头了，目光呆滞，嘴唇干裂，脸上的沟壑里填满了灰尘。看来他已经好长时间没有洗脸了。

“我还以为你渴死了呢。”我说。

阿默尔咧嘴一笑，嘴唇渗出了血，他用舌头舔了舔，说：“我死不了，除非我自己想死。”

“可是你为甚不去祈雨呢？”

“因为天上没雨，祈也没用。”

“你咋知道天上没雨？”

“长生天告诉我的。”

“天上没雨，那我们甚时候才会有水喝呀?”

“战争结束了，就会有水了。”

“可是，战争甚时候才能结束?”

“该结束的时候就结束了。”

这话等于没说。

“这是一场水战。这种战法我们大夏自立国以来一共经历过两次，一次是灵州大战，一次是永乐大战。”阿默尔抽出一本秘史递给我说，“你看看就明白了。”

我接过书，将手指伸进书桌上的黑陶罐里，里面没有多少羊血了，我只蘸到一点。我将羊血点在眉心上，然后坐在一个光线充足的地方。我翻开书，就像拉开一道厚重的幕布，很多年前的景象便呈现在眼前——

皇帝秉常被母亲梁太后囚禁后，各地酋长纷纷拥兵自立，宋神宗趁机调集五十万大军，由宦官李宪统领，兵分五路向大夏大举进攻。梁太后紧急点集十万精兵，把守在宋军必经的灵州和夏州要道。但宋军来势汹汹，锐不可当，很快就攻入了河套地区，包围了灵州城。

梁太后暗中派出一支骑兵，迂回到宋军背后，出其不意地截断了他们的粮道，使得灵州城下的宋军陷入了困境。宋军大将高遵裕下令士兵砍伐树木，赶制攻城的云梯。可是灵州附近没有森林，士兵们砍来的都是一些柔弱的柳树，又细又软，根本无法使用。宋军围城半个月，粮草断绝，士兵们饥寒交迫，已经没有力气攻城了。梁太后见时机成熟，下令挖开上游的七级渠。滔天的河水滚滚而下，直灌宋军大营，水深一人多高，宋兵像落水的老鼠一样，不是被冲走，就是被淹死，勉强爬上岸的很快又被弓箭手射死。宋军大败，仓皇撤退。梁太后命令骑兵乘胜追击，一直追到边境。

为了阻止梁太后东进，宋神宗令宦官徐禧在边境修筑了永乐城。徐禧麾下一员大将名叫种谔，他见那地方依山但不傍水，缺乏水源，不易筑城，建议徐禧禀报皇上，放弃筑城的计划。但徐禧不听劝阻，率领三十万士兵和民夫，只用了半个月时间就建起了永乐城。这永乐城不是一座城堡，而是六座城堡，沿无定河谷一直延伸到米脂城下，绵延几十里，想以此抵挡梁太后东进关中。

梁太后发誓要踏平永乐城。这年秋天，她点集三十万兵马，攻打永乐城。徐禧站在城头向西眺望，秋天的原野五彩斑斓，不远处的无定河波光闪闪，城下数万兵马严阵以待；遥远的西北方，党项骑兵如同沙尘暴一样，遮天蔽日，席卷而来。但徐禧并不惊慌，嘴角露出了一丝轻蔑的微笑。

站在一旁的大将高永能却沉不住气了，指着越来越近的党项骑兵说："大人您看，冲在最前面的就是党项人的精锐骑兵铁鹞军。打蛇打七寸，打狼打头狼，他们远道而来，兵疲马乏，我们趁他们还没有布兵列阵，出城打败他们的铁鹞军，后面的兵马就会吓得转头逃跑。"

徐禧不以为然，傲慢地说："我们是王者之师，怎能乘人之危？"

高永能哭笑不得，转身走下城墙，长叹一声，对自己的亲信说："皇上怎么派了这么一个草包来领兵打仗？唉，我们的死期就要到了。"

党项骑兵越来越近，冲在前面的铁鹞军已经在抢渡无定河了。副总管曲珍对徐禧说："铁鹞军是党项军中最厉害的骑兵，他们特别擅长在平原作战，现在他们正在过无定河，等他们渡到一半，我们突然出兵攻击，一定能够打败他们。要是等他们爬上河岸来，到了平原上，我们即使有十万精兵，也难以阻挡他们的进攻。"

徐禧好像没有听见曲珍的话，手持令旗，踌躇满志地巡视了一遍城下的数十万兵马，又把目光投向无定河畔。

这时，铁鹞军已经渡过了无定河，旋风一样席卷而来。徐禧这才挥动黄色令旗，但城下的兵马还没有冲出多远，就被铁鹞军砍杀得七零八落，溃不成军，仓皇往城中撤退，人马相互践踏，死伤者不计其数。党项骑兵包围了永乐城，紧接着又攻占了水寨，掐断了永乐城的水源。第二天，宋军的粮道也被党项骑兵截断了。

城外梁太后的骑兵绵延数里，遍布无定河两岸，但他们围而不攻，搭起营帐，休息、饮酒、唱歌。她倒要看看，这座断了水的城堡能坚持多久。城中无水，守城的士兵饥渴难耐，有的跪在地上用手掬起马尿解渴，有的抓起还冒着热气的马粪吸吮里面的水汁。后来马尿没了，马粪也没了，许多士兵被活活渴死了。梁太后见机四面出击，不到半天就拿下了永乐城。宋神宗听到这个消息后，当着满朝文武的面失声痛哭……

看到这里，我似乎明白了阿默尔的意思。我合上书，来到阿默尔的跟前，说："两次水战，宋军之所以一败涂地，就是因为他们盲目轻敌。"

阿默尔意味深长地看着我说："你很聪明，不过你只说对了一半。还有一个重要的原因，那就是宋神宗用了不该用的人。"

"你是说李宪和徐禧？"

阿默尔点点头："我们现在也是一样啊。"

我一听这话有些生气，不悦地说："我们现在守城的是我阿爸，你是说我阿爸也像他们一样无能？"

阿默尔说："这次你皇爷让你阿爸领兵守城没错，但可惜已经晚了，我们的军队不再是从前的军队了，军心已经散了。军心为何散了？就是因为朝廷用了不该用的人。那些统军都是用钱买来的，他们一旦当了统军，就会想办法将送出去的钱捞回来，而且会变本加厉地捞，谁有心思领兵打仗？听说有些城堡蒙古人还没有进攻，我们自己倒先乱了，有的士兵杀了自己的首领，然后开门迎敌。在他们眼里，那些贪官污吏比蒙古人还要可恶！这样的军队怎么能抵挡得住凶猛的蒙古骑兵？这就是这次蒙古人能长驱直入、轻而易举攻到都城之下的主要原因。"

阿默尔皱巴巴的老脸涨得通红，我从没见过他如此激动，他说："成吉思汗之所以让木华黎突然发起进攻，就是想警告我们不要趁他西征之机有所妄动。成吉思汗最担心的是我们和金国联合起来，端了他们草原上的老窝。所以，这次蒙古人并没有想彻底消灭我们。"

我松了口气："这么说，我们的劫数还未到？"

阿默尔说："是呀，因为我们的秘史还没写完呢。"

阿默尔的话听上去像玩笑，但我坚信不疑。

不久，皇宫里也开始缺水了。御花园里的小湖已经干涸，阿兰饲养的那两只天鹅在干裂的湖底再也找不到虫子了，它们因为饥渴而鸣叫，声音更加沙哑刺耳。因为缺水，皇爷平时喜欢喝的枸杞粥也停止做了，他也不得不跟大家一起吃小米干饭了。一向儒雅的皇爷，这时也说起了粗话："再这样吃下去，我们会连屎也拉不出来。"

一个国家，怎能让自己的皇帝拉不出屎呢？所以，有人提出向蒙古人投降。皇爷没有表态。他不说话，其实就是默认。但父亲坚决反对。

父亲说："都城附近河渠纵横，地下一定有水，只要发动军民日夜挖井，一定能挖出水来。还有，我们应该立即从金国召回嵬名令公，点集散落在各地的兵马，就一定能够打败木华黎！"

皇爷沉默了一会儿，说："大都督的兵马已经深入金国腹地，即使能够脱身，回到都城也得半个多月，到那时我们恐怕早就渴死啦。"

父亲说："我们就不该去攻打金国！"

皇爷本来就因为上了蒙古人的当而懊恼，父亲这么一说，刺中了他的痛处，于是恼羞成怒，用颤抖的手指着父亲说："满朝文武就你有能耐！好了，我将大夏现在都交给你，看你有甚能耐让蒙古人退兵！"

大家都以为皇爷说的是气话，可是当天半夜，皇爷真的把危难中的都城丢给了父亲，自己由三百铁鹞军护卫着溜出都城，逃往西凉。

皇爷走后，父亲下令修筑瓮城，派人召回嵬名令公大军，又通过鸽子传信联络各地兵马，准备内外夹击敌人。同时，下令百姓和士兵在城中挖井找水。但是人们挖了许多井都没有找到水源。后来，沙郎根据阿默尔的卜卦指点挖出了一口水井。父亲当即发布了一条法令：首先保证守城士兵饮水，剩余之水，城中百姓每人每天一碗，违令者，斩！

父亲让士兵喝水时，一律站在城墙上，有意让蒙古人看见。果然，蒙古人以为城中有水，沉不住气了，又开始攻城。但父亲坚守不出，一面有意消耗敌人的箭矢，一面等待嵬名令公援军的到来。

与此同时，沙郎每天夜里带领几十名武艺高强的刀客，悄悄摸出城去，进行“斩首行动”。头两次他们顺利得手，神不知鬼不觉地干掉了三个蒙古小首领。但是后来蒙古人有所觉察，几次行动都失败了，不但没有干掉更大的蒙古首领，而且还损失了自己三分之二的刀客。

就在这时，躲到西凉府的皇爷却突然派密使来到蒙古大营，向木华黎递交了降书。皇爷答应俯首称臣，条件是木华黎停止攻城，撤出边境。木华黎被这场战争拖累得很疲惫，巴不得如此，便接受了皇爷的投降。

皇爷回到了都城。签订协议那天，皇爷带着文武百官和皇家乐队，恭候在城门口。木华黎在乐队的喧闹声中，走进了他们两个多月也没有攻破的城门。木华黎走到皇爷跟前，傲慢地瞥了一眼，径直向我们的皇宫走去。协议很快就签订了。

接下来是三天三夜的大宴。宫廷里到处摆满了酒席，御花园里也不例外，蒙古骑兵遍布整个都城。水寨已经开始放水，御花园的湖水又涨到了原来的位置，但却不再像从前那样清冽。污浊的空气里，飘荡着皇家乐队欢快的乐声，还有木华黎震耳欲聋的笑声。

但是宴会上却找不到父亲的身影。夜深人静的时候，我能听到兵器室里传出狼一样的嗥叫，我知道那就是无奈悲伤的父亲发出的声音。

宴会上也不见沙郎的影子，不知道他这几天在忙些什么。宴会的最后一天夜里，我在御花园里看见一个蒙面人一闪而过，很像沙郎，我叫他他也不回应，就悄悄跟了上去，结果跟进了御花园西北角一个废弃的花匠住的屋子。那人见我跟来，愣在了那里。我说你取下脸上的黑布吧，我认出你了沙郎。沙郎揭去脸上的黑布，尴尬地站在那里。我发现屋里地上摆着七八具蒙古人的尸体，一下子就明白他这几天在干什么了。

沙郎说：“蒙古人杀了我们全村一百六十三口人，我现在还差得很远，等我杀够一百六十三个，才算给我们全村的人报了仇……”

我拍拍他的肩膀，说：“沙郎，你真是我的好侍卫！”

35. 不速之客

城下之盟，给西夏带来了短暂的和平。木华黎没有再与西夏纠缠，却频繁向金国进攻。西夏皇帝遵顼松了口气，为他的城下之盟暗自庆幸。

可是四年后的秋天，东征金国的木华黎突然又回来了。河青军的急脚子禀报说，蒙古骑兵从东胜州西渡黄河，进入了河套，正朝都城而来。遵顼慌了手脚，急忙将大臣召集到承天殿，商议对策。

有人说，木华黎这几年已经攻占了金国河东的大部分地区，兵强马壮，突然杀个回马枪，很可能是想攻占我们的河套地区。有人说，我们已经与木华黎签订了和约，他们不可能背信弃义。有人立即表示反对，说狼迟早是要吃羊的，这是狼的天性。

北平王德旺什么也没有说，他的目光意味深长地掠过每一位大臣的脸，但又好像谁也没有看见，他若有所思的样子，好像在思谋一个比现在廷议的问题更加重大的问题。其实他什么都没有想，他之所以装出这副模样，是为了告诉人们他不是不懂打仗的笨蛋，而是在思考，或者在等待父皇的英明决断，在父皇没有表态之前，不说比说更明智。

嵬名令公也是沉默不语。他不说话的原因，是知道自己说了也是白说，昏庸而且自负的皇上根本听不进别人的意见。狼山战败后，他就失去了说话的资格。多年跟随蒙古人攻打金国的经历，让他更加看清了失败的原因，他还能说什么呢?

大臣们只有把目光集中到太子德仁身上。他们知道这种时候太子是绝对不会沉默的。果然，太子开口了。太子说："成吉思汗正在西征，木华黎留守中原的兵马不可能一口吞下两个国家。他们这一次很可能只是借道，想穿越我们的河套，抄近道进入金国境内。在木华黎眼里，河套只是他们出兵中原的一块跳板。他想在成吉思汗西征归来之前消灭金国，给他的大汗一份厚重的见面礼。其实，木华黎四年前的那次进攻只是想警告我们，在他们攻打金国时让我们袖手旁观。这么多年来，他们一直在报复金国。原因大家都知道，就是因为他们的祖先曾经被金国人钉死在木驴上。但这仅仅只是他们的一个借口，就像他们当初进攻我们是因为我们曾经收留过他们的仇人一样。宋国也在劫难逃，迟早也会被他们吃掉。他们真正的目的，是要消灭金国、宋国，还有我们，扩大他们的疆土。成吉思汗最爱说的一句话是'我们把营帐扎到哪里，哪里就是我们的疆土'。你们听听，他的野心有多大！我敢肯定，成吉思汗西征归来就会对我们下手！所以尽管这次木华黎只是借道，但我们绝不能放过这次机会。我们应该马上派密使跟金国联络，让金国从东线出兵，我们从西线和南线包抄过去，把木华黎消灭在我们的河套一带！"

太子慷慨激昂说话的时候，遵顼一直眯缝着眼睛，用一种极其复杂的目光注视着这个不可一世的儿子。听到这里，他终于找到了儿子话里的缝隙。他说："我们与金国交战多年，现在跟他们议和根本不可能！如果让蒙古人知道我们暗中与金国联络，即使原来没有进攻我们的打算，现在也会向我们发起进攻，这不是引火烧身吗？如果金国人不同意联合呢？到时候他们隔岸观火，我们不就完蛋了吗？"

太子说："金国现在危如累卵，只要是一根救命稻草，他们也会紧紧抓住，况且联合抗蒙对他们最有利。再说了，即使金国人跟我们不联合，我们自己也能打垮蒙古人！只要我们点集河青军、保德军和祥军司的十万兵马，从北、东、南三面同时进攻，我再率领铁鹞军从西边堵住他们的退路，他木华黎就是长了翅膀，也休想飞出我们的河套！"

遵顼不以为然，斜睨了儿子一眼，说："即使消灭了木华黎，又能咋样？成吉思汗回来肯定会报复我们，到时候我们的麻烦可就大了。所以我说，既然蒙古人这次只是借道，没有进攻我们的意思，我们就不要自寻麻烦了，还是相安无事为好。我打算派一员大将去河套迎接木华黎，犒劳蒙古大军。”

父皇的话让太子很震惊，他说：“父皇啊，我们越害怕，蒙古人就越嚣张！我们对他们以礼相待，他们能以礼相待我们吗？他们进入我们的河套给我们打招呼了吗？蒙古人根本就没有把我们放在眼里！我们现在不动手，等成吉思汗回来了就没有动手的机会了……”

遵顼不耐烦地站起来，呵斥道：“别说了，朕主意已定，就这么办！”

太子绝望地大喊道：“好吧，那就等着蒙古人消灭了金国，再来消灭我们吧！”说完怒气冲冲地离开了承天殿。

见儿子如此无礼，遵顼脸都气白了，他用颤抖的手指着儿子离去的背影，对大臣们说：“你们看看，这哪儿还像个太子！”

大臣们面面相觑，谁也不敢说话。

可是派谁去犒劳蒙古骑兵呢？遵顼首先选中的是嵬名令公，但是嵬名令公突然病倒了，遵顼只好把这个差事交给了一个名叫塔海的大将。塔海因为不善奉迎，一直徘徊在皇上和北平王德旺的视线之外，从来没有得到过重用，仅凭着父亲的爵位混日子。现在，皇上突然把这么重要的差事交给了他，他自然受宠若惊。第二天，他就兴高采烈地带着牛羊、奶酒，以及从花柳巷召集来的几十个妓女，还有皇家乐队，一路吹吹打打、热热闹闹地出发了。

几天后，塔海的犒劳大军在无定河河畔迎住了木华黎。青草如茵的河边，到处是蒙古营帐和宰杀牛羊的场面。最受欢迎的是花柳巷的妓女们。她们现在不再是妓女，而是假扮成宫廷歌伎，临行前就换上了宫廷歌伎统一的衣袍。她们纷纷被蒙古骑兵拉进营帐，唱着，闹着，笑着，叫着。她们的声音白天时常会被皇家乐队美妙的乐曲所淹没，但是到了夜里，她们的叫声会从营帐里传出来，在朦胧的夜色里飘荡。那个时候，河岸的草地仿佛都跟着颤动、起伏和呻吟……

几天工夫，塔海带去的牛羊就变成了草地上的一堆堆骨头。塔海只好派人拿着皇上的令牌，从附近的村庄和牧区去征收牛羊。后来，附近的草原上再也找不到牛羊了，塔海令急脚子赶回都城禀报，让皇上派人送来更多的牛羊和奶酒。成群的牛羊像潮水一样涌向无定河畔。木华黎对此十分满意，答应以后再也不攻打西夏了。但是他说，如果我们能派兵跟随他们一起攻打金国，那他就会更满意。

塔海将木华黎的话禀报给了皇上。遵顼为了表示自己的诚意，几天后派大将塔哥甘普率领五万骑兵，星夜赶到无定河畔，跟随木华黎越过东部边境，进入金国领地。一个月后，联军攻占了金国的葭州。接着向横山进军。木华黎想越过横山，从那里打开攻取关中的缺口。

让遵顼郁闷的是，木华黎对他并不放心。葭州在西夏与金国的边境线上，联军离开葭州时，木华黎完全可以把那里交给党项军把守，但是木华黎没有这样做，而是留下了自己的大将石天应驻守葭州。这不是明摆着对大夏不放心吗？遵顼为此愤愤不平，坐卧不安。为了让木华黎彻底放心，他决定派大将阿骨达再率三万兵马，追随木华黎攻打金国。

可是阿骨达不想去，他扑通一声跪倒在地上说："陛下，蒙古人想称霸天下，我们不能助纣为虐啊！臣不是怕死，但让臣去领兵帮助蒙古人，恕臣不能从命……"

遵顼大怒，呵斥道："大胆阿骨达，你敢抗旨不遵！"

"陛下啊，臣不是有意要抗旨，实在是咽不下这口气啊！十六年前，蒙古人攻入我们的力吉里塞，杀了全城的人，也杀了臣的妻儿老小，臣九死一生才从死人堆里逃出来，当时臣就发誓要报仇雪恨。现在，陛下要让臣去帮自己的仇人，臣实在难以从命啊！臣宁愿死，也不愿领兵去打这种窝囊仗啊！"阿骨达趴在地上，砰砰地磕破了头，让血在脸上恣意流淌也不去管，"陛下啊陛下，我们千万不能再出兵了啊，这样下去，我们的兵马迟早会被蒙古人消耗殆尽……"

遵顼嘴唇哆嗦着对侍卫说："拉出去，斩了！"

两个侍卫把阿骨达拖往殿门。阿骨达拧过头来，还在拼命喊叫：

“陛下啊，臣死不足惜！陛下不能再糊涂了啊！再这样下去，我们大夏就要完蛋啦，我们党项人就要被灭绝了啊……”

遵顼暴跳如雷：“把他的头砍下来挂在城门上，看谁今后还敢抗旨！”第二天，阿骨达的头真的被悬挂在了城门上。这个差事最后落在了另一个大将迷仆身上。迷仆带着三万兵马出城的时候，抬头看了一眼城门上的头颅，身子颤抖了一下，泪水止不住流了下来。

迷仆的后续兵马，很快就在横山北麓与联军会合。

遵顼得知后，对大臣们说：“联军一旦越过横山，就可以攻占金国横山以南大片土地。那里沃野千里，城堡林立，木华黎一定会分给我们几座城池。”

横山原先是西夏和宋国的边界地带，后来金国占领了横山以南区域，就变成了夏金边界，但山脊和很多险要高地都归西夏所有。也就是说，西夏一直在军事上占有居高临下的绝对优势。横山北麓，无定河缓缓向北流淌，最终汇入黄河，滋养着丰饶的河套地区。而横山南麓，自西向东，有洛河、延河、清涧河等好几条河流，这些河流把绵延起伏的黄土丘陵切割成一块一块的沃土，形成河谷长条平原，可耕种，也可放牧，是一个纳粮屯兵的好地方，也是南下攻取关中的跳板。木华黎依据西夏险要的地形优势，从这里借道出兵，绝对是一招好棋，必有斩获。

果然，联军会合后，犹如猛虎下山，一路南下，很快就攻占了横山以南的绥德、保安、延安等重要城堡。但遵顼却一直没有等来木华黎分割给他的一城一池。他等来的只是一个接一个的坏消息。

木华黎的军队在黄河两岸来回穿梭，完全没有边境的概念，把西夏早已当成了自己的领地。蒙古骑兵在西夏境内大肆掠夺，铁骑所过之处，牛羊牲口一扫而光，粮食奶酪一点不剩，连牧民准备过冬的草料也洗劫一空。说是借道，其实跟侵略没什么区别。他们打累了，需要休整了，就把军队撤回西夏境内，然后住进党项人的毡房，吃党项人的羊肉，喝党项人的美酒，睡党项人的女人。他们把西夏当成了自己的后花园，想什么时候来就什么时候来，想待多久就待多久，想怎么干就怎么干。

每次交战前，木华黎都会把党项骑兵推到最前面，让他们充当替死鬼。等西夏人与金人两败俱伤时，他才率兵冲上去收拾残局，缴获兵器、战马和俘虏。对于蒙古骑兵来说，在战场上抢劫向来是最大的动力。他们的鞍袋里装满了战利品，而党项骑兵的鞍袋里却空空如也。不到三个月，党项骑兵就损失了一半多，当初派去的八万骑兵现在只剩下了不到四万。

更让遵顼生气的是，木华黎沿途不断收罗党项百姓，招降西夏边境军队。边塞每隔两三天就有人来报说，哪个部落归顺了木华黎，谁谁又投奔了蒙古人。就连他一向器重的边境猛将也蒲甘卜，也在木华黎的威慑下，不得不归顺蒙古军。

“木华黎真是一只凶恶的草原狼，太不讲信义了!”

遵顼每听到一个坏消息，都会从心里发出这样的怒吼。但是，他除了在自己的宫殿里像发疯的山羊一样谩骂，再也没有别的办法。有时他甚至后悔没有采纳太子的建议，把木华黎消灭在河套地区。可是想想即将东返的成吉思汗的二十万大军，心里又禁不住哆嗦起来。

那些日子，很少能听见皇家乐队美妙的乐声。谁都能看出皇上内心的痛苦，但谁都在他脸上找不到一丝痛苦的痕迹，那些难言的苦涩都隐藏在他脸上日渐深重的沟壑里。他强装欢颜，展示在臣子面前的永远是从容不迫、处变不惊的表情。这种时候，他排遣内心痛苦的唯一方式，就是跟妃子胭脂下棋。胭脂想尽一切办法想让他高兴，但他再也笑不起来了。即使偶尔笑一下，也是满脸苦涩。

那段日子，我的王妃比皇爷还要痛苦。一天夜里，阿兰突然抱住了我。她从来没有这么主动地抱过我。我吓了一跳，有些不知所措，感觉胸脯上有冰冷的东西像蚯蚓一样爬动。我搂住她微微抖动的肩头。

她说：“抱紧我……”

我抱紧了她。她的身子冰凉，不停地哆嗦。她说：“我好害怕呀……”

我知道她为什么害怕，可不知道怎样去安慰她。自从联军跟金国交战以来，她的眉毛紧蹙在忧郁的眼睛上方，眉头间挤出一道斜纹，使得那双黑亮的眼睛里时常会漫上一层水雾，让人感觉随时会落下雨滴，但那雨滴却一直没有落下来。这样让人看着反而更揪心。现在那雨滴终于落下来了，浇湿了我的心。

我说：“哭吧，哭出来就好了，否则你会憋出病来。”

阿兰喃喃地说：“我好害怕，害怕他们灭了我们金国，害怕日后再也见不到我的阿娘……皇爷为什么总是派兵去攻打我们金国呢？我们不是早就和亲了吗……”

我无法回答她的问题，只能紧紧地抱着她，抚摸她。

“金国要是亡了，我什么都没有了……”

“还有我呢。”

“你会一直对我好吗？”

“你是我的王妃，我当然会永远对你好的……”

她突然抱紧我，把温热柔软的嘴唇压在我的嘴唇上，把我拉进她的身体里。她从来没有这样主动过。她像换了一个人，疯狂地扭动、呻吟、喘息。这让我感到很陌生、很害怕，鼻子一阵酸楚。整个过程，我都能感觉到脸上有泪水流淌。但我不知道是我的，还是她的。

她喘息着说：“这样真好……这样我就忘记害怕了……”

36. 阿　利　克

秋雨一连下了多日。战争仍在继续。

蒙夏联军攻入关中腹地，占领了金国大片的土地。但胜利属于蒙古人，我们得到的只是一批又一批撤退回来的伤兵。那些被雨淋透了的伤兵进城时，凭着自己的守御牌领取一点抚恤金。但更多的伤兵却在途中死去，或者逃往别处谋生去了。所以，谁也说不清当初派去的八万兵马，现在还剩下多少。

由于抚恤金少得可怜，连回家的路费都不够，许多伤兵就聚集在城门口跳起脚骂朝廷，没脚的就坐在泥水里，向围观的百姓诉苦——

“我就剩下一条腿了，这点碎银子别说雇马车牛车了，连一匹瘦马老牛都雇不到，让我咋回家呀！我不走了，饿死在皇城根下算了！”

“我们为朝廷打仗，用的全是自己的马，就连刀剑箭矢都是我们掏钱自己买的，现在马死了，人瘸了，什么也没有了，日后我咋活呀……”

围观的百姓说：“这是我们大夏自古以来的规矩，谁都得自己准备打仗的兵器和战马。前几年我们在狼山跟蒙古人打仗时也是用自己的马，大家都一样，没甚好抱怨的。”

伤兵说：“可为了准备这身装备，我几乎把家当卖光了，就差卖老婆孩子了。听说老婆也跟人家跑了，我回去还有甚意思？”

另一个伤兵说：“我用家里仅有的三头牛换了一匹马，现在马死了，再也换不回我的三头牛了，让我回去咋个种地呀……”

“我更惨，用三十六只羊换了一匹马，可是小首领非说我的马是弱马。我把马嘴掰开让他看牙口，小首领说我的马走路跟鸭子走路一样，根本跑不快。我的马是跑不快，但总比人跑得快呀。他看不上我的马也就算了，我夜里拉着马要走，没走多远就被他们追上了，把我的腿给打断了……”

围观的人笑了：“原来你是逃兵啊，一文抚恤金都不应该给你，你还在这里哭可怜呢……”

城门口的伤兵越聚越多，像一群泥猴在那里拥来拥去，最后拥进城门，游走在大街小巷，开始了乞讨生涯。他们坐在挂着雨线的屋檐下，有的干脆就坐在雨地里，头上顶一块破旧的羊毡毯。他们在秋雨霏霏的街道上，亮出自己的残腿断臂，想以此赢得人们的同情，讨得一些回家的盘缠和日后养家糊口的银两。讨不到东西，就坐在雨地里骂娘。这不是给皇上脸上抹黑吗？夜里，李战让他的铁鹞军士兵将这些还在睡梦中痛苦呻吟的伤兵或拉或拽或抬，扔到一辆辆牛车上，拉出城门扔到一个谁也不知道的地方去了。

但是，新的伤兵很快又源源不断地从遥远的边境拥来。雨水、伤兵们的脓血和牛马的粪便在街道上肆意流淌，都城里经常发生伤兵们哄抢商铺和宅院的事情。街道上时而会看见伤兵的尸体，不知是饿死的，还是病死的，或者是偷东西时被人打死的。几乎每天夜里，都能听到伤兵在被铁鹞军拖出城去时的哭喊声和叫骂声。那声音撕心裂肺，让人心悸，但很快就消失在淅淅沥沥的秋雨声里。

很久没有见到阿默尔了，我很想去碉楼看看他。但是雨下个不停，巷道里到处是伤兵和冒着污浊气泡的水洼；没有积水的地方又长满了青苔，很容易滑倒，况且去阿默尔的碉楼需要爬一段悠长的坡道。听说阿默尔这几天在碉楼里修炼“辟谷”。所谓“辟谷”，就是三天三夜不吃不喝，让身体处于完全封闭的状态，用这种办法来清除肚子里的污浊东西和寄生虫。这是每个厮乱每隔三个月必做的事情。

这天雨停了，我决定去看阿默尔。临出宫门前，我去后宫找阿朵。宫女说她们也很久没有看见阿朵了，不知道她去哪里了。御花园的玫瑰花谢了。花谢了还会再开放，人走了还能再回来吗？我转身离去时，身后传来宫女的嘀咕声和捂着嘴巴哧哧的笑声。我明白了，肯定是阿朵不想见我，才让宫女们有意骗我。算了，不见就不见吧，我一个人去。

可是我的心里空落落的，很难过。自从那天夜里在御花园里见过阿朵之后，我就再也没有见过她。我明显感觉到我们之间隔了一层东西。是什么呢？是阿兰？好像是，又好像不是。我什么地方得罪了阿朵呢？仔细想想，没有。我真是弄不懂。我很怀念从前那种无忧无虑的日子，怀念阿朵身上的玫瑰花味道，还有她放肆的笑声，以及她那野蛮的样子。

阿默尔并没有像往常那样趴在书桌上写他的秘史，而是悠闲地坐在饭桌旁跟人聊天。坐在阿默尔对面的是一个虬髯老者，看上去跟阿默尔年纪差不多。似乎有些面熟，但又想不起来在哪儿见过。桌子上摆着烤肉、莜面饼和奶酪，还有一壶米酒。阿默尔的鸽子占据了桌子一隅，歪着小脑袋，好像在倾听主人和客人说话。两个人已经喝了有好一会儿了，脸上有了酱紫色，目光迷离。见我进来，那位客人热情地让座，好像他是主人。

“王爷您来啦，快请坐！”客人说，“王爷不认识我啦？”

看见他身上的紫色锦绣衣袍和搁在一旁的黑漆冠，我突然想起他是谁了。我说：“有一年，我在我家夜宴上见过您，您叫阿利克。”

阿利克没有想到我能叫出他的名字，很是吃惊：“王爷真是好记性！都城里的人都说南平王是个闲人，我却不这样看。”他用腰刀割下一块烤肉递给我，笑着说，“其实，王爷是个聪明人。道家始祖老子说，无为而无不为，侯王若能守之，万物将自化。老子倡导的是顺应自然，黄老学派强调的则是上下循法，各处其位，各司其事。王爷并非无所作为，而是以虚无为本，以因循为用。”

我笑着说：“可是谁都知道，我是一个没用的王爷。”

“这就是王爷的高明之处。知道说了没用，干脆不说。你阿爸就不如你聪明，谁都知道他是一个有能耐的人，可是有能耐又怎样？还不是惹得你皇爷不高兴，被冷落在一边?”阿利克打了一个酒嗝，把满嘴的酒气喷到了我的脸上，舌头有些硬，“现在，都城里奢侈成风，大臣们比赛似的从国库里和老百姓身上捞钱，到处建造宅第，收罗美女，根本无人关心大夏的命运，关心边境上的战争。据说铁鹞军统军李战，竟然拿军饷私开盐池、商铺和花屋……这种局面，仁孝时期就曾经出现过，皇叔晋王察哥在都城建造了七十二座宅第，收揽了三百多个美女，整日里纵情享乐。后来中书令濮王仁忠直言进谏，仁孝皇帝才严惩了察哥，接着在全国下了一道‘禁奢令’……但是那时我们大夏的国力强盛，可是现在我们国力衰弱，民不聊生啊。现在我们应该效仿仁孝皇帝，下一道‘禁奢令’，可是谁敢给皇上进言呢……”

那天，阿利克说了很多话，我都记不清了，因为我也喝了很多酒，到后来脑袋就糊涂了。我们一直喝到天黑。阿利克最后喝得烂醉如泥，躺倒在酒桌旁，呼呼打起了鼾，眼角挂着浑浊的泪水。

阿默尔长叹一声，说：“唉，祸从口出，这个家伙嘴无遮拦，再这样毫无顾忌地乱说，恐怕祸患就要临门了……”

不久，阿利克真的出事了。

那天早朝时，父亲禀奏皇爷，想要重建泼喜炮队。父亲说他研制出了一种新火炮，能射到两箭地的地方，同时还将旋风炮抛掷的石弹改成了“火蒺藜”，使它们在击中敌人的同时爆炸燃烧。他还对传统的对垒战车进行了改造，使得它在攻城时能从肚腹里伸出三架云梯，而且还在上面安装了三门火炮，能掩护士兵攀城。

父亲建议，由群牧司统一征收地斤泽、定州、瓜州、沙州的羊毛，集中到沙州，纺织成氆氇、毡毯，然后运往西域各国，从那里换回制造弹药的原料。由盐铁司对盐业进行战时管理，集中运往西南边境各大商榷，换取汉人的铜、铁、锡，用以制作炮筒。再从铁鹞军抽调五千士兵建立泼喜炮队，由沙郎担任炮队首领。

父亲说，炮队建成后隐蔽在贺兰山深处，平时训练，战时伺机出战。一旦敌人再次进攻我们的都城，炮队便可以神出鬼没地从后面包围敌人……

这些建议似乎完美无缺，听起来令人振奋。但是皇爷没有采纳。因为这与皇爷的另一个计划发生了冲突。

皇爷说："火炮攻城可以，守城不行。而我们现在主要是防守，不是进攻。敌人的骑兵是活的，一阵风似的转眼就没了踪影，你的火炮轰谁去？我最近正考虑在贺兰山最险要的地方建造一座行宫，要是敌人再来进攻，我们就可以撤到行宫里去，这样就不会被他们围困在都城里，还可以居高临下地指挥战争。"

皇爷这么一说，大臣们都不吭声了，默默地垂下了头。但是保持沉默并不是皇爷想要的效果，他环视群臣问："你们说，咋样啊？"

一个大臣赶忙说："陛下英明，考虑得很周全！"几个大臣也跟着随声附和。

父亲还想争辩，这时阿利克站了出来，禀报说："陛下，国家连年征战，国力消耗殆尽，不宜大兴土木，建造行宫。再说敌人来了，我们往山上的行宫跑，百姓咋看陛下？陛下会被天下人耻笑！以臣之见，太子的建议甚好，我们不如把有限的银子花在装备军队上，这才是战乱时期的固国之策……"

大臣们吓得不敢喘气，低垂着头，暗中交换眼色，心里说，这个阿利克不是吃了豹子胆，就是脑袋里塞了羊毛，这些话足以让他丢掉脑袋！果然，皇爷的脸色由红变青，额角的青筋不停地跳。但阿利克并不看皇爷的脸色，他把目光停留在皇爷的锦绣毡靴上，只顾说着自己的话。

"陛下，现在国家正处在危难时期，但是我们都城里的一些皇亲贵族却相互攀比，莺歌燕舞，建造宅第，藏女纳妾，整日里不务正业，干些见不得人的苟且之事。这样既乱了朝纲，又失了民心，国库会越来越空虚，军队会丧失战斗力。陛下应该效仿先帝仁孝，颁布一道'禁奢令'，阻止这种奢侈淫乐之风。陛下啊，有的人贪赃枉法，已经到了明目张胆的地步了啊……"阿利克说得声泪俱下。

"谁贪赃枉法了？"皇爷声色俱厉地问。

阿利克说：“陛下啊，这种人绝不是少数，否则凭他们的俸禄，哪儿来那么多银子骄奢淫逸？”

皇爷冷冷地说：“你拿不出证据，按律可是要治诬陷罪的。”

阿利克抬头望着皇爷：“陛下给我三个月时间，我一定能找到证据，把所有贪赃枉法之人交给皇上处治。”

站在一旁一直冷眼观望的叔叔，这时站出来用讥讽的口吻问阿利克：“可是，谁能保证你不是贪赃枉法之人呢？”

有的大臣也跟着说：“是呀，谁能保证你能秉公执法？”

阿利克说：“我对陛下赤胆忠心，绝不会干欺瞒陛下的事情！”

有的大臣说：“人心隔肚皮，谁能看见呢？”

叔叔对皇爷说：“阿利克既然说他能找到证据，不如就让他去试试。我们派一人协助他查办，如果真能惩治几个贪官，也是一件好事。”

皇爷问：“派谁去呢？”

叔叔说：“派别人去怕阿利克不放心，就从陛下身边挑一个人去吧。我看，铁鹞军统军李战就很合适。”

阿利克知道李战的为人，刚想反对。皇爷说：“好，就这么办吧。阿利克，如果三个月查不出贪墨之人，你可知罪？”

阿利克说：“老臣知罪，甘愿受罚。”

这样一来，建造贺兰山行宫的事就先搁置了下来。

几天后，阿利克带着李战开始明察暗访。可是事情并没有阿利克想得那么简单。他们今天要去查谁，人家早就提前知道了，做好了各种应对的准备。外地也是一样，他们要去督察哪个地方，提前就会有密使快马通风报信。等他们到达那里，人家早就转移了财产。所以三个月过去了，阿利克一无所获。

皇爷很不高兴，皱起眉头问阿利克：“事到如今，你还有甚好说？”

阿利克感到很委屈：“陛下啊，贪官太多了，而且他们相互串通，老臣还未动身，消息就已传了出去。如果让老臣独自一人暗访，一定能查个水落石出……”

皇爷大怒：“大胆阿利克，你竟敢说我的朝廷上下全是贪官！你这不等于说我是昏君吗？来人哪，拉出去斩了！”

幸亏父亲及时出面求情，阿利克才免去一死，但他从此心灰意冷，不久便辞官而去，谁也不知道他去了哪里。关于阿利克的去向，都城里有许多传言：有人说他隐居起来了，有人说他去了西域，有人说他投奔了木华黎，还有人说他已经被人暗杀了。但是日子一长，人们渐渐就把他淡忘了。

可是阿默尔的麻烦却来了。因为阿默尔是阿利克的朋友，还因为有人发现宫廷里的《秘札》被人动过，报告给了铁鹞军统军李战。李战不知道从哪儿听说阿默尔正在写一部秘史，于是就将三件事联系起来，觉得阿默尔有问题，便突然带兵对阿默尔的碉楼进行搜查。倒是找到了几册秘史手稿，但是那上面一片空白，李战什么也没有看见，他心中有疑惑，但也只好作罢。

37. 会飞的向导

阿朵低着头，一个人在御花园的石径上徘徊，像是在寻找一样遗失的东西。她心里很矛盾，不知该不该去找尕娃。不是她要去找，是爷爷阿默尔让她把尕娃叫到碉楼去，说有要紧的事情。

昨天刚落过一场雨，空气里弥漫着潮湿的青草和泥土的气味儿。御花园里的树丛和草地上，淡淡的湿雾在悄然升腾，湖面上罩着一层薄薄的白雾，像是飞来飞去的天鹅的哈气。草尖上的露珠已经被太阳吸走，清风习习，脚下的石板缝里冒出温热的湿气。

现在的阿朵像春天水边的青草，鲜嫩、芳香、茂盛，胸脯鼓胀，低头看一眼就会让她脸红，悄悄地抻抻衣袍想掩盖住，却反而使它们更加凸显。而且她说话绵软了许多，不再像以前那样疯张了。

但是她的穿衣打扮还和以前一样。别的贵族女孩都喜欢戴华丽的莲蕾冠、如意冠，头上插满簪钗，耳朵上挂着叮当作响的耳环和耳坠。她不喜欢这些烦琐的东西，只梳一个简单的高髻，胸前挂一枚母亲留下的玉羊。贵族女孩子长到她这个年龄，都讲究在腰里系一根用金银玉佩做成的“金步摇”，为的是控制自己的步履，使其始终保持小碎步，从而使人显出一副从容不迫、温文尔雅的样子。因为脚步一快，那玉佩声音和步摇挂珠便会乱成一团。但是她不喜欢受这种约束，只在腰里系根用貂皮做成的“捍腰”，既简单省事，又行动方便。别的女孩子喜欢穿百褶凤尾裙，她却喜欢一身素袍，轻便自如，干净利索。

阿朵跟别的女孩一样，也喜欢照镜子。尽管她只是太子的养女，但屋里的一应摆设跟王妃们一模一样。阿朵的屋里摆放着各式各样的铜镜，有些是从汉地和藏地买来的，有些是朝廷文思院里的能工巧匠精心制作的，雕有人物纹、云龙纹、双鱼纹、弦纹和六字真言纹。她最喜欢那面人物纹的铜镜。镜子背面是浮雕，上方是一座庙宇，左边是一个梳髻女子，右边是一个戴帽男子，两人半跪在地上作揖。每一次照镜子，她都发现自己在变，眼睛一天天明亮了，脸颊一天天丰润了，嘴唇不抹胭脂也鲜红饱满。有时照着镜子，觉得上面那个男子很像尕娃，看着看着心情就烦躁起来，就把镜子扣在梳妆台上，坐在那里发呆。

有时候夜里醒来，她会不由自主地想起从前在羊皮垫子上所做的事情，呼吸就渐渐急促起来，脸颊燥热，胸口憋闷，身子会不由自主地开始扭动。这样一来，就再也睡不着了。睡不着就开始胡思乱想。想她和尕娃在一起时的许多细节，一点一滴、根根梢梢都想到了。有的细节想很多遍也不厌烦，每一次都是甜蜜的回忆。有的事情记忆模糊了，就认真地想，结果就加进了许多自己臆想的东西，日子一久，这些东西在她脑袋里也变成了真的。后来，她就分不清哪些是发生过的，哪些是没有发生过的了。想着想着，窗户上的麻纸就渐渐变白了，树上的麻雀开始叽叽喳喳地鸣叫了，天就亮了。

她想念尕娃，又不想见他。现在的尕娃已经不是从前的尕娃了。从前他们白天手牵手玩耍，夜里脸对脸睡觉；可是现在白天他有一个王爷忙不完的应酬，晚上又要跟另外一个女人睡觉。从前他是一个柔弱的小男孩，需要她保护；现在他长高了，肩膀宽了，前额光洁，目光清澈，嘴唇上有了黑茸茸的胡楂，走路虎虎生风，出行时身边有侍卫保护，再也不需要她了。她知道，他已经不属于她了，他属于另一个女人。

但是，她还是忍不住要想他。夜里想，白天也想。有时想得难受，就在他经常路过的地方转悠。可是看见他走来，她又急忙躲开。有时他去找她，她又故意不见，让宫女支走他。但当听到他的脚步声越来越远时，心里又空落落地难受。有时他们碰到了一起，实在躲不开了，她就盯着他看，目光复杂、灼热、疼爱、怨恨，看得他很窘迫，脸涨得通红。他身上成熟男人的气味真好闻，她想多闻一会儿，但是倔强的她最终还是选择了绝情地走开。

走了之后，又很茫然。她的身体就像熟透的果子，饱满、芬芳，却不知道会属于谁。在它没有成熟的时候，已经给过一个男人了，可是那个男人现在并不需要它。她很伤心。她不是一个浪荡的女人，她伤心，不是因为身体的寂寞，而是因为心里的寂寞。她的心没有依靠，轻飘飘的，就像秋天挂在树上的最后一片叶子，鸟儿翅膀轻轻扇动一下也会飘落。有一阵子，她甚至悄悄准备了一根长长的细牛皮绳，想把尕娃约出去，按照党项痴情男女了结情缘的古老风俗，两人背靠着背，躺在一处长满青草和鲜花的山坡上，把牛皮绳套在脖子上，然后同时向不同的方向用力拉扯，了结彼此的生命。但是她又不忍心这么去做。

几年来，给她提亲的人很多。每一次，义父都要把征询的目光投向她，她总是默默地摇摇头。许多时候，她都很想对义父说，她想嫁的人是尕娃，除了他她谁也不嫁。可是这种话怎么能说出口呢？她的心思义父一点也没看出来。义父在马背上像鹞鹰一样灵活，可在这种事情上，他却像秋天的旱獭一样笨拙。

孤独的时候，她也会想起母亲。母亲像一个遥远的梦，模糊不清。她恍惚记得母亲有一张白净消瘦的脸，高髻上插满金银发簪，走路时裙裾发出风吹干草似的响声。要是母亲还在该多好啊！有些悄悄话她就可以对母亲说了。这么想着，鼻子就有些发酸，眼睛也湿润了。

太阳爬上了树梢，她不能再犹豫了，径直向尕娃的书房走去。

我正在书房看书，阿朵突然走了进来。我高兴得说不出话来，呆呆地看着她。然后我抓住她的手，把她拉进我的怀里。我又嗅到了她身上熟悉的玫瑰花气息。她闭上了眼睛，然而又很快推开了我。

“阿爷有事找你，让你去碉楼。”她说着，转身就往外面走。

阿默尔找我有什么事呢？我稀里糊涂地跟着她来到碉楼。

阿默尔说：“昨晚我的朋友托梦给我，让我给他送些东西去。可是我已经老了，走不动了，到不了那么远的地方，所以想让你们两个去一趟。”

我说：“派俩仆人去不就行了。”

阿默尔说：“我的朋友不愿意让别人知道他所在的地方。”

我惊奇地问：“谁呀，这么神秘？”

阿默尔说：“你们去了就知道了。”

阿默尔交给我们两个沉甸甸的皮囊，里面装满了炒面、奶酪、干牛肉和锤子、錾子之类的东西。

我问：“你让我们把这些东西送到哪里去呀？”

阿默尔打了一声口哨，他的鸽子扑棱棱从天窗飞了进来，落在了他的肩上。他用手捋了捋鸽子的羽毛，说：“它会带你们去的。”

我们骑马出了城。鸽子在湛蓝的天空来回穿梭，给我们带路。我不知道鸽子会把我们带到什么地方，去见一个什么样的人，这种神秘感让我感觉很刺激。更重要的是能和阿朵在一起了，而且还要一同走很远的路。我们开始往北走，后来又往西走，总的感觉是往贺兰山深处走。可是走着走着，又感觉不像。鸽子在天上绕来绕去，好像故意要让我们忘记来时的路。

黄河西岸是农区，田野里一片嫩黄，一片粉红，一片紫红，各种庄稼正在吐穗扬花，像是巧手女子剪裁拼接出来的花毯。贺兰山脚下的牧区莺飞草长，碧绿如茵，牛羊成群，空气里弥漫着潮湿的草屑和泥土的气味儿，灰色的小路旁不时有野兔和狐狸悄然穿过。

转过一个山口，眼前豁然开朗，呈现出一片碧绿的草原，一条蜿蜒的小路蛇一般爬上远处的山丘，云朵低低地垂挂在天边。一只野兔听到了马蹄声，从草丛里直立起来，探出小脑袋张望，看见我们又赶忙缩了回去。正午的太阳很热，马背出了汗，散发出难闻的汗臭味儿。但是泥土和花草的混合芬芳，却沁人心脾。火红的狼毒花还没有蔓延到这片偏僻的草原，草地上五颜六色的野花一直铺展到天边。

阿朵显得很开心，一会儿纵马奔跑，一会儿跳下马来，麋鹿一样蹦跳着采集野花。她开心极了，不时将喜欢的野花送进嘴里，将更多的野花插在马鞍上，把自己的马鞍装扮成了一顶花轿。看样子，她很久没有出城了。她绯红的脸上渗出细密的汗珠，汗湿的头发紧贴在光洁的前额，眼睛湿润而灼热。阿默尔的鸽子有时会落在她的马头上，歪着小脑袋，用那双圆鼓鼓的小眼睛调皮地看着她。用左眼看看，再用右眼看看。她想伸手去抚摸它的羽毛，它又扑棱棱飞走了。一行大雁从天上飞过，烟雾似的影子在草地上缓缓飘移。

“你知道大雁为甚排成人字形?”我扭头问她。

阿朵手搭凉棚，眯起美丽的眼睛，抬头看着远去的大雁，摇了摇头。

我得意地说：“告诉你吧，是为了减少风的阻力。听说一群大雁排成人字飞比一只大雁单独飞，要省七成的力气哩。”

阿朵没有说话，扭过头来，用一种怪异的目光看着我，看得我心里直发慌。她突然收回目光，一抖缰绳，独自跑开了。我心里一热，脚后跟一磕马肋，追了上去。我们疯跑一阵，马背上冒着热气，脖子上淌着汗，马蹄沾满了草屑和花香。

我们用缰绳绊住马前腿，让马去一边吃草，我们仰躺在草地上喘息。一只不知名的小鸟惊叫一声，从草丛里飞起来，蜷着黄色的小腿，扇动着蓝绿色的翅膀无声地飞走了。天空很蓝，飘着几朵白云。太阳有些刺眼、燥热。阿朵早已蹬掉了脚上的布鞋，光着那对好看的脚丫，闭着眼睛，一边喘气，一边解开了衣袍最上面的布扣，露出一抹雪白的肌肤。

我想起了书房里的那张羊皮垫子，嗅到了四溢的芳香。

我翻身坐起，俯身端详着阿朵，刚刚平复的呼吸开始变得短促。阿朵睁开湿润的黑眼睛，任性而又狂热地盯视着我，饱满的胸脯急剧地起伏着。我们谁也没有说话。草原静得出奇，能听到彼此的喘息和青草在身下挣扎的声音。阿朵嘴里呼出的是风的味道和花草的芳香。我开始慌乱地解她的衣袍，她躺着一动不动，用挑衅的目光注视着我。汗从我的脸上流淌下来，滴落在她光洁嫩白的胸上。我像剥葱一样剥开她，温热的诱人的香汗味儿扑面而来，雪白浑圆的乳房傲慢地挺立在阳光里，两颗鲜红的乳头像熟透了的樱桃，怕见人似的羞怯地颤抖。我用嘴逮住那樱桃，同时用手握住她的乳房。她的呼吸越来越急促，突然翻身骑在我的身上，野蛮地撕开了我的衣袍……

她还跟以前一样，总是喜欢用这种方式征服我，不管是在羊皮垫子上，还是在开满鲜花的草地上。我喜欢被她这样征服。

事后，我们把自己晾晒在草地上，让阳光慢慢吻干我们身上细密的汗珠。四周静得出奇，耳朵嗡嗡地响，我们的呼吸里充满被碾压碎了的草腥味儿。远处隐隐传来牧民悠扬的牧歌：

花草像野鸟美丽的翎子
苜蓿花如同紫色的绸缎
羚羊在坡地上留下慌乱的爪印
长蛇羞怯地退入山林
阳光像驼毛一样温暖
青草像毡毯一样柔软
夏虫在草丛中低声呻吟
青蛙从小溪里跳上跳下
正是阴阳交合的季节
公牛自古是奶牛的神灵……

我们从草地上爬起来，穿好衣袍。没有看见唱歌的牧人，只见一群绵羊云朵似的在碧绿的山丘上缓缓移动。两匹马在安静地吃草，鸽子站在马鞍上看着我们，见怪不怪的神情，让我很不好意思。鸽子好像看出了我的心思，咕咕叫了几声，扑棱棱朝前边飞去。

我重新给马戴上笼头，搭上马鞍，拉紧肚带，将马尾扎起来，然后仔细检查了马鞍下面。这是一个骑手上马前必须要做的，即使马鞍下有一根草茎，跑出三五里地也会把马背磨出血来。我整理好马鞍，轻快地跃上马背，扭头去看阿朵。阿朵脸上挂着满足幸福的笑容。

绕过一座山丘，前面突然没有了路，出现了一道山崖。山崖上有一个石窟。鸽子飞进了石窟。看来我们要找的地方到了。我们急忙跳下马，把马拴在洞外的一棵枯树上，好奇而又紧张地走进了石窟。里面狭窄阴暗，只有一张草垫。这里有人居住过的痕迹和气息，可是人呢?

鸽子扑棱棱飞出了石窟。我们跟着鸽子跑出去，七拐八拐，攀上一道山崖。天哪，褐色陡峭的山崖上雕刻着许多崖画。这些崖画图案奇异，除了亭台楼阁、鹿马牛羊，还有姿态各异、极其夸张的党项男女。再仔细一看，每一幅崖画都讲述着一个党项民族的传奇故事。可是，这些看上去雕刻不久的崖画，是谁刻上去的呢?

鸽子在空中飞来飞去，终于落在一处杂草茂密的山崖下。我们跟过去一看，吓了一跳：一个干瘦的老头躺在一块不规则的青石板上睡得正酣。老头白发乱如蒿草，在阳光下闪着银白的光亮，浑浊的口水从他的嘴角流进了皱巴巴的衣领。鸽子在他破烂的衣袍上跳来跳去也没有弄醒他，又去啄他皱巴巴褐色的老脸。他终于醒了，坐起来，吃惊地看着我们。

天哪，竟然是阿利克!

我几乎叫出了声。我没有想到失踪了很久的阿利克会一直隐居在这个荒芜的山谷里。阿利克也认出了我们，抹了把嘴角的口水，嘿嘿笑了。

“刚才我在梦里看见你们啦。”

我指着四周的崖画问：“这些，都是你刻上去的?”

“是呀，大夏不需要我了，我只能刻这些崖画了。或许将来我们的党项后人能用得到它们。”他站起来，拍了拍衣袍上的草屑和灰尘，“我们走吧，我这里没甚东西招待你们，只有一些野果子……”

我们顺着刚来的小路往回走。走到一幅崖画前，我停下了脚步。这幅崖画有些奇特，上面是两头长着犄角的老牛和一只狼，老牛低着头，准备冲向那只狼，那只狼好像有点害怕，准备后退。

我突然明白了，扭头对阿利克说："这狼就是蒙古人，这两头牛一个是我们大夏，一个是金国，对吧?"

阿利克说："我的心思你一下子就看出来啦。我们要是能跟金国联合起来，蒙古人就一定会像这只孤独的恶狼一样害怕、退缩！可是……"阿利克没有说下去，长叹了一声。

我扫视着山崖上这些形状古怪的画，说："我明白了，你是想把那天在承天殿没有说完的话，刻在这山崖上。"

阿利克点了点头，干裂的嘴唇不住地哆嗦，一行浑浊的泪水从沟壑纵横的老脸上缓缓流了下来……

38. 饥　　荒

第二年，一场意料之中的饥荒席卷了西夏大地。

十荒九旱。去年一冬没有下雪，开春后又不见一星雨滴。地里的小麦紧贴着地皮，怎么也长不起来，连野兔的脑袋也藏不住。往年此时草原上早应该是莺飞草长、野花遍地了，可是今年到了三月还是枯黄一片。冬天的干草早已被吃光，成群的牛羊被活活饿死。城外官道上的尘土没过了脚面，车马一过，烟尘四起，经久不散。

沙州、瓜州一带更是祸不单行，接连发生了地震，房屋倒塌，泉水枯竭，树木倒伏，百姓和牲畜成千上万地死亡。瓜州城外一夜之间裂开了一道地缝，一股黑沙喷涌而出，冲起三丈多高的沙堤，眨眼之间，上千户人家被埋在黑沙下面。

农区的饥民扶老携幼、成群结队地到处寻找灰条、白蒿等吃食，还有根白、叶如灯芯苗的野韭菜，鼓子蔓也可以果腹。鼓子蔓也叫鼓子花，非瓣状，如军中所吹的鼓号，原本四、五月开花，现在却只有枯黄的根苗。碱蓬子秋季开花，籽实可食或榨油，但现在也被人们当成了食物。蔓菁更是一种野生的好食物，四时都有，春吃苗，夏吃花，秋吃茎，冬吃根，现在只能撅食稀疏的苗苗了。这些野菜很快就被洗掠一空，饥民开始剥食树皮，所有的树木也很快变成了光杆杆。饥民又开始在野地里捕食田鼠。草原上的饥民则捕食旱獭。旱獭膘厚，即使在荒年也比瘦死的牛羊肉肥。但是没过多久，旱獭也绝迹了。饥民们纷纷拥向附近的城镇，哄抢御庄，袭击州城。

官道上的饥民络绎不绝，饥饿的野狼跟在饥民后面，从遥远的草原来到了河套平原。它们一点也不怕人，不分白天黑夜，随意地在城外游走嗥叫。城墙下和路边上，经常能看见野狼啃过的饥民和牛羊的碎骨。饥民们源源不断地拥进都城。都城里人满为患，就像几年前闹兵荒那样，时常会发生因争抢食物而打死人的事情。一首《十不如》的歌谣，在都城的大街小巷悄悄传唱：

一不如，年年征战，田园荒芜野草长；
二不如，岁岁歉收，灰条白蒿当食粮；
三不如，青壮征丁，牛羊瘦弱无人牧；
四不如，尺布百钱，饥民身上无衣裳；
五不如，肆场冷落，不见昔日繁华样；
……

歌谣传到了皇宫，遵顼惊慌起来，担心都城会因此大乱，急令打开灵州御庄赈济饥民。朝廷在灵州城外的荒滩上支起三十口大锅，日夜熬粥施舍。东风把久违的饭香送了过来，饥民们循着这诱人的香味儿潮水般涌向灵州城，都城的压力一下子就减小了。接着，遵顼出人意料地接受了太子德仁的建议，发布了一条法令：减免百姓赋税一年，家中饿死一人者减免二年，饿死二人以上者减免三年；沙州、瓜州一带百姓，因地震造成房舍倒塌者，由官府统一拨给银两修复。这样一来，国内安定了许多，巷道里的《十不如》歌谣也慢慢消失了。

这期间，根据皇上的旨意，李战派出一拨又一拨的铁鹞军兵车，从各地御仓往都城押运粮食。这些车队往往走到半道就会停下来，将一部分粮食高价出售，白花花的银子落进了李战的腰包。士兵们对李战恨之入骨，但谁也不敢吭声。

入夏后，连续下了几场雨，旱情得到了缓解。草原开始泛青，要不了多久青草就会长起来，牧民又可以放牧了。牧区百姓抓紧夏播。夏粮没了指望，抓住秋稻秋粮，荒年也能勉强熬过去了。

河套农区的百姓开始忙着抢种水稻。水稻分籼稻和粳稻两种，河套一带的稻子都是粳稻。粳稻秆硬不易倒伏，比较耐寒，适合于河套气候。粳稻应该春季播种，现在春季刚过，雨水充足，抓紧插秧还来得及，到了九月或许还会有些收获。而居住在高山坡地的百姓大多选择种植荞麦，这种植物夏种秋收，成长期短，两个月就能见到收成。还有大豆，水地旱地都能种植，夏至前后种下，一个月后豆苗就能高到三尺，白色的小花悄悄开放，五彩斑斓的蝴蝶飞来飞去，眼看着茎秆上就结出了豆荚。精明的百姓还会在大豆的行间加种一些回鹘豆，这种青色耐旱的植物，到了叶秆上长出了斑点和麻点的时候，就算成熟了，收成一向不错。

可是到了秋天，不知从哪儿冒出来成群的蝗虫，遮天蔽日，把百姓期待的秋庄稼一扫而光……

连续数月的开仓放粮，使得各地的御仓十有九空。要不了多久，御仓就会全部被吃空。没有了粮食，饥民就会闹事。遵顼坐不住了，准备让太子德仁领兵去攻打金国，掠夺粮食。但是德仁死也不愿出兵，德仁当着满朝文武的面，顶撞他的父皇说：“这些年来，我们一直跟随蒙古人攻打金国，已经够不仁不义了，现在又要让我领兵去抢夺人家的粮食，我宁愿饿死，也不去当强盗！”

遵顼一拍龙椅上的金把手，呵斥道：“你敢抗旨不遵，我废了你！”群臣见皇上动怒，担心真的废了太子，哗啦一声都跪在地上请皇上息怒。可是德仁并不退让，直挺挺地站在那里，态度强硬地说：“父皇就是废了儿臣，儿臣也不去打这样的不义之仗！”

遵顼没了退路，一怒之下废了太子，并下令将他逐出都城，囚禁在陪都灵州城。

当天夜里，巡夜的沙郎在皇宫里看见一个蒙面人，心里一惊，马上跟了上去。但那个人身轻如燕，脚下生风，很快就在他面前消失了。就在沙郎蹲在皇上寝宫外面的墙角寻找蒙面人踪影的时候，那蒙面人却从黑暗中突然钻了出来，几乎踩到了他的身上。沙郎一跃而起，一刀劈了过去，那蒙面人敏捷地往旁边一躲，鬼影似的又一次消失在黑暗中。沙郎那一刀没有伤及蒙面人，却砍下了裙裾的下摆。拿到灯下一看，这裙裾的颜色有些眼熟。沙郎似乎明白是怎么回事了，他没有声张，第二天将那截裙裾交给了德仁，并说了自己的猜测。

沙郎走后，德仁叫来卫慕香，将裙裾扔到她面前，生气地说：“你到底想做甚?!”

卫慕香见事情已经败露，就直言不讳地说：“他是一个昏君，他废了你的太子，我恨他！我想杀了他，让你做皇帝……”

德仁怒斥道：“他是我的阿爸啊！即使换了别人，我也不允许你这么做。这是弑君！是死罪！你知道不知道?”

卫慕香眼眶一下子就盈满了泪水，说：“我知道，但我死不足惜。你是大夏最勇敢最智慧的骑手，你是大夏的战神，大夏不能没有你！只要对大夏有利，对你有利，我死而无憾!”

德仁的眼圈红了。卫慕香见状，顺势扑倒在德仁怀里，双手搂住了德仁的腰，流下两行委屈的泪水。德仁没有像往常那样推开她，疼爱地抚摸着她的长发，深深地叹了口气，说：“你真是个傻女人……”

离开都城前，德仁亲自将火凤凰搬到了阿默尔的碉楼，交给了阿朵，并向她详细交代了接下来该做的事情。火凤凰是他没有完成的一种会飞的兵器。

德仁对阿朵说：“总有一天我们会用上它!”

阿朵点了点头，眼泪忍不住涌了出来。这种用木头做成的奇怪的兵器，像一只大鸟，扇形的尾巴上捆绑着六节两尺长的竹筒。

德仁说：“给竹筒里装上火药，点燃后它就会自己飞出去。”

阿默尔围着火凤凰看了看，说：“这很像汉人的木鸢。”

阿朵问：“木鸢是甚?”

“鸢，就是我们所说的鹞子。木鸢，就是汉人用木头做的风筝。但是汉人的风筝都是纸做的，相传最早的纸鸢是汉朝的大将韩信做的。后来有个皇帝让人用木头做了一只风筝，做成后竟然也能飞。皇帝很高兴，就赐名叫‘木鸢’。”阿默尔边打量火凤凰边说，“太子的想法真是奇特，这东西将来一定能飞得很高、很远……”

德仁叹了口气，说：“可惜我不能做完它了……”

那天夜里，都城里几乎所有的人都听到了牛首埙的声音。那凄厉的声音在紫黑色的夜幕下呜咽了一夜，许多人彻夜未眠，牛首埙的呜咽声里夹杂着人们各不相同的叹息。天快亮的时候，人们听见屋檐上有淅淅沥沥的声音。老天落雨了。有人说是牛首埙的眼泪，有人说是长生天在哭哩。

秋雨中，德仁上路了。

都城的百姓聚集在城门口，默默地为他们的太子送行。他们的衣袍被雨水打湿了，忧郁的脸上流淌着雨水和泪水。德仁骑在白鬃马上，一袭布袍，身上没有了往日的甲胄，但脊背依然挺拔，脸上挂着自信的微笑，嘴角坚毅地朝下弯着，两道密集浓黑的剑眉上挂着晶莹的雨珠，眼睛里燃烧着不屈的激情火焰。他一只手扶着银鞍头，一只手按在腰间的龙雀剑剑柄上，高贵英武，没有一点落魄的样子。卫慕香骑着一匹枣红马跟在后面，她低垂着头，人们看不见她的表情。

白鬃马走出城门，忽然仰起脖子，朝着雨幕凄厉地嘶鸣一声。女人怀里的孩子受了惊吓，哇哇大哭，人群里传出低沉的叹息和呜咽。德仁扭过挺拔的身躯，抱拳向百姓告别，人们这才看见这个昔日的太子的眼睛里有东西在闪烁。他们不忍心看见一向倔强的太子这样，纷纷低下了头。

等他们再抬起头来，熟悉的白鬃马已经消失在蒙蒙细雨之中……

德仁走后，阿默尔更加明显地预感到西夏将亡，便加快了秘史的写作速度。可是秘史写完后怎么保存呢？经过几天的苦思冥想，阿默尔终于想出了一个好办法。他让阿朵将尕娃叫来，交代尕娃请石匠雕琢一个精致的石匣子，然后再用羊血浸泡七七四十九天。

阿默尔说："这样就可以埋在地下数百年不被虫蛀水蚀了，一直保留到另一个你出世时，人们才能看见书稿上的字迹。"

尕娃以为阿默尔在说笑，但看见阿默尔一脸严肃，自己也认真起来，问阿默尔："另一个我出世需要多少年？"

阿默尔说："也许一百年，也许八百年，不好说。"

尕娃半信半疑，看见阿朵脖子上的玉羊，灵机一动，说："我可不可以将石匣子雕琢成阿朵玉羊的样子?”

阿默尔说:“当然可以。不过,石羊的肚子要掏空,而且要严丝合缝,还要暗藏打开的机关。此事只能我们三个人知道,不可泄露,就连石匠也不能让他知道石羊的用途。”

尕娃问:“石羊做好后,里面装上秘史,你准备存放在哪里?”

阿默尔用脚跺了跺地,说:“就掩埋在碉楼的底层。”

尕娃要了阿朵的玉羊,找人去雕琢石羊去了。阿默尔白天写秘史,夜里一个人在碉楼底层悄悄挖掘洞穴,准备将来藏匿装有秘史的石羊。

遵顼开始点集左右厢兵马,准备攻打金国巩州。大臣们明知道这样不妥,但谁也不敢吭声。御史中丞梁德懿再也沉不住气了,斗胆劝谏道:“陛下,我们不但不能进攻金国,而且还要尽快与金国修好。我们用兵十年,田野荒芜,生灵涂炭,国势濒危。太子一片忠心,忧虑大夏社稷,直言用兵利弊,却被陛下废黜……现在正是用人之际,恳请陛下召回太子,辅佐朝政,这样才能使百姓心服,国泰民安……”

遵顼早就听说梁德懿牢骚满腹,经常私下里议论朝纲,现在又说出这番话来,更是生气,当即下令让侍卫将梁德懿赶出了承天殿。

更让遵顼生气的是,刚赶走梁德懿,又一个大臣站了出来。这个人是主管农田司的张公辅。几天前,他刚从各地巡察御庄回来。他说:“陛下,如今我们的御仓十有九空,千万不能再出兵打仗了啊!”

遵顼恼怒地打断他:“就因为御仓空虚,才要攻打金国,筹集粮食!”

张公辅匍匐在地,据理力争:“陛下,我们当务之急是做好七件事:一是收集流离失所、背井离乡的士兵和饥民;二是坚守与邻国的盟约,向天下昭示我们的诚信;三是将战争中毁坏的城墙修复加固,使我们的军队可据险防守;四是严肃军纪,加强练兵,提高军队的御敌能力;五是崇尚节俭,惩治腐败,削减宫廷开支,加大军费支出……”

没等他说完，盛怒之下的遵顼就罢了他的官。

梁德懿虽然没被当廷罢官，但几天后他主动要求辞官归田，离开了都城，谁也不知道这个倔强的老头去了哪里。

秋天，木华黎率领的联军攻打金国凤翔，党项军队损失惨重，三分之二的兵马相继阵亡，无力再战，只好中途退兵。木华黎没有攻下凤翔，迁怒于西夏，说是因为他们中途退兵才导致了失败。木华黎以此为借口，掉转马头，越过东部边境，对西夏发起了突然进攻。

消息传到都城，遵顼惊慌失措，担心木华黎沿河西走廊东进，再次包围都城。正当他一筹莫展之时，事情突然出现了转机：金国集结倾国之兵，开始从东线和南线同时对蒙古军进行反攻。

木华黎只得暂时放弃进攻西夏，挥师东进，迎战金兵……

39. 灵　　州

这段日子，卫慕香夜里总失眠，很累、很困，可就是睡不着。有时眯眯瞪瞪快要睡着了，又突然被一股气憋醒了。那股气想呼呼不出，想咽咽不下，就堵在胸口那儿，憋得难受。

以前她可不这样，头一挨枕头就睡着了。可是现在她怎么了？夜里灯一吹，屋里一黑，她眼前全是德仁，还有那个陌生女人，赶也赶不走。他们一直在她面前晃悠，让她心烦意乱，无法入眠。白天还好一点，人多，事多，她可以做这做那，可以暂时不想他们。闲暇的时候她就爬上城墙，去看士兵们操练，看巷道上来来往往的百姓，看城外越来越成熟的秋庄稼，或者吹自己的牛首埙。

现在，她独自坐在城墙上俯瞰下面的操场，德仁正在那里帮助灵州领军佐里操练兵马。她看着那个熟悉而又陌生的人，心里在想：他是一个什么样的人呢？他和那个陌生女人是什么关系？他们早就认识了，还是到灵州后才认识的？我还能像从前那样爱他吗？

这些问题，她一个也没有想明白。她把脑袋都想大了、想疼了，可最终还是没有结果。她索性不去看那个让她疼爱、让她痛苦的人，赌气似的将目光投向城外。今年河套平原风调雨顺，庄稼长势喜人，田野里金黄一片，呈现出一派丰收的景象。但是金色的原野无法照亮卫慕香灰暗的心情。她不去看他，可心中的那双眼睛始终没有离开过他。他比在都城时瘦了、黑了，但看上去更结实了。他照样不苟言笑，嘴角倔强地向下弯曲，好像在极力掩藏着什么，她知道那是他内心的焦虑。

她太了解他了，他一直在担心蒙古人再来。他不是害怕蒙古人，而是担心蒙古人再一次攻来，而他还被囚禁在这灵州城里，不能领兵去跟他们厮杀。可是他的忧虑，难道就跟那个陌生女人没有一点关系吗？

在灵州百姓的心里，他还是从前的太子。灵州领军佐里更是崇拜他，没有将他囚禁起来，而是把他悄悄安置在兵营里。名义上是囚禁，实际上精心款待，让他帮助操练灵州城的卫戍军。这样一来，他就有事干了，不再寂寞了，甚至比在都城时还要忙碌。一年来，他指挥灵州的卫戍军训练出了九种不同的战法，并且还帮他们建起了一支英勇无比的“撞令郎”，也就是战场上的敢死队。

她原以为跟随他来灵州，可以好好照顾他、爱他，可是他却始终不给她机会。许多个夜晚，她悄悄摸进他的卧房，却最终都被他冷漠地推了出来。有一次，她甚至已经抱住了他，听到了他粗重的呼吸，可是最后还是被他推出了屋门。她觉得很委屈。她是真的爱他、疼他啊，她是想去温暖他、抚慰他，可他为什么就不肯接受呢？她以为他还没有完全原谅她。她可以等，等到他能原谅她的那一天。他就是块石头，她也要把他暖热。可是最近她发现，他不接受她，是因为另外一个女人。她没想到，他这么耿直本分的人，竟然在灵州城里还隐藏着另外一个女人。这让她很震惊，很心寒。

有一天，在一个偏僻的小巷，她无意中看见他跟一个女人幽会。她吃了一惊。如果不是亲眼看见，她怎么也不会相信。那女人四五十岁的样子，很有几分姿色。她傻了，脑袋一片空白，嗡嗡直响。他们说些什么，她无法听到。可是她清楚地看到，那女人说着说着就抹起了眼泪，他站在那里手足无措的样子，像是亏欠了那女人什么。她从来没有见他这样窘迫过。一个男人能亏欠一个女人什么呢？她不敢往下想了。当天晚上她失眠了。她暗下决心，一定要查清那个女人的身份。

于是，她开始悄悄跟踪那个女人。开始跟踪时她心里很矛盾，觉得自己这样做很卑鄙，跟到半道停了下来，心里一直在痛苦地挣扎。

她知道他最恨这种军察的手段，如果让他知道她又干起了老本行，他是不会原谅她的，她甚至会永远失去他。可是她现在就拥有他了吗？她跟了他这么多年了，除了天天能看见他，什么时候真正拥有过他？现在又突然冒出来一个陌生女人。“我不能眼睁睁地把他让给别的女人！”她这么想着，在好奇心和嫉妒心的双重驱使下又跟了上去。

她给自己找了一个理由：我是因为爱他才跟踪那个女人，这跟以前干军察时可不一样。以前是为了皇上，现在是为了自己。她的心是干净的，她只是为了爱他。这么一想，她心里就好受多了、坦然多了。

她很快就发现，那女人经营着一家马鞍铺子，是一个回鹘鞍匠的女人。她不明白，他怎么会跟这么一个女人有瓜葛。她假装要买马鞍，去过那鞍铺几次。那个黑瘦的回鹘男人满脸笑容，很会做生意，每句话都很入耳，让她不得不买下了一副马鞍。看样子，他们的生意很不错，在这条鞍具商铺、铁匠铺、马具修理铺、甲胄弓箭铺、织锦坊众多的街道上，他们的日子算得上殷实富裕。可是那女人却很少有笑脸，从不主动和客人说话，进进出出像个影子。

等女人进了里屋，她悄声问男人：“你老婆怎么不高兴？你招惹她了？”

男人向里屋瞄了一眼，低声说：“我哪儿敢招惹她呀，她不找我麻烦我就算烧高香了。”

女人一出来，男人立马住了口，偷着朝卫慕香挤巴一下眼，抿嘴一笑。等女人走了，男人小声说：“她以前可不这样，整天嘻嘻哈哈的，站在街那头就能听到她的笑声。可是说来也怪，这一年来她像换了一个人，突然就变了，变得不爱说话、不爱笑了，谁知道她犯了甚病。”

有一次她去马鞍铺，正巧遇上女人冲男人发火。女人火气很大，手指快要戳到男人的脸上了，男人蹲在地上一声不吭，继续忙着手头的活计。见她进来，男人忙站起来，笑着招呼她，跟什么也没有发生一样。男人的宽容更加激怒了女人，女人抓起一个花瓶朝男人砸去。

男人一躲，花瓶碎在了身后的墙上，崩裂的碎片划破了男人的耳朵。男人没有去擦耳朵上的血，而是一面赔着笑脸劝慰老婆，一面招呼她坐下。她哪里敢坐，匆忙离开马鞍铺。

一路上她都在纳闷：回鹘男人向来性情刚烈，一言不合就会拔刀跟人拼命，可是这个回鹘鞍匠脾气怎么这么好？那个女人用什么招数制服了刚烈的回鹘男人呢？看来这个女人还真是不简单。

这么去了几次，一点收获也没有，她还是没有弄明白那个女人和德仁是什么关系。后来，她又看见他们幽会过几次。他们每次都是在那条偏僻的小巷，说上几句话就匆忙分手，看上去很是神秘。那女人头几次见面还抹眼泪，后来就不抹泪了，开始笑了，有一次甚至笑出了声，那样子看上去很浪、很风骚。尽管那女人有几分姿色，但毕竟是四十多岁的人了，他怎么会喜欢那种徐娘半老的女人呢？

她想问他，但是每次话到嘴边又咽了回去。她有什么资格问他呢？她是他什么人？他答应过她什么吗？她无法问。但是不问她心里又憋屈得难受。有时她想一走了之，永远离开他，彻底忘了他。可是她无法想象，没有他的日子她该怎么活。

直到现在，她也没有弄明白为什么喜欢他。他忧郁、冷漠、不苟言笑，不会心疼人。他是一个无趣的男人。他的所有兴趣都在战马、刀箭和战场上，除此之外，似乎任何东西都引不起他的兴趣。她喜欢他，或许是因为他的勇敢、忠诚、粗野和桀骜不驯，或许是因为他那让人心疼的忧郁眼神，她说不清楚。一时看不见他，她就心慌，坐卧不安。尽管他们待在一起有时半天不说一句话，但她也不觉得寂寞。能嗅见他身上的气味儿，听到他的呼吸，她心里就踏实、平静、熨帖、舒坦，有一种安全感。她是一个外强中干、缺乏安全感的女人，自从那个骑马的军察把她从阿娘身边掳走，她就失去了安全感，总担心有人要害她。但是跟他在一起时这种感觉就无端地消失了。有他在身边，她什么也不怕。可是现在他的身边出现了另一个女人，怎能让她心安？

远远地，卫慕香看见官道上来了一匹马。等走近了，她才认出骑在马背上的人是南平王尕娃。他一定是来看他阿爸的。自从来到灵州，都城还没有一个人来看过他们。见到了尕娃，他该有多高兴啊！她匆忙跑下城墙，在城门口迎住尕娃，把他领进了兵营。

德仁见到儿子很高兴，拍拍儿子宽实的肩膀，说："长高了，壮实了。昨天夜里我就听见你的马蹄声了，怎么就你一个人？"

尕娃好奇地问："您真的听见了我的马蹄声？"

德仁难得一见地笑了，说："梦里听见的，我们父子心有灵犀嘛。"

尕娃说："本来有两个仆人跟着我，可是走到半道我的枣红马踩进了旱獭窝，马腿扭伤了，只好留下一个照看枣红马。过黄河的时候，浑脱皮筏子又被上游冲下来的树枝划破了，另一个仆人被淹死了，就剩下我一个人了……"

德仁脸色阴沉了下来："看来你不该来啊。"

"阿娘不放心，让我来看看您。"

"你阿娘好吗？"

尕娃看了卫慕香一眼，目光冰冷。她低下了头。

尕娃说："阿娘老多了，头发都白了。"

"她夜里睡觉还惊叫吗？"

"比以前更厉害了。"

德仁换了一个话题："我放在阿朵那里的火凤凰怎么样了？"

尕娃说："她对火凤凰可尽心了，谁也不许碰，天天在那里捣鼓。她说再过两个月就做完了，就可以让它飞起来了。"

德仁显然很高兴："阿朵真是个好孩子。"

尕娃在兵营住下。卫慕香帮忙收拾好屋子，问尕娃怎样，尕娃面无表情，爱答不理的。她心里明白他为什么不喜欢她，她并不怪他。一年不见，尕娃变得成熟了，冒出了浓密的胡须，目光里有了复杂的内容。从他身上很难找到从前那个羞涩的傻乎乎的男孩的影子了。

尕娃看她的目光让她后背直发冷。她心神不宁，惧怕那目光。心想：我跟你阿爸之间没什么呀，你干吗这样对我？一想到马鞍铺里的那个女人，她就更觉得委屈。不行，她得找机会跟他谈谈。可是怎么谈呢？一时又没有想好。

三天后的傍晚，德仁跟领军佐里喝着奶茶商议练兵的事情。她见尕娃一个人回了自己的屋子，便跟了进去。尕娃冷漠地看了她一眼，她竟将酝酿了几天的话给忘了，一时不知从何说起，只好没话找话地问：“阿兰王妃可好？”

尕娃说：“好。”说完便盘腿坐在毡毯上，整理着马鞭，看也不看她，没有让她坐下的意思。她坐也不是，走也不是，尴尬地站在那里。

“你和王妃成亲好几年了吧，应该有个孩子了。”

尕娃冷冷地说：“你比我大，有三十好几了吧，可是你为什么还不嫁人呢？”

她的脸腾地红了，耳朵发烫，但她马上稳住了情绪，笑着说：“我老了，没人要了，嫁不出去了。”

尕娃冷漠地看着她：“是吗？”

她站在那里别扭极了，快要忍不住了，只要尕娃再用这种讥讽的口吻说一句，她就豁出去了，就会把想说的话全说出来。她要告诉尕娃：我爱你阿爸，我不嫁人，就是想嫁给你阿爸！可是直到现在我和你阿爸也没有什么，我没有对不起你阿娘，请你不要用这种目光看我！

可是这时，外面响起了马蹄声。

尕娃从毡毯上站起来，说：“沙郎来了。”

她很惊奇：“你怎么知道？”

“我能听出他的马蹄声。”

尕娃说着就往门口走，正好与闯进来的沙郎碰上。

沙郎说：“王爷，不好了，阿朵出事了……”

“阿朵咋了？”

“皇上下了一道谕旨，将阿朵嫁给了统军李战……”

尕娃气愤地说：“糊涂的皇爷！”

沙郎说："其实不怪皇上，听说李战早就看上阿朵了，只是因为害怕太子一直不敢造次。现在太子被废了，您又来了灵州，李战就趁机向北平王提出要娶阿朵，北平王禀报了皇上，皇上就下了一道谕旨，让阿朵嫁给李战。昨天中午，李战拿着皇上的谕旨，带着一帮人马硬是用花轿把阿朵抬进了他的统军府。今天早上，我们发现李战死了……"

"死了？"尕娃很惊讶，但脸上马上露出了笑容，"自作孽，不可活！死得好，死得好！可是，是谁干的呢？是阿朵？"

沙郎说："不知道。李战死后，她一直坐在屋子里等到天亮，后来就被人捉住了。北平王问她时，她一口咬定是她杀了李战，北平王就把她囚禁起来了……"

尕娃说："她干吗不逃呢？"

沙郎说："她要是逃了，不知道有多少人要因此遭殃，她不逃是为了不连累别人。王爷，你快回去救她吧！"

"她有皇爷钦赐的免死牌，他们不敢将她咋样！按说人命案应该由御史中丞梁德懿办理，北平王为何插手？"

"还不是因为李战是他的亲信。"

"那么，到底是谁杀了李战？"

"李战心狠手辣，贪得无厌，对部下敲诈勒索，许多首领和士兵都对他恨之入骨，恨不得他早点死！"

"你的意思是铁鹞军内部人干的？"尕娃瞅着沙郎，"不会是你吧？"

沙郎点点头。

尕娃笑了，冲沙郎说："干得好！快去备马，我们连夜赶回都城。"

40. 逊　　位

紫红色的朝霞在天边散开，天空越来越亮，苍白的月亮蹲在山冈上等待日头出来。奔跑了一夜的马已经疲惫，蹄声有些凌乱，马背热汗津津。好在都城就要到了，我们已经看见了晨光中的城郭。

我一手扶着鞍头，一手抓紧缰绳，扭头对紧随身后的沙郎说："我去见北平王，你去带那些人在宫门外等候。"

我们驰进城门时，天已大亮。我没有从皇宫正门进去，而是绕道东门，直接去了紧挨御花园的叔叔德旺的寝宫。

叔叔刚起床，看见我突然出现有些惊讶，但他马上就猜出了我的来意，招呼我坐下，让侍女端来香喷喷的奶茶。我没有喝茶，尽管赶了一夜的路有些口渴。我也没有按照叔叔的意思坐在他的身边，而是坐在了他对面的一把椅子上。这样，我们就有了平起平坐的意思，就可以开始一个王爷与另一个王爷之间的平等对话。我说："我这么早来，可不是为了品尝奶茶。"

我还是头一次用这种口气跟叔叔说话。叔叔一愣，很快就笑了起来，好像我的话有多么可笑似的。笑过之后，他奇怪地打量着我，好像不认识我似的。他慢悠悠地喝了一口奶茶，然后说："我知道，你是为了那个女人来的。"

"她可不是一般的女人，她是皇爷赐封的'护国公主'。"

"可是，她杀了铁鹞军统军。大夏法典《天盛改旧定新律》规定：刺杀统军以上朝廷命官的，一律问斩，而且还要诛灭九族。"

"您不会忘了吧，她身上可有皇爷钦赐的免死牌。"

叔叔又喝了一口奶茶，看也不看我，说："可她犯的是两次死罪。杀统军是死罪，抗旨不遵也是死罪。这门亲事是皇上钦定的，她不从就是抗旨不遵。就算她有免死牌，那也只能免死一次。"

我早就料到他会这么说，所以早有准备："李战该杀！军事法典《贞观玉镜统》规定，私卖军队兵器者，五品以上官员都可先斩后奏。按朝廷律条，皇上赐封的护国公主应属三品，所以她杀李战不应治罪。"

"私卖兵器？"叔叔脸上露出一丝惊慌，但很快就拉下脸来，"这话可不能随便乱说，得有证据！"

"当然有证据，证人就在宫门外候着呢，要不要叫他们进来？"

叔叔显然没有料到我会来这一手，但他已没有退路，只好说："既然有证人，就让他们进来。"

我对门口的一个侍卫说："把他们叫来。"

一阵杂乱的脚步声后，侍卫进来禀报说证人已经带到了院子。我和叔叔一起走了出去，清晨的阳光下，院里站了十几个铁鹞军士兵。但我没有看见沙郎。这小子聪明，就应该这样。我让他们把自己知道的事情如实讲出来，士兵们就把李战如何将火炮卖给了金国人，如何将押运的皇粮变卖成银子装进了自己的腰包，如何挪用军费开办了自己的陶窑场、盐池、商铺，还在清水街开办花屋等事情通通讲了出来。

没等士兵们说完，叔叔就恼怒地说："浑蛋！真是浑蛋！"

不知是说死去的李战，还是说这些证人。

我摆摆手，士兵们退出去了。院子里就剩下我们叔侄二人。叔叔意味深长地瞅着我，忽然扑哧一声笑了，走过来搂住我的肩膀，说："叔叔跟你耍笑哩，你倒当了真。你是谁？是我的亲侄子。李战是谁？是一个奴才。我怎么会为了一个奴才而为难我侄儿心爱的女人呢？我囚禁她，是为了保护她，担心李战手下的那些人害她。李战这个狗奴才，背着我干了这么多坏事，真是该杀！"

叔叔的话我才不信呢，但我不想把关系搞僵，所以就装傻，用笑脸回敬叔叔。事情就这样轻而易举地解决了。

我把阿朵从牢房里接出来，她死活都不愿再待在皇宫，我只好让她回到了阿默尔的碉楼。我想用拥抱来安慰她，她却一把推开我："别碰我！"她尖锐的惊叫像一支利箭，嗖的一声，从我的前胸穿过后背，留下了一个冰冷的黑洞，我感到钻心的疼痛。但我没有怨她，经历了这么一场劫难，她心情当然很糟糕。

从此，阿朵就很少走出碉楼。阿默尔在屋里写书，阿朵光着脚丫在另一间屋子里赶制父亲留下的火凤凰。

婶娘梁喜儿的叹息声让我难以入睡，我一个人在皇宫里转悠。皇爷书房里亮着灯。皇爷老啦，睡眠的时间越来越少，经常彻夜不眠地研究和临摹他收藏的古玩字画。突然，皇爷书房的拐角处有个黑影一闪，好像是经常跟皇爷下棋的妃子胭脂。难道他们夜里还要下棋？

我问她："胭脂，你在这里做甚？"

她没有理我，转身消失在黑暗中。她转身离去的一瞬间，我看见她的衣袍下面有截东西闪了一下，好像是把腰刀。我吓了一跳。她想干什么？难道她想行刺皇爷吗？可是为甚呢？就因为她曾经是安全的妃子吗？但是皇爷待她很好啊。我站在那里愣了半天，想不明白其中的道理。或许刚才那个女人不是胭脂，是送夜宵的宫女，也可能是我眼前出现了幻觉。

李战死后，铁鹞军统军的人选成了人们关注的焦点。很多人都想当这个统军，但是叔叔德旺始终没有表态。他让所有人都心里没底，又让所有人都感觉自己最有希望。尽管叔叔现在还没有被册封为太子，但实际上谁心里都明白，他就是未来的太子。再往远处想，他就是未来的皇帝。谁巴结上了他，谁就把握住了自己的未来。但我知道沙郎是最好的人选。

我问沙郎："你想不想当统军？"

"想呀，当然想。"沙郎说，"可是我当不上，因为我没有钱。"

"没钱就去找钱呀！笨蛋！"

沙郎没有吭声，皱着眉头，低头想了一会儿，说："好吧，我回去跟阿秋商量一下，明天把她那两个店铺卖了。只要能当上统军，能率兵去跟蒙古人拼杀，为我们全村人报仇，就是倾家荡产我也愿意!”

沙郎的话让我很感动。我说：“你那两个店铺值几个银子？你那点银子还不够人家塞牙缝的！算啦，还是王爷我来替你想办法吧。”

第二天，我去找叔叔德旺。我不是去替沙郎说情，而是去向叔叔借银子。叔叔看了我半天，疑惑地问我：“你要这么多银子做甚?”

我说：“还能做甚？找女人呗。”

叔叔先是一愣，接着哈哈大笑，说：“像个男人说的话……”

叔叔十分痛快地给了我一布袋银子。我心里明白，叔叔巴不得我成天跟女人厮混在一起，这样我就不会对朝政有什么想法。父亲的太子身份被废了，唯一能对叔叔构成威胁的人就是我。这一点我很清楚，叔叔更清楚。

当天夜里，我把沙郎叫到寝宫，让他把那袋银子装在另外一个袋子里，免得被叔叔认出来。然后我说：“你去把它送给北平王，就能当上统军啦。”

几天后，沙郎果然就当上了铁鹞军的统军。沙郎恢复了父亲当年的一切规矩，整肃军纪，操练兵法，在都城所有集市设立靶场，让百姓冲着银靶心比赛射箭。

叔叔做梦也不会想到，沙郎送给他的那些银子就是他自己的银子。他更没有想到，一个月后，他藏匿在那个秘密院落里的满满三屋子银子，对他来说已经毫无用处。因为一个皇帝，是不需要那么多银子的。

木华黎在金国的土地上接连吃了几次败仗，恼羞成怒，便把失败的原因归罪于皇爷没有派去援兵。木华黎派人来兴师问罪，蒙古特使傲慢地要求皇爷立即派去十万兵马，半个月之内赶到指定的地点，否则蒙古骑兵将挥师北上，踏平我们的都城中兴府。

皇爷惶恐不安，想将皇位让给叔叔，自己当太上皇。皇爷流露出这个意思后，朝廷内外一片惊慌。大臣们都知道叔叔是个不学无术的家伙，既不会打仗，又不会执政。大家私下里议论，应该将父亲从灵州请回来，继任皇位。有人甚至斗胆向皇爷谏言。听到这样的消息，我心里为之一震：是呀，最适合继承皇位的人是父亲，而不是叔叔。再说，父亲的太子之位被废后，皇爷并没有另立叔叔为太子，也就是说，皇位不是非叔叔不可。父亲正直勇敢，口碑一向很好，在朝野呼声很高，父亲当了皇上一定能使大夏复兴。

我连夜去了灵州。见到父亲后，我当着卫慕香和灵州守将佐里的面，告诉父亲皇宫里最近发生的一切，劝他回宫向皇爷请求继承皇位。父亲说，没有父皇的口谕，他哪儿也不去。卫慕香和佐里也极力劝说父亲回宫。

佐里说："我护送太子回宫，冒死向皇上谏言！"

卫慕香说："大夏除了太子您，谁还能担此重任？太子啊，您不为自己考虑，也该为大夏社稷考虑，为党项黎民百姓考虑啊！"

就在这时，我们谁也没有想到，叔叔突然来到了灵州。

叔叔对父亲说："父皇想将皇位让给我，可我觉得你更适合继承皇位。如果你愿意回宫继任，我去向父皇求情。"

叔叔的话让我很吃惊，我没有想到叔叔会这样做。

父亲说："我一生不求人，你也不要去为我乞求。"

叔叔说："那好吧，我尊重阿哥的选择，你永远都是我的好阿哥，我们兄弟不分彼此。"

我突然明白了，叔叔早就料到父亲会这样，他太了解自己的哥哥了。叔叔来灵州的真正目的是安抚父亲，怕父亲在他人的劝说下与他争夺皇位，同时也是为了堵住别人的嘴。

果然，叔叔回到都城后就放出话来，说他亲自去灵州请阿哥德仁回宫，却遭到了阿哥的拒绝。大臣们无话可说，议论之声渐渐稀少。

七日后，叔叔继承了皇位，阿爷当了太上皇。

41. 密使与皇妃

爷爷把皇位交给了叔叔的同时，也把诸多难题交给了他。因为叔叔在半个月之内根本就不可能点集十万兵马，赶到木华黎指定的西南边境。可是逾期不到，蒙古大军就会席卷而来，围攻都城。

叔叔陷入了无边无际的烦恼和惊恐之中。但是事情突然有了惊人的转变：木华黎突发奇病，死在了西南边境。

“太好啦!”叔叔欣喜若狂，终于舒了一口气。大臣们趁机讨好叔叔说：“陛下一登基，木华黎就死啦，这不是巧合，而是皇上的洪福压死了木华黎！吉兆啊吉兆!”叔叔知道这是在奉承他，但这样的吉祥话他还是愿意听。于是下旨大宴文武百官，全城欢庆三天。

但是，聪明的叔叔并没有因此而脑袋发昏，他意识到事情并没有了结，也许才刚刚开始。木华黎死了，只能延缓蒙古人的进攻，却不能使他们永远不进攻，也许更大的灾难还在后头呢。要想彻底摆脱蒙古人，打败他们是唯一的办法。在这一点上，他的想法难得与哥哥德仁相同。但是连年征战金国，使得国力消耗殆尽，仅仅依靠自己的力量根本无法战胜蒙古人。所以，他决定改变太上皇附蒙攻金的国策，联络漠北与成吉思汗有仇的其他部落，组成抗蒙联军，趁木华黎新丧，向留守中原的蒙古军发起攻击。这个计划，赢得朝野一片欢呼。

很快，密使们骑着各色快马，带着叔叔的亲笔书信和许多贵重礼物，悄悄离开了都城，朝着不同的方向疾驰而去。许多天后，密使们陆续带回了令人振奋的消息。最先回来的是前往金国的密使，他带回了与金国签订的“兄弟之国”和议书。派往周边其他部落的密使们，有的带回了密信，有的带回了口信，但意思大致相同：只要我们大夏国带头向蒙古人开战，他们愿意作为右翼或左翼，或者后备军，随时向蒙古人发起进攻。

这样的结果令叔叔很满意，他信心满怀，相信在不远的将来就能打败蒙古军。如果说还有什么事让他担心的话，那就是党项军队多年来疏于训练，即使可以在短时间内点集起来，也很难立即投入战斗。于是，他命令嵬名令公到各地巡察，督导十二军司联合演练兵马。

这天夜里，我跟阿默尔站在碉楼上静观天象。阿朵没有跟我们上来，她把自己关在屋里，借着羊首灯橘黄色的光芒制作火凤凰。一颗流星嗖地划破紫蓝色的夜空，坠落西天。

阿默尔说："有一个人去了西域。"

我问："谁?"

阿默尔叹息一声，说："不知道，但是更大的灾难就要来啦。"

后来过了很久我才知道，那天夜里，一个叫孛鲁的人被成吉思汗秘密招到西域，面授机宜。孛鲁是木华黎的儿子，成吉思汗让他接替父亲木华黎的封号，继续经略中原，准备一次更大规模的行动。

但是叔叔并没有意识到灾难正在一步步逼近。木华黎新丧，成吉思汗正在西征，一时半会儿回不来，他要等嵬名令公将他的军队操练得有模有样，再召集联军开始向驻守在中原的蒙古人进攻。现在有点空闲，正好办另一件事情。

他要给自己选皇妃。

那些被他派出去的密使们，在带回来好消息的同时，也带回了各地风情万种的女人。那些密使都是叔叔的亲信，知道他喜欢什么样的礼物。那一阵子，皇宫里美女如云。但是这些胖瘦不一、肤色各异的女人，并不能使叔叔满足。他坚信在他的大夏国里，一定还有比她们更美丽的女人。他将其中最美丽的女人养在后宫备选，又开始面向全国征选皇妃。

消息一经传出，各地的部落酋长、统军争先恐后地送来了大批美女。一时间，城外四通八达的官道上车水马龙，尘土飞扬。那情景，跟几年前叔叔选拔十二军司统军时有些相似。美女一拨又一拨地被送进皇宫，被选中者却凤毛麟角。花柳巷的妓女和清水街的暗娼们也夹杂其中，浑水摸鱼，但叔叔经历的女人太多了，他已经认不出她们了。

经过一个月的繁复选拔，最后由叔叔亲自圈定了三十个皇妃。叔叔从此就很少出宫，有时甚至连早朝也懒得去。他从一个皇妃的怀里倒进另一个皇妃的怀里，这样颠来倒去，一天很快也就过去了。但是这样的日子，时间一长他也觉得腻味了。就像一个贪吃的人，吃东西吃多了也会倒胃口。

我很替叔叔担心，用汉人的话说，“色”字头上一把“刀”，下面是个鸡巴的“巴”，说不定哪天那把刀落下来，就要了叔叔的命根子。

叔叔一直没有立婶娘梁喜儿为后，这样就让其他妃子看到了一线希望。于是妃子们明里暗里，不可避免地开始了一场特殊的战争。但这场战争与婶娘无关，因为她早就被叔叔排除在外了。许多天后，婶娘梁喜儿知趣地死了。

其实婶娘早就病了。有一天我去看她，见她瘦得脱了形，样子十分吓人。我不敢相信眼前这个麻纸一样贴在卧榻上的女人，就是过去那个美丽的婶娘。我心里很难过：“我夜里听不到你的叹息，以为你的病好了，没想到你却病成了这样……”说着，我眼圈就红了。

“我就剩下最后一口气了，不敢再叹息了，再叹息一声，我就死了。”她想给我挤出一丝笑容，但是干瘦的脸皮挤来挤去，却把泪珠挤了出来。泪水很大，一颗接一颗扑簌簌滚落在她透明的耳轮上。我担心她这样落泪，会把她干瘦的身体里仅有的一点水分流干。

她费力地举起瘦骨嶙峋的手，想抚摸我的头。我没有像从前那样躲开她，而是把头伸过去，好让她比较容易地摸到。她冰冷的手滑落在了我的脖子上，轻轻一搂，我就明白了她的意思，顺从地把头埋在了她的胸脯上。她的身体一片冰凉，再也没有原来那种温热的诱人的香味儿。我嗅到了死亡的气息，几乎听不到她心跳的声音。她的声音飘飘忽忽，像是从身体里冒出来的。

“……今生我最恨的人就是你叔叔……我阿爸就是他派人抓进地牢里的，他还暗地里派人抢劫我们的商铺，后来又杀了我阿爸……他想让我无依无靠，让我成为他的女人……以前我并不知道，把他当成了我的恩人，后来有一次他喝醉了酒，自己讲出来了……我想杀了他，但那样太便宜他了。我只能用女人的方式报复他，让他戴了许多绿帽子，让都城里的人都耻笑他……可是我报复了他，也报复了我自己……我用自己的一生，报复了一个并不值得我报复的人，真是太傻了……”

那天夜里，我听到了凄婉激烈的胡笳声。声音是从婶娘的寝宫传来的。婶娘喜欢胡笳，但奄奄一息的她，怎么会有这种闲情逸致？我听出是《胡笳十八拍》。

这曲子流传在贺兰山下已有一千多年，据说是东汉末年一个叫蔡文姬的汉家女所作。那女人一生命运坎坷，父亲冤死，丈夫去世，自己被董卓部将掳去，后来又被匈奴俘获，做了左贤王的妻子。再后来曹操用重金将她赎回，又嫁给了董祀。这个苦命的女人，在匈奴生活了十二年，生下了两个儿子。苦闷中，她学会了弹胡笳。她思念故乡，又舍不得离开儿子，痛苦难耐时就弹奏吟唱。

婶娘弹唱的就是蔡文姬当年的曲子：

……
为天有眼兮何不见我独漂流
为神有灵兮何事处我天南海北头
我不负天兮天何配我于殊匹
我不负神兮神何殛我越荒州
……
城头烽火不曾灭
疆场征战何时歇
杀气朝朝冲塞门

胡风夜夜吹边月
故乡隔兮音尘绝
哭无声兮气将咽
……

这天半夜，我听到了梁喜儿的最后一声叹息。我想，她死了。

婶娘真的就这样无声无息地死了，像秋天枯黄的树叶，没有人在乎她的飘落。其实早在她死之前，人们就已经把她遗忘了。

春天也被婶娘带走了。夏天裹挟着燥热的风来了。跟随夏天一起来的，还有西征归来的成吉思汗的二十万蒙古骑兵。他们征服了西方许多国家后凯旋了。也就是说，我们的麻烦就要来了。

叔叔没有想到成吉思汗会这么快回来。他的目光一直注视着东南边境上的蒙古骑兵，却没注意到成吉思汗的二十万骑兵会突然从西部边境攻来。他很后悔自己沉湎于女色，而没有提早向留守中原的蒙古军进攻。

据说，成吉思汗在西征归来的路上，听说我们与金国以及漠北其他部落秘密联络，准备组成联军对付他们。他怒不可遏，不顾旅途劳顿，当即取消了回斡嫩河大营休整的计划，直接折向东南，突然向我们的沙州发起了进攻。

这是蒙古人第五次进攻我们了。

叔叔慌忙点集河西走廊所有兵马，增援沙州城。成吉思汗早就料到了这一手，在围攻沙州的同时，密令屯兵东南边境的大将孛鲁从河东出兵，攻入河套地区的银州，迅速形成了两面夹击的战局。银州是我们东部的重要门户，一旦失守，蒙古骑兵就会毫不费力地拿下宥州和夏州。这样一来，肥沃的河套平原就会很快陷落敌手。

叔叔只好暂时放弃派兵增援沙州的计划，紧急派遣大将塔海领兵增援银州。可是塔海的骑兵还没赶到银州城下，就被孛鲁的五万骑兵分割包围，全歼在了河套平原，大将塔海被俘，银州城陷落，孛鲁将塔海的头颅悬挂在了银州城头上。

叔叔惊骇不已，派大都督嵬名令公率领河东六个军司的所有兵马，全力抵挡蒙古骑兵东进。同时派多路密使出城，联络金国和漠北各部落。漠北各部落酋长很快就派来了骑兵，与嵬名令公的大军在河套会师，唯独不见金国的军队。叔叔暴跳如雷，大骂金国人背信弃义。其实这时金国已危在旦夕，自顾不暇，已经派不出一兵一卒了。

没过多久，漠北部落联军就被蒙古军逐个击破，作鸟兽散。嵬名令公势单力薄，难以招架，不断向东撤退。

这时的沙州城正在经历一场恶战。沙州城御防将领籍辣思义带领全城士兵和百姓坚守了三个月，城中的粮食和牛羊驼马早已被吃光。蒙古军发起了几十次进攻，也没有攻破这座坚固的城堡。成吉思汗让军队白天攻城，晚上悄悄在城外挖掘地道。籍辣思义早有提防，命令士兵在城墙边挖下深坑，放入陶瓮，日夜轮换守在瓮口监听。蒙古人费了一个月时间，终于将地道挖好。籍辣思义夜里让士兵偷偷把柴火塞进道口，等蒙古人第二天进攻时一齐点燃柴火，然后把地道口用乱石和灰土掩埋夯实，结果数千蒙古士兵被烧死、熏死在自己挖掘的地道里。成吉思汗恼羞成怒，更加疯狂地日夜攻城……

眼看东线和西线都难以抵挡蒙古人的进攻，叔叔只好派特使带着降书前往沙州，呈献给成吉思汗。半个月后，成吉思汗从沙州撤兵，返回了蒙古草原。接着，孛鲁的东路蒙古军也移师东进，继续向金国进攻……

一场危机，就这样在叔叔的妥协下化解了。

但是阿默尔却预言更大的灾难还在后头。一天，阿默尔将我叫到碉楼，把我引领进底层，打开屋门，呈现在我眼前的是满屋子的经卷和书画。他说这是很久以前国相斡道冲留给他的一批最珍贵的东西，他不想让这些无价之宝毁在即将到来的灾难里，想让我帮忙将它们运送到黑水城去。他说黑水城的统军是他的学生，人称黑将军，他会保护好这些经卷和书画。我知道那里有一个忠勇的黑将军，但是我说，黑水城那么偏僻，如果蒙古人从西边攻来，第一个要毁掉的就是黑水城，恐怕黑将军也无力保护这些东西。阿默尔说，正因为黑水城偏僻，蒙古人才不会想到那里藏着我们大夏珍贵的书画。

第二天黎明，我与沙郎带着铁鹞军士兵，赶着牛车来到碉楼前。阿默尔收藏的经卷和书画整整装满了七牛车。天亮前，沙郎带着车队出了城门，朝黑水城方向而去。我和阿默尔站在空荡荡的屋子里，他看了一眼屋子，长舒了口气，然后走到屋角，起开一块雕花地砖，地下露出一个幽深的洞穴。

“这就是我们将要藏匿石羊的地方，你要记住。”阿默尔说着又将地砖小心翼翼地盖上，然后问我：“你的石羊雕琢得怎么样了？”

我说：“再有一个月就好了，还要用羊血浸泡七七四十九天呢。”

阿默尔说：“抓紧啊，我们剩下的时间不多了。”

42. 阿　　春

阿春怀孕了，但她自己并不知道。最先发现的是阿兰。阿兰觉得阿春哪儿不对劲，坐着不对，站着不对，走路的姿势也不对，后来她才发现，阿春原先苗条的腰身变粗了，变得不再扭来扭去了。

“阿春你胖了。”阿兰说。

“没有啊，”阿春转动着腰身说，“还是那样。”

阿兰盯着阿春的腰身看：“你瞧，衣袍都紧绷绷的了。”

阿春低头看了看自己的腰，不好意思地笑了：“是有些胖了。”

阿兰突然想起了什么，眼睛死死地盯住阿春的腰身看了又看，看得阿春红了脸，低头在自己身上寻找破绽。阿兰让阿春把御医叫来。

御医给阿春号过脉后说：“她有喜了。”

御医的话证实了阿兰的猜测。阿兰既高兴，又嫉妒。高兴的是，她们就要有一个孩子了，不管是阿春的，还是自己的，但都是丈夫尕娃的。嫉妒的是，怎么怀孕的偏偏是阿春，而不是自己。要是自己的该有多好啊！自从梁喜儿死后，她就想要个孩子了。按照皇家律条，没有生养孩子，死后不能安葬在皇家陵园。梁喜儿就没有被埋在皇家陵园。她可不想死后被埋葬在荒郊野岭。可是从前她却一直不想要孩子，这其中还有一个虚幻的梦想。

十四岁那年，她跟随父亲去草原狩猎。她骑马追赶一只麋鹿，马蹄陷进了鼠洞，她的身子失去了平衡，飞离了马背。就在她即将落地时，一双有力的大手捞起了她，把她稳稳地放在了另一个马背上。这个人就是皇家卫队的小首领。从此，她就忘不了他那双有力的臂膀和他身上热汗的味道，那个挺拔俊秀的模糊身影经常会出现在她的梦里。有时想想，觉得自己挺可笑，一个人悄悄爱着一个人，人家却并不知道。她被迫远嫁西夏后，一直盼着某一天能回到金国，见到自己朝思暮想的那个人。可是半年前，她听金国来的使节说，那个小首领早就死了，死在了蒙古人攻打中都的时候。她的幻想就破灭了。尕娃一直对她不错，而自己心里却一直装着另一个男人，她这才觉得挺对不住尕娃的。后来梁喜儿死了，什么也没有留下，让她觉得很是可怜。一个女人来世上一回，再怎么说也该留下点什么。留下什么呢？只有孩子。女人生孩子天经地义，她决定要个孩子。她停止用草药汤洗浴，晚上主动与尕娃亲热，他们疯狂地做爱。她平生第一次在床上找到了快乐的感觉，一向矜持的她有时也会忍不住大声呻吟。

阿春跟他们睡在一个寝宫。尽管寝宫很大，中间又隔了屏风，但是在寂静的夜里，主人那边异常的动静还是灌满了阿春的耳朵，即使用被子捂住脑袋，那声音还是会钻进来。躲在黑暗里，她想象得出屏风那边所发生的一切过程和细节。每当这个时候，她就会想起和王爷在浴盆里嬉戏的情景，浑身燥热，情不自禁地扭动身子。早上起来看见王爷，她的脸会无缘无故地羞红。一天，她伺候王爷沐浴。她用双手抚摸着王爷的身体，说："王爷呀，你和王妃夜里的动静太大啦，吵得我都睡不着觉。你们自己快活，却耽误了别人睡觉！"

王爷的激情被她的双手点燃了，一把将她拉进了热气腾腾的木盆。她扭来扭去，像一条活蹦乱跳的鱼，把木盆里的水忽闪了一地……

那天御医走后，她低垂着头，双臂紧贴衣袍，窘迫地站在那里，等候阿兰王妃的训斥。但是王妃并没有训斥她，甚至连一句责备的话都没有说。这让她感到更加羞愧，她双手揉搓着衣袍下摆，好像是那些秀丽的锦边让她怀了孕似的。

她说："那天沐浴，我忘了放草药了……"

"这是天意。"王妃走过来拉着阿春的手说，"你的孩子，就是我的孩子。"

尕娃的母亲没藏雪得知阿春怀孕后，一个人悄悄跑到皇家佛堂，从金佛后面取出一个女人的牌位，焚了三炷香，跪在地上说："妹妹啊，咱们的儿子就要当爸爸啦……"

皇太后野利丹对阿春的肚子也表现出极大的热情。

她不喜欢大儿子德仁，也不喜欢大儿媳没藏雪，对他们的儿子尕娃更是不抱什么希望。她喜欢小儿子德旺，把所有的希望都寄托在德旺身上。德旺当了皇帝，她很高兴，但更希望德旺能让她抱上孙子。可是儿媳梁喜儿死了，德旺的众多皇妃的肚子一直没有一点动静，这让她很失望。更让她失望的是，德旺不再像从前那样听她的话、孝敬她了，她甚至好多天都见不上他一面，想跟他说句话都很难。而丈夫遵顼呢？自从当了太上皇，整天捣鼓他那些破旧的字画，很少走出书房，根本就没工夫搭理她。皇宫里除了宫女们，她几乎找不到一个说话的人。在寂寞难挨时，她偶尔也会想起大儿子德仁。尽管她不喜欢他，可他毕竟是她的儿子啊。作为母亲，她了解自己的儿子，知道他善良、勇敢、简单、固执。有时候，她甚至后悔当初没有劝说丈夫，让儿子德仁留在皇宫。现在后悔也晚了，丈夫不理朝政，皇儿德旺越来越不把她放在眼里，根本不会听她的。

听说阿春怀孕了，她那颗孤寂的心才重新活泛起来。她现在唯一的希望和乐趣，就是能早日抱上重孙子。

这天，阿兰和阿春在御花园的湖边喂天鹅。阿春左手握着右手，悠闲地站在一边看着阿兰忙碌，好像她是主人，阿兰是宫女。天鹅从阿兰手里叼走一根水草，然后扑棱着双翅飞了起来，绕小湖盘旋一圈又飞回来，叼上一根又飞走了。阿兰的脸向日葵似的追随着天鹅，脸上洋溢着灿烂的笑容。

"多么可爱的天鹅啊！"

她们听到声音，回头一看，是太后。阿兰赶忙屈膝请安，阿春肚子大，无法弯腰屈膝。太后一扬手里的丝帕说："免啦！"走过来亲热地拉起阿春的手，眼睛盯着阿春的肚子，左看右看，脸上露出了难得的笑容。

太后与以前判若两人，让阿兰和阿春很诧异。但是她们马上就明白了，这是因为阿春肚子里有了皇家的血脉。对于一个浑身已经散发出坟墓气息的老女人来说，有什么能比添个重孙子更让她高兴的事呢?

可是，阿春最终还是让太后失望了。来年初夏，阿春生下了一个男孩。可是孩子一生下来就死了，阿春因为难产也死了。

按照金人的风俗，阿春和孩子被掩埋在城外的草地上，没有留下坟茔。没过多久，那里就开满了尺余高的火红的狼毒花，很难看出那里掩埋着一对母子。这样也好，有狼毒花的掩盖，牛羊就不会去打扰他们母子了。

许多天后的一天夜里，尕娃梦见了阿春。阿春嘴唇干裂，苍白的脸上挂满泪珠，哭着说："王爷啊，狼毒花把我和孩子身上的水分都吸干啦，我们都要渴死了……求王爷按照党项人的风俗重新掩埋我和孩子吧，别再让我和孩子在狼毒花下受罪了……"

尕娃从梦中惊醒，发现自己脸上挂满了冰凉的泪珠。

第二天，尕娃请来都城里最好的木匠，用最好的木料，做了一大一小两具豪华的棺木。为了防止尸体变臭，又在棺木里撒上樟脑香料。他把阿春母子从城外的草地里挖出来，用鹿油浸泡过的麻布裹了七层，重新装殓。又请阿默尔卜算了葬礼的日子，然后让人在灵柩经过的路上建造了一座小木屋。

出殡那天，木屋里外挂满了铺天盖地的金银绸缎，摆上了阿春生前爱吃的食物。按照党项习俗，灵柩不能从屋门直接抬出，必须在墙上挖一个洞，然后再将灵柩从洞里抬出去。灵柩被抬到焚尸场，被架到柴火上，浇上羊油，烧了。

从此，尕娃夜里再也听不见阿春的哭声了。

43. 遍地铁骑

贺兰山上的积雪已经融化，枯黄的青草开始泛绿，风变柔软了，女人们换上了五颜六色的夹袍，隐隐约约能听到黄河破冰的声音。

最近，尕娃的羊胛骨又开始鸣叫了，难道又有什么灾难要降临？

果然，第二天，从北部边境来了一个蒙古使节。这个名叫孛秃的使节，一见面就傲慢地质问西夏皇帝德旺，为何在他们攻打金国时不出兵助战。德旺气得脸色煞白，眉毛不停地颤动。国相高良惠怕皇帝言辞过激得罪了孛秃，俯在他的耳边小声劝道："陛下，我们和金国征战多年，已经精疲力竭，而西征归来的蒙古军现在更加勇猛无比，我们很难抵挡。臣以为，我们不如暂且答应出兵，让他们找不到进攻我们的借口，然后再商议对策……"

可是跟随蒙古人征战的日子什么时候是个头啊？这样下去只能使我们和金国两败俱伤。德旺没有理睬国相的建议，冷着脸对孛秃说："我们与金国早已签订了互不侵犯条约，如果现在出兵，势必会失信于天下。大汗是最讲信义的人，请你回禀大汗，我们很为难，不好出兵……"

孛秃鼻子里哼了一声，拂袖而去。

德旺知道麻烦就要来了，紧急动员全国之兵，准备迎战蒙古人。但他心里仍存有一丝幻想：他们正在攻打金国，哪儿有兵力向我们进攻？

可是德旺没有想到，成吉思汗听到孛秃的禀报后怒不可遏，停止了进攻金国，突然掉转马头，集中所有兵力，对西夏开始了二十年来的第六次进攻，也是最猛烈的一次进攻。他们兵分两路，呈钳形攻势向河套平原袭来。东路由成吉思汗亲自率领，从漠北越过边境，进攻黑水城，然后准备直奔贺兰山；西路由大将阿塔赤率领，从西域假道畏吾尔国，直扑沙州城，继而攻占整个河西走廊。

毫无疑问，成吉思汗这一次是想彻底消灭西夏。

经过前五次的进攻，成吉思汗已经摸清了西夏所有的地形和兵力部署，知道西夏的软肋是河西走廊。西夏军队的十二个军司，其中有八个设置在贺兰山以东地区，而贺兰山以西的广阔疆土只设四个，兵力部署呈东强西弱之势，这是西夏与宋多年征战的历史原因造成的。所以他要亲率东路军，攻取西夏兵力最为密集的贺兰山东部地区，而把西夏的软肋留给大将阿塔赤。

这一下，德旺傻眼了。他知道成吉思汗会报复，但没想到报复来得这么快、这么凶猛。他问大都督嵬名令公有何法阻止蒙古人。

嵬名令公说："陛下，我们没有退路，只能跟蒙古人决一死战！"

"这我知道。我是问你，这仗咋个打法？"

"对付蒙古人，有个人最有办法。"

"谁？"

"你的阿哥，德仁。"

德旺不说话了。

"陛下，国难当头，应该把他从灵州请回来，共商御敌大计……"

德旺面无表情。

"如果你阿哥回来了，他可率一路兵马北上迎击成吉思汗；老臣愿领一路兵马西出贺兰山，迎击阿塔赤……"

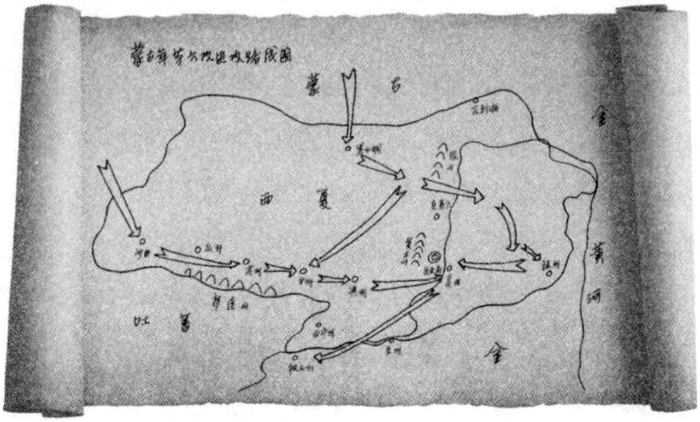

蒙古军第六次进攻路线图

德旺沉默了一会儿，说："阿哥是员虎将，这我知道。可是囚禁阿哥是太上皇的旨意，我怎能违背？"

"那就请陛下禀奏太上皇，召回德仁。"

大臣们见德旺没有怪罪嵬名令公，也纷纷请求召回德仁。德旺心里很不舒服，这不是明摆着说他无能吗？他表面上不露声色，答应禀报太上皇，但是退朝后他并没有去找太上皇。他怎么会把一个比自己强的人请回来呢？后来，大臣们看出了其中的奥妙，谁也不再多说。

但是，谁也没有想到德仁突然自己回来了。德仁先去向太上皇请罪，太上皇早已不问朝政，对儿子德仁回城并不敏感，父子相见的那一刻，太上皇甚至流下了几滴浑浊的老泪。德仁去见弟弟德旺，说了自己已经考虑好的一套作战方案，请求亲自领兵去迎战成吉思汗。德旺很为难，但他最终还是拒绝了哥哥的请求。理由是哥哥已经多年不领兵打仗了，他担心哥哥的身体与安危。谁心里都明白，德旺担心的不是哥哥的性命，而是自己的声望与皇位。德仁没有想到会遭到弟弟的拒绝，无比悲伤地离开了都城。

德仁在回灵州的路上，突然改变了主意，掉头去了白马强镇。他想将自己的作战方案告诉各个军司的统军，教他们如何联合起来对付蒙古人。弟弟不让他领兵打仗，不接受他的建议，现在他能做的只有这些了。他想，凭着自己的威望，这些统军也许会接受他的建议。

但是他很快就失望了。白马强镇军司的统军说，他们没有接到皇上的圣旨，不能按照他的建议去部署兵马。他涨红了脸，想发火，想骂人，可是他强忍住了。他屈辱地走出白马强镇。他知道自己是自取其辱，但还是不甘心，又向朝顺军司方向走去。朝顺军司的统军倒是很客气，对他很尊重，像对待真正的太子一样迎接了他，让他感觉到了一丝温暖。但是当他提出自己的建议时，统军却一脸惊慌，说他不敢擅自做主，得等皇上的圣旨。他没有气馁，继续奔向下一个军司。

在半个月时间里，他骑着白鬃马，疾驰在河套平原上，先后去了神勇军司、静塞军司、嘉宁军司、保泰军司等六个军司，只有三个统军接受了他的建议。他来到祥佑军司，统军爽快地答应了，并且设盛宴款待了他。他很高兴，喝醉了。时间紧迫，不能久留，他骑着白鬃马，带着醉意又上路了。他要赶往下一个军司。可是走出不远，就感觉肚子一阵绞痛。初春时节，夜里的寒风仍然刺骨，但他却燥热难忍，热汗滚滚。他想，自己是中毒了。可是，他们为什么要害我呢？难道我做错了什么？他没有想明白，就昏倒在马鞍上……

等他醒来时，白鬃马已经将他带回到灵州城下。

卫慕香看见德仁黑紫的脸色和白鬃马长长的眼泪，一下子就哭了："这是谁下的毒手？我一定要宰了他！"

等德仁排出了体内的毒，又活转过来后，卫慕香骑着白鬃马，悄悄顺原路返回到祥佑军司。她白天没有进城，等到天黑才蒙面潜入城中，将锋利的腰刀横在正在酣睡的统军脖子上，厉声问那统军："你为何要对太子德仁下毒手？"

统军战栗着说："我哪儿有那么大的胆子，是皇上派人送来了毒酒，让我给太子喝的。我不干，皇上不会饶过我，我是被逼无奈啊。"

"皇上为何要害他的亲哥哥？"

"其实皇上也不是想要他的性命，这种毒酒喝下去后人会昏迷，醒来后一段日子里人会浑身无力，但是半年后就恢复过来了，不会有危险。"

"这是为甚？"

"我也不知道。但是我猜测，他这样跑来跑去笼络人心，肯定让皇上心中不安，所以皇上才用这种办法让他消停下来……"

卫慕香回到灵州，她没有告诉德仁真相，免得他更加伤心。但是她一直在想一个问题：要不要潜回都城，为自己心爱的人复仇？

德仁回到灵州的第二天，成吉思汗的东路军就已经开始围攻黑水城了。黑水城呈长方形，面积不足一平方公里，城墙很厚，全部用黄土夯筑，十分坚固。黑水城是西夏北部边境的一座重要军事城堡，是十二军司之一的"威武军城"。西夏立国后，为了防止辽国和漠北蒙古人的侵入，从河套平原向这里大批移民、屯兵，使这里不仅成了西夏的边境重镇，而且是具有店铺、驿站、佛教寺院、各种佛经印制作坊一应俱全的繁华城镇。

统军黑将军带领全城军民英勇奋战，打退了成吉思汗的三次进攻。最后一次，黑将军将蒙古军驱赶到沙尔扎山下，在那里展开了七天血战，最终因寡不敌众，退回到城中。成吉思汗将黑水城围得铁桶一般，并且斩断了穿城而过的额济纳河，使得城中水源断绝。黑将军带领士兵在城西北挖井，挖了八十丈也不见水源。眼看城池就要守不住了，黑将军决定出城拼死一战。出城前，他让士兵们将阿默尔交给他的众多经卷和书画，还有城中的金银财宝全部掩埋在枯井中。他担心蒙古人攻进城后侮辱自己的妻子女儿，亲手杀死了她们，这才率领将士冲出城去，与蒙古军血战了三天三夜，最后全军覆没……

教授长叹一声说："阿默尔真是料事如神，提前将西夏珍贵文物送到了黑水城，有幸使它们保存了下来。可是智者千虑，必有一失啊，他怎么也没有想到，七百年后的一九〇八年，黑水城却遭到了外国强盗的掠夺，那些宝贝最终还是流失了……"

教授告诉我，早在十九世纪末，俄国人波塔宁就在他的一本传记里记载了巴丹吉林沙漠深处的"黑水城"。他记述说，蒙古人攻陷黑水城之前，城里军民将所有财宝都深埋在井里，然后才出城血战，直至全军覆没。俄国海军中校科兹洛夫听说后，于一九〇八年春天，带着一支骆驼队走进黑水城，名义上是受俄国地理学会派遣进行科学考察，实际上是来寻找稀世珍宝。科兹洛夫走进沙漠之前，曾经拜见了当地的蒙古王爷达西，达西拒绝派向导给他们带路。科兹洛夫就把从俄国带来的珠宝和清政府加封达西的信件拿给达西看，达西不再说什么，提供了线路图和向导。于是，科兹洛夫就轻而易举地在黑水城的街道上和寺庙的废墟里，挖出了许多箱绢质佛画、古钱币、陶瓷用品等珍贵财宝，并将这些稀世珍宝一股脑儿运回了圣彼得堡。

一年后，科兹洛夫又一次来到了黑水城，进行了更大规模的挖掘。这一次，他将主要目标放在了城外大佛塔上。佛塔里面藏满了各种文物，其中有汉文、西夏文、藏文、蒙文、回鹘文、突厥文、叙利亚文等多种文字的文献资料，简直就是一座西夏历史博物馆。科兹洛夫先后挖了三十多座佛塔，几乎毁掉了黑水城周围百分之八十的佛塔。在俄国的圣彼得堡，被科兹洛夫掠走的这批文物，编成了八千多个序号，有两千多卷西夏书籍和佛经，涉及了政治、军事、法律、语言文字、文学、历史、医学、历法、哲学、占卜学等众多内容。

后来，英国人斯坦因也来到了黑水城。这个曾经盗取过大量敦煌珍宝的英国探险家，将从黑水城盗去的二百三十多件汉文、五十七件西夏文资料放进了他们的大英图书馆。

科兹洛夫用幻灯片向他的沙皇展示神秘的黑水城时，美国哈佛大学福格艺术博物馆的兰登·华尔纳在场，他被淹没在沙漠中的这个神秘的东方王国深深吸引了，所以他也来了。后来，瑞典人斯文赫定来了，日本人也来了……

教授痛心地说："二十年前，当我第一次站在圣彼得堡'东方研究所'那些浩瀚的西夏文物前时，忍不住地哭了……"

我说："这是一个民族的悲哀！"

接下来的《白高大夏国秘史》，使用了十分难以辨认的西夏文草书。我们的整理工作进行得十分缓慢。有些字教授也不认得，只能猜测其中的意思向我口述。

我说："既然他们当初撰写秘史是为了给后世留下点什么，可是干吗要用这种很难辨认的草书呢？"

教授说："或许这是他们保护秘史、保护自己的一种特殊方式。"

攻克黑水城后，成吉思汗领兵沿居延路继续向贺兰山挺进。

他们行至一个叫阿尔不合的地方，停下来休息。这里森林茂密，野兽出没。成吉思汗突然来了兴致，带着部下去围猎一群野驴。在越过一道沟时，他的坐骑突然跌倒，将他从马背上摔了下来。成吉思汗受了伤，部将们说这是凶兆，建议等他痊愈后再进攻。这时天气已经很热了，他担心伤口发炎，便听从了部将的劝告，暂时停止前进，在山林中避暑养伤，等待西路军攻占河西走廊的消息。

据说这次意外摔伤给成吉思汗留下了致命的隐患，使得他在攻下西夏都城之前就死去了，留下了终生遗憾和“秘不发丧”的遗言。另外一种说法是，成吉思汗在进攻西夏都城时，被一个党项女人的毒箭射中，最后不治而亡。到底哪种说法更接近历史的真相，谁也说不清楚。

这时，阿塔赤的西路军正在围攻沙州城。两军僵持了一个月，沙州城外方圆几十里的草原被密集的蒙古骑兵踏成了荒漠。阿塔赤将攻城的任务交给了大将忽都铁穆尔。忽都铁穆尔见强攻不行，就亲自给沙州守将籍辣思义写去一封招降信。籍辣思义将计就计，同意投降，并在城门口摆下烤肉和美酒，装出准备犒赏蒙古军的样子，却暗中埋伏下八千精兵。黄昏时分，忽都铁穆尔率军前来受降，籍辣思义毕恭毕敬，大宴蒙古将士。喝到酣畅处，籍辣思义突然摔了酒杯，城头上顿时响起了鹿角号，一时间伏兵四起，朝蒙古军掩杀过来。忽都铁穆尔这才知道中了计，率军拼死突围，险些被活捉。

蒙古军撤退后，城中军民欢庆胜利，籍辣思义却愁眉不展，忧心忡忡地对部下说：“我们没有一举消灭蒙古人，活捉忽都铁穆尔，他们肯定会伺机报复。我们就要大难临头了……”

果然，蒙古人集结全部兵马，拼死围攻沙州。蝗虫似的蒙古骑兵在大街小巷上疯狂奔突，城里的百姓惊慌失措地从各个角落拥上巷道，反倒更方便蒙古骑兵砍杀。骑兵们手里的马刀一闪，就有一颗人头落地。有人被砍了头颅，身子还在往前奔跑；有人没被砍死，但很快又被后面的战马踩死。地上热血流淌，战马很容易被滑倒，往往是打个趔趄，嘶鸣一声，继续往前狂奔。骑兵们最擅长的刀法是劈刺，马刀斜着往下一砍，要么人头落地，要么半个身子被砍断……

许多天后，蒙古军攻破了沙州城，籍辣思义战死。

蒙古军乘势沿祁连山北麓东进，渡过弱水黑河，迅速包围了河西走廊腹地的甘州城。但是甘州城像一根没有煮熟的羊骨头，很难啃下。无奈之下，忽都铁穆尔想到了一个人——甘州守将曲也怯律的儿子察罕。在一次讨伐西夏的战争中，察罕投奔了蒙古军，被成吉思汗收为养子。忽都铁穆尔让察罕写了一封劝降信，派信使送进城去，直接交给曲也怯律。察罕在信中劝父亲说，如若三天之内不献城投降，蒙古军将在破城后屠城。

曲也怯律接到儿子的信，双手颤抖，犹豫不决。

一个叫阿绰的部将说："我们不能投降！这一个月来，我们已经杀死了数千蒙古人，按照蒙古人的规矩，即使现在投降将来也会屠城，不如跟他们拼了！"

曲也怯律说："你们先下去吧，让我好好想想……"

阿绰和其他部将退了出来，走进另一间屋子，随手把屋门关上。阿绰对其他部将说："兄弟们，看来曲也怯律想投降了，他的儿子是蒙古大将，即使将来蒙古人屠城，他也会安然无事，可是我们这些人都将身首异处。我们降也是死，不降也是死，不如干脆杀了曲也怯律和蒙古信使，跟蒙古人决一死战！"

部将们纷纷响应："这个贪生怕死的老贼，我们宰了他！"

"我们豁出去了，跟蒙古人拼了！"

部将们转身回去，杀了蒙古信使和曲也怯律，然后率领将士爬上城墙，趁敌人毫无防备，将如蝗的箭矢嗖嗖嗖射向城外……

成吉思汗得知甘州久攻不下，便率领东路军穿过巴丹吉林沙漠和腾格里沙漠之间的绿色通道，顺着石羊河急速向南，直奔甘州城。两军在甘州城下会合，二十万兵马合力攻城。半个月后，甘州城被攻破。

秋天来临的时候，蒙古骑兵包围了西凉府。

初冬，西凉府陷落。

44. 陌生的面孔

叔叔突然得了一种怪病，忘记了所有人的面孔。他能记得大臣们的名字，但却分不清每一张面孔后面的主人是谁。他甚至连自己的面孔都不记得了。

早上起来，看着铜镜里那张陌生的面孔，他总是要想上半天，不敢肯定那个人就是自己。他摸摸鼻子，那个人也摸摸鼻子；他拍拍脸颊，那个人也拍拍脸颊；他笑一下，那个人也笑一下；他怒目圆睁，那个人也怒目圆睁。他怀疑有人在捉弄他，生气地用指头去捅，却捅在了坚硬的铜镜上，疼得他一咧嘴，那人也跟着一咧嘴。

他笑了，说："这个人明明就是我嘛。"

但他马上又怀疑了，问身边的宫女："铜镜里的那个人是我吗?"

宫女说："是陛下呀。"

他噢了一声，有点相信了。但他又问宫女："可是，你是谁呢?"

宫女掩嘴笑了，说："我是小菊呀，昨天您问过三次了，今天又忘了？我已经伺候陛下三年了。"

他盯着小菊的脸看了半天，还是想不起来，就说："你过来。"

宫女知道皇上要干什么，用袍袖掩着嘴哧哧地笑，羞涩地走过去。叔叔不看小菊的脸，而是把她的袍襟拉到鼻子前像狗一样嗅了嗅，然后放心地说："是你，你没骗我，你是小菊。"

宫女笑着说："您是皇上，谁敢骗您呢?"

叔叔叹息一声说："最近也不知怎么了，皇宫里净是陌生的面孔，听着声音熟，嗅着气味儿熟，可就是想不起是谁。你说，他们里面有没有刺客?"

"没人想刺杀您,您就放心吧。"

宫女知道皇上得了怪病,只好哄着他说。别说她这个小小的宫女,就是那些皇妃,皇上也不记得了。夜里,他想要哪个皇妃了,就让宫女去叫。叫来了又说不像,就拉着她们的袍襟嗅。有些皇妃身上的气味儿相近,一时难以分辨,他就让她们脱掉衣袍。一看见她们赤裸的身体,他马上就想起她们是谁了。但她们一穿上衣袍,他又分不清谁是谁了。

这种怪病让叔叔感到很恐惧,他不想让人知道他有病。可是早朝的时候,病情还是会暴露出来。一位大臣向他禀报事情,他一直想不起来这个人是谁,等大臣禀报完了,他忘了自己的病,冷不丁问:"你是谁?"

所有的大臣都惊呆了。

这样的事情后来又接连发生了好几次,大臣们才知道皇上得了一种怪病。一时间,朝廷上下人心惶惶。既然大家都知道了,也就没必要隐瞒了,叔叔干脆让大臣们早朝时在胸前挂一个小木牌,上面写上各自的名字,这样他就不会认错人了。

御医们使出了浑身解数,也没有诊断出皇上到底得了什么病。国相高良惠秘密请来都城里所有寺庙的高僧,在皇宫里悄悄做了七天法事,皇上的病情仍不见好转。最后,高良惠请来了厮乱阿默尔。

阿默尔说:"皇上得的是十分罕见的'面孔遗忘症',根本就无法医治。"

就在大臣们正在为皇上的病情惶恐不安的时候,皇宫里又发生了一件事。

这天夜里,我被羊胛骨的鸣叫惊醒。接着,我听到了一阵杂乱的脚步声。阿兰也醒了,不知道发生了什么事,吓得搂紧我,惊恐地问:"是蒙古人来了吗?"

"不是蒙古人,我没有听到马蹄声。"

"那是谁?"

“有人死了。”

“谁?”

“太上皇。”

阿兰吓了一跳：“你怎么知道?”

“我已经嗅到了太上皇死亡的味道。”

其实我嗅到的是梦里的味道，刚才我梦见太上皇死了。

好像为了证实我说的话，这时外面有人惊呼：“太上皇殁了……”

爷爷真的死了。他没有死在自己的寝宫，而是死在了他的书房里。他是趴在书桌上死去的，胳膊下压着一张铺展开来的字画珍品。那样子，看上去不像是死了，倒更像是累了，睡着了。这几年，爷爷对古玩字画已经到了如醉如痴的地步，一个人经常整夜待在书房里临摹研究。他经常会这样睡着，所以谁也没有在意。等宫女们发现他死了，已经是两个时辰之后的事了。那时他的身体已经变凉、变硬。人们想了许多办法，也没能把他从那把檀木龙椅上抬下来，只能让他原样坐在那里。可是，谁也不知道爷爷的前胸上有一个黑洞。因为他的衣袍上没有留下刀口，也没有留下血迹。但是我梦见了那个黑洞，所以我知道爷爷是被人谋杀的。

在我看来，刺客是一个大胆、心细而又从容不迫的人。刺客一定是先撩起了爷爷的衣袍，找准了具体位置才下的手，这样好让衣袍掩盖住血迹。也可能是爷爷的身躯已经干枯了，没有多少血可以流了。

可是，是谁刺杀了太上皇呢?

我隐约看见了那个人的身影，但又不敢肯定。

那天黄昏，城外传来消息说，蒙古骑兵已经穿越了腾格里沙漠，抢占了黄河九渡，攻占了应里城。他们兵分两路，一路进攻夏州，由北向南扫荡；一路沿黄河北进，直插河东腹地，河东城邑连连失守。

都城里人心惶惶，谁也不愿意出城为刚刚死去的太上皇挖掘陵墓。皇宫里也是一片混乱，谁也顾不上为太上皇办丧事。可怜的爷爷就一直被搁置在他的书房里，他的尸体始终保持着原来的姿势，渐渐腐烂，变臭，琥珀色的液体流了一地，难闻的尸腐味儿弥漫在皇宫里的每个角落。

那天夜里，我眯眯瞪瞪地走进爷爷的书房。我想看看他的胸口是不是有个黑洞。我刚要掀起他的衣袍，他便开口说话了："别看了。"

我吓了一跳，赶忙缩回手，后退了几步，惊讶地看着椅子上的爷爷说："您……您没死啊？"

爷爷坐在那里一动不动，嘴巴紧闭，但是一个声音从他身体里很深的地方传了出来，瓮声瓮气的，听着不大真切。

"你恨阿爷吧？我知道你阿爸也恨我。我很后悔，当初不该废了你阿爸的太子，更不应该把他囚禁在灵州。其实最合适当皇帝的人是你阿爸。如果当初把皇位让给你阿爸，现在就不会是这种局面了……要说后悔，还有一件事让我很后悔，就是没有提早与金国联盟，共同抵抗蒙古人。在这一点上你阿爸是对的，但是我当时没有采纳他的建议……

"你不用看我的刀口，你猜不出是谁干的。她来过好几次，想对我下手，但是都没有得手。或许她在犹豫。我完全可以让侍卫逮住她，但我没有这样做。我不但没有这样做，我还有意撤走了侍卫。为甚？为的就是让她动手时方便一些。我老了，活够了，今天不死，明天也会死。蒙古人马上就要来了，与其让蒙古人杀了，还不如让她了却一桩心愿。

"我告诉你吧，是安全留下的那个妃子胭脂干的。那天夜里，她一进来，我就知道我的死期到了。但我并不害怕。前几次她没有得手，我知道她还会再来，所以一直在等她。我头也没回地对她说，你来啦？她愣在那里，脸色煞白，手里的腰刀在哆嗦。我说，别害怕孩子，你过来吧，杀了我吧。她没有想到我会这么说，一时不知所措。我说，孩子，我知道你是为安全报仇来了。我看着你那么单纯、善良，没有想到你会恨我。

"她站在那里流泪了，说，你夺了他的皇位也就算了，干吗非要毒死他呢？他心爱的女人死了，儿子死了，女儿死了，他够可怜的了，你干吗还不放过他？我不知道安全对她有多好，她被选进宫后，安全从来就没碰过她。安全说她很像他死去的女儿桑禾，说他看见她就像看见了自己的女儿，说她就是他的女儿。还说要封她为公主。可是他还没有来得及封她，我就夺了他的皇位，要了他的性命，所以她恨我！但是她杀我，不仅因为这个，还因为我太昏庸了。我把太子德仁废了，我把大夏毁了。因为太子德仁，因为大夏社稷，很多人都恨我，都想杀了我！她是替他们来杀我的……

“她战战兢兢地朝我走过来，眼睛里燃烧着怒火。我撩起衣襟对她说，现在我说甚都迟了，后悔也没有用了，孩子你来吧，动手的时候别弄破我的衣袍，免得让人看出来。我不想让人知道我是被人杀死的，更不想让人知道是你杀了我。孩子来吧，你动手吧。

“她闭上眼睛，我看见她的睫毛在哆嗦，握腰刀的手也在哆嗦。我说，孩子快来吧，杀了我吧，我该死！她哭了，流着泪，摇着头，往后退缩。我怕她改变主意，就抓住她的手，将腰刀猛地刺进我的胸膛。尽管我早有准备，但刀刺进去的时候，我还是忍不住哼了一声。她拔出腰刀，后退了一步，吃惊地看着我。我知道她是因为没有看见刀口流血而吃惊。我说她来之前，我就将我的血放光了。说着，我就抬起一只脚给她看。我的脚心有自己扎的一个小小的刀口，血早就从这里悄悄流进地上的砖缝里去了。我说，孩子，你已经报了仇了，赶快走吧，别让侍卫抓住。她呆呆地看了我一会儿，用袍袖抹了一把泪，然后转身跑了……”

听阿爷这么一说，我心里很难过。我说：“早就应该安葬您的，可是蒙古人就要来了，百姓们不愿出城为您挖陵墓。”

阿爷说：“不用把我安葬到城外去，就让我一直待在皇宫吧，现在兵荒马乱的，待在皇宫里比埋在皇陵里更安全。”

说着，他的头慢慢扭了过来，只听咯嘣一声，好像颈骨被拧断了。我惊叫一声，转身想朝外跑，可是脚像长在了地上，怎么也跑不动。

我惊叫一声，醒了。眼前一片漆黑。我这是在哪里？

我听见一个女人的声音：“你怎么了？”

原来又是一个梦。

阿兰说："你又做噩梦了？"

早上起来我去看阿爷。我吃惊地发现，阿爷的头真的已经扭向门口。我一下子又糊涂了，不知道昨晚是真的来过爷爷的书房，还是做了一个奇怪的梦。我派人去找胭脂，想证实这一切，但是胭脂已经不知去向。

从此，胭脂就彻底消失了，我们谁也没有再见过她。

石羊已经雕琢好了，石匠让我过目。真是一尊精致的石羊，跟阿朵的玉羊几乎一模一样！石匠向我演示了石羊暗藏的机关后，我才知道石羊为什么会睁一只眼、闭一只眼。我让人准备了一罐新鲜的羊血，将石羊浸泡起来，然后去找阿默尔。

阿默尔起得很早，已经坐在书桌前开始写秘史了。鸽子立在桌角好奇地看着主人写字，好像它认识字似的。我的到来让阿默尔很高兴，他告诉我说，这是最后一册了，再过三个月就可以完成全部书稿了。我告诉阿默尔石羊已经做好了，正在用羊血浸泡，七七四十九天后就能藏匿秘史了。

我问阿默尔："若干年后，真的会有另一个我出世吗？这个'我'真的能看懂我们的秘史吗？"

阿默尔认真地朝我点点头。

我相信阿默尔的话，心里有一种说不出的高兴。我又问："蒙古人什么时候会到？"

阿默尔说："我已经听到他们的马蹄声了。你还记得蒙古人第一次进攻我们之前，都城上空飞过的那群怪鸟吗？"

"当然记得。当时，它们一共变换了六种阵形。"

"二十二年过去了，你还记得这么清楚，真不容易。"

"你不也记得嘛。"

"恐怕这个世界上，只有我们两个记得那群奇怪的鸟。"

"可是我一直都不明白，它们为甚要变换六种阵形呢？"

“我也想了整整二十二年，现在才想明白。”阿默尔说，“你算算，二十二年来，蒙古人进攻过我们几次?”

“六次呀，其中成吉思汗亲征就有四次。”我忽然醒悟过来，“你是说，那群怪鸟早就告诉了我们这样的结果?”

阿默尔点点头，叹了口气说：“这是天意。这一次，是蒙古人第六次进攻，也是最后一次进攻。”

我明白阿默尔的意思，尽管早就有这样的预感，但是心里仍然很难过。我想起怀里的羊胛骨，掏出来给阿默尔看：“可是，这上面的秘密我还没有解开。”

阿默尔很吃惊，说：“这么多年，你一直带着它?”

“是呀，我一直揣在怀里。”

阿默尔仔细看了看已经被我的身体磨得光亮的羊胛骨，还是没有看出什么结果，摇了摇头。

我告诉他：“每当灾难来临的时候，它就会嘎嘎鸣叫，提前告诉我。”我正说着，羊胛骨又嘎嘎叫了起来。

“你瞧，它又叫了!”

阿默尔惊讶地张大嘴巴，显然他没有听到羊胛骨的叫声。他看看羊胛骨，又看看我，说：“真是一块奇怪的骨头，一个奇怪的王爷!”

后来，我来到楼上阿朵的屋子。她瘦多了，旁边放着一把已经枯萎的玫瑰花。火凤凰只剩下了最后一道工序：裱糊。阿朵正在用薄牛皮裱糊第三层，她说再裱糊一层就大功告成了。我将玉羊还给她，说石羊已经雕琢好了，跟她的玉羊一模一样。她冲我笑了笑，继续忙碌。我蹲下来帮着她一起裱糊火凤凰。

那天后半晌，火凤凰终于做好了，看上去还真像一只巨大的凤凰。我们将火凤凰抬到楼顶，准备试飞。阿朵掏出火镰和火石，将引火棉按在火石上，用火镰嚓嚓打出火星，引燃了火棉，然后点燃引火绳。引火绳是用蒿草拧成的，很好点燃。阿朵用引火绳点燃火凤凰尾巴上的六个装有火药的竹筒，六条火龙同时喷出火苗，火凤凰腾空而起，最后降落在一箭之远的空地上，燃起了熊熊大火。

我高兴地说："成功啦！成功啦！"

但是阿朵对火凤凰飞出的距离不太满意，她准备给火凤凰的尾巴上捆上十二个装满火药的竹筒，让它飞得更高、更远。

临走，我又来到了阿默尔的书房。他停止了写作，目光忧郁地看着我。"还有最后一册就要全部写完了，"他长叹一声，"因为事情就要结束了。"

我已经看到了最后的结果，但是我不愿相信。我说："难道就不能改变吗？"

阿默尔苦笑，摇了摇头。

我心里很难过，问他："这是为甚呢？"

阿默尔说："这是很久以前就注定的结果。这最后的结果，除了强悍的蒙古人的进攻，更重要的原因在于我们自己……"

接下来的《白高大夏国秘史》，是几个奇怪的符号，教授一时看不懂。但可以肯定的是，那就是阿默尔要说的西夏即将灭亡的原因。这些需要我们破译。

第一个符号是一把西夏剑，剑柄上写着"五十"字样。这是什么意思呢？

我说："这不是德仁的龙雀剑吗？阿默尔是不是暗示没有让德仁当皇帝，是西夏失败的一个主要原因？"

教授说："这不是德仁的龙雀剑，那剑我在古籍中看见过，不是这个形状。再说，即使德仁当了皇帝，就能挽救西夏的命运吗？问题没有那么简单。"

"剑柄上的'五十'是什么意思？是不是说西夏立国后的五十次战争？"

"西夏立国后的战争何止五十次，近两百年中，少说也有上百次战争……"教授突然明白了什么，说："你倒提醒了我，这'五十'可能是说成吉思汗第一次进攻西夏时，西夏正好有五十年没有发生大的战争了。啊呀，恐怕就是这个意思！五十年相对和平的生活，使得党项人的忧患意识严重缺乏，这是他们灭亡的一个主要原因。生于忧患，死于安乐嘛。”

我高兴地说：“您说得对，就是这个意思！”

我看着第二个符号，问教授：“可是，这个三角符号是什么意思呢？”

“可能是三足鼎立的意思吧。西夏立国后，先是与宋、辽对峙，形成三足鼎立之势，后来又与宋、金形成三个犄角，再后来与金、蒙……”教授停了几秒钟，然后说，“你看这个三角形的三条边两细一粗，细的长，粗的短，粗的被压在下面，两条长细线是不是代表立国时间比较长的西夏和金国，而那条短粗线代表立国不久强悍的蒙古汗国呢？这个符号的意思，是不是说西夏应该与金国联盟，才可以打败蒙古人，从而保全自己的国家？”

“有道理！西夏依附蒙古人攻打金国的国策确实是个失误。”

第三个符号是一只羊嘴里叼了一个铜钱。

我说：“这个符号就很难理解了！”

教授没有说话，陷入了深深的思考。过了一会儿教授才说：“别慌，让我们理理思路。根据我对西夏历史的研究，西夏灭亡的原因，除了上面所说的国策失误，还有几条很重要的原因：一是严重缺乏忧患意识，西夏军队养尊处优，失去了战斗力，没有战争准备；二是军事战略上的失误，消极防御，分散兵力，失去了战争主动权，最后被蒙古人各个击破；三是朝廷和军队的腐败……”

我恍然大悟：“羊是不是暗示西夏军队像绵羊一样软弱无能？羊嘴里的铜钱是不是暗示朝廷和军队的腐败？”

教授兴奋地说：“有道理有道理，恐怕就是这个意思。”

我说：“西夏给我们留下了许多历史之谜。”

教授说：“即使我们弄明白了这些符号的含义，恐怕也不能穷尽西夏灭亡的原因。我们以后再琢磨吧，天快黑了，我们抓紧整理吧。”

自从得了“面孔遗忘症”，德旺夜里经常失眠。只要一闭上眼睛，他就看见密密麻麻的蒙古骑兵冲进城门，抡起弯刀向他劈来。他吓得睁开眼睛，蒙古人又消失了。半年来，他被自己折磨得疲惫不堪。为了驱赶失眠，每天夜里他都会叫来一个皇妃，没完没了地折腾，等到精疲力竭后才能勉强眯上一小会儿。这样一来，人就像刀削一样，一天天消瘦下来。现在，他已经没有力气跟皇妃们折腾了，只剩下了喘息和做梦的力气。

这天夜里，迷迷糊糊中，他又看见一个全身甲胄的人，手里提着弯刀，站在他的面前。他惊叫一声："蒙古人来啦……"

那个人忽然不见了。可是他的面前又出现了另一个全身甲胄的人。那个人跟他见过的所有人一样，有着一张陌生的面孔。

那个人问他："陛下咋了?"

德旺惊恐地问："你是谁?"

那个人说："我是统军沙郎，陛下。"

"你不是沙郎，你是蒙古人!"

"陛下，我真的是沙郎。"

"你是蒙古人，你要杀了我!"叔叔惊恐地大喊，"来人哪，蒙古人来啦，蒙古人要杀我啊……"脖子一歪，再也没有了声息。

就这样，德旺被自己吓死了。

皇太后野利丹听到儿子的死讯，啊呀大叫一声，歪倒在了宫女的怀里。从此她不会说话了，嘴巴歪斜，一张老脸扭曲得不成样子，头上长出了一个癞疮。御医说是因毒火攻心所致。御医将松、柏、草、鸟粪等一些乱七八糟的东西捣碎搅拌成糊状，让宫女们每天涂抹在皇太后的癞疮上，说有清火排毒的功效。可是过了多日，癞疮不但不见好，反而由原来的一个变成了三个。皇太后疼痛难忍，想骂御医，可是一句话也说不出来，一张嘴口水就会流出来，弄湿她华丽的衣袍。宫女们也懒得去管，让它们在花团锦簇的胸前凝结。

德旺死后，尕娃做的第一件事就是去灵州迎请父亲回宫。可是当他看见父亲的样子，心一下子凉了半截。他知道父亲中了毒，不能行走，但他没有想到父亲病得这样严重。父亲瘫软在卧椅上，双手无力地放在扶手上，脑袋软软地倒向肩膀一边，只能从那双激情睿智的眼睛里找到父亲从前的一点影子。父亲坐在卧椅上正在指挥操练灵州兵马。这哪儿是勇猛无比的父亲啊！尕娃眼窝一热，泪水就涌了出来。

父亲笑了，说："别哭，要不了多久，我就可以骑马打仗了。"

尕娃说："阿爸，我来迎请您回宫登基。"

父亲将头歪向肩膀另一边，说："你看我现在这个样子，像一个君王吗?"

尕娃满脸是泪，说："像！您就是君王！只有您才配做大夏的君王!"

父亲想摇头，可是脖子却不听使唤，只在肩膀上轻微晃了晃："我不想这样回去，我不想让都城的人看见我现在这个样子。"

"可是大臣们和都城的百姓都盼望您回去啊!"

"我的孩子，你就给阿爸留点体面吧，让都城的百姓记住过去那个骑着白鬃马、挥舞龙雀剑的阿爸吧。孩子你回去吧，去登基吧，你是我们家唯一的后代，去承担一个男人、一个骑手应该承担的责任吧！阿爸相信你，一定能当此重任。孩子你别怕，有阿爸守着灵州，成吉思汗休想越过黄河!"父亲说着喘了口气，显得很累的样子，"我们现在已经失去了最好的战机，但我们绝不能放弃！孩子你要记住，我们党项人任何时候都不能服输！我们宁可站着死，也不躺着活!"

可能是父亲太累了，用眼神示意儿子靠近他。尕娃把耳朵送到父亲嘴边，父亲教授了儿子目前应该采取的应急之法，最后说："静塞军司、嘉宁军司、保泰军司，这三个军司的统军是真正的骑手，比较可靠，关键时候可以调用……"

尕娃回到都城后，被大臣们拥立为皇帝。

45. 灵州之战

德仁的病奇迹般的好了，重新从卧椅上站了起来，而且骑上了他的白鬃马，开始为备战而奔忙了。

就在这时，蒙古骑兵包围了灵州城。

前一天夜里，卫慕香又一次走进了德仁的房间。当时，德仁正举着羊首灯，察看木桌上的一张羊皮地图。听到脚步声，他头也没抬地说：“你说，他们会从哪个方向来？”

卫慕香站在灯影里，没有说话。

德仁的目光在羊皮地图上游移，然后盯住一个地方，用手指敲着说：“肯定是这里！他们只有从这里进攻，才能在最短的时间里包围我们！也好，这样可以减轻都城的压力。我们在这里慢慢消耗他们的兵力，待时机成熟，再与铁鹞军前后夹击，彻底消灭他们！”

卫慕香一声不吭。

德仁发现不对劲儿，扭头一看，见是卫慕香，愣了一下，说：“我还以为是佐里呢。”他把目光重新落在了地图上，“这么晚了，你来做甚？”

卫慕香笑着走过去，将手里提着的酒壶和三盘下酒菜放在桌上，说：“你已经好几天没休息了，我陪你喝口酒，给你解解乏。”

说着就将下酒菜摆开，一盘羊头肉，一盘凉拌沙葱，一盘酱牛尾。她拉过一把木椅自己先坐下，拔开扁壶塞，给两个空碗里倒上米酒。可是德仁一直站着没动，用一种奇怪的目光看着卫慕香。

卫慕香说：“今天皇上派人来请你回去指挥全国兵马，抵抗蒙古人的进攻，你为何不回去？”

德仁说：“蒙古人马上就要来了，灵州是都城的最后一道屏障，坚守住了灵州，就等于保住了都城，我在这里比在都城更有用！”

卫慕香不再说什么，见德仁还站在那里，就说：“你坐过来呀，怎么啦？嫌我带的酒菜不好？”

德仁说：“我从来不单独跟女人喝酒。”

卫慕香低下了头：“在你眼里，我还是一个女人吗？”

“酒菜受领了，时候不早了，你回去吧。”

卫慕香猛然仰起头，眼里闪动着泪光：“我就这么让你讨厌吗？”

“你不走，我走！”德仁说着就要往门口走。

卫慕香跑过去从后面搂住了他。

德仁用力挣脱卫慕香，说：“你这是做甚？”

卫慕香扑上去重新抱紧德仁。德仁想挣脱，没有成功。

“这是做甚？快撒手！”

卫慕香哭了。她是一个倔强的女人，这么多年他很少见她哭。德仁的心软了，说：“你哭甚哩？有事说事，哭甚哩？”

卫慕香伏在德仁宽阔的脊背上，哭得更厉害了，肩膀一耸一耸的。

德仁窘迫地说：“你这是做甚？谁欺负你了？”

“你！你欺负我了！”卫慕香带着哭腔说，“你不理我就是欺负我。我跟你这么多年，难道你真的就不明白我的心吗？”

“蒙古人马上就要来了，我哪儿有时间跟你婆婆妈妈！”

“你没时间理我，却有时间理别的女人？”

德仁惊愕地说：“我理谁了？”

“我亲眼看见的，就是那个回鹘马鞍匠的女人。”事情既然已经捅破，她索性把心里话都说了出来，“你跟她是甚关系？你是不是因为她才不理我？她哪一点比我好？她就是再好可也是别人的女人……”

德仁生气了：“好啊，你又在跟踪我！”

他想挣脱她，可她抱得更紧了。但是他还是用力甩开了她，气哼哼地朝门口走去。她从地上一跃而起，一把抓过他放在木桌上的龙雀剑，横在自己的脖子上："你要走，我就死给你看！"

他愣在了门口。她倔强地看着他，眼里闪着泪花："你的龙雀剑不是很久没有喝血了吗？今天，就用我的血来喂养它吧！"

他知道她什么事都可能做得出，转身无奈地说："你到底想做甚？"

"我想知道，你到底喜欢不喜欢我？"

他沉默了一会儿，说："你是一个好女人。"

"我是问你，你喜欢不喜欢我？"

"你先把剑放下。"

"你告诉我，我就放下。"

他说："你放下剑，我们坐下来慢慢说。"

他回到木桌前坐下来。她疑惑地看着他，收起龙雀剑，坐在他对面。

他说："你知道我为甚不跟女人喝酒？"

她看着他，不说话。

他说："许多年前，我因为跟一个女人喝了一次酒，让我直到现在还在悔恨。从那以后，我就发誓不跟女人单独喝酒了。"

他告诉她，三十六年前，他刚当上铁鹞军统军，他有一个特别忠诚的侍卫。一天路过侍卫家，他便走了进去，想顺道看看侍卫。可是侍卫不在家。侍卫的女人说，他马上就回来，她弄了几盘下酒菜，让他俩等会儿喝两盅。女主人的热情，让他不好推脱，那天正好又没事，他就坐下来等他的侍卫。可是他等了很久，侍卫也没有回来。天黑了，他想走。侍卫的女人说，酒菜已经备好了，不如她先陪他喝几杯。盛情难却，他们开始喝酒。但他哪里知道，侍卫的女人是个水性杨花的女人，早就对他有了意思，而且侍卫那天突然有事回了老家，女人知道他第二天才能回来，留下他本来就是一个圈套。女人的酒量很大，一杯一杯地劝他，他们喝着、等着，他的脑袋就晕乎了，最后就喝醉了……

等他第二天早上醒来，发现自己与侍卫的女人躺在一起，悔恨不已，恨不能一刀劈了自己。他觉着很对不起自己的侍卫。更让他愧疚的是，半年后的一次狩猎中，侍卫为了救他而死了。侍卫死后，那女人找到他，想要嫁给他。他怎能娶自己侍卫的女人呢？女人说，她已经怀上了他的孩子，非要让他娶她，他还是没有答应。后来，女人真的生下了一个女儿。再后来，女人跟一个回鹘人跑了，他就收留了她的女儿。

“她就是你看见的那个女人，阿朵的亲娘。”

卫慕香吃惊地看着他：“你是说，阿朵是你的亲生女儿？这就是你不让尕娃娶阿朵的原因？”

他说：“以前我以为阿朵是我的女儿，现在我才知道她不是我的亲生女儿，是那个女人当初想让我娶她骗我的。我们到灵州后，她听说我被废了，就主动找到我，想问问女儿阿朵的情况，看到我对阿朵那么好，她很感动，就告诉了我实情。”他叹息一声说，“其实现在想想，我最对不起的就是阿朵。我知道她喜欢尕娃，却阻止了他们，害得她现在还是孤身一人。等赶走了蒙古人，我就给他们完婚……”

她说：“我也是一个人，你何时娶我？”

这时，佐里急匆匆走了进来，说急脚子来报，正如他们所料，蒙古人从东南方向攻来了，离灵州只有三百多里，最迟后天就会到达。

德仁腾地站起来，眼睛里喷射出骇人的凶光：“他们终于来了！按我们商定的计划行动，明天早上我就带兵出发！”

几日前他们就商定了，由德仁率领灵州所有骑兵，在敌人来临之前隐蔽在附近的山林，等敌人攻城时从背后袭击他们；由佐里率领弓箭手留守灵州城，在蒙古人进攻时，将他们消灭在“瓮城”。

建造“瓮城”，是德仁瘫软在卧椅上的那段日子想出的主意。早在三个月前，佐里就按照德仁的吩咐，发动全城军民在城外挖了一圈壕沟，并在里面插上了木签，再在上面覆盖上树枝柴草掩人耳目，又将出城的通道隐藏其中。敌人攻来，不知哪儿是实道，哪儿是虚道，十有八九会掉进陷阱。同时，用挖出的土在四个城门里筑起一道封闭的内城，这便成了“瓮城”。敌人一旦攻破第一道城门，就会被围困在瓮城，城墙上的弓箭手朝里面放箭，敌人休想逃掉一个。

第二天黎明，灵州百姓还在睡梦中的时候，德仁带着卫慕香和灵州仅有的一万骑兵悄悄出了城，消失在通往东南山林的土路上。

没想到当天傍晚，蒙古人的六万西路军就蜂拥而至，包围了灵州城。蒙古骑兵真是神速！但是蒙古大将阿塔赤并没有下令马上攻城，而是在城外安营扎寨，生火造饭，好像灵州城早已是他们的囊中之物。城外的营火一直绵延到黄河岸边，好像银河从九天落到了人间。

其实，蒙古人没有马上进攻，是因为他们知道德仁在灵州城里。他们一路上所向披靡，几乎踏平了途中的所有城池，没有遇到一个真正的对手，但是阿塔赤不敢小视德仁。他们不是第一次交手，他知道德仁的厉害。

第二天早上，蒙古人才从四个方向同时发起了进攻。

第一拨骑兵蝗虫似的扑了过来，可是还没等他们冲到城下，就从地面上突然消失了。他们掉进了隐蔽的壕沟里。有的落在尖锐的木签上，再也没有爬起来；有的爬出了壕沟，又很快被城头上的弓箭手射死了。蒙古人损失惨重，死里逃生的只十之二三。

阿塔赤被激怒了，紧接着发动了更加凶猛的进攻。这次他们很顺利，很快就攻到了城下，因为隐蔽的壕沟已经全部暴露，前进的道路上没有了障碍。城上的箭矢暴雨般倾泻而下，冲在前面的骑兵纷纷倒地，后面的毫不畏惧，有的搭起云梯冒死登城，有的用铁角战车拼命撞击城门。

这一天，蒙古人共发动了三次进攻，但灵州城却安然无恙。

第二天，蒙古人改变了战术，集中兵力进攻北门，结果城门被攻破，骑兵冲进了瓮城，佐里下令关闭外城门，数百骑兵被困在瓮城，全部被乱箭射死。阿塔赤下令再攻，西城门又被攻破，结果同样悲惨。短短两天时间，阿塔赤就损失了六千兵马。

隐藏在山林里的德仁见时机成熟，派卫慕香深夜悄悄率兵出山，放火烧了蒙古大营。这次袭扰，又让蒙古人损失了三千兵马。

阿塔赤更加疯狂地攻城。德仁趁着大部分蒙古兵马攻城，再次派卫慕香带三百“撞令郎”出山，袭扰蒙古大营，自己率领骑兵主力埋伏在山脚下。卫慕香与留守大营的蒙古骑兵厮杀了一阵，佯装战败，向山林撤退。蒙古骑兵见只有几百党项骑兵，倾巢出动，穷追不舍，一直追进德仁的埋伏圈，结果三千骑兵全部被歼。一连七天，德仁采取各种袭扰方式，搞得蒙古人晕头转向，不得安生。阿塔赤既要攻城，又要提防袭扰，稀里糊涂就损失了两万兵马。

但是，让德仁最担心的事情还是发生了。急脚子报告说，成吉思汗的八万东路军正在朝灵州而来。现在他腹背受敌，处境相当危险。他还有最后一招，不到万不得已他是不会轻易使用的，那可是他赢得这场战争的最后一点希望。对于这场战争能否胜利，他心里并没有把握。但是作为一个骑手，为了大夏，为了党项民族，为了自己的尊严和体面，他必须战斗到底！他要拼死将敌人阻挡在灵州一线，为都城里的儿子备战赢得更多的时间。

果然第二天，两路敌兵包围了他们。这时他的兵马只剩下了不足三千。紧急关头，德仁只能使用最后一招了。他放飞了三只信鸽，分别给静塞军司、嘉宁军司、保泰军司三个军司报信，让他们按照当初商定的计划，从三个方向包围敌人。可是信鸽飞出去三天，却一去不复返，他没有得到一点回音。是信鸽途中出了问题？还是他们变卦了？或者是他们已经被蒙古人消灭？他不得而知。无奈之下，他只有孤军奋战。敌人的包围圈越来越小，最终将他压缩在山林深处一片狭窄的谷地里。

天黑了。冬日干枯的树枝上，几只老鸦发出难听的叫声，仿佛唱着最后的挽歌。成吉思汗并不急于消灭他们，而是让自己的兵马就地休息，等待天亮。他们在谷地生起一圈篝火，党项骑兵被困其中，像是一群正在被烹烤的乳羊。蒙古营地里飘来了诱人的肉香和酒香，有人甚至唱起了悠长的蒙古长调。

天亮后，成吉思汗准备收网，却吃惊地发现他们的包围圈里空无一人。那些党项人跑到哪里去了？难道他们长了翅膀飞上了天？

成吉思汗哪里知道，这谷地里有一条暗道直通灵州城。据说是一百多年前宋人为了攻取灵州城挖下的，他们还没有挖到城下，就被增援而来的元昊的铁鹞军消灭了。昨天夜里，在蒙古人酣然大睡的时候，德仁领着他最后的骑兵，已经顺着暗道返回了灵州。成吉思汗找到了暗道，但他担心其中有诈，不敢派兵从地道追击。

德仁回到灵州后的第一件事，就是用信鸽给都城里的儿子送去了一封密信，让儿子赶快在黄河东岸布兵，务必坚持到黄河解冻。他叮嘱儿子：千万不可贸然进攻，更不能派兵增援灵州。

信鸽腾空的时候，成吉思汗乌泱泱的大军包围了灵州城……

46. 铁 马 冰 河

现在，我正站在都城的城头上，朝灵州方向眺望。

凛冽的寒风裹挟着冰雪的气息，从遥远的北方吹来，城头上的杏黄牙旗哗啦拉地响。我眯缝着眼睛，让目光越过冬日的苍茫，极力远眺，却仍然无法看见灵州城郭。但我知道，灵州城正在进行着一场前所未有的血战。

我问嵬名令公："兵马点集好了吗?"

"点集好了，十万大军已经集结在贺兰山下，等待陛下的命令。"

我对沙郎说："准备两千峰骆驼，把它们喂饱，然后用麻布裹住它们的蹄子；让铁鹞军备好裹马蹄的麻布，让步跋子每人准备两块比鞋大两倍的木板，还有捆绑木板的绳索。"

沙郎显然明白了我的意思，答应了一声转身走了。

现在，可以说已经到了最后关头，我们面临的形势相当严峻。蒙古军已经占领了河西走廊和河东的大部分地区，灵州是我们除都城之外最后一座城堡。几天前，蒙古军就已经结束了对河套地区的最后扫荡，两路大军像一把铁钳死死地钳住了灵州城。灵州一旦失守，蒙古军就会西渡黄河，直逼我们的都城。

这天夜里，正像我期望的那样，天空突然下起了大雪。一冬无雪，可是现在一下起来就是两天两夜。第三天，雪停了，风又来了。狂风把原野上的积雪一股脑儿地刮到了黄河东岸，一场罕见的寒流从北方袭来，封冻了黄河。据前线急脚子报告说，寒流冻死了许多蒙古骑兵。

这是天意啊，天不灭我大夏！我决定马上进攻，增援灵州城。

尽管父亲飞鸽传书，让我按兵不动，坚守黄河西岸，但我不能见死不救，眼看着父亲和灵州城被蒙古人吃掉。蒙古人现在被冻僵了手脚，正是我们两面夹击、消灭他们的最好时机。

黎明时分，我让国相高良惠领一万兵马留守都城，我亲率十万兵马悄悄渡过冰封的黄河。我们在河岸没有看见一个蒙古骑兵，没有遇到任何阻击。或许蒙古人这时正在他们的营帐里睡觉呢，他们不会想到在如此寒冷的天气里，我们会突然发起进攻。

我们的前锋不是铁鹞军，也不是步跋子，而是两千峰骆驼。身经百战的老将嵬名令公，从来没有见过这么奇特的兵阵，迷惑不解。我就是想用这种特殊的战法，出其不意地攻击特殊的敌人。我们的步跋子每个人的脚下都绑着木板，鬼影似的悄然滑过河面。所有驼马的蹄子上都包裹着厚厚的麻布，过河时没有一匹滑倒，也听不到一点声息，因为它们的嘴都无一例外地套上了厚厚的布袋。即使蒙古人头枕箭囊、耳贴地面睡觉，也很难听到我们进攻的声音。

过河之后，我下令步跋子停止前进，在东岸原地待命。步跋子擅长山地作战，在平原上作战暂时用不上他们。我率领驼队和铁鹞军继续往前走。因为雪的缘故，天亮得特别早。太阳一出来就很刺眼，睁着血红的眼睛，蹲在天边，看着即将开始的一场奇特的战争。

但是我们的突袭行动还是暴露了，蒙古人还是发现了我们的意图，这让我始料不及。地平线上出现了一道黑色的东西，那是蒙古人摆出的半圆形的兵阵。他们正在等待我们。我们的队伍里出现了短暂的骚动，但是并没有停止前进。两军之间的距离在渐渐缩短，我已经能看见蒙古战马嘴里喷出的热气了。

在相距一箭之地时，我下令停止前进。我们在冰冻的雪地里僵持住了，好像都在琢磨该从哪里下手。我不能等待，必须先声夺人。我一声令下，士兵们驱赶着两千峰骆驼浩浩荡荡朝敌阵冲去。战场上雪尘迷漫，冰冻的土地在驼蹄下抖动。蒙古人显然没有见过这种奇特的战法，他们一下子愣了，还没有反应过来，他们的兵阵就已经被我们冲得七零八落。但是他们很快就醒悟过来，收拢阵线，稳住阵脚，组织反扑。我们的骆驼在敌阵中左冲右突，纷纷倒地。但是它们倒在地上本身就是一道障碍，使得蒙古骑兵进攻的步伐十分缓慢。

我把手一挥，沙郎心领神会，跃马出阵，率领铁鹞军冲将过去。真正的厮杀这才开始，双方在雪地里进进退退，反反复复。兵马的热血染红了冰雪，旋即又被纷乱的马蹄踩成了紫黑的污泥……

厮杀一直持续到下午，双方死伤都很惨重。我们的兵马锐减，而蒙古骑兵却在源源不断地从后面补充上来。蒙古军渐渐占据了优势，他们集中兵力向我们的中军发起猛烈进攻。我发现这是一个阴谋，因为就在我要派出最后一批骑兵前去支援力不可支的中军时，突然发现更多的敌人正在悄悄地从我们的两翼呈扇形向我们的侍卫军包抄过来。我急忙命令撤退，蒙古骑兵穷追不舍，我们一口气撤退到了黄河西岸。

我从容不迫地让骑兵撤出战斗，将等待已久的步跋子派上用场。蒙古骑兵刚冲上冰冻的河面，许多战马就纷纷摔倒了，没有摔倒的也战战兢兢，无法快速奔跑。他们没有料到会在冰冻的河面上交战，所以没有提前准备包裹马蹄的麻布。看到眼前的一切，我笑了，这正是我预想的结果。我们的步跋子这时大显身手，他们脚踩木板，在冰面上飞速滑行，刀剑翻飞，专砍敌人的马腿。河面上一时人仰马翻，血肉横飞……

黄昏时分，蒙古人丢下数千具尸体撤退了。紫红色的晚霞里，横七竖八躺在河面上的兵马，有的已经战死，有的在不停地抽搐和呻吟，但是没过多久都被冻死了，跟河面上的冰雪冻结在了一起。

我们取得了初步胜利，但我却高兴不起来。因为我们和灵州失去了联系，弄不清那里的情况到底怎样。我想一鼓作气，攻到灵州城下，但又害怕中了蒙古人的埋伏。如果蒙古人真有伏兵，我们不但救不了灵州，恐怕连最后退守都城的兵马都会伤亡殆尽。所以，我还是按照父亲的吩咐，坚守在黄河西岸。我知道，吃了亏的成吉思汗是不会善罢甘休的，明天他们一定会集结更多的骑兵发动进攻。到了明天，我们今天的战法都将失灵，他们肯定也会在马蹄上包裹上麻布。所以我必须想出一个新的战法，明天才能不被敌人打垮。

望着冰封的河面，我突然有了主意。我命令士兵连夜挖河凿冰，将冰块垒在河岸，然后在上面浇上水，冰块很快就冻结在了一起。一道坚固的冰垒浇铸而成。这道十几里长的冰垒，将成为我们最后的防线。

果然，天刚蒙蒙亮，蒙古骑兵就攻来了。他们的马蹄果真都裹上了麻布，所以奔跑起来迅疾自如，眼看就要冲过宽阔的河面了。我下令埋伏在冰垒后面的两万弓箭手拉弓射箭，嗖嗖嗖，敌兵纷纷中箭倒地。有的躲过了密集的箭矢，已经冲到了阵前，但因为河面光滑无法停住前进的脚步，一头撞在坚硬的冰垒上，重重地摔倒在地，被跳出冰垒的“步跋子”悉数砍死……

这一天，蒙古军总共发起了三次进攻，但都没有越过我们的冰垒。这时，我派去灵州的急脚子回来禀报说，静塞军司、嘉宁军司、保泰军司三个军司的兵马并未按父亲的计划赶到，灵州城危在旦夕。也许是因为父亲手里没有金御牌，无法调动他们。我急忙让沙郎拿着我的金御牌，前去三个军司调集兵马，在黄河沿岸集结，围歼蒙古骑兵。沙郎连夜出发了。

夜里，我躺在冰冷的营帐里，恍惚中看见父亲从冰河上骑马而来。他骑着白鬃马，手提龙雀剑，摇摇晃晃地向我走来。父亲满脸污血，好像走了很远的路，身子一歪，险些从马背上摔下来。

“儿子，阿爸对不起你，灵州失守了……”父亲突然仰天长叹一声，说，“大夏将亡，我死不瞑目啊!”

两行血泪从父亲爆裂的眼角滚落下来，很快冻结在他伤痕累累的脸颊上。我从来没有见过父亲落泪，吃惊地看着父亲。父亲掉转马头，疾驰而去，消失在紫红色的夜幕里。

我醒来后，发现自己满脸是泪。我的羊胛骨叫个不停。我知道，父亲出事了。

第二天清早，蒙古人又来了，比昨天更密集。但是他们没有马上进攻，而是在河对面列阵等候。他们在等什么呢？我正想着，蒙古军阵中走出一个人来。那人趺趺撞撞，跨过河面上纷乱的尸体，朝这边艰难地走来。铁鹞军士兵准备射箭，我用手制止了他们。因为我发现走过来的人是卫慕香。卫慕香浑身是血，披头散发，怀里抱着一个包袱。两个铁鹞军士兵跃出冰垒，把卫慕香接了过来。

卫慕香跪倒在我面前，哭着说："陛下，灵州昨夜失守了，九万军民全部被蒙古人杀了，你阿爸他……他也战死了……"

尽管我已经预感到父亲出事了，但从卫慕香的嘴里得到了证实后，我还是禁不住身子踉跄，几乎摔倒。

卫慕香说，半个月来，蒙古人日夜围攻灵州城，父亲和灵州领军佐里率领守城士兵顽强抵抗，但是灵州城最终还是被敌人攻破了。守将佐里战死在城墙上。在城门被攻破后，父亲骑着他的白鬃马、挥舞着龙雀剑跟敌人进行巷战。厮杀中他身中三刀，没有倒下，继续砍杀了十几个蒙古骑兵。后来他的白鬃马被乱箭射死，他才摔倒在地。等他从地上站起来，四周全是黑压压的骑兵。他长叹一声，用龙雀剑结果了自己的性命。成吉思汗让人砍下父亲的头颅，让卫慕香送来。

成吉思汗的用意很清楚，就是想用父亲的头颅威逼我投降。

卫慕香打开包袱，父亲双目怒睁，一脸悲愤。那神情与我昨天夜里见到的一模一样，只是眼角没有了泪水。父亲的泪水只能在儿子面前流淌，绝不会让蒙古人看见。

卫慕香说，父亲自刎后，她也不想活了，可是她一死谁来接收父亲的灵魂？父亲没有了灵魂，就会变成一个游魂野鬼，到处流浪。卫慕香说，她在父亲咽下最后一口气的时候，从自己头上拽下了一缕青丝，放在了父亲的鼻子下，接收了父亲即将飞逝的灵魂。卫慕香从怀里掏出那缕青丝，还有她心爱的牛首埙，一起交给我说："陛下，我有一事相求。"

我说："甚事？你说。"

卫慕香说："你阿爸生前最爱听我给他吹埙了，你将附着他灵魂的头发和我的牛首埙带回都城去，与你阿爸的头颅放在一起，这样，他就能天天听到我的埙声了……”

我知道这个女人一直深爱着父亲，她的眼泪已经告诉了我。这些年这个女人一直跟随父亲、照顾父亲，让我心里很感激。现在父亲死了，一切都不必在乎了，就遂了她的心愿吧，或许也遂了父亲的心愿。

我说：“我答应你。”

卫慕香说：“那我没甚牵挂了，我该走了。”

“你去哪儿?”

“成吉思汗还在等着我们的降书呢。”卫慕香的目光坚定而阴冷，能穿透人的脊背，她对我说，“箭矢就是我们的降书。陛下，给我一支毒箭吧，让我把它送进成吉思汗的胸膛!”

我明白了。不愧是父亲的红颜知己！既然她主意已定，任何劝阻都是徒劳。我让人拿来一把小巧的强弩弓和一支涂抹了毒药的箭矢，一起交给她。她将弓箭藏在衣袍里，转身跨过横七竖八冰冻的尸体，朝黄河对岸走去。

成吉思汗站在对岸，傲慢地看着向他走来的卫慕香。

卫慕香走到半道，突然跪下身子，迅速从衣袍里掏出弓箭，嗖的一声，那支毒箭朝骑在战马上的成吉思汗射去。成吉思汗一惊，往旁边一闪，箭矢射中了他的肩膀。卫慕香很快被密集的箭矢淹没……

我的羊胛骨像战鼓一样擂响。蒙古人又一次开始了疯狂地进攻。

这时，沙郎回来了，他没有带回一兵一卒。沙郎说，保泰军司接到鸽子送去的密令后，集结一万兵马，准备渡过葫芦河前往灵州增援，没想到蒙古人早在河岸设下了埋伏，一万兵马全部葬送在葫芦河里。嘉宁军司和静塞军司城里已经没有一个活物，巷道里和城外的草地上到处是百姓和兵马的尸体，那里显然进行过一场殊死的厮杀，最终被蒙古人屠城……

我们已经没有了任何外援，可蒙古骑兵却天天在增加。我担心蒙古人绕道偷袭都城，决定留下嵬名令公领兵继续在河边阻击，自己准备带沙郎的铁鹞军往都城撤退。临行前，我对嵬名令公交代说，现在天寒地冻，敌人的供给跟不上，我们只要依靠冰垒坚守不出，敌人就会被冻死、饿死。

我一再叮嘱他："千万不要主动出击，小心落入成吉思汗的圈套!"

我走后，两军在冰河上厮杀了半日，蒙古军被击退了。第二天蒙古军又来进攻，再次被我们击退。第三天蒙古军再次进攻时兵力锐减，交战不久就丢盔弃甲仓皇逃走了。嵬名令公站在冰垒上，望着敌人的背影哈哈大笑，大声喊叫道："成吉思汗你别假装逃跑了，少给老夫来这一套！十几年前老夫就在克夷门上过你的当，你让老夫丢掉了一世英名，这一回老夫不可能再上你的当了!"

成吉思汗的计谋被识破后，集中兵力进行了更大规模的进攻，但最终还是被嵬名令公顽强地击退了。可是让嵬名令公没有想到的是，狡猾的成吉思汗最后竟然采用了"火攻"。蒙古人纠集了上百辆手推车，前沿钉上尖锐的铁钉，上面堆上柴火，点燃后由士兵推着向我们的冰垒冲来，铁钉牢牢地扎在冰垒上，熊熊的大火很快就融化了我们最后一道坚固的防线……

两军在黄河岸边混战了半月，嵬名令公的八万兵马只剩下了两万，最后他们突出重围，无奈撤回了都城……

47. 火 凤 凰

我回到都城后做的第一件事，就是命令全城的铁匠、木匠、弓箭匠赶制刀剑、弓箭和各种兵器，使全城百姓人手一件兵器，准备迎战敌人。

沙郎按照我的旨意，把流散在都城百姓中的弓箭手扩充进铁鹞军，并且新组建了三支队伍：泼喜军、强弩军和撞令郎。泼喜军有一百门火炮，六百名炮手；强弩军有三千名弓箭手；撞令郎由两千名刀客组成。沙郎还扩充了铁鹞军里的麻魁队伍，由阿朵统领她们白天训练，夜里赶制更多的火凤凰。沙郎不愧是我的侍卫，总能猜透我的心思，不管我交代过还是没交代过的，他都能做好我想让他做的一切事情。

一切准备好后，我开始安顿父亲的头颅。

那天，当我捧着父亲的头颅回到都城时，母亲无比悲伤地等候在宫门口。父亲走时骑着白鬃马，威风凛凛。现在他回来了，只剩下了一颗冰冷的头颅。母亲无法接受这个事实，当场就晕倒了。

我将头颅捧到阿婆野利丹跟前，阿婆干瘪的脸上肌肉抽搐了几下，嘴角流出了黏稠的口水，目光呆滞，就像一盏即将熄灭的灯。她的丈夫死了，小儿子死了，现在大儿子也死了，从她脸上看不出一点悲伤，或许她僵硬的脸已经无法表达她内心的感情。

我让宫廷匠人用最好的木料，为父亲的头颅赶制了一个华贵的檀木盒子。我亲手给里面撒上防腐香料，然后将父亲的头颅安放进去。趁母亲哭天抹泪的当儿，我将附有父亲灵魂的卫慕香的头发，还有她的牛首埙一起放了进去，然后盖上了镶金雕龙的木盖。这样，盒子里就有了两个人的灵魂，父亲就不会寂寞了。然后，我将木盒郑重其事地安放在承天殿原本属于他的龙案上。大臣们纷纷落泪，朝拜了父亲。可惜现在的龙案上，只是一颗不会说话、不会率军打仗的头颅。

这天夜里，我听到了卫慕香哀怨的埙声。

城门关闭之前，伤兵和难民就已经挤满了都城。伤兵们拖着没有来得及包扎的残缺肢体沿街乞讨；难民们拖儿携女，赶着牛羊，推着装满锅碗瓢盆的牛车，拥塞了大街小巷。牛粪羊尿满地流淌，很快冻成了黄亮的薄冰。哭声、喊声、骂声吵成一片。有些难民在广场和其他可供栖身的地方搭起了帐篷，一家或者几家人拥挤在一起，有的干脆露宿街头。即使是在大白天，稍不留神也会踩到横卧在街道上的难民身上。寒冷的夜晚，时常能听到亲人被冻死后难民们的哭号。

就在我让国相高良惠打开粮仓、救济伤兵和难民的时候，嵬名令公逃了回来，蒙古骑兵尾随而来，包围了我们的都城。

我没有责怪嵬名令公，我知道他已经尽力了。我还知道，蒙古军迟早会突破我们的防线。成吉思汗这次来就是要彻底消灭我们。这个祸根早在二十多年前就已经埋下了，现在只是结出了恶果。祸根不是蒙古人埋下的，而是我们自己埋下的；也不是某一个人埋下的，而是我们几代帝王共同埋下的。他们共同种下的恶果，现在却要我一个人来品尝，真是太不公平了！

但是作为一个帝王，我不能投降，只能拼死一战。这是父亲教给我的。父亲说过："一个人可以站着死，绝不能躺下活！"

我准备与成吉思汗决一死战。可是后来我才知道，成吉思汗当时并不在围城的兵马里，他根本就没有把我这个尕皇帝放在眼里。他把围城的任务交给了大将阿术鲁，自己率领另一队骑兵南下攻取了积石州、临洮府，然后西渡湟水，攻取了西宁州，这显然是想断绝我们南撤的后路。阿术鲁一面日夜攻城，一面纵兵河西，大肆烧杀抢掠我们的百姓。他们冲进皇家王陵，焚烧亭台献殿，捣毁墓冢碑石，挖开陵墓，将我们历代帝王的尸骨抛撒在荒野，将陵墓里的金银珠宝洗劫一空。

战争中，应该君王对君王、大将对大将。既然成吉思汗走了，我就没有必要亲自指挥作战，我将保卫都城的任务交给了沙郎。

沙郎没有让我失望，很快就表现出了卓越的指挥才能。起初，他把泼喜军分布在四面城墙上，用密集的火炮轰击敌人。炮弹在城外留下的弹坑使进攻的敌人磕磕绊绊，步履维艰，只能在护城河外的空地上徒劳地奔跑。蒙古弓箭手们不敢近前，聚集在火炮射程之外的地方向城头放箭，他们的箭矢没有射到城墙根就已经纷纷落地。但是我们的弹药也很快就用完了，没有了弹药的火炮就如同一堆废铁。沙郎就让强弩军换下了泼喜军。强弩军里大都是刚刚招募来的曾经射穿过银靶心的百姓射手，他们个个身手不凡，命中率很高。他们使用的弓箭都是清一色的强弩弓，射程远，威力大，能射穿强壮的蒙古战马。这种弓箭是我们专门为对付蒙古人而准备的，需要三个士兵才能拉动，而且使用的都是铁箭，专门射杀躲在兵阵后面的敌军大将。

可是箭矢也越来越少。都城里几乎所有的门板、铁锅都被做了箭矢，但还是供不应求。蒙古人一天天逼近，已经把营帐扎到了护城河边……

这时，阿朵爬上了城头。她望着城外的蒙古营地，对身后的麻魁说："现在是时候了，该我们干了！"

半夜时分，阿朵率领麻魁们抬着十几只火凤凰，登上了城墙。疲惫不堪的蒙古人早已入睡，他们的营地寂静无声，漆黑一片。女人们将火凤凰架在城垛上，阿朵一声令下，女人们同时点燃火凤凰。十几只火凤凰腾空而起，拖着炫目的火龙飞向蒙古营地，那里霎时变成了一片火海，无数燃烧的身影在火光中奔跑……

第二天，蒙古军开始了报复性的进攻。

几天后的深夜，阿朵带着几十个麻魁悄悄出城，摸进护城河外的蒙古大营，将沾有经血的衣裤挂在了蒙古军的大旗上，然后放火点燃了他们的营帐。这是我们党项女人对付仇人最狠毒的一种方法，这样一来仇人就会倒霉，就会不攻自破。但是蒙古人并没有因此而倒霉，他们只损失了一些营帐和没来得及逃出营帐的士兵。倒霉的是阿朵她们，她们全部被蒙古人俘获。当天夜里，除阿朵之外，被俘的女人们全部被分配到各个营帐，犒劳了蒙古骑兵……

天亮后，蒙古人用箭矢给我送来一封书信，说他们知道阿朵是我的女人，所以并没有让士兵碰她。如果我能献城投降，他们将毫发无损地送还阿朵。如果三天得不到答复，他们就将阿朵慰劳士兵。

我身体里很深的一个地方被刺痛了，禁不住哆嗦了一下。这天夜里，我派沙郎率八百撞令郎，出城营救阿朵。可是敌人早有防备，沙郎不但没有救出阿朵，反而几乎全军覆没。

第二天，敌人把阿朵绑在一根旗杆上。阿朵开始还在不停地扭动，一个时辰后就不再动弹了。这么冷的天，她冻也会被冻死。我心里很矛盾，是否投降，犹豫不决。我不能因为一个人，而毁灭了我的大夏国。

第三天早上，阿朵突然不见了。她到哪儿去了？

蒙古人继续攻城。城外的厮杀声对我而言已经习以为常，并不担心他们会马上攻进来。只要城里粮食充足，蒙古人一年半载休想攻进来。我一直在派人寻找阿朵的下落，但是找了很久也没有任何消息。我想或许因为我没有按时投降，蒙古人已经杀了她。对不起，我的阿朵！

许多天后，我想起了一直浸泡在羊血罐里的石羊，羊血已经干枯，石羊发着暗红的光。战争一来，我便将石羊忘记了，它已经在羊血罐里浸泡了六个七七四十九天，想必更能永久地藏匿阿默尔的秘史。我也很久没有去看阿默尔了，或许他早就完成了《白高大夏国秘史》，正在等待我的石羊呢。没有了阿朵，阿默尔会更加孤独，我想去看看他。天阴得很重，像是要下雪。我用绸缎包裹了石羊，一个人来到阿默尔的碉楼前。

阿默尔的鸽子孤零零地站在窗台上，好像一直在等着我的到来。鸽子咕咕叫了两声，扑棱棱飞了起来，将我引进了碉楼底层阴暗的屋里。我在里面站了一会儿，才看清面前的景象。我惊呆了：屋子中央架着两堆柴火，一堆上躺着阿朵，另一堆上躺着阿默尔。天哪，阿朵原来在这里！

阿朵死了。这时的她仍然光着脚。她喜欢光脚，就让她光着脚上路吧。我抚摸着她冰冷僵硬的脚丫，泪水扑簌簌地落了下来。她脖子上的玉羊不知去向，或许是被蒙古人抢掠走了。可是，是谁把阿朵弄回来的呢？我想除了阿默尔，没有别人。阿默尔是厮乱，他总有我们意想不到的办法。可是他也死了呀！或许他把孙女从城外的旗杆上弄回来，安放在柴火堆上之后，自己才爬上柴火堆静静地等待死神。

我在书桌上看到了阿默尔已经完成的《白高大夏国秘史》，一共六册。我拿起最上面的一册，翻到最后一页，上面最后一行赫然写着：

宝义元年，蒙古军包围了都城，大夏灭亡。

宝义元年，不就是今年吗？我一下子什么都明白了。

我打开石羊，将《白高大夏国秘史》放进石羊的肚子里，重新合上石羊，然后找到那块雕花地砖，起开来，将石羊放进洞穴里，盖上地砖。

我采来了玫瑰花，摆放在阿朵身旁。然后，我点燃了阿默尔和阿朵身下的柴火，离开了碉楼。走出很远，我忍不住扭头看了一眼，碉楼像一把火炬在熊熊燃烧，阿默尔的白鸽在天空中盘旋，凄厉地鸣叫着，最后一头栽进了火堆里。

那一刻，我嗅到了玫瑰花的味道，泪水夺眶而出。我的花一样美丽的阿朵，就这样永远地消失了……

我感觉脸上有东西在缓缓爬动，用手一摸，是泪水。

“你哭了？”教授叹息一声说，“如此结局，怎能不让人落泪。”

我说：“如果西夏不灭亡，现在会是一个什么样子呢？”

教授说：“历史没有如果，不可能重来。”

我问教授："那石羊被尕娃藏匿在了碉楼下面，怎会跑到北京的元大都来呢？"

教授说："也许在蒙古人将西夏都城夷为平地后，有人发现了石羊，觉得好玩，就一直带到了元大都。也许是蒙古人屠城时幸存下来的哪个党项贵族，发现了石羊，将它悄悄藏匿起来，最后带进了元大都。事实上，党项贵族里的一些人后来担任了元朝的重要官职。元朝初年，忽必烈说'西夏子弟多俊逸'，曾经下诏征求西夏贤士入朝为官。元武宗海山还在党项贵族少女中选了一个妃子，这个妃子后来生了个儿子，就是后来的文宗……到底是谁将石羊带到了元大都，谁也说不清，这又是一个谜，也许永远也不会有人能揭开……"

48. 天 鹅 之 死

天鹅飞回皇宫的时候，春天已经快要过去了。

但是阿兰坚持说，是天鹅把春天从遥远的南方带回来的。

这个时候，蒙古人已经围城五个月了。人们已经习惯了城外的厮杀，对城里不断死人的事情也已见怪不怪了。现在，阿兰和阿秋每天都要到御花园的湖边去喂天鹅，好像城外并没有密集的蒙古军。

去年腊月，也就是阿兰得过那场伤寒之后，她就变得沉默寡言，有时几天也不开口；即使开口，说出的话也是颠三倒四，不着边际。

那场伤寒让阿兰躺了整整一个月。那时战争进入了僵持状态，谁也不知道下一步会怎么样。双方都在等待、观望，习惯性地进攻和防守。无事可做的我，正好照顾阿兰。自从阿兰嫁过来后，我还没有这么精心地照顾过她。阿兰忽冷忽热，浑身痉挛瑟缩，让我很是心疼，只要有空我都会亲自给她喂药。

药是宫廷专用的厚罗辛麻汤，用厚朴、罗勒、细辛、麻黄四味草药煎熬而成。厚朴和罗勒气味芳香，细辛和麻黄味道苦涩，它们加在一起可以化湿、祛寒、行气、导滞、平喘、止痛。

阿兰有时会在夜里忽然坐起，眼睛好像看着一个遥远的地方，说阿娘看她来了，阿娘坐在皮筏子上正在过黄河哩。有时我一觉醒来，发现她一个人坐在黑暗中发呆。

阿兰对我说："将来我死了，你会把我埋在哪里？你可千万别把我埋到城外去。城外到处都是蒙古人，我不想被那么多的兵马践踏……早知道这样，当初我就不把阿春母子埋到城外去了……"

夏天来临的时候，成吉思汗派来了一个特使。这个人是成吉思汗的御帐前首千户察罕，他是前来劝降的。这时天气越来越热，成吉思汗已经渡过熙河，到六盘山南麓的龙德州避暑去了。察罕去年春天领兵围攻甘州时，就曾经劝他父亲献城投降，结果给他的父亲和家人带来了杀身之祸。现在，他又来劝降了。这个人真有意思，一点记性都没有。

察罕被国相高良惠带到承天殿的时候，我正在祭奠父亲的头颅。我是有意安排在这个时辰见察罕的。我听到他进来，有意不去理会。等我祭奠完了，才转身招呼察罕说："请坐吧，尊贵的客人。"

察罕环顾四周，不见一把椅子，地上只有花团锦簇的羊毛毡毯。

自从我把父亲的头颅安顿在龙桌上，就让人撤走了所有的椅子。也就是说，所有进来的人除了跪着、席地而坐，就只能站着。

我对察罕说："我们就按照党项人的习俗，席地而坐吧。"

察罕犹豫了一下，坐了下来。我拍了拍手，宫女们端上烤肉、奶酪和奶酒。我说："吃肉，喝酒，回到自己家乡就别客气啊。"

我说这话的意思，就是让察罕别忘了自己是党项人。

"我们俩的阿爸都死啦。"我端起酒杯说，"来吧，为我们的阿爸干杯!"

察罕把酒喝了。我不等他开口，接着说："不同的是，我的阿爸是被蒙古人杀死的，而你的阿爸是被自己人杀死的。"

察罕脸红了，不是因为刚刚下肚的那杯酒。但他马上镇定下来，对我说："你的意思我明白。但我还是要告诉你，大汗的军队已经攻破了临洮和西宁州，攻占了整个湟水流域。你们的退路已经被全部切断，失败是迟早的事。除了投降，你无路可走。我跟随大汗多年，知道他的脾气，如果你现在投降，还可以保全性命；如果继续抵抗，破城之日就是屠城之时。这一路屠城的事太多了，我实在不忍心看着我们党项人被灭绝……"

我本来还想客客气气地跟他喝几杯酒，然后再说正事，没想到他倒是个急性子。一听这话，我一下子来气了，黑了脸对他说："你回去告诉你们大汗，让他亲自来攻城吧，我等着。"

察罕没有再说什么，起身走了，骑马出了城门。

察罕走了，我的心反倒更加平静了。我知道我让察罕带回去的话，一定会激怒成吉思汗，他马上就会来报复，踏平我们的都城。我知道我们注定是要失败的，但我必须这么说，因为我是大夏的皇帝。前面的几位皇帝怕成吉思汗，我却不怕。我要像阿爸所期望的那样：为了大夏国的荣誉，为了党项人的尊严，宁可站着死，也不躺着活！

然而，这时城里粮食严重短缺，所有的御仓都空了，城里不断有人饿死，已经发生了多起百姓哄抢皇粮和店铺的事情。难民比居民更可怜，没有皇家的施舍，只好用自己带来的快要饿死的瘦骨嶙峋的牛羊充饥。牛羊很快就被吃光了，连牛皮羊皮都被煮着吃了，地上留下的是无法下咽的牛毛和羊毛。广场上、街头巷尾，到处是露宿着的肮脏邋遢的伤兵和难民，人和牲口的便溺和许多莫名其妙的东西四处流淌；停放在街道边上无处掩埋的无名尸首，经正午的太阳一晒，散发出令人窒息的恶臭。

这天傍晚，我和国相高良惠、统军沙郎巡查城防回来，刚进宫门就被一声沙哑的惊叫吓了一跳。抬头一看，暗红色的天空中，两只天鹅惊慌失措地飞来飞去，像是有什么东西在追逐它们。它们平时只在御花园的上空飞翔，今天这是怎么啦，竟然飞到了宫门口？

就在这时，我怀里的羊胛骨也突然嘎嘎叫了起来。

我们穿过御花园，看见阿兰和阿秋站在湖边。阿兰手里拿着一把水草，仰头看着天上飞来飞去的天鹅。阿秋见我过来了，指着天上的天鹅对我说："陛下啊，天鹅从晌午开始就一直这么不停地叫、不停地飞，它们这是怎么啦？再这样飞下去，它们会累死的……"

阿秋正说着，一只老鼠不知从哪儿窜了出来，跳上了她的脚面，吓得她尖叫了一声。老鼠慌不择路，竟一头扎进湖水里，扑腾了几下，很快就不见了。紧接着，更多的老鼠从不同的方向窜出来，受了惊吓似的胡乱突奔，许多老鼠竟奋不顾身地跳进了湖里。像是经受不住这么多老鼠的搅动，湖水开始左右忽闪，哗哗哗地泼洒出来。脚下的大地也跟着剧烈地晃动。高良惠跌倒在地。我像喝醉了酒，摇摇晃晃，幸亏沙郎从后面扶住了我。阿秋想扶住阿兰，结果两个人都摔倒在地。

只听有人喊：“地醒了！地醒了！”

湖边的凉亭突然倒塌了，御花园的门楼也跟着倒塌了，周围接二连三传来沉闷的倒塌声。恍惚中，我仿佛听到“狗狗狗”的叫声，我知道是阿默尔在用魔法想让地醒停止，因为传说里，狗是地藏王的母亲，地醒时喊狗，地藏王就不晃了。果然，轰隆隆，滚雷似的声音由近及远，渐渐消停了下来。大地停止了晃动。湖水像酒醒的女人，不再晃动了。刚才满地乱窜的老鼠突然没了踪影。黄昏最后一抹光亮被刚才的隆隆声带走了，天哗啦一下就黑了，像是要掩盖住这场突如其来灾难带来的满目疮痍。

我很快就得到禀报：地震使城里三分之二的房屋倒塌，上万人丧生。但令人惊奇的是，我们的城墙完好无损，沙郎的铁鹞军仍然坚守在城墙上。

由于饥饿和地震，都城里的死亡人数与日俱增。尸体无法运出城掩埋，就胡乱丢弃在偏僻的小巷，发出刺鼻的腐臭味。饥饿的野狗和老鼠大白天也不怕人，聚集在尸体旁啃噬着腐肉。瘟疫像幽灵一样，开始蹑手蹑脚地在大街小巷里游荡，把死亡散布到都城的每一个角落。

城里每天都有数百人死亡。坚守在城墙上的士兵也开始一个接一个地悄然死去。蒙古军停止了攻城。也许他们认为，让饥饿和瘟疫来杀死我们，比进攻更省力气。城外的蒙古军很悠闲，那样子看上去好像不是来攻城，而是来这里围猎野餐。他们吃饱喝足了，就纵马四处抢掠附近百姓的牛羊和粮食。他们把百姓杀死，然后放火烧掉他们的房屋和村庄。站在城墙上，经常能看见远处此起彼伏的火光。后来火光就渐渐少了，因为周围已经没有什么可烧的村庄了。

高良惠真是一个好国相，他每天拖着年迈羸弱的身体，巡查犒劳守城士兵，安抚露宿街头的难民。他对士兵们说，陛下很惦念大家，让他来看看大家，国难当头，大家再坚持坚持，蒙古人就会撤退。他发给难民食物时会说，这是陛下让他给他们送来的，他们要体谅皇上，等熬过了这段日子一切都会好的。士兵和难民为此十分感激我这个尕皇上，很少有人闹事。只要我一出现在大街小巷，就有难民和伤兵向我跪拜。我知道这都是国相的功劳。

眼看着高良惠一天天消瘦下去，我很心疼，就劝他注意休息，不要到处奔走了。他说，身为国相，不能为大夏消除祸乱，实在羞愧难当。臣唯竭尽全力，替陛下分担一点忧愁才能心安。他的话让我感动不已。

可是有天早晨，我没有看见高良惠早朝，急忙派人去找，这才知道他已经死了。他是活活给累死的呀！我当着大臣们的面流下了悲伤的泪水。

国相死后，厄运接踵而至。

天气渐渐炎热起来，皇宫里的气味越来越难闻。皇宫里也开始接二连三地死人，先是宫女，后是厨娘，再后来是宫门口的侍卫。有人说瘟疫是我的阿娘皇太后带进来的，因为阿娘也像国相生前那样，每天早出晚归救济、安抚难民。也有人说是阿兰的天鹅带进来的，天鹅整天飞来飞去，把外面的疾病带进了皇宫。但不管怎么说，瘟疫确实在皇宫里开始悄悄蔓延了。

一天，天鹅突然失踪了。宫女们在御花园的睡莲下面找到了它们。睡莲已经枯萎，一碰就碎。两只天鹅依偎在一起，一动不动，已经死了。

阿兰怀抱天鹅，轻轻地拍打着它们，像是在哄着自己的孩子，她嘴里嘟囔着："你们飞累了吧？那就不要再飞啦，好好睡觉吧……"

接着她小声唱道："噢噢，睡觉觉，隔山来了个老道道，头上戴个花帽帽，腰里系个草要要，身上穿个小袍袍，嘴里吹个小号号……"

又唱："车轱辘滚得唰啦啦，东边来了个花娃娃，头戴鸡冠子，手拿皮鞭子，光着屁股秃着头，拿着鞭子赶着牛……"

半个月后，阿兰死了。她怀里仍然抱着她的天鹅。有人说，她是被天鹅传染上了瘟疫而死的。阿兰死去时脸上的表情很平静，很幸福。

自从蒙古军围城以后，阿娘就不去佛堂了。她每天所做的事，就是带着御医和宫女到广场或者人密集的巷道里，救治那些濒临死亡的难民。我担心她会被传染上瘟疫，劝她不要出宫了。她不听，说诵经万遍，不如救命一条，每天照样穿梭在难民中间。结果没过多久，阿娘就染上了瘟疫。她知道自己快要死了，让人把我叫去。阿娘脸色潮红，嘴唇乌青，浑身发冷，但是神志还清醒。阿娘让我俯身过去，在我的耳边告诉了我一个惊人的秘密——

阿娘说，我不是她和阿爸亲生的。我的父亲叫德昆，从前是清平郡王。德昆与德仁、德旺是同父异母的兄弟，德仁与德旺是阿婆野利丹生的，而德昆是爷爷的小妾尕果生的。尕果是个远近闻名的美人，就因为如此，遭到了野利丹的嫉恨。更让野利丹不能容忍的是，尕果竟先她生下了一个儿子。有了这个名叫德昆的儿子，野利丹对尕果更是恨之入骨，最终寻机毒死了尕果。后来，野利丹生下了德仁和德旺。德昆和德仁从小就关系密切，他们都不喜欢德旺。野利丹认为是德昆从中挑唆，更加厌恶德昆，后来找借口把德昆发配到边塞服役去了。德昆一边戍边，一边发愤读书，几年后竟考中了榜眼，被封为清平郡王。这下让野利丹更嫉妒了，她花钱买通了朝廷大臣，设计毒死了德昆。

德昆死后不久，一个名叫谷兰的女人找到德仁，说她是德昆的女人，肚子里怀着德昆的孩子。女人说，德昆临死前告诉她，说如果他出事了，就让她来找德仁。女人请求德仁收留她，让她生下德昆的孩子。德仁把谷兰藏匿在都城一个隐蔽的地方。德仁与阿娘商量要保护德昆的骨血，不管谷兰将来生下儿子还是女儿，都说是没藏雪生的。

从那天起，阿娘就开始装着有了身孕。后来谷兰生下一个儿子，德仁夜里悄悄抱进王府，第二天对人说是阿娘夜里生下的。遵项很高兴，给孙子起名觇。野利丹看见老鼠大小的我很厌恶，撇了撇嘴，随口叫我“尕娃”。从此人们一直叫我尕娃，倒把觇这个大名给忘了。

几天后，谷兰就以奶娘的身份进了王府，从此两个女人一起喂养我。我长到一岁时，谷兰对阿娘说，她要为丈夫德昆报仇，她们商量要毒死野利丹。两个女人给野利丹碗里放了毒药，但是由于紧张慌乱，谷兰误食了那碗有毒的小米干饭。谷兰死后第二年，阿娘生下了一个孩子。可是没过几天孩子就得怪病死了。阿娘认为是长生天在惩罚她，从此就开始信佛赎罪……

阿娘说完，叹了口气，说：“这个秘密压了我一辈子，压得我喘不过气来，现在好了，我终于说出来了，心里一下子轻松了……”

我说：“阿娘，你永远都是我的亲娘!”

阿娘笑了，目光温暖地看着我。看着看着，她的目光渐渐黯淡。我知道她就要走了，急忙找来驼毛，接住了她的灵魂。阿娘最后用微弱的气息对我说：“把我的灵魂放进你阿爸的木盒里去吧……”

我按照阿娘的吩咐，将吸附着她灵魂的驼毛放进了装着父亲灵魂的木盒。这样，木盒里有了三个人的灵魂。有两个深爱自己的女人相伴，一生孤独的阿爸或许就不会寂寞了。

49. 最后一道密令

但是，我最终还是决定投降。

成吉思汗的儿子拖雷已经等候在城门口。拖雷说如果我不投降，破城之日他就会屠城。为了都城几万百姓的性命，我别无选择，只有投降。

我们早就已经断粮了，再这样坚守下去无异于等死。城里每天饿死、病死的人不计其数，腐烂的尸体拥塞了所有街道。皇宫里的宫女也已经死去多半；早朝的大臣寥寥无几，他们不是饿死了，就是病死了。照这样下去，用不着蒙古人屠城，我们全城的人也会慢慢死绝。所以我决定投降。

我告诉拖雷，投降的唯一条件是，不要屠杀我的百姓和士兵。

做出这个决定后，我心里反倒轻松了。那天夜里，我独自一人来到承天殿，静静地坐在装有阿爸头颅的檀木盒子跟前，直到夜幕降临。我知道父亲、母亲和卫慕香的灵魂都在里面。我多么想听阿爸对我说点什么，哪怕骂我几句也好。可是除了自己身体里的血液在痛苦地流动，我听不到任何声音。皇宫已经死亡。如果阿爸还活着的话，他绝对不会让我投降。他一定会对我大发雷霆，甚至用他的龙雀剑宰了我。

宫殿里静极了，寂静让我的耳朵嗡嗡直响。冰冷的月光蹑手蹑脚地从门口溜进来，占据了门口一块不大的地方，默默陪伴着同样冰冷的我。

第二天，我准备出城投降，却怎么也找不到沙郎。我派人找遍了皇宫里所有的地方，也没有找到。他上哪儿去了呢？有人说看见他天不亮就出了宫门。我知道他是在跟我赌气，他反对我投降，不想跟我出城。不去也罢。

我带着嵬名令公和其他几个大臣，走出了宫门。

我看见街道两旁黑压压地跪满了我的百姓，人群里一片哭号和哀求。

“陛下啊，我们知道您是为了我们才出城投降的，可是蒙古人凶狠残忍，出尔反尔，陛下千万不能去呀……”

“国不可一日无君啊，陛下……”

“我们跟蒙古人拼了，要死大家一起死……”

我鼻子发酸，眼前一片模糊。我对不起我的百姓！马上就要亡国了，他们没有埋怨我、恨我，却还是照样拥戴我这个没有出息的皇帝，这让我既感动又羞愧。但是我已经没有退路了。我不出城，蒙古人就会进城，他们的弯刀会让我的每一个士兵和百姓头颅落地。我不能让我们党项人就此灭绝。我没有让眼泪落下来，没有停下脚步，我继续往城门口走。

离城门口不远的街道上跪伏着一群人。我一眼就认出跪在最前面的那个人，他就是我的铁鹞军统军沙郎，他的身后是百余名铁鹞军士兵。

他们挡住了我的去路，我不得不停下来。

我说：“沙郎，你这是做甚？”

沙郎跪在地上，仰头看着我，可怜巴巴地说：“陛下，我一生没求过人，今天我求陛下不要投降蒙古人！我向陛下保证，只要我沙郎活着，就绝不会让蒙古人攻进城门！”

“但是你能保证城里不再有人饿死、病死吗？你能保证蒙古人攻进城来后不屠杀我的百姓吗？”

“我宁死不降！”

“死很容易，但活着更难。你可以一死了之，但我不能。我是皇上，我得让我的百姓活着，我不能让党项人就此灭绝。”

沙郎沉默了。他突然抽出马刀，横在自己的脖子上："陛下，原谅我不能跟您出城投降，我先走一步了……"他用力一抹，一股热血喷向湛蓝的天空。他张大嘴巴，仰望着天空，好像在看自己的血会飞向哪里。他睁着一双悲愤的眼睛，就这么一直跪着，始终没有倒下。

铁鹞军的士兵们也学着他们统军的样子，唰地拔出马刀，横在自己的脖子上，齐声叫喊："陛下，不能投降啊！"

话音未落，血光四溅，士兵们纷纷倒在血泊之中。我踩着士兵们的血迹，继续往前走去。

这时，我的身后响起一个女人的哭喊声。我扭头一看，是阿秋。她踉踉跄跄地跑过来，跪倒在沙郎的身边，捡起沙郎的马刀，绝望地大喊一声："沙郎啊沙郎，你死了，我活着还有甚意思？沙郎啊，我来了……"

说着，她将马刀捅进了自己的肚子。

我只觉得脑袋一阵眩晕，但我没有让自己倒下，继续朝城门口走去。我让人打开城门，看见的第一个人就是成吉思汗的儿子拖雷。他骑在一匹铁青马上，年轻而英武，傲慢地等在城门口，脸上露出胜利者的微笑。他身后的骑兵队列里顿时响起了一片欢呼声。拖雷说话算数，没有让他的骑兵进城。他带着我前往清水河，去见他的父汗成吉思汗。

我们行进在夏日的草原上。鲜血浸润过的草原，变成了红色的海洋。狼毒花满山遍野，恣意开放，像疯狂燃烧的火焰，把天边的云朵都烧红了。山路像一条屈辱的蛇，躲躲闪闪，一步步后退，隐没在贺兰山深处。

我正走着，怀里的羊胛骨嘎嘎响了。我环顾四周，发现眼前的一切竟是如此的眼熟。我忽然记起几年前曾经来过这里，阿默尔的老朋友阿利克就隐居在前面的洞穴里。我很想去看看阿利克，我向拖雷说出了我的想法，拖雷爽快地同意了。

我们行走在峡谷中，两边山崖上全是岩画。我没有想到，这么多年，阿利克竟然在坚硬的崖石上凿出了这么多的岩画。拖雷显然也被眼前的岩画震撼了，错愕地仰头看着山崖。

岩画描绘的都是我们党项人的历史传说和围猎场景。岩画上的男人，有的头上长着犄角，有的背上长着翅膀，有的大耳高鼻、满脸长毛，有的嘴里衔着野兽骨头；女人戴着头饰，挽着发髻，长衣飘飘，风姿秀逸，楚楚动人。骑马的男人身子后倾，右手握刀，左手拉缰，马儿矫健，踏风疾驰。还有双臂舞动、腰佩长刀的兽面人。岩画之间凿有形态各异的“佛”字，旁边是“德法盛苗牙善”的佛语。

其中一幅岩画吸引了我的目光：一只长角山羊跑出羊圈，一个似人非人、似鸟非鸟的怪物等候在面前。

我勒住马缰，看了很久，突然明白了其中的含义：那只出圈的山羊，不就是出城投降的我吗？在前面等待山羊的那个怪物，就是即将降临的厄运。阿利克用岩画暗示了事情的结局，但是我并不害怕。事情总要有个了结。只要他们不把我的百姓赶尽杀绝，什么样的结局我都能接受。

可是，阿利克呢？

我找到了那个洞穴，里面空无一人。我看见地上有一具人骨，端坐在那里，面对洞口，好像一直在等着我来。骨架上挂满了蜘蛛网，地上是脱落的白发。无疑，他就是阿利克。看样子，阿利克已经死了很久了……

几天后的夜里，我们宿营在一个不知名的地方。我躺在毡毯上，月光从天窗泻进来，水一样流淌。恍惚中，我看见阿兰和阿朵骑着天鹅从月光里飘然而至。她们叹息了几声，没说什么，又飘走了。

过了一会儿，一个男人走了进来，盘腿坐在我的面前。月光没有洒在他的脸上，所以我看不清他的面容，但我知道他是谁。

那个人说：“我是成吉思汗。”

我说："我知道。"

成吉思汗笑了，说："我们见过面，在斡嫩河边。"

我说："我知道你已经死了，我嗅到你身上的尸臭味了。"

"但是你不知道，我死前曾经留下过一道密令：密不发丧，等你投降后就杀了你，而且对你的都城进行屠城。谁让你是西夏的最后一个皇帝呢？杀了你，才算彻底征服了西夏。"

"我早就知道你会杀了我，但我不知道你会这么无耻。你答应过我，只要我投降，就不杀戮我的百姓，你怎能出尔反尔？"

成吉思汗说："我不那么说，你能投降吗？兵不厌诈，看来你不会打仗。我征服了无边的疆土，只有你们党项人最难对付。你们一有机会就会东山再起，所以我必须将你们干净彻底地消灭，一个也不留！"

"你如此无信，就不怕天下人耻笑？"

"谁会耻笑一个胜利者？"

"你是胜利了，可是你已经死了，死在了我们的城下。"

"胜利比生死更重要。"

说完，成吉思汗哈哈大笑，然后就消失在月光里。我听到他离去时的马蹄声，像是踩在我的脑门上，响声如雷。

我醒了。天已大亮。阳光从帐门射进来，有些刺眼。我的羊胛骨不停地嘎嘎鸣叫。原来我听到的不是马蹄声，而是羊胛骨的叫声。我掏出羊胛骨，它很烫，在我的手心里惊骇地跳动。这是从来没有过的事情，我很惊奇，将它对着阳光仔细打量。我惊奇地发现，羊胛骨上面那些横七竖八的裂纹，原来是反写的三个字：萨里川。

萨里川？

羊胛骨越来越烫，我一松手，它就蹦跳到了地上，忽地燃烧起来，变成了一个火球，转眼就消失得无影无踪。

我恍然大悟，原来这一切早已注定了，二十二年前就注定我会死在这个叫"萨里川"的地方。真是一块神奇的羊胛骨！

我知道我的死期就要到了。我心静如水，走出营帐。我发现老将嵬名令公和我的其他大臣已经倒在帐前的血泊里。

拖雷手提弯刀，站在那里等着我。

我问拖雷："这是什么地方？"

拖雷说："萨里川。"

我说："就是这个地方。"

拖雷说："什么？"

我整了整衣袍，挺直腰杆，对拖雷说："来吧，动手吧！"

拖雷明白了，没有废话，抡起弯刀就朝我用力劈了下来，刀光一闪，我感觉脖子一凉，看见我的头颅像鸟儿一样飞离了我的肩膀……

50. 远去的党项羌人

我睁开眼睛，已经是清晨。

昨晚我和教授整理完《白高大夏国秘史》，我实在太困了，就靠在椅子上睡着了。教授一直没睡，正在校对我们整理出来的手稿。

我说："教授，我来校对吧，您休息一会儿。"

教授说："马上就校对完了。你睡觉太不老实了，一直大呼小叫、打打杀杀的。"

教授很快就校完了手稿，松了口气，说："终于整理完了。等天亮了，我们就可以将《白高大夏国秘史》交到北京文物局去了。"

窗外还有些灰暗，我和教授就坐在书房里聊天，等待天亮。我说："西夏灭亡后，党项人并没有灭绝，他们流落到了其他地方。我在您的一篇文章里看到，党项后裔主要有五个去向：一是流落中原，被汉化；二是逃回西南故地，或保持了党项羌人习俗，或被藏化；三是留在原地，被回化；四是当了蒙古人的俘虏，被蒙化；五是逃到了域外。"

教授说："是的，你说得没错。西夏灭亡后，一部分幸存下来的党项人并没有离开西夏故地，而是在兴庆府、灵州、河西走廊以及鄂尔多斯一带，隐姓埋名生存了下来。当时，河西一带田园荒芜，忽必烈便将成吉思汗西征时掳来的大批信奉伊斯兰教的中亚士兵和工匠安置在那里，这就是后来的回族。蒙古史书上记载，忽必烈俘获的唐兀惕百姓分与也遂合敦，'唐兀惕'指的就是党项人。这部分人居住在鄂尔多斯一带，后来与蒙古人融为一体。一部分唐兀惕氏族后来改姓唐，还有一部分改姓王。民国时也有受马鸿逵影响，为了当兵改为马姓的。”

“鄂托克旗和鄂托克前旗的蒙古人中，有四分之一是唐古特人，也就是党项人，他们分为上唐古特、下唐古特、黄河畔唐古特和布热沁唐古特。更多的党项人则逃亡到内地和青藏高原。其中一支逃亡到了陕北的横山、米脂一带，后来逐渐向南迁移，很可能就是你们这一支。”

我说：“据我们《党氏族谱》记载，我们的祖先是西夏皇族的一支，西夏灭亡后，先人们为了躲避蒙古人的追杀，隐姓埋名，沿当年迁徙之路逃回陕北，之后又逐年南迁，定居在关中渭北地区。先人们为了让后世记住自己是党项人，改为党姓，一直沿袭至今。我们祖先由最初的一支后来繁衍成四支，组成四个自然村，称‘南党’‘北党’‘西党’‘东党’。再后来，这些村子又陆续融进了别的姓氏，党项人逐渐被淹没在其他民族之中。”

教授说：“陕西、甘肃一带的李姓、刘姓、雷姓、和姓等，当然还有你们党姓，许多都是党项后裔。陕北无定河流经的米脂县殿市乡有个村落叫‘李继迁寨’，相传李继迁和李自成都出生在那里。米脂西边的横山县有个党岔乡，石峁村的龙泉寨山上有六座古堡，依无定河而建，就是西夏时期著名的‘永乐城’……

“十多年前，听说在青海河湟谷地发现了西夏皇室后裔，并且有十部《西夏李氏世谱》为证，说‘李土司’就是西夏最后一代帝王睍的儿子，在西夏史学界引起了争论，有人赞同，有人怀疑。所以西夏皇室是否灭绝，他们的后裔现在在哪里？仍然是个谜。

“跟随蒙古军南征，也是党项人移居内地的一个主要途径。河北保定一带就有一个党项后裔张侯家族。当年投降了金朝的一部分党项人，一直生活在今天的河南泌阳、濮阳、南阳、信阳、方城等地。仅濮阳，据说党项后裔就有三四千人。他们不仅有族谱，还有碑文。杨氏家族分布在濮阳城东杨柳屯乡的十几个村庄。安徽也有三支党项后裔。一支是那木翰家族，后改姓王。元末明初，吴海的《闻过斋集》

第三卷记载，王君翰是党项贵族的后裔，本名叫那木翰，父亲叫也先不花，母亲叫那氏。另一个是昂吉儿家族，昂吉儿的父亲原来是西夏大将，后来归降蒙古，跟随木华黎出征，被忽必烈加封为明威将军。再一个就是余氏家族，主要生活在合肥和安庆等地，从元末到现在已经繁衍了二十八代。”

我说：“据说康定的木雅人，也是党项人的后裔。”

“是的。西夏灭亡后，他们从甘南到松潘、阿细、班佐，沿着金川河谷南下，流落到龙门山一带，就是这次汶川大地震的重灾区。”说到这里，夏教授从书架上找出一本《西羌文化》杂志，指着上面的四个字给我看：

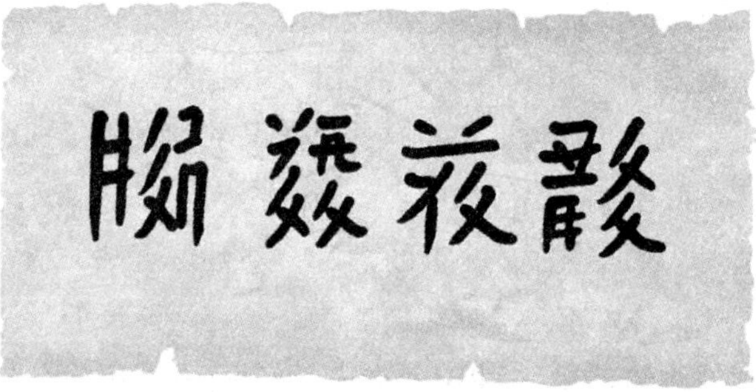

我说：“这不是西夏文吗？这几个字是什么意思呢？”

“这是羌文，跟西夏文极其相似，这说明那里的羌族原本就是党项后裔，可惜这种从西夏文演变过来的羌文字后来也遗失了。这四个字的汉语意思是：西羌文化。”夏教授接着说，“逃亡的党项人，一部分人留在了汶川、茂县、北川一带的深山之中，另一部分人继续前行，经过丹巴，最后到达了木雅地区。大渡河畔的丹巴林立的八角碉楼，就是党项人逃亡路上留下的遗迹。这些碉楼，包括理县、汶川、北川一带的羌族碉楼上都悬挂有羊头，说明羊是他们的图腾。你看那‘羌’字，很像一个羊字，更像一个山羊头。二十世纪初，丹巴天主教神父、法国人斯廉艾第一次看见这些碉楼时，一下子惊呆了，他用相机拍下了这些神奇的碉楼，在法国里昂展出时引起了世界性的轰动。”

我说："丹巴我去过，那里有著名的美人谷，是一个风景旖旎的地方。丹巴女人美丽无比。据说当年一支党项皇族逃亡到那里，那里的美景和美女绊住了他们的双脚，疲惫的他们再也不想向南逃亡了，就在那里落了脚，融进了当地的嘉绒藏族，在那里建立了一个世外桃源般的世界。那里的碉楼确实很奇特，上世纪末，中央电视台、中国新闻社等新闻媒体曾经专门进行过报道，把神奇的碉楼介绍给了全世界。"

教授说："八角碉楼是党项人的主要建筑，既可以防御敌人，又可以居住生活，还可以进行祭祀活动。碉楼用石头砌成，修一层晾一年，修成十几层的碉楼一般需要十几年，所以异常坚固。关于碉楼的用途，最常见的一种说法是防御敌人侵犯，但也有'鱼叉说'，桃坪羌寨的三个碉楼，有人就说是三支鱼叉。我在那里考察过，还真像那么回事儿，站在河谷对面的山上眺望桃坪寨，就像是山坡上躺着一条鱼，而三座碉楼正好钉在鱼的眼睛、肚子和尾巴三个地方。桃坪寨的羌民说，这样鱼就动不得了，那片山坡就稳当了，人们就可以安居乐业了。可是三支鱼叉还是没有钉住那条不安分的鱼，这次大地震改变了那里的一切……还有人说，碉楼是用来祭祀神灵的。碉楼是每个寨子最高最洁净的地方，到了祭祀神灵的日子，人们就在碉楼顶上烧松枝，让燃烧后的白烟升上天空，表示对神灵的敬拜。

"当年党项人在被蒙古人围歼的情况下，只能被动地选择这条逃生的道路。他们一部分留在了龙门山一带、大渡河流域，一部分继续西迁进入了西藏地区。直到西夏灭亡二十多年后，元世祖忽必烈还不肯放过逃亡的党项人，率领大军征战大理，想把党项人彻底消灭。蒙古人到达松潘后，兵分三路，其中一路经过阿坝和甘孜，他们从丹巴进入甘孜境内，一路追杀到康定木雅、雅江、理塘、稻城东义，从那里渡江东进。稻城是蒙古人追杀党项人最南端的一个地方。"

"云南的党项后裔，是不是被蒙古人从四川赶过去的呢？"

"不排除这种可能。但史学界公认的一种说法是，云南的党项人是西夏国相斡道冲的后裔。云南发现的《朵氏宗谱》中记载，朵儿赤就是他们的始祖。西夏灭亡前夕，成吉思汗进攻凉州时，斡道冲的儿子斡扎箦担任凉州守将，在寡不敌众的情况下，为保全城中百姓的性命无奈出城投降，后被任用为元朝中兴路管民官。他的儿子朵儿赤十分聪明，被忽必烈看中，任用为云南廉访使，之后就一直留守在云南。这一支党项后裔至今天已经传承了二十五代，分布在大理、丽江、玉溪、个旧等地方。”

“教授，您刚才说有一部分党项人从康定逃到了西藏，这部分人现在在何处？”

“他们就是中尼边境上的夏尔巴人。他们一部分经过藏北、拉萨两条线路进入后藏的萨迦地区后，翻越了喜马拉雅山，到达了中尼边境；还有一部分留在了后藏的昂仁。‘夏尔巴’，藏语的意思就是‘东方人’，指的就是党项人。他们之所以留在后藏，这跟萨迦教派有很大关系，昂仁是萨迦教派的一个重要据点，西夏时党项王室贵族与萨迦教派关系密切。昂仁水草丰美，是一个世外桃源，对于逃亡的党项人来说，那里就是他们的天堂。此外，还有一部分党项人移居到了中亚地区……”

“这就是说，党项后裔逐渐与汉族、藏族、回族、蒙古族等民族融合在了一起，只有迁徙到四川龙门山一带的党项人最后还原了羌族的身份，其他都逐渐消失在中华民族的大家庭里了……”

我们说着话，不觉天亮了。

我和教授准备将《白高大夏国秘史》送到北京文物局去。可是这时我们吃惊地发现，它们不知什么时候已经变成了一堆粉末。我惊呆了，脑袋里一片空白，不知道自己真的拥有过一部西夏秘史，还是只是刚才的一个梦……

2005 年 9 月— 2006 年 10 月草拟
2008 年 2 月— 6 月修改
2008 年 11 月修订
2019 年 10 月第二次修订